Erath: Misteln im Schnee

W0363334

Zu diesem Buch:

Ein kleines Dorf nach dem 2. Weltkrieg. Zwangseinquartierungen. Evakuierte aus den zerbombten Städten, Heimatvertriebene, Verzweifelte, Schieber. Der Professor, der ein Buch schreibt, das nie gedruckt wird. Der Missionar, der auf den Tag wartet, an dem China nicht mehr kommunistisch ist. Die junge Operationsschwester Monika Landeck, die für ihren Bauern Hausmagd spielt. Paul Pelz, der einmal Jurist werden wollte und jetzt nicht mehr an Gott und Zukunft glaubt.

In der aufgeladenen Atmosphäre dieser engen Welt sind mancherlei Konflikte vorprogrammiert.

Paul und die streng katholische Monika finden nach langem Zögern zusammen. Der grundlegende Unterschied zwischen den Weltanschauungen wird sie auf eine harte Probe stellen.

Der Schriftsteller:

Vinzenz Erath (1906 - 1976) war vor einem halben Jahrhundert Stammgast auf den Bestsellerlisten. Bauernsohn aus dem Schwarzwald, Studium der katholischen Theologie und Philologie, Privatlehrer, Leiter einer Volkshochschule, Soldat von 1939 bis 1945, Gefangenschaft, Waldarbeiter. Ab 1951 freischaffendender Schriftsteller.

Fünf Romane bilden den Kern des bisher veröffentlichten Werkes: Größer als des Menschen Herz, Das blinde Spiel, So zünden die Väter das Feuer an, So hoch der Himmel, Zwischen Staub und Sternen.

Die Auseinandersetzung mit dem Katholizismus durchzieht, in unterschiedlicher Intensität, das ganze Werk.

Der vorliegende Roman „Misteln im Schnee" hatte noch keinen Verleger gefunden, als Vinzenz Erath krank wurde und starb. Das Manuskript schlummerte unbeachtet im Nachlass, bis 2006 anlässlich Eraths 100. Geburtstag und 30. Todestag Prof. Dr. Harald Frommer für die VHS Schramberg Eraths Werk in Vorträgen und mit einem Buch über den Schriftsteller würdigte.

Frommers Begeisterung gibt den Mut zur Veröffentlichung von „Misteln im Schnee". Damit soll Vinzenz Eraths Werk abgerundet werden.

Vinzenz Erath

Misteln im Schnee
oder
Der Dom steht noch

Roman

Bibliografische Information der Deutschen Nationalbibliothek

Die Deutsche Nationalbibliothek verzeichnet diese Publikation in der Deutschen Nationalbibliografie; detaillierte bibliografische Daten sind im Internet über http://dnb.d-nb.de abrufbar.

Herstellung und Verlag: Books on Demand GmbH, Norderstedt

Copyright © 2007 Sigune Hirlinger

Titelfoto: Sigune Hirlinger

ISBN-13: 9783837003550

I

Wenn ich heute, neun Monate nach dem schweren Autounfall, am Stock durch meine Wohnung hinke, werde ich das Gefühl nicht los, als tappte ich über eine dünne Eisdecke, die jeden Augenblick einbrechen kann. Auch die Wände scheinen mir nicht standfest genug zu sein. Eine unerklärliche Angst redet mir ein, alles um mich her sei nur Kulisse oder dünnwandige Attrappe. Es nützt nicht viel, wenn ich mit den Fäusten gegen die Mauern hämmere oder auf den Boden stampfe, um die Haltbarkeit der Umgebung zu prüfen.

Mein Denkvermögen ist völlig in Ordnung, meine Gehirnverletzung ausgeheilt. Ich weiß genau, dass die Angst sinnlos und lächerlich ist. Trotzdem verfolgt sie mich wie ein Schattengespenst. Mit Vernunftgründen komme ich ihr nicht bei. Beim Sitzen oder Liegen ist sie wie weggewischt. Kaum aber stehe ich auf den Beinen, überlaufen mich eiskalte Schauer. Die Wände bauschen sich wie Vorhänge, der Fußboden schwankt auf und nieder, und die Möbel fangen an zu tanzen. Erst nach geraumer Weile stellt sich das Gleichgewicht der Dinge wieder her, sodass ich mich, auf den Stock gestützt, sogar flott bewegen kann. Im Hintergrund des Bewusstseins aber bleiben Furcht und Misstrauen bestehen und versetzen mich in einen Schwebezustand wie zwischen Schlaf und Wachsein. »Irritationen des motorischen Nervenzentrums, die mit der Zeit abklingen werden«, sagt der Stationsarzt, zu dem ich mich einmal in der Woche zur ambulanten Nachbehandlung fahren lasse.

Eine andere Qual – vom Tod meiner Frau ganz abgesehen – verursacht mir mein Gedächtnis. Elf Tage fehlen in meiner Erinnerung. Sie sind herausgeschnitten wie aus einem Filmband.

Unweit der Stadt bin ich verunglückt. Der Wagen soll sich mehrmals überschlagen und mich herausgeschleudert haben. Im Krankenhaus wurde mein Körper zusammengeflickt, bandagiert und eingegipst, ich bekam Spritzen und Bluttransfusionen. An nichts kann ich mich erinnern.

Wie oft martere ich mein Gehirn ab und halte die beiden Enden des Filmbandes gegeneinander, um das Zwischenstück zu finden oder einen kleinen Bruchteil der Zeitbrücke über den Abgrund der Bewusstlosigkeit: Vor mir steigt die Straße mäßig an. Linkerhand befindet sich ein bewaldeter Hang. Rechts fällt das Gelände steil in ein Wiesental ab. Ilse sitzt ruhig neben mir. Ich fahre mit durchschnittlicher Geschwindigkeit. Die Strecke ist mir vertraut. Hunderte Male schon bin ich sie gefahren. Auch der Motor ist in Ordnung, das leiseste fremde Geräusch hätte mich stutzig gemacht. Es ist Nachmittag, gegen vier Uhr. Kein Nebel, kein Regen behindert die Sicht. Ilse blickt vorgebeugt durch die Scheibe. Sie hat den Zeigefinger der rechten Hand schräg über den Lippen liegen. Sogar auf diesen kleinen Nebenumstand kann ich mich besinnen. Bald muss die Stadt zu sehen sein. Ilses Finger fährt gegen die Scheibe. »Der Dom«, ruft sie und sinkt mit einem erlösten Seufzer ins Rückenpolster zurück. Nach längerer Abwesenheit sind wir immer gespannt auf diesen ersten Gruß unserer Stadt: Mitten aus der Fahrbahn steigt langsam der gotische Turm auf, spitz, dunkel, gezackt ... Hier reißt mein Erinnern ab.

Schon dreimal wurde ich von der Polizei über diese letzten Sekunden vor dem Unfall vernommen; sie hoffen immer noch, mein Gedächtnis könnte am Ende doch jenes winzige Stück einer Sekunde herausgeben, das die Ursache einschließt. Ist ein Wild mir über den Weg gesprungen, hat ein Baumschatten mich irritiert? Übermüdung oder gar eine momentane Absentia scheiden aus. Ich sehe ja den Turm des Domes klar und deutlich vor mir und die Polizei hat festgestellt, dass genau an der Stelle, da die Hälfte des Turmes auf der Fahrbahn sichtbar ist, der Wagen abrupt zur Seite gerissen wurde.

Beim Erwachen leuchtete alles um mich her in einem stumpfen Weiß: der wulstige Verband über meinen Augen, die Decke, die Wände, mein linker auf einer sperrigen Schiene eingegipster Arm, mein rechtes dick umwickeltes, auf der Bettkante aufliegendes Bein, alles Weiß in Weiß.

Sie wollten es mir nicht glauben, der Stationsarzt und die Schwester, dass mich jemand aus der Bewusstlosigkeit aufgeweckt hatte. Mag sein, dass es eine Fieberfantasie war. Aber etwas ging meinem Erwachen voraus, etwas Zwielichtiges, Grausames, das mich in eine Hölle von Schmerzen stürzte. Die Stimme kam zuerst aus weiter Ferne: »Paul! Paul!« Ich befand mich irgendwo tief unten wie auf dem Meeresgrund in einem Gewoge düsterer Farben aus Blutrot, Violett, Umbra. Die Stimme kam von oben. Sie war mir vertraut. »Paul! Paul! – Hörst du mich?«

Wie ein Angelhaken bohrte sich der Anruf in meine Brust und zog mich höher und höher. Ich ruderte durch wallende Nebel, die immer heller und durchsichtiger wurden, bis sich ein Gesicht daraus formte, ein bleiches Gesicht mit eingefallenen Zügen, großen Augen und dünnen Lippen über einer Reihe weißer Zähne. »Kennst du mich, Paul? Ich bin bei dir – deine Monika. Du musst leben, Paul!«

Eine Weile starrte ich in die dunklen Augen. »Ja«, sagte ich, »Monika – du. Wo kommst du her? Wo bin ich?«

Sie näherte ihr Gesicht und legte es neben meinen bandagierten Kopf. Ich versuchte, mich aufzurichten, da überfielen mich in Armen, Beinen, Kopf und Brust derart rasende Schmerzen, dass ich einfach aufschrie: »Fort! Fort! Fort!«

Sie fuhr zurück. Ich versank in einen Strudel brennender Folterqualen, die mir das Bewusstsein raubten.

Als ich voll bei Sinnen war und von meinem Unfall erfahren hatte, erzählte ich das Erlebnis der Stationsschwester und fragte, ob sie eine Monika Landeck kenne. Sie stritt es ab, es gebe unter dem Pflegepersonal keine Monika, ihres Wissens auch nicht in der Frauenstation, bestimmt sei alles eine Fieberfantasie gewesen. Ich hätte, sagte sie, in meinen Delirien des Öfteren bald von einer Ilse, dann wieder von einer Monika dahergeredet. Zu schwach mich mit ihr herumzustreiten, bat ich sie nur, diese Frau nie wieder an mein Bett zu lassen. Am Ende glaubte ich selbst, ich hätte alles nur geträumt.

Wochenlang verschwiegen sie mir, wohl mit Rücksicht auf meinen lebensgefährlichen Zustand, Ilses Tod. Sie liege mit einem Beinbruch in der Frauenabteilung und lasse mich grüßen – es gehe ihr gut, den Umständen entsprechend. Weshalb sie mir nicht wenigstens einige Zeilen schreibe. Ach, sie leide immer noch unter der Schockwirkung des Unfalls. Dann ging es ihr weniger gut, bis der Arzt mir endlich gestand, Ilse sei beim

Unfall ums Leben gekommen. Nach der Art ihrer Verletzungen müsse der Tod sofort eingetreten sein.

Acht Monate lang lag ich im Krankenhaus. Zweimal traten innere Blutungen auf, die neue Transfusionen erforderten. – Ein roter Schauertraum liegt hinter mir.

Vor meiner Entlassung zur ambulanten Behandlung wollte mich der Chefarzt noch einmal sehen. Professor Kocher, ein untersetzter Mann mit kantigen Schultern, war stolz auf seine Leistung. »Wie haben wir das gemacht, Herr Pelz, großartig, nicht! Ich und Sie. Schädelbruch, Arm- und Beinbruch, drei Rippen eingedrückt und, das Allergefährlichste, ein Riss in der Milz. Danken Sie Gott und Ihren Blutspendern, dass Sie dem Tod nochmals von der Schippe springen konnten.« Gönnerhaft beklopfte er mein Schulterblatt. »Sie haben ausgesprochenes Talent zum Patienten und eine verdammt gute Kuttel. Unter zwanzig Fällen Ihrer Art beißt sich vielleicht einer durch.«

Er untersuchte mich noch einmal von Kopf bis Fuß und machte zum Abschluss einen Gehirntest: Mit geschlossenen Augen musste ich auf meinem gesunden linken Bein balancierend den Zeigefinger der rechten Hand zur Nasenspitze führen. Es ging leidlich. Nach den üblichen Ratschlägen für mein Verhalten während der Nachbehandlung versprach er mir, dass ich spätestens in zehn Wochen meinen Beruf als Bauingenieur wieder aufnehmen könne. Mit dem Autokutschieren allerdings solle ich noch ein halbes Jahr warten.

Schon hielt er zum Abschied meine Hand in seiner Pranke, als ihm noch etwas einfiel. Ob ich wisse, dass eine Frau vom Pflegepersonal mir bei den Nachoperationen zweimal Blut gespendet habe. »Es wäre nett von Ihnen, wenn Sie sich kurz bei ihr bedankten.« Er legte die Hand an die Stirn. »Ach, wie heißt sie nur? Frau – Frau – für uns ist sie eben die Monika. Ihr Nachname fällt mir im Augenblick nicht ein.«

»Heißt sie vielleicht Landeck?«

»Ja richtig. Frau Landeck. Sie haben sich also schon bedankt?«

»Nein, noch nicht, Herr Professor.«

Während mir Zunge und Gaumen vor Aufregung trocken wurden, fuhr er fort: »Das arme Ding kam kurz nach Ihrem Unfall völlig verstört und halb verhungert hierher und bat um Arbeit. Wir steckten sie erst einmal in die Küche, wo sie sich tüchtig herausfuttern konnte. Heute ist sie als Krankenschwester bereits eine unserer tüchtigsten Kräfte.«

Das Wort »herausfuttern« gab mir den Rest. Monika! Also doch! Mein beschädigtes Bein begann heftig zu zittern. Eine Schwäche befiel mich. Ich konnte gerade noch einen Stuhl herbeiziehen und mich setzen. Der Chefarzt riss ein Fenster auf, gab mir ein Glas Wasser zu trinken, blieb, die Hände in die Hüften gestemmt, vor mir stehen und schüttelte den Kopf. »Nein, so kann ich Sie nicht entlassen.«

Zum Glück war die Übelkeit bald vorüber. Ich nahm mich zusammen, stand auf und schob die Ursache auf die mit antiseptischen Gerüchen erfüllte Umgebung. »Bitte, lassen Sie mich raus aus dieser Luft. Ich halte das nicht mehr aus. Ich kann keine weißen Häubchen und Schürzen mehr sehen.«

Er erkundigte sich, wer mir den Haushalt führe. Ich erfand eine Tante, die sich auf Krankenpflege verstehe, und schilderte sie als starke, stämmige Frau und gute Köchin. Vor allem aber hätte ich Frischluft nötig und andere Gesichter.

Zögernd gab er mich frei und entließ mich mit strengen Anweisungen: Nicht rauchen, keinen Tropfen Alkohol, pralle Sonne meiden, nicht zu viel lesen, ausgiebig schlafen und essen und durch tägliche Freiübungen die noch halb steifen Arm- und Kniegelenke lockern.

Jetzt bin ich an meine Wohnung gefesselt und bin zum Sklaven meines Körpers geworden. Eine einzige gerauchte Zigarette bestraft er mit einem halben Tag Kopfschmerzen. Schlimmer noch, ich bin allein mit meinem eigenen Spiegelbild, diesem modernen Betriebsmenschen, der nicht warten, nicht ruhen, keinen Augenblick es bei sich selbst aushalten kann.

Seit Jahren hatte ich mich getummelt in Wolken aus Zementstaub, Schwarzkalk, Sand, Gips und Auspuffgasen von Aggregaten und Lastwagen, im Mahlstrom der Bagger, Kräne und Presslufthämmer, im monotonen Geräusch der Mischmaschinen, die pausenlos hinter Kiesbergen den grauen Betonteig in ihren Trommeln wälzten und in Schubkarren ausspien.

Den Messstab in der einen, die Lichtpausen in der anderen Hand, war ich als Bauführer durch Rohbauten geklettert, hatte mich herumgerauft mit Handwerkern, Kapos und Bauherren.

Immer auf Achse, immer den Notizblock vollgeschrieben mit Anständen, Vorschlägen, Sonderwünschen und Kleinkram: die Wasserhähne zu altmodisch, die Türklinken nicht handlich genug, Heizkörper falsch platziert, Fenstergesimse zu schmal, die Kaminverwahrung undicht. Das war meine Welt. Eine große, reiche Welt, wir bauten ja unsere Stadt auf.

Ich verdiente gut, von Jahr zu Jahr besser. Auch Ilse verdiente als Sportlehrerin. Sie war noch viel ehrgeiziger als ich, holte eine Menge Preise als Skiläuferin. Sie träumte von Gold und Silber bei Olympiaden. Kinder wollten wir noch keine, wir schoben es auf für später. Die Ferien verbrachten wir im Hochgebirge oder am Meer, ließen uns bräunen, kletterten, schwammen, ruderten, segelten, kauften ein Zelt mit allem Zubehör, ein Paddelboot, zogen von Campingplatz zu Campingplatz. Alle Urlaubspläne entwarf Ilse. Fast Abend für Abend saß sie über Reiseprospekten, rechnete die Spannweite unserer finanziellen Möglichkeiten aus, während ich über Bauplänen brütend das Pensum für den kommenden Tag ausarbeitete.

Wir besaßen alles, was zu einem modernen Leben gehört: einen schnittigen Sportwagen, diese Vierzimmerwohnung im neunten Stockwerk, Fernseher, Spülmaschine, Müllschlucker. Dazu ein halbes Dutzend Fotoapparate, ein Filmgerät, einen automatischen Projektor, Dias zu Tausenden, zwei Tonbandgeräte: Spielzeuge, die wir einige Zeit mit Begeisterung durchspielten, beiseite warfen, um wieder neuere und bessere zu kaufen.

Ilse war nicht das, was man unter einem Bettschatz versteht. Sie wollte fit bleiben für ihren Sport. Im Grunde hasste sie allen Sex. Doch darüber gerieten wir selten in Streit. Für sie gab es nur eine seelische Erschütterung: wenn sie bei einem Wettbewerb schlecht abschnitt. Dann flüchtete sie in meine Arme, dann flossen Tränen. Einmal zerhackte sie in einem Wutanfall in der Garage ihre Bretter zu Kleinholz, schwor jedem Sport ab und wollte plötzlich ein Kind. Einen vollen Sonntag lang wälzte sie Versandkataloge und bestellte eine ganze Babyausstattung, die sie bald wieder an eine Freundin verschenkte.

Ilses Bild steht neben mir auf dem Schreibtisch. Ein schmaler, von Ehrgeiz gespannter Mund über starkem Kinn. Die hellblonden Haare sind kurz geschnitten. Aus den leicht zugekniffenen

Augen blinzelt der Schalk. Hatte ich Ärger, setzte sie sich neben mich, hörte eine Weile zu, wischte mir übers Gesicht, »Mundwinkel hoch! Noch höher!«, küsste mich, warf sich über mich, kniete mir auf die Brust, kitzelte und zauste mich, bis ich mein Lachen wiedergefunden hatte. Ein Tollkopf, ein Kindskopf, verspielt wie eine junge Katze. Mit tieferen Problemen durfte ich ihr nicht kommen. Über religiöse, politische oder weltanschauliche Fragen sprang sie hinweg wie über ein Lederpferd. Tod? Wir haben nie darüber gesprochen. Wozu auch. Wir waren jung, gesund, strotzten beide vor Kraft, ruderten durchs Leben wie zwei Kanuten, gejagt von Ehrgeiz und goldenen Zukunftsträumen.

Ilse tot, weggewischt, begraben.

Im Krankenhaus hatte ich Zeit, mich mit dieser Tatsache abzuquälen, und glaubte schon, auch diese schwerste Verletzung sei am Vernarben. Jetzt bricht alles wieder auf. Überall in meiner Wohnung begegne ich Ilse. Aus allen Schränken und Schubladen, den Wandbildern und Nippsachen kommt sie mir entgegen. Oft glaube ich, sie treibe mit mir nur ein Versteckspiel, sie verberge sich hinter einer Tür, laufe mir davon von Zimmer zu Zimmer, und ich fange an zu suchen, nach ihr zu rufen.

Einmal wollte ich sie wieder lebendig ins Dasein zurückholen. Ich stellte Leinwand und Projektor auf und ließ eines unserer Filmbänder ablaufen: Ilse bei einer Abfahrt im Pulverschnee, Ilse bei einer Siegerehrung inmitten gratulierender Sportkameraden, Ilse im Schneeballgefecht. Sie tollt, sie kugelt sich im Schnee, sie klopft lachend ihren Pullover aus, während mir neben dem verteufelten Apparat die Tränen über die Backen rollen. Nie wieder!

Hat man einmal den Schuss vor den Bug bekommen mit dem Befehl »alle Maschinen stopp!«, bäumt sich der gehemmte Wille auf und bohrt ins eigene Fleisch.

Monika.

Weshalb hat sie mich ins Leben zurückgerufen, warum hat sie mir Blut gespendet? Monikas Blut in meinem Blut. Der Gedanke ist mir unheimlich. Ich bin bei dir, hat sie gesagt. Was will sie von mir?

Von meinem Schreibtisch aus sehe ich das Krankenhaus oben am Berg und davor wieder den Turm des Domes, dessen schwarze Spitze den langgestreckten weißen Neubau in der Mitte durchstößt.

Dom und Monika.

Es gibt keine Vergangenheit, kein Vergessen. Der Saft des Lebens durchströmt immer den ganzen Stamm von der Rinde bis ins Mark. Es ist zwecklos, sich selbst durch Geschäftigkeit entrinnen zu wollen. Einmal wird jeder eingeholt und muss sich dem Vergangenen stellen. Der Stein, der ins Wasser geworfen wird, macht sich selbst zum Mittelpunkt und zieht seine Kreise.

Ilse ist tot. Monika lebt. Sie warf den Stein. Nach einem Nackenschlag des Schicksals gräbt jeder nach der letzten Ursache jenseits der Wirklichkeit, nach Schuld. Ich brauche nicht tief zu graben.

So oft ich zur Nachbehandlung am Stock durch die Gänge des Krankenhauses hinke, befällt mich die heillose Angst, ich könnte ihr begegnen. Ohne nach rechts oder links zu blicken, verlasse ich immer rasch den Bau und kann mich nicht schnell genug draußen im Taxi verkriechen.

Mein schlimmstes Übel ist die Zeit. Ich schwimme in einem Meer von Zeit. Ich darf nicht rauchen, darf meinen Jammer nicht im Alkohol ersäufen, soll keine schwere Lektüre lesen. So liege ich herum, blättere in Illustrierten, knoble an Kreuzworträtseln, lasse mich vom Fernseher unterhalten, höre Radiomusik oder mache meine vorgeschriebenen Turnübungen.

Gewohnheiten sind fürchterlich. Sobald meine Hände frei sind, tasten sie rein automatisch an der Jacke abwärts, wühlen in allen Taschen und finden auch prompt irgendwo eine Zigarette oder einen Rest Tabak. Am besten wehre ich mich gegen den Zwang dieses Lasters, wenn ich meine Hände an die Schreibmaschine banne. Die meiste Zeit sitze ich davor und habe mein genageltes Bein ausgestreckt auf einem Stuhl liegen. Ich tippe oft das unsinnigste Zeug herunter, bloß um meine Finger zu beschäftigen. Anfangs schrieb ich nur über Ilse und verfasste täglich eine Reihe Briefe an sie. Ich schilderte ihr meinen Tagesablauf, erinnerte an unsere Ferien- und Wochenendfahrten. Dann erzählte ich von Monika, wie sie mich umlauere, mir einzureden suche, dass unser beider Leben oberflächlich, inhaltsleer und gottlos gewesen sei. Mein Unglück sei die Strafe des Himmels für meine Schuld.

Jahrelang hatte ich fest geglaubt, das Erlebnis sei überwunden, für immer abgedeckt und versenkt in den untersten Tiefen des

Bewusstseins. Alles hatte ich zurückgeschickt, was mich hätte erinnern können, die Briefe und die kleinen Andenken.

Es hat keinen Sinn, mich von Monika befreien zu wollen, indem ich bald hier, bald dort einen Strang aus dem wirren Knäuel ziehe und mich gegen ihre Nähe auflehne. Schuld ist ein herrischer Gebieter. Wie sagte sie einmal: »Nur Verbrecher sind schuldlos, weil sie unfähig sind, Schuld zu tragen.« Ich muss das Erlebnis aufarbeiten, ins Wort bannen und mir die angestauten Bilder, die Tag und Nacht meinen Kopf durchkreuzen, reihenweise zurechtlegen, so wie ich oft nach einer Reise mit Ilse die entwickelten Dias und Filme in Kästen eingeordnet habe.

Gestern zeichnete ich aus purer Langeweile auf die Rückseite von sechs Visitenkarten die Buchstaben M O N I K A. Ich mischte die Karten und legte sie wahllos aus. Zu meinem Erstaunen ergab fast jede Verbindung ein vollständiges Lautgebilde, zum Teil Namen von wunderbarem Klang. Kamoni - Minoka - Akmino - Kimano - Nikamo - Komnia. Stundenlang trieb ich das Spiel, starrte wie verhext bald auf diese, bald auf jene Kombination, sprach die gefundenen Wörter vor mich hin und aus den Anklängen wehten mir Bilder, Düfte, Melodien entgegen, die mich mehr und mehr in einen rauschartigen Zustand versetzten.

Die Vergangenheit brach auf und überschwemmte mich wie eine warme Flut. Bis tief in die Nacht hinein schrieb ich zu den einzelnen Wortgebilden halbverrückte Sinndeutungen und kam mir vor wie ein Junge, der sich zum ersten Mal als Dichter fühlt. Kopfschüttelnd lese ich jetzt bei nüchternem Morgenlicht:

Monaki - Ligurisches Meer - die Brandung rollt in breiten, sich überschlagenden Gischtbändern über feuchtglatten Sandstrand - weiße Paläste hinter bunten Strandsonnenschirmen - nackte, gebräunte, von flaschengrünen Wogen geschaukelte Leiber - wolkenloses, warmes Sonnenblau.

Ko - im - na - woher stammst du? Wer hat dich mir zugeführt, weißblühende, von zartem Rosa überhauchte Magnolie - Lotosbecher mit Goldgrund. Schauer aus weichen Armen und heißen Lippen. - Ich habe Heimweh nach deinem Körper, Monika.

Auf einmal wandelt sich alles ins Düstere, Gefährliche, Urwaldhafte: Kaimon - Basiliskenblicke schwarzer Schuppenechsen zwischen tischgroßen, harten Tellerblättern. Reihen blitzender Kegelzähne über stagnierenden Wassern.

Maniok - eine Pflanze aus der Gattung der Wolfsmilchgewächse mit starkem giftigem Milchsaft. Sagtest du nicht einmal, Monika, ich komme mir vor wie eine Giftpflanze, die jedem Unglück bringt, der mich berührt?

Es folgen weitere abstoßende Verbindungen mit unsinnigen Kommentaren: Omniak, Aimonk, Komian. Dann aber wieder so zarte Namen, wie sie nur japanische Frauen in seidenen Kimonos mit schwarz getürmten Haaren tragen könnten: Kimona, Maniko, Imonka, Akmino, Omanki.

Auf einem gesonderten Blatt wird der Versuch gemacht, alle Möglichkeiten der Silben- und Buchstabenmischungen auszurechnen. Es sind mehrere hundert. Daneben stehen die wenigen Variationen zum Namen Ilse. Das grenzt schon ans Krankhafte. Ich bin auch krank, krank vor Einsamkeit, krank vor Heimweh.

Auch nach meinem Wagen habe ich Heimweh. Fahren sollte ich dürfen, hinaus ins freie Land, kreuz und quer. Fahren, nur um mir selbst zu entrinnen und diesen fiebrigen Gedanken.

Mein einziger Freund ist jetzt die Schreibmaschine. Sie ersetzt mir den Wagen. Tippen ist ein motorischer Vorgang. Ich höre etwas, es läuft etwas ab. Ich sehe wie auf einem Transportband die Buchstaben hervorgleiten.

Und wie habe ich doch einmal alle Schreibmaschinen verwünscht und in hilfloser Wut in Grundserdboden verdammt. Damit fing es an, vor Jahren, mit einer Schreibmaschine.

II

Es ist gar nicht so leicht für mich, hier oben im neunten Stockwerk eines Hochhauses, in einer großen, hellen Vierzimmerwohnung mit Teppichen, Stilmöbeln, Zentralheizung samt all dem Krimskrams an Apparaten und Maschinen, ohne die heute ein Mensch nicht mehr auszukommen glaubt, mich um fast zwanzig Jahre zurückzuversetzen in die Dachkammer eines von Pferde- und Kuhstallgeruch vermufften, alten Bauernhauses, wo Mutter und ich nach dem Verlust unserer Stadtwohnung ein Unterkommen gefunden hatten. Wollte ich heute umziehen, brauchte ich einen zehn Meter langen Möbelwagen mit Anhänger. Was hat sich bei mir wieder an Ballast angesammelt! Damals waren wir so ballastfrei, dass unsere gesamte Habe bequem auf einem Handkarren Platz gefunden hätte.

Noch viel schwerer wird es mir fallen, etwas einzufangen von der Stimmung, der kalten Frischluft und dem Schicksalsgeschmack jener Zeit, vom Glück der Schiffbrüchigen, die als Strandgut des Krieges zerzaust, nass, hungernd und frierend, aber heil das Ufer erreichten. Was fragte man schon danach, wie der Einzelne wohnte, sich kleidete oder welchen Beruf er vordem ausgeübt hatte. Ich ging als Holzfäller in den Wald, nebenan mistete ein Schulrat die Ställe aus, ein Generaldirektor sammelte für sein Pachtgärtchen in einem alten Kinderwagen, was die Pferde an Äpfeln auf die Straße fallen ließen. Adam, mein Waldschratt, ein vierschrötiger Erdenkloß, der mir morgens eine breite Stapfenspur durch den Schnee trat, war mein bester Lehrmeister. »Arm«, sagte Adam, »ein junger Mensch wie du, Hergottfix, kann gar nicht arm sein.«

Auch meine Mutter hätte nicht zu klagen brauchen über ihre Armut, sie hatte ja ihren Sohn aus dem Krieg zurückbekommen. Im Dorf wimmelte es von Flüchtlingen und Evakuierten, mit denen sie sich trösten konnte. Zudem hatte sie noch aus Brand und Schutt einen Koffer mit ihren kostbarsten Habseligkeiten an Kleidern und Wäsche gerettet, geradezu einen Schatz an Samt und Seide, den sie nicht wie andere Frauen gegen Lebensmittel eintauschen musste. Ich bekam Schwerstarbeiterzulage, bekam viel Holz, das ich in Mehl, Fett, Eier umwandeln konnte. Keinen Tag hat Mutter gehungert oder gefroren. Aber sie war kränklich und konnte sich nicht mehr umstellen. Die Kammer, die wir bewohnten, war eng. Ein Tisch, zwei Stühle, zwei Bettstellen, ein kleiner Kanonenofen, das war alles. Die Kleider hingen an Nägeln an den Wänden. Eine Dachluke gab nur spärliches Licht.

Der einzige Ärger, der mir damals wochenlang das Leben verbitterte, kam von einer Schreibmaschine. Fast jeden Abend, wenn ich mich nach dem Essen, übermüd von der Waldarbeit, zu Bett gelegt hatte, fing es hinter der dünnen Wand, die mich vom Nebenraum trennte, an zu rasseln: - tack-tack-tack - rattata - tack-tack. Schon war es mit dem Einschlafen vorbei. Zorn und Aufregung trieben mir sofort den Schweiß aus den Poren. Wäre das Geräusch regelmäßig gewesen wie etwa das dumpfe Rollen der Schrotmühle oder Futterschneidmaschine, das oft aus den unteren Räumen des Bauernhauses heraufdrang, hätte mich der Lärm eingeschläfert. Aber das Geklapper einer Schreibmaschine kennt keinen Rhythmus. Es gab lange Pausen, kurze Pausen, manchmal ein fließendes Heruntertippen, dann nur vereinzelte Anschläge, zwischendurch Papiergeraschel, Stuhlrücken oder ein Gespräch zwischen einem Mann und einer Frau.

Ich halte mich selbst für einen gutmütigen Hund. Aber man versetze sich einmal in meine Lage: Neun Stunden Scheiter tragen, Stangen schleppen, Raummeter setzen, sägen, hauen, Stämme wälzen, dazu ein Hin- und Rückmarsch durch Schnee und Matsch über Berg und Tal. Man kommt nach Hause, durchfroren, durchnässt, schlingt einige Teller Weizengrütze hinunter und hat, nachdem man sich gewaschen und aufgewärmt, nur den einen tierischen Drang, zu schlafen, wegzusinken ins Nichts. Kaum liegt man auf einem alten quietschenden Bettrost unter einem Bauernfederbett so schwer und knollig, als sei es mit toten Katzen gefüllt, da fängt, als hätte der Teufel nur auf diesen Augenblick gewartet, keine Armlänge vom Ohr entfernt, eine Schreibmaschine an zu klappern, ein uralter Rasselkasten mit dem Anschlag eines Sensendenglers: rattata, rattata, tack-tacktack.

Nur meiner Mutter verdanke ich die Geduld. »Es sind Flüchtlinge, Paul«, mahnte sie täglich. »Schrei nicht, fluche nicht, hämmere nicht gegen die Wand!« Ich erfuhr von ihr, der Mann nenne sich Professor, sei Arzt und stamme von irgendwo da unten, aus Ungarn oder Rumänien. Er habe seine Frau auf der Flucht verloren, zwei Söhne seien im Krieg gefallen und sein letztes Kind, die junge Frau nebenan, habe ihren Mann gleichfalls verloren. Er sei in Russland verschollen.

Es war Winter. Vor Tagesanbruch verließ ich das Haus, und wenn ich abends zurückkehrte, war es bereits dunkel; so bekam ich meine Nachbarn nie zu Gesicht. Ich verspürte auch gar keine Lust, sie kennen zu lernen. Sie existierten für mich nur als Störung, als unerträgliche Zumutung an meine Nerven. Rücksichtslos zerhackten sie mir die Nachtruhe. Schlief ich dann zuletzt doch ein, verwandelte sich das Geratter in MG-Feuer, sodass ich in wüsten Alpträumen den Krieg wiederkäuen konnte.

Auf dem Weg zum Arbeitsplatz erzählte ich Adam die Sache. »Was würdest du an meiner Stelle tun, Adam?« Er stapfte lange Zeit schweigend weiter, holte räuspernd auf, spuckte nach rechts, spuckte nach links, stieß den Stock in den gewalzten Schnee. »Herrgottfix, Maschinen, sag ich immer, Bäume fällen mit Maschine ist Schande und schreiben mit Maschine ist auch Schande. Sind nicht nötig Maschinen. Kann doch mit Hand schreiben, dein Professor, Herrgottfix.«

»Könnte er, Adam. Aber diese verdammte Schreibmaschine ist nun einmal da und sägt und klappert und rasselt. Sag, was würdest du an meiner Stelle tun?« Adam brach mit der freien Hand ein kopfgroßes Stück harschen Schnees aus der Mauer am Straßenrand, schleuderte es zu Boden und zertrat es. »So würde ich machen. Aber du bist du und ich bin ich.«

Adam war Philosoph. Um Rat durfte man ihn nicht angehen. »Du bist du, ich bin ich«, das hieß so viel wie: »Lass mich ungeschoren, mach was du willst.«

In normalen Zeiten hätte ich mich beim Hausbesitzer beschweren können. Ich spielte diese Möglichkeit in Gedanken durch: Angenommen, ich gehe hinunter in die Bauernstube, stehe vor einem Rübezahl mit rotem Stoppelbart, dem man gegen seinen Willen zwei Familien ins Haus gelegt hat, und sage etwa: »Herr Meinhardt, mein Zimmernachbar, der Professor oder was er ist, klappert oft bis nach Mitternacht auf einer Schreibmaschine herum. Das ist unzulässig, ist gesetzlich verbotene Nachtruhestörung. Wollen Sie bitte dafür sorgen, dass dieser Übelstand beseitigt wird.« Ich konnte mir unschwer seine Reaktion vorstellen, sein vorgeschobenes bulliges Kinn, die aufgerissenen Augen, das blaurot angelaufene Gesicht, die geballten Fäuste ... Beschweren! Übel wäre ich bei ihm angekommen. Die Tochter des Professors arbeitete tagsüber in seinem Haushalt, wusch, bügelte, kochte und hütete zwei Kleinkinder, während ich dem Bauern nichts nützte und meine herzkranke Mutter erst recht nichts.

Die Schreibmaschine wurde langsam zur bösartigen fixen Idee, die mich wie ein giftiges Rieseninsekt in den Wald begleitete. Seltsamerweise löste die Feindschaft ungeahnte Kräfte in mir aus. Die Axt flog rascher, wenn ich an sie dachte, traf viel sicherer. Die Scheiter wuchteten nicht mehr schwer auf den Schultern. Trieb ich mit dem Schlägel Keile in die Stämme, stellte ich mir bei jedem Hieb das Rasselbiest vor. Tausende Male schon hatte ich es in Gedanken zerschmettert.

So viel Verständnis traute ich dem Professor und seiner Tochter zu, dass sie nicht ohne Not meinen und meiner Mutter Schlaf störten. Man hörte es am Getuschel der beiden, sie dämpften bewusst ihre Stimmen, wenn sie sich unterhielten. Es konnte sich ja um hochwichtige Arbeiten handeln, die dort geschrieben wurden, Arbeiten, die keinen Aufschub duldeten. Und da die Frau tagsüber keine Zeit fand, ihrem Vater zu helfen, musste notgedrungen die Nacht herhalten. Sollte es gar stimmen, was Mutter von ihnen erzählt hatte, war ihre Lage weit schlimmer als die unsere. Ich versuchte also bewusst den Mechanismus eines notwendigen Übels vom Organismus eines schweren Lebens zu trennen und meine Feindschaft lediglich auf die Maschine zu konzentrieren, ein gedanklicher Akrobatenakt, der manchmal gelang, meist aber nicht.

»Du könntest einmal zu ihnen hinübergehen«, meinte Mutter, »und einen kurzen Anstandsbesuch machen. An einem Sonntagmorgen vielleicht. Die Frau ist sehr freundlich und grüßt mich immer höflich. Sie ist eine ganz junge Frau - und hübsch dazu. Er allerdings - sein Blick geht durch und durch. Aber warum sollte er nicht mit sich reden lassen, von Mann zu Mann? Er ist doch Professor, ein gebildeter Mensch.«

Lange wehrte ich mich gegen ihren vernünftigen Rat. Der Zorn auf die beiden war in mir bereits bedrohlich aufgelaufen und ich befürchtete nicht ohne Grund eine Explosion.

Es gab Zeiten, da es abends still blieb, während ich wach lag und zwischen Hoffen und ängstlichem Ärger hinüberhorchte. Auch das war aufregend. Konnten wir nicht eine Vereinbarung auf gegenseitige Rücksichtnahme treffen und zwar so, dass ich wenigstens erfuhr, an welchen Abenden sie schreiben wollten? Das alles ließ ich mir durch den Kopf gehen, bereitete mir eine höfliche Rede vor, zog das beste Zeug an, das ich noch besaß, und ging, die Jacke stramm gezogen, frisch rasiert, an einem Sonntagvormittag hinüber.

Auf mein zweimaliges Klopfen wurde die Tür mit einem Ruck geöffnet. Im Rahmen stand eine hagere, hochaufgeschossene Gestalt mit offenem weißem Hemdkragen, aus dem ein magerer, von Sehnensträngen gefurchter Hals wie der Stammansatz eines Baumes herauswuchs. Der Hals trug einen großen, kantigen Schädel, der, als habe er Mühe, das Gleichgewicht zu halten, leicht hin und her schwankte. Selten habe ich ein so ausladendes Stirngewölbe gesehen. Weit über die Augen vorgeschoben, drückte es auf ein zerknittertes, von Altersrillen überzogenes Gesicht.

»Was wünschen Sie«, fragte der Mann, der mich um Kopfhöhe überragte. »Wenn Sie Patient sind, müssen Sie den Dorfarzt aufsuchen. Ich praktiziere nicht.«

Nach einer leichten Verbeugung sagte ich ruhig: »Nein Herr Professor, ich bin kein Patient, sondern Ihr Nachbar von nebenan. Pelz ist mein Name. Verzeihen Sie, wenn ich störe. Könnten Sie mir einen Augenblick Gehör schenken. Es handelt sich um ein dringendes Anliegen.«

Er ließ mich eintreten, bot mir aber keinen Platz an, sondern lehnte sich leicht gegen den Tisch und verschränkte seine Arme über der Brust.

Was ich bei einem flüchtigen Überblick sah, waren Bücher, eine Menge Bücher auf dem Tisch, dem Schrank, andere am Boden hochgestapelt, dazu auf den Betten und einem Sofa Stöße beschriebenen Papiers. Das Zimmer war bedeutend größer als das unsrige und bekam von zwei Fenstern ausgiebig Licht. Am Fußende eines Bettes saß eine Frau in einem hochgeschlossenen schwarzen Kleid. Sie hatte die weißen Hände, die sich grell vom dunklen Stoff der Ärmel abhoben, flach auf den Tasten einer Schreibmaschine liegen und starrte gegen die Wand, die unsere beiden Zimmer trennte. Das dunkelblonde, fast schwarze Haar war streng und glatt an den Kopf gekämmt und in einem altmodischen Zopfnest zusammengesteckt. In ihrer starren, steifen Haltung, ihrer dunklen Kleidung wirkte sie wie eine Nonne. Nur kurz hatte sie bei meinem Eintreten ihr Gesicht hergewandt.

Es versteht sich, dass ich ihr Bild erst im Laufe der Unterhaltung, besser gesagt, des Streites, in mich aufnahm, denn die Augen des Professors suchten sofort meinen Blick festzuhalten. Keine guten Augen. Etwas Stechendes, Feindseliges ging von ihnen aus, gegen das ich mich wappnen musste. Adam fiel mir ein, wie er den großen Eisbrocken auf die Straße schleuderte und zertrat. ›Kann doch mit Hand schreiben, dein Professor.‹ Adam! Ich übersprang jede weitere Einleitung, straffte die Muskeln und sagte: »Ihre Schreibmaschine dort stört meinen Schlaf. Darüber möchte ich mit Ihnen reden.« Es kam barsch heraus, unhöflich, beinah frech. Die Frau rückte erschrocken mit ihrem Stuhl. Die Augen des Mannes verengten sich zu Schlitzen. Sofort bereute ich, so prall mit der Tür ins Haus gefallen zu sein, und sagte: »Verzeihung, Herr Professor.« Dann schilderte ich meine schwere Waldarbeit, die bei meiner nicht eben robusten Natur und der schmalen Kost das Äußerste von mir fordere, sodass ein ausgiebiger Schlaf für mich lebensnotwendig sei. Das nächtliche Geklapper hart an meiner Wand sei für mich einfach unerträglich. Ich bat ihn, seine Schreibarbeiten möglichst gegen zehn Uhr abzuschließen, oder ... »Nein!«, unterbrach er mich schroff und ließ seine verschränkten Arme sinken. Ich sah, wie die Frau sich ängstlich uns zukehrte. »Junger Mann«, begann er mit verhaltener, belegter Stimme, »reden Sie mir nichts ein. Sie besitzen einen unverschämt guten Schlaf. Oft höre ich Sie die liebe lange Nacht hindurch schnarchen. Wenn also hier schon von Ruhestörung die Rede ist und Beschwerden vorgebracht werden, läge es an mir, mich über Sie zu beklagen. Aber ich schätze, ich bewundere Ihren Schlaf. Ich beneide Sie aufrichtig darum und gäbe weiß Gott wie viel dafür, könnte ich mir auch nur einen

Bruchteil davon ausborgen.« Ganz geschäftsmäßig fuhr er dann fort: »Nein, mein Herr, es tut mir leid. Meine Arbeit duldet keinen Aufschub. Tagsüber hat meine Tochter keine Zeit, sich darum zu kümmern. Wenn wir Sie stören, können Sie ja ausziehen. Es ist ohnehin zu eng hier. Ich benötige dringend einen zusätzlichen Raum, wo meine Tochter schlafen kann. Wenn Sie Wert darauf legen, kann ich ihnen behilflich sein, eine neue Unterkunft zu finden. Dort drüben, der Missionar, bewohnt mit seiner Frau ein ganzes Haus. Soll ich mit ihm reden?«

Ich spürte nicht, welche Beherrschung es ihn gekostet haben mochte, die Angelegenheit friedlich mit mir zu regeln. Welcher Teufel ritt mich, auf das Angebot nicht einzugehen und mich in Gegenwart einer Frau, die mich ängstlich anstarrte, wie ein Rossknecht zu benehmen. Aber mein seit Wochen angestauter Zorn hatte endlich sein Ventil gefunden, riss mich einfach fort. »Ausziehen!«, schrie ich, »weshalb ziehen Sie nicht aus? Meine Mutter war vor Ihnen hier. Weshalb können Sie Ihre Schreibereien nicht selbst bei Tag auf die Maschine übertragen? Wenn Sie rücksichtslos sind, kann ich es auch sein. Ich warne Sie, ich garantiere für nichts.« Wieder sah ich Adams Eisbrocken auf der Straße zerspringen. »Wenn mir die Nerven einmal durchgehen, kann es Ihnen passieren, dass ich einfach hier einbreche und den Rasselkasten zum Fenster hinaus auf den Misthaufen werfe, wo er hingehört.«

Die Wirkung meiner Drohung war unerwartet. Der Mann beugte sich zu mir herunter, näherte sein Gesicht dem meinen und flüsterte: »Was haben Sie gesagt? Nerven! Nerven!« Er griff sich lachend in die spärlichen Haarbüschel, lief um den Tisch herum, lachte zur Decke hinauf. »Monika! Monika! Hör dir das an. Ein Holzfäller mit Nerven.« Mit zwei langen Schritten war er neben mir und fasste mich am Oberarm, deutete mit einer ausladenden Gebärde über die Bücher und Papiere. »Für Sie sind das lediglich Schreibereien. Was wissen Sie, junger Dachs, schon von geistiger Tätigkeit.« Seine Stimme wurde stärker. »Schande genug, dass ich in diesem muffigen Bauernloch arbeiten muss. Hier wird nicht nur geschrieben, hier wird gedacht. Besäßen Sie auch nur das kleinste Organ dafür, was denken heißt, sie müssten es längst durch die Wand gespürt haben. Denken ist tausendmal mehr wert als Holzfällen und Stallmisten.« Der Griff seiner

Hand um meinen Arm wurde härter. »Glauben Sie, ich tue das zu meinem Vergnügen«, – er schlug sich mit der freien Hand gegen die Stirn – »diese Dämonen da ließen sich dirigieren wie Ochsengespanne? Wissen Sie vielleicht, was Geist ist, Sie junger Mensch. Geist ist Feuer, Geist ist Dynamit. Ein einziger großer Gedanke kann die Welt entzünden.«

Nicht so sehr das hochtrabende Gerede, das in dieser armseligen Umgebung geradezu lächerlich wirkte, als vielmehr der Gesichtsausdruck des Alten, die beschwörend aufgerissenen Augen, aus deren Hintergrund eine lähmende Magie strömte, und der Schraubstock seiner knochigen Finger am Arm jagten mir plötzlich kalte Schauer über den Rücken.

»Vater! Vater!« Die Frau hatte sich uns jetzt ganz zugekehrt und saß auf der Kante des Stuhls zum Aufspringen bereit. Ihre vor Aufregung geröteten Wangen, die glatte, schmale Stirn, der halb geöffnete Mund, die bebenden Nasenflügel und die verschreckten dunklen Augen – das Bild hat sich mir so tief eingeprägt, dass es stets als erstes vor mir steht, wenn ich an Monika denke.

Ich versuchte den Griff zu lösen und zerrte den Arm hin und her. Sie sprang auf, lief hinzu. »Vater, ich bitte dich, lass los.«

Er gab meinen Arm frei und schob sie weg. »Misch dich bitte nicht ein und kümmere dich um die Korrekturen. Ich werde mit dem Burschen da reden, wie es mir beliebt. Er soll wissen, dass man hier nicht einfach hereinstolpern kann, um uns Maulkörbe anzulegen.« Die Hände vor der Brust geballt, wandte er sich wieder mir zu. »Nicht genug, dass ich mich in Hinterstuben und Dachkammern stopfen lassen muss, soll ich auch noch demütig um Erlaubnis bitten, mich betätigen zu dürfen.« Er schüttelte die Fäuste. »Ich buckle nicht, vor keinem Menschen, vor keinem König und Kaiser und Tyrannen, auch vor Gott nicht. Und hier wird weitergeschrieben, wann und wie es mir beliebt!« Die Sätze waren mir mit heiserer Stimme ins Gesicht gefahren. Der Mann bebte wie vom Schüttelfrost befallen, während die Frau die Tür öffnete und mir Zeichen gab, das Zimmer zu verlassen.

Ich drückte mich an ihrem Vater vorbei und verließ mit einer leichten Verbeugung gegen sie den Raum.

Der Auftritt tat mir auch sofort leid, besonders meiner Mutter wegen, die nebenan das Schreien gehört hatte und, als ich zurückkam, schwer atmend, mit blauen Lippen auf dem Bett saß und gegen eine Herzschwäche ankämpfte.

III

Denken - schreiben. ›Glauben Sie die Dämonen in meinem Kopf ließen sich dirigieren wie Ochsengespanne.‹ Jetzt besitze ich eine kleine Ahnung von den Umtrieben nagender, bohrender Gedanken, die dem Alten die Nächte raubten. Was ich suche: einen Aufriss, eine Skizze, die Regie im Hintergrund. Als Bauingenieur weiß ich, wie viel Planung, Überlegung, Denkarbeit der Entwurf des kleinsten Einfamilienhauses erfordert. Ich habe Physik und Chemie studiert, kenne mich auch in Biologie aus. Überall begegnen wir Bauwerken. Ein großer Physiker sagte, ein Eisenatom sei komplizierter konstruiert als ein Konzertflügel. Und erst eine Zelle oder gar der Zellverband einer Pflanze, eines Tieres! Dagegen muten die größten Dombauten an wie Klötzchenspielereien von Kleinkindern.

Soll ich glauben, dass unser Leben, dieses Netzgeflecht aus Wille, Schicksal, Leidenschaften, vererbten Anlagen samt den vielen Verknotungen mit den Lebenslinien anderer Menschen nur dem blinden Zufall unterworfen ist? Dass ich Monika kennen lernte, mag Zufall gewesen sein. Wer aber führte mir zu gleicher Zeit ihren Mann zu, den sie tot oder verschollen glaubte, und ließ uns jahrelang im Dunkeln tappen. Es gab damals in der zerstörten Stadt Hunderte von Baustellen und nur vier Wochen half ich beim Entschutten mit, bevor ich die Waldarbeit aufnahm. Wer hat ihn hergeführt, schon nach drei Tagen?

Ich sehe ihn noch deutlich oben stehen auf dem Mauervorsprung über dem Geviert, in welchem ich zusammen mit zwei alten Männern Ziegelsteine abklopfte. Schaufeln, Spitzhacken, Brecheisen und ein hölzerner Schubkarren lehnten an der Wand. Er stand eine gute Weile als dunkle, gegen den sonnbeschienenen Dom im Hintergrund abgezeichnete Silhouette und schwang lässig eine prallgefüllte Aktentasche in der Hand. Ein Mann mittlerer Größe, barhäuptig, mit schwarzem Haarwuchs und sonnverbranntem Gesicht. Etwas Posenhaftes lag in diesem Auftreten. Er hätte ja ebenso gut durch das bereits ausgeräumte Tor hereinkommen können.

Auf einmal klatschte seine Mappe uns vor die Füße, wirbelte eine Staubwolke hoch, und mit einem waghalsigen Sprung stand der Neuling vor uns. »Guten Morgen, meine Herrn«, grüßte er, während wir den Staub aus den Augen wischten. Ich war nahe daran, mir seine Ungezogenheit zu verbitten. Aber auf Baustellen geht es nicht zimperlich zu. Er bückte sich nach seiner Mappe, riss den Reißverschluss auf, entnahm die Arbeitskleider und zog sie über seinen Sportanzug. Dabei stießen seine Arme und Beine energisch nach allen Seiten, was auf überschüssige Kräfte schließen ließ. Die Finger liefen an den Knöpfen entlang, er wiegte sich in den Knien, er tat einige Schritte im Geviert und prüfte die Mauern, er griff nach dem Pickel und stellte ihn mit hartem Aufklopfen vor seine Stiefelspitzen. »Guten Morgen«, sagte er noch einmal mit einer klaren Bassstimme. »Entschuldigt bitte den Staubwirbel.«

Na, er wusste also doch, was sich gehört. Die beiden Alten, noch verärgert, gaben keine Antwort. Ich erwiderte den Gruß, sagte: »Du hast wohl die Absicht uns zu helfen.«

»Ganz richtig. Der Bauführer hat mich hergeschickt, um ein flotteres Tempo in diesen Betrieb zu bringen.« Er drückte mir den Stiel des Pickels in die Hand, kletterte gewandt auf einen Giebelstumpf, ich warf ihm die Spitzhacke zu, und sofort begann er, auf der Mauer herumturnend, das Eisen in die Fugen zwischen den Backsteinen zu schlagen. Stück für Stücke stürzte kollernd und polternd herunter. Ein waghalsiger Mensch, ein

Angeber. Wie besessen wuchtete, hackte und keuchte er und trug in kurzer Zeit einen Großteil der Mauer ab.

Seine Arbeitswut steckte mich an, sofort fühlte ich wie jede Müdigkeit von mir abfiel. Das war endlich frischer Wind, war Aufruf an die eigene Kraft, war Widerstand gegen die niederziehende Lähmung, die mich bisher beim Anblick des Ruinenfeldes meiner Heimatstadt befallen hatte.

Ich schätzte ihn auf etwa dreißig Jahre. Während der Arbeit sprach er kein Wort. Mit vorgeschobenem Unterkiefer wühlte und schaufelte er, als führte er mit den Ruinen einen Ringkampf auf Leben und Tod. Sein Gesicht mit der vorspringenden kühnen Nase, der kantigen Stirn und der tiefgebräunten Haut, ein Bergsteigergesicht, konnte man nicht schön, eher rassig nennen; es war mir vom Krieg her, wo ich in einer Gebirgsdivision gedient hatte, unter den Offizieren des Öfteren begegnet. Auch in der Art, wie er sofort die Arbeit einteilte, das Tempo bestimmte, in seiner ganzen Körperhaltung und den Ruck-Zuck-Bewegungen lag etwas Herrisches, das gewohnt war, zu befehlen und keinen Widerspruch zu dulden. »Typischer Kommisshengst«, dachte ich.

Dieser Eindruck verstärkte sich noch in der Mittagspause. Die beiden Alten stammten aus der Stadt und waren eben zum Essen heimgegangen, da warf er die Schaufel brüsk weg, rieb sich die Hände an der Hose ab und trat gewichtig auf mich zu. Ich glaube sogar den Klang zusammenschlagender Absätze gehört zu haben. Leichte Verbeugung: »Kermann ist mein Name. Fred Kermann.« Wohl oder übel machte ich dieselben Faxen: »Pelz, Paul Pelz.« Händedruck. Rühren!

Aus dem Mauerwerk waren hier und dort halb verkohlte Balken und Bretter zum Vorschein gekommen. Mit Spitzhacke und Maurerhammer hieben wir sie zu Kleinholz und fachten ein Feuer an. Über der Flamme rösteten wir Brote und saßen dicht nebeneinander auf dem umgekippten Schubkarren. Ausgiebig war mein Mittagsmahl nicht. Zwei Doppelbrote, mit Margarine bestrichen, und als Getränk undefinierbarer Kaffeeersatz in einer Feldflasche. Er dagegen breitete auf einem Vesperbrett ein ansehnliches Stück Rauchfleisch aus, von dem er mit seinem Stilettmesser ordentliche Happen abschnitt.

Als er mein kärgliches Brot sah, teilte er kurzerhand das Fleisch und wollte mir die Hälfte davon aufnötigen. »Nur keine falschen Ehrbegriffe«, sagte er. »Der eine sitzt an der Quelle, der andere nicht. Im Feld hat man mit seinem Kameraden die letzte Zigarette geteilt.« Das stimmte wohl; aber wir waren noch lange keine Kameraden und es war zweifelhaft, ob wir es je sein würden. Er klatschte mir das Rauchfleisch einfach aufs Brot. Widerwillig nahm ich an unter der Bedingung, dass das heute als Ausnahme gelten solle. Lachend gab er mir mit dem Ellbogen einen Stoß in die Seite. »Junge, Junge, du hast noch Stolz im Leib. Seltener Luxusartikel in dieser Scheißzeit. Es gefällt mir, aber große Sprünge wirst du damit nicht machen.«

»Stolz hin, Stolz her«, sagte ich. »Wer nichts hat, muss das, was ihm noch verblieben ist, umso eifersüchtiger hüten.«

»Richtig! Ganz meiner Meinung. Glaubst du, ich hätte diesen Ladestock nicht auch im Kreuz. Aber ich gebe dir einen Rat. Teile dich heut und für die nächsten Jahre bewusst in Herr und Hund. Der Hund mag den anderen die Stiefel lecken, den Herrn stellst du vorläufig in den Glasschrank. So halt ich's, oder versuche es wenigstens, wenn mir dabei auch das große Kotzen aufstößt. Wer heute vor den neuen Herrn nicht katzbuckelt und scharwenzelt, kippt ab.«

Er spielte mit dem Dolch und kaute vor sich hin. Weil uns das Feuer immer nur eine Körperhälfte wärmte und die Novemberkälte der anderen empfindlich zusetzte, wechselten wir einige Male die Sitzstellung und boten dem Feuer den Rücken dar.

»Wer sind denn die beiden Alten mit den essigsauren Teiggesichtern und den Großmutterbinden um die Hälse?«, fragte er und deutete mit der Messerspitze zu ihren Plätzen hinüber, wo sie Ziegelsteine abgeklopft hatten.

»Sind Einheimische. Ich kenne sie weiter nicht.«

»Oh, denen werde ich noch die Ohren lang ziehen und Dampf hinter ihr Schneckentempo setzen. Wenn ich schon so was sehe: Hammer hoch, Hammer runter - Pause - Hammer hoch, Hammer runter - Pause.«

Ich nahm sie in Schutz und gab ihm zu bedenken, wie lähmend es für alte Menschen sein müsse, in den Ruinen der eigenen Stadt herumzuwühlen. Soviel ich erfahren, hätten beide ihre Häuser verloren.

Kermann saß vorgebeugt, wiegte den Oberkörper hin und her, schluckte den Rest des Brotes hinunter und stieß gepresst hervor: »Verloren, verloren. Wohin ich komme, mit wem ich rede, das zweite Wort heißt verloren, und dann folgt die große Jeremiade. – *Ich* habe Weib und Kind verloren. Mein Vater hat seine Fabrik verloren und kam auf der Flucht ums Leben. Als Kind schon verlor ich die Mutter. Den Krieg haben wir haushoch verloren. Ich frage mich, ich frage dich, sollen wir unser ganzes Leben lang in dieser Ätzlauge herumrudern und uns das Fleisch von den Knochen fressen lassen. Strich darunter. Was weg ist, ist weg, was tot ist, ist tot, was lebt, muss leben. *Ich* habe nicht die Absicht, vor die Hunde zu gehen. Zurückschauen, zurückdenken – ich kann nicht, ich darf nicht, wenn ich meine Tassen heil im Schrank behalten will. Nimm dein Bett und wandle.«

Er reckte sich hoch, schüttelte etwas ab und sagte mit einem Schulterzucken, als handle es sich um die selbstverständlichste Sache der Welt: »Die Stadt hier wird eben wieder aufgebaut wie alle anderen auch. Schau dir« – er wies zum Dom hinüber – »diesen schwarzen Burschen an. Solange der steht, lebt die Stadt, und so wahr ich hier sitze, wird er sie in zehn Jahren wieder hochgezogen und aufgerichtet haben.«

»In zehn Jahren – in zehn Jahren!« Ich lachte grimmig vor mich hin. »In zehn Jahren! Deinen Glauben möchte ich haben.«

Er fuhr herum und setzte die Faust mit dem Dolch aufs Knie. »Hast du ihn vielleicht nicht? Es ist doch deine Heimatstadt.«

»In zehn Jahren! Bist du blind. Wir werden allein zehn Jahre brauchen, um den Schutt hier wegzuräumen. Sagen wir lieber fünfzig Jahre.«

Er legte mir die Hand auf die Schulter und sah mir von unten ins Gesicht. »Das ist nicht dein Ernst, Junge.«

Ich ärgerte mich über die bemutternde Zudringlichkeit und rückte etwas ab. »Es ist mein voller Ernst. Wahrscheinlich bin ich dabei noch Optimist. In fünfzig Jahren werden Gras und Kraut und Brennnesseln über diese Ruinen gewachsen sein. Was wir hier tun, ist leeres Stroh dreschen. Man muss die Leute beschäftigen, ihnen etwas vormachen von Hoffnung und Zuversicht, dass sie nicht rebellieren oder sich in ihren Kellerlöchern vor Verzweiflung gegenseitig umbringen.«

»Auch einer«, sagte er enttäuscht, steckte sein Messer weg und schürte das Feuer nach. »Wenn die Alten so daherunkten, könnte ich es verstehen. Fünfzig Jahre! Bist du jäck. In fünfzig Jahren kann man die ganze Erde umkrempeln. In fünfzig Jahren wurde fast das gesamte Eisenbahnnetz in Europa und Amerika mit Tausenden von Bahnhöfen, Brücken, Tunneln, Dämmen, Durchstichen und vielen Millionen Kilometern Schienensträngen gebaut.«

»Aber nicht mit halbverhungerten Menschen. Ganz zu schweigen vom Geld.«

»Geld«, warf er verächtlich hin, »Geld ist nur ein Tauschwert für geleistete Arbeit. Und Arbeit schafft der Unternehmer. Je mehr Arbeit wir leisten, desto höher steigt unser Kredit. Und je höher der Kredit, desto mehr Geld können wir aufnehmen. Das schaukelt sich gegenseitig an. Zudem vergisst du die moderne Technik. Ein einziger Löffelbagger steht für hundert Mann. Lass erst einmal diese Bullen hier anrücken, Bagger, Kräne, Pressluft-hämmer, Planierraupen, Stampfer, Betonmischer, und du wirst die Augen verrenken vor Staunen, was die in einem Jahr hinter sich schaffen.«

»Ja, wo sind sie denn, deine Kräne, Bagger, Planierraupen«, und ich deutete auf unsere primitiven Werkzeuge, »wo die Fabriken, die sie herstellen? Und wenn wir sie herstellen dürften und den Stahl dazu genehmigt bekämen, glaubst du, es gäbe dafür nicht andere Abnehmer, man überließe sie uns zum eigenen Aufbau und schenkte uns noch großzügig Öl und Benzin dazu.«

So stritten wir um des Kaisers Bart, bis mein Partner wie ein Händler seinen zehn Jahren noch fünf zulegte. Wie er das tat, mit Winden und Würgen, mit Abwägen und Lippenschürzen, bis er ungern zugab, zehn Jahre seien am Ende vielleicht zu wenig, sagen wir zwölf, höchstens fünfzehn, weiter gehe er nicht, das war dann doch zu köstlich, als dass man dabei hätte ernst bleiben können. Wir schüttelten uns wie nach einem kurzen Boxkampf die Hände und ließen das Thema fallen.

Der zwielichtige Eindruck, den ich von Kermann gleich zu Anfang bekommen hatte, verstärkte sich in den folgenden Tagen. Sein Arbeitseifer in Ehren, er hielt an, riss mit und räumte in mir alles Verhockte und Trübselige aus. Dafür bin ich ihm heute noch dankbar. Nur sein Gerede in der Mittagspause wurde mir von Mal zu Mal lästiger. Er sei Diplomingenieur in Feinmechanik. Sein Vater habe einen größeren Betrieb in Fotoartikeln besessen. Vorerst sei in dieser Branche nichts zu holen. Also umstellen, die Ohren steif halten und nach der optimalen Lage Ausschau halten. »Erst kommt das Fressen, dann erst die Moral.« Bester Grundsatz für alle Proleten. Beispiel: Als Flüchtling sei er in ein Bauernkaff gesteckt worden. Fünfmal habe er die Wohnung gewechselt, bis er ein kleines Goldgrübchen gefunden, einen Bauernhof mit zwei Pferden und acht Kühen im Stall. Die Besitzerin, jung, passabel, Kriegerwitwe. Abends helfe er den Kindern bei den Schularbeiten - dumme Blitze - und nachts - weshalb sich nicht gegenseitig trösten. Eier, Milch, Rauchfleisch, Butter als Zugabe. Optimale Lage. Jetzt müsse ein Motorrad her, und wenn es am Himmel hänge, - später ein Lastwagen. Er stieß mit der Stiefelspitze gegen das Rohrstück einer Wasserleitung. »Das ist Geld, tonnenweise liegt hier das alte Eisen herum. Sammeln, sammeln, aufschichten, horten, bis das Geld wieder ein stabiles Korsett besitzt.«

Wenn er meine Abwehr spürte, konnte er bissig und ausfallend werden. Er teile die Menschen ein in Unternehmer und Schlappschwänze. Die einen stießen mit ihren Ideen in die Zukunft, die anderen krebsten jammernd in der Vergangenheit herum. Ob ich denn kein Gespür dafür besäße, wie heute das ganze Land nach Architekten und Ingenieuren schreie. In wenigen Jahren schössen sie wie Pilze aus dem Boden. Unser Bauführer sei vor dem Krieg einfacher Maurer gewesen, heute habe er bereits ein halbes Dutzend Baustellen unter sich. »Steig ein ins Baufach oder tu dich mit mir zusammen, dann gründen wir eine Schrottfirma. Kermann und Pelz, Alteisensammlung, hört sich gut an. Wir buddeln hier den Winter über, legen etwas auf die Seite und kaufen im Frühjahr von den Amerikanern einen ausgedienten Lastwagen. In wenigen Jahren sind wir gemachte Männer.« Bald träumte er von einer riesigen Hühnerfarm, bald von einem Großbetrieb zur Herstellung von Hohlblocksteinen und verstieg sich am Ende gar bis zur Pferdezucht. Er sei nicht umsonst Reiteroffizier gewesen.

Das Unbehagen, das wir beim ersten Zusammentreffen mit einem Menschen verspüren, mag irreführen, aber es wirkt entscheidend und bestimmend auf unser Verhalten für die Zukunft. Kermann war kein Windmacher. Er behielt recht mit seinen Prognosen. Ihm und seinesgleichen verdanken wir den Wiederaufbau. Später bewies er mehr, als mir lieb war, welches Gebrodel an Energien in ihm steckte.

Als ich vier Wochen Entschuttungsarbeit abgeleistet hatte, fand ich die Beschäftigung beim staatlichen Forstamt. Kurz zuvor war der Professor mit seiner Tochter neben uns eingezogen.

IV

Nach dem Streit wegen der Maschine war lange Zeit kein Wort mehr zwischen mir und unseren Nachbarn gewechselt worden. Wenn Monika mich sah, huschte sie immer rasch weg in der Angst, ich könnte meine Beschwerde wieder vorbringen.

An einem Morgen, als ich eben das Haus verlassen wollte, stießen wir auf der schmalen Treppe, die zur Küche der Bauersleute hinunterführte, zusammen. Monika kam mit einem Eimer Wasser herauf. Ich drückte mich gegen die Wand und grüßte. In der Aufregung schwappte ihr das Wasser etwas über und traf meine Schuhe. Sie erschrak darüber heftig, sodass ein zweiter, diesmal ausgiebiger Guss auf meine Schuhe klatschte. Sie blieb stehen und murmelte eine Entschuldigung. Kurzerhand nahm ich ihr den Eimer ab und trug ihn die Treppe hinauf bis vor ihre Tür. »Warten Sie«, sagte sie hastig, »bleiben Sie bitte!«, und verschwand mit dem Eimer im Zimmer. Gleich darauf kam sie mit einem Lappen zurück, und ehe ich mich dagegen wehren konnte, kniete sie vor mir und trocknete meine Stiefel ab. Sie richtete sich auf, warf den Lappen fort und zog mich am Ärmel einige Schritte beiseite. Gehetzt sprudelte es aus ihr heraus: »Mein Schreiben bei Nacht, stört es sie sehr? Es tut mir ja so leid um Sie und Ihre Mutter. Aber ich kann nicht anders, ich kann um Gottes willen nicht anders. Mein Vater, Sie haben ja gesehen, seine Nerven. Der kleinste Widerspruch bringt ihn auf. Er schreibt an einem großen Buch. Ich muss ihm helfen. Tagsüber habe ich keine Zeit. Ich muss, ich muss. Er hat nur noch mich. Meine Schwester, meine Brüder ...« Sie schloss für einen Moment ihre Augen, wischte eine Haarsträhne aus der Stirn. »Sagen Sie offen, stört es Sie sehr? Was kann ich für Sie tun oder für Ihre Mutter? Ich wollte für sie waschen. Aber sie lehnte es ab. Weshalb denn? Ich wasche alle Wäsche im Haus.«

Sie stand im Halblicht des schmalen Ganges dicht vor mir, die Hände wie bittend vor der Brust gefaltet, und sah mich groß an. Ich versuchte sie zu beruhigen, sagte, die Maschine störe mich überhaupt nicht mehr. Ich könnte wieder ausgezeichnet schlafen und hätte volles Verständnis für ihre schwierige Lage. Auch bot sich mir jetzt Gelegenheit zur Entschuldigung. Ich nannte mein Verhalten unverzeihlich und rüpelhaft.

»Nein, nein«, wehrte sie ab. »Sie sind im Recht. Aber ich bin machtlos gegen meinen Vater.«

»Schreiben Sie, schreiben Sie wann und wie lange Sie wollen, Frau Landeck. Ich werde mich bestimmt nicht mehr beschweren. Und vergessen Sie bitte alles, was ich damals gesagt habe. Ihr Tippen macht mir überhaupt nichts mehr aus.«

Sie sah mich prüfend an. »Oh, wenn ich das glauben dürfte. Sie wissen nicht, was Sie mir damit abnähmen.« Da ging die Tür ihres Zimmers. Sofort eilte sie weg.

Für einen Augenblick, als ich das junge vor Aufregung gerötete Gesicht so nahe vor mir sah, überkam mich die starke Regung, sie einfach an mich zu ziehen und ihr alle Sorgen von den großen, ängstlichen Augen zu küssen. Ich entsinne mich noch genau, wie ich darüber erstaunt war und beim Gang durch Schnee und Wald mich fragte, wie sie sich dabei wohl verhalten hätte. Jede Einzelheit des Gesprächs rief ich mir ins Gedächtnis zurück. Was mich am meisten beschäftigte, war der Vergleich zwischen dem ersten und zweiten Zusammentreffen. Sie trug, als sie mit dem Eimer heraufkam, ein helles Kleid, war mitten in der morgendlichen Hausarbeit, wirkte frisch, natürlich und um gute zehn Jahre jünger als jene andere Schwarzgekleidete vor der Schreibmaschine. Hier ein junges, fast noch mädchenhaftes Geschöpf, das ich mir kaum als verheiratete Frau vorstellen konnte, dort ein dunkles, in seiner Trauerkleidung nonnenhaft wirkendes Wesen.

Was mochte sie wohl auf Befehl ihres gewalttätigen Vaters niederschreiben. Am eigenen Schicksal konnte ich mir die seelische Verfassung dieses Professors zusammenreimen. Herausgerissen aus seiner Lehrtätigkeit, in den Strudel des Rückzugs geworfen, von Lager zu Lager geschleppt, abgeschoben in dieses Walddorf, nahm er nach Verlust seiner Frau, seiner Kinder Zuflucht zu einem Buch, dozierte ins Leere, um die Gegenwart zu vergessen, um auch seine Tochter vergessen zu lassen, was an Grauen hinter ihnen lag. Ich beneidete ihn um die vielen Bücher, die er sich, wie Mutter erfahren, von Lehrern, Pfarrern und Ärzten und weiß der Herr aus welchen anderen Quellen ausborgte.

Viel Zeit blieb mir nicht, das aufkeimende warme Gefühl für meine Nachbarin zu hätscheln. Der Wald war ein viel zu strenger Herr und ich musste zusehen, wie ich als Anfänger unter lauter geübten Holzfällern mit meinen Kräften zurechtkam. Die Städte brauchten Holz, Brennholz, Holz für Dächer, Fußböden, Möbel, Baracken, Grubenholz, Papierholz, Faserholz, Holz von Fichten, Tannen, Buchen, Eichen, Ahorn. Das Akkordtempo war mörderisch.

Ich weiß nicht, ob ich diese Lehrzeit überhaupt durchgestanden hätte ohne Adam, der mich wie ein Bulldozer in Schlepp nahm. In seinem weiträumigen Kraftkörper wohnten ein halbes Dutzend Seelen friedlich nebeneinander. Er war kindlich, gescheit, listig, fromm, abergläubisch, hilfsbereit und trug die Last des Daseins spielend auf seinem Stiernacken.

Er war Linkshänder, ich Rechtshänder, er war fremd, ich war fremd, also ergab es sich von selbst, dass wir zusammen arbeiteten. Von Anfang an fühlte er sich als mein Lehrmeister und behandelte mich, was sein gutes Recht war, als Laufbuben. »Mach hier Schnee weg! Hol Säge und Keile! Gib Axt her!«

Als ich einmal aufmuckte und meinte, er könne mir gegenüber einen besseren Ton anschlagen, er sei genau wie ich nichts weiter als Waldarbeiter, tat er sehr verwundert. »Ton anschlagen«, schnaufte er. »Herrgottfix, werd ich anschlagen und du mach mal Ohren auf.« Er trat auf mich zu, nicht drohend, ganz väterlich, und drückte den Zeigefinger auf meine Brust. »Du bist Student. Hast gesagt oder nicht?« – »Ja und?« – »Du bist geistiger Mensch, ich Kraftmensch. Hab gearbeitet als Eisengießer, Gerber, Maurer, Stallmister und Melker, war Ringkämpfer mit Preisen in Agram. Alles Kraft. Wenn ich habe Bogenfragen,« – sollte wohl heißen Fragebogen – »darf ich zu dir kommen. Oder nicht?« – »Jederzeit, Adam.« – »Gut. Du nimmst Feder, Tinte, schreibst – und ich halte Schnauze. Du sagst: ›So Adam, hier schreibst du deinen Namen drunter.‹ Ich schreib Namen und sag dank schön. Wir hauen Holz. Das ist Kraft. Will dich lehren Holz hauen. Also!«

Die Schlussfolgerung, von nun an die Klappe zu halten, überließ er mir. Er arbeitete langsam, bedächtig, überlegte jeden Schritt, jeden Hieb, und jeder Hieb saß. Ließ er die erhobene Axt in die Kerbe fahren, unterstrich er den Schwung mit einem pfeifenden Zischen durch die Zähne. »Pass auf, Paul: So steht man hin beim Anschroten, so beim Sägen, so beim Räppeln, so lässt man Axtstiel durch die Hand laufen, so setzt man Keile. Weißt du, was Waldriss ist? Sieh her, jeder Baum hat zwei Risse im Leib. Sieht aus wie Kreuz. Setzt du beim Roller Keil in Riss, fährt er auseinander wie Butter.«

»Warum hat jeder Baum zwei Risse im Leib, Adam?«

Er glotzte mich an, räusperte sich. »Weiß Gott, hast du vielleicht keinen im Leib?«

Wir fällten Bäume, wir zersägten sie, wir schleppten Scheiter, trugen zwanzig Meter lange, schenkeldicke Stangen durch dichtes Gebüsch, dass ich oft glaubte, die Schultern brächen mir auseinander. Wir schichteten Holzstöße, schälten Rinden ab, krebsten in Matsch und Schnee an dachsteilen Hängen, bis ich nahe daran war, einfach aufzugeben und nach leichterer Arbeit Umschau zu halten. »Tu's nicht, Paul«, sagte Adam. »Starker Mensch ist friedlicher Mensch, schwacher nur streitvoll. Hab immer Schwerarbeit gesucht. War nicht stärker als du. Ein Jahr, zwei Jahre Holz fällen, brauchst nie wieder Angst haben vor Leben. Sagst einfach, komm her du, wollen mal sehen, wer stärker ist, ich oder Leben.«

Adam hasste Maschinen. »Hat Gott vielleicht Welt gemacht mit Maschinen? Berge, Bäume, Menschen? Hat sie gemacht mit Händen, so!«, und er formt in seinen Pranken langsam und andächtig einen Schneeball. »Also!«, setzte er wie ein Amen nach dem Gebet hinzu.

Eine Motorsäge war schon seit Tagen ausgefallen und befand sich in Reparatur. Jetzt streikte die zweite. Drei Mann knieten im Schnee um den Apparat, schraubten auseinander, setzten zusammen, wechselten Ketten aus, rissen am Anlassergurt. Auf alles Schmeicheln mit Öl und neuen Zündkerzen antwortete der Motor nur mit einigen Pupp-Pupp.

Wir mussten jetzt die Bäume von Hand fällen. Adam wählte eine große Weißtanne, in die Spechte bereits tiefe Löcher gehackt hatten. Ein morscher Baum. Bei angefaulten Bäumen ist Vorsicht geboten, man weiß nie, wie sie fallen. Zudem ging ein leichter Wind. Alle Augenblicke klemmte das Sägeblatt. Zuletzt saß es ganz fest, sodass wir von der Gegenseite mit der Axt den Stamm fast bis zur Mitte einschroten mussten. Bei einem starken Hieb saß auch Adams Axt fest. Der Baum neigte sich. Adam zerrte am Axtstiel. Ich brachte die Säge in Sicherheit. Adam ließ los und sprang zur Seite. Es geschah weiter nichts, als dass beim Niederkrachen der Tanne Adams Axtstiel zu Bruch ging. Er las die beiden Stücke, Eisen und Stiel, auf, hielt sie gegeneinander und versetzte dem morschen Stamm einen Tritt. »Hat mich angeschmiert, Hure verflixte.«

Wenn eine Axt zerbricht, ist bei den Holzhauern der Teufel mit im Spiel. Die Krone der Tanne war von Misteln durchwuchert. Rings um den dichten Schopf lag das mürbe Schmarotzerkraut im Schnee verstreut. »Haben wir's«, flüsterte Adam und stieß mit dem Schuh gegen ein grünes Büschel. »Hat ihn glatt abgemurkst, den Baum, giftiges Hexenkraut. Hat auch Axt kaputtgeschlagen.«

Nach Feierabend sammelte ich einen Strauß größerer Mistelzweige als Schmuck für unsere Kammer.

»Was willst du damit, Mensch!«, fuhr mich Adam auf dem Heimweg an. »Ist doch giftiges Zeug.«

»Ich werde es meiner Mutter bringen und Mutter wird es in einem Glas auf den Tisch stellen.«

»Wirf es weg, Paul. Bringt Unglück, sag ich dir.«

»Aber Adam! Gerade das Gegenteil habe ich gehört. In Frankreich und England verehrt man dies Kraut als heilige Pflanze. Man hängt die Zweige an Weihnachten in Stuben und Ställen auf. Sie sollen Krankheiten, Blitz und böse Geister vom Haus abhalten.«

Er hieb mit dem Stock in den Schnee. »Hexenkraut, sage ich.«

Hatte Monika durchs Fenster mein Kommen beobachtet? Ich glaubte es, ich wünschte es. Sie kam mir auf der Treppe entgegen. Sie hatte erst drei Stufen hinter sich und wich rückwärts gehend in den oberen Flur zurück. »Guten Abend, Frau Landeck.«

»Guten Abend, Herr Pelz.« Sie blieb stehen. Ich blieb stehen.

»Misteln«, sagte sie.

»Ja, Misteln von einer Weißtanne.«

Sie beugte sich leicht zu dem Strauß herab. »Ein herrliches Grün, mitten im Winter - und diese zarten glasigen Beeren!«

»Haben Sie Misteln gern?«

»O ja«, sagte sie und zupfte leicht an einem der Blättchen.

»Nehmen Sie bitte!«

»Darf ich mir einen Zweig abbrechen? Nur ein Zweiglein. Misteln sollen Glück bringen.«

»Dann nehmen Sie schon den ganzen Strauß.«

»Behalten Sie wenigstens die Hälfte.«

»Nein, nein, im Wald gibt es noch genug davon.« Ich hielt ihr den Strauß hin. »Nehmen Sie schon, bitte, wenn Sie eine Freude daran haben.«

Ihre Augen strahlten. Sie umgriff mit beiden Händen die Stiele. Ich spürte ihre warmen Finger auf meinen kalten Handknöcheln.

»Danke, danke vielmals, Herr Pelz.«

Wir sahen uns an, erstaunt und offen, in einem plötzlichen Verstehen.

Sie drehte sich weg und ging steif auf ihre Zimmertür zu. Eine Frau - ein Mädchen - diese Figur - Hals - Schultern - Haare - Misteln.

Den Ellbogen auf der Türklinke, wandte sie ihr Gesicht mir nochmals zu. Die Stimme klang hell, freudig, wie von einem beschenkten Kind: »Vielen, vielen Dank, Herr Pelz.«

V

Spät und nur zögernd kam der Frühling, der erste Frühling nach dem Krieg. Plötzlich, beim Einbruch des Föhnwetters starb meine Mutter an einem Herzschlag. Sie lag morgens tot im Bett. Im ersten Schrecken eilte ich zu meinen Nachbarn hinüber und weckte sie. Der Professor war Arzt. Er kam sofort, konnte aber nach kurzer Untersuchung nur feststellen, dass der Tod bereits vor Stunden eingetreten war. »Ein leichter Tod«, sagte er und drückte mir kurz sein Beileid aus. Als er mich verstört und hilflos dastehen sah, versprach er mir, Monika herüberzuschicken. Schnell räumte ich mein Zimmer etwas zurecht. Ich vermied es, zu Mutters Bett hinüberzublicken. Der Gedanke, sie könne nicht mehr sein, war mir so unfasslich, dass er vorerst überhaupt keine Macht über mich gewann. Nach einiger Zeit kam Monika. Ernst und leise, wie auf Zehenspitzen betrat sie das Zimmer, sah mich großäugig an, reichte mir schweigend die Hand und trat neben die Tote. Sie schlug langsam das Kreuz und kniete sich nieder, um zu beten. Ich stand hinter ihr, noch ganz verschreckt, und erst, als es so still war und das Morgenlicht auf das ausgezehrte tote Gesicht fiel, das mit halb geöffnetem Mund und glanzlosen Augen in den Kissen lag, überkam mich der Schmerz und zwang auch mich in die Knie.

In den wenigen Tagen bis zum Begräbnis stand mir Monika in allem bei. Geschäftig wie eine Hausfrau ging sie bei mir ein und aus, schickte mich zum Pfarrer, zum Bürgermeister, zum Schreiner und Totengräber und wusste genau, was bei Todesfällen zu tun war. Sie wusch und kleidete meine Mutter, kämmte ihr die Haare, legte ein Kreuz zwischen ihre Finger, und jedes Mal, wenn sie hereinkam, kniete sie sich nieder und sprach leise ein Gebet. Da im Dorf um diese Jahreszeit keine Blumen zu bekommen waren, bat sie mich, im Wald nach etwas Schmuck Ausschau zu halten. Ich holte, was ich fand: Tannengrün mit

Fichtenzapfen, Seidelbast und das erste Blattgrün junger Birken. Sie legte Zweig um Zweig behutsam um die Tote, bald so, bald anders, mit einer Andacht und Hingabe wie bei einem Gottesdienst.

Sie war katholisch, ich freisinniger Protestant, der seit der Konfirmation kaum mehr eine Kirche besucht hatte. Sie fragte, wie man es bei uns mit den Totengebeten halte, ob man diese in der Wohnung der Verstorbenen oder in der Kirche verrichte. Ich musste gestehen, dass mir von solchen Gebeten nichts bekannt sei. Sie erzählte, in ihrer Heimat lösten sich Verwandte und die nächsten Bekannten bei Tag und Nacht im Gebet ab. Nein, davon wüsste ich nichts. Ob man nicht wenigstens ein Licht brennen sollte, eine Kerze. Sie habe drüben einen Wachsstock. Als sie meine Abwehr spürte, sagte sie: »Ach ja, die Protestanten glauben nicht an ein Fegefeuer.« Aber trotzdem sollte ich für die Tote beten oder wenigstens ihre Bekannten darum bitten.

»Weshalb beten, Frau Landeck? Mutter hat jetzt ihre Ruhe. Sehen Sie, wie friedlich sie daliegt.«

»Das ist ihr entspannter Körper. Der Körper ist immer friedlich, wenn die Seele ihn verlassen hat; aber sie, die Seele, irrt ruhelos umher und bedarf unserer Hilfe im Gebet.« Sie sagte das nachdrücklich mit einer Festigkeit, die keinen Raum für Zweifel offen ließ.

Ich wehrte mich gegen diese Gedanken. »Was hat sie schon verbrochen, meine Mutter, dass ich um ihre Seele bangen sollte. Alles, was ihr lieb war, musste sie verlieren. Ihr erster Mann stürzte wenige Wochen nach der Hochzeit tödlich im Gebirge ab. Ihr zweiter, mein Vater, erlitt als Lehrer vor seinen Schülern einen Schlaganfall und starb kurz darauf. Ihre Wohnung wurde ihr über dem Kopf zusammengebombt. Genügt das nicht für ihre ewige Ruhe?«

Da sagte sie etwas, nein, sie flüsterte es und faltete dabei die Hände, dass die Knöchel weiß wurden. »Herr Pelz, ein Gott, der seinen eigenen Sohn ans Kreuz schlagen lässt, ist furchtbar und es ist schrecklich, ohne Vorbereitung in seine lebendigen Hände zu fallen.«

Zum ersten Mal wehte mir hier der Eishauch entgegen, den ich später noch oft in ihrer Nähe verspüren sollte, und ich fühlte, dass mich Welten von dieser Frau trennten. Sie glaubte felsenfest an diesen Gott, an eine Auferstehung nach dem Tod, an Himmel und Hölle und einen Reinigungsort, an dem der sündige, aber nicht verdammte Mensch oder, wie soll ich sagen, sein unsterblicher Teil wie durch Feuer von seinen Erdenschlacken gereinigt wird. Für sie war jeder Mensch, auch der Unglücklichste, auch der Frömmste, ein Sünder, denn, so erklärte sie mir, nicht nur für das Böse, das wir tun, werden wir im Jenseits bestraft, mehr noch für all das, was wir an guten Werken unterlassen haben.

Ich besaß überhaupt keine Vorstellung von überweltlichen Dingen. An Himmel und Hölle glaubte ich längst nicht mehr. Auch Mutter, die ihre Kirchenpflichten schlecht und recht erfüllt hatte, war im Grund schon weit von diesem Glauben entfernt gewesen. »Was mit uns nach dem Tode geschieht, überlasse ich der Natur.« Das sagte ich Monika offen und frei und bestritt, dass der Mensch je über diese Dinge etwas wissen könne.

»Wissen«, sagte sie nachdenklich. »Am Tor des Todes hört alles Wissen auf. Hier hilft uns nur der Glaube weiter.«

Wir erhitzten uns nicht über diesen Fragen. Das verbot schon die Anwesenheit der Toten. Aber die Mauer zwischen uns war da, an der alle meine Vernunftgründe wie Gummibälle zurückprallten. Auch schien Monika jetzt in der Nähe der Verstorbenen alles Frauliche, Weiche hinter dem Panzer ihrer Frömmigkeit bewusst zu verbergen. Sie trug Schwarz, kämmte sich straff, ihr Mund war blutlos und eingekniffen. Wenn sie mit mir sprach, tat sie es immer nur flüsternd und sah dabei meist starren Blickes an mir vorbei, als redete sie mit jemandem, der hinter mir stand. Kein Wort des Trostes oder der Aufmunterung für mich kam über ihre Lippen. Alle ihre Sorge galt der Toten und deren Seele, die nach ihrem Glauben irgendwo im Jenseits schreckliche Qualen erdulden müsse.

Sobald Monika mit todernstem Gesicht mein Zimmer betrat, füllte sich der Raum mit der beengenden Feierlichkeit einer Grabkapelle. Nicht, dass mir das lästig gewesen wäre. Im Gegenteil, ihre Gegenwart tat mir wohl. Wir konnten, eben weil sie nur Kamerad und Helferin war, unbefangen miteinander reden. Auch ihr Knien und Beten störte mich kaum, weil es echt war und aus ihrem Glauben und Wesen kam, und weil sie in dieser

Haltung etwas von jenem Zauber ausströmte, den wir beim Betrachten eines Kunstwerkes oder dem Anhören einer feierlichen Kirchenmusik verspüren. Was mich störte und beinah entsetzte, war der Glaube, dem sie anhing.

Am Tag vor der Beerdigung brachte man den Sarg. Wir stellten ihn an die Außenwand der Kammer unter das Fenster und betteten Mutter hinein. Monika steckte zu beiden Seiten der Toten kleine Tannenzweige und bedeckte den Körper mit Seidelbastblüten. Als sie sich abends verabschiedete, fragte sie, ob ich keine Verwandten oder gute Bekannte hätte, die wenigstens in der letzten Nacht betend hier wachen könnten. Sie denke an meinen Waldkameraden Adam, der aus ihrer Heimat stamme. Er würde mir sicher abwechselnd mit seiner Frau diesen Gefallen tun. Ob sie ihn darum bitten dürfe.

»Lieber nicht, es ist so eng hier. Ich will in der letzten Nacht mit meiner Mutter allein sein. Ich werde wachen, vielleicht auch beten.«

Draußen ging leichter Rieselregen nieder. Der Geruch von Tannenreis und Seidelbast hatte sich zu einem kaum mehr spürbaren Duft verdünnt. Mutters Gesicht war ganz verändert. Das Blau auf ihren Wangen und Lippen war einer gelblichen, abweisenden Blässe gewichen. Die Totenmaskenstarre auf ihren Zügen hatte jeden noch an Leben erinnernden Ausdruck fortgewischt. Du könntest diesem Gesicht keinen Kuss mehr geben, nicht einmal auf die Stirn. Nein, schon nicht mehr. Ein Leichnam. Nur lose lag das Kreuz zwischen den steifen Fingern mit den stark vortretenden Gelenkknochen.

Ich legte ein weißes Tuch über das Gesicht der Toten und setzte mich ans Kopfende. Mir gegenüber lehnte der schwarze Sargdeckel an der Wand. Mattsilbern leuchtete ein Kreuz darauf. Im Haus war es still, totenstill. Die Schreibmaschine nebenan schwieg. Wozu diese Rücksicht. Mutter würde es nicht mehr stören, und mich hielte das Geräusch wach.

Schreib doch dort drüben. Hacke sie entzwei, diese schneckenschleimig hinkriechende Zeit! Müde, gereizt müde, saß ich da und war meiner Gereiztheit sogar froh. Sie schützte mich vor Tränen und Selbstmitleid.

Für die Tote beten - ich hätte ebenso gut für einen gefällten Baum beten können. ›Gott ist furchtbar, und es ist schrecklich, in seine Hände zu fallen.‹ Glaube, Wahn, Wahnglaube.

Nicht Gott ist furchtbar, sondern deine Meinung über ihn. Wer hat dir denn das gesagt, eingeimpft in dein Blut, eingetrichtert in deinen Kopf. Du wärst eine Frau, eine hübsche Frau, eine schöne Frau. Als ich dir die Misteln schenkte und das Rot dir in Wangen, Hals und Ohren schoss, da warst du ein Menschenkind, eine Eva, natürlich, dankbar, freudig erschrocken, mit dem warmen, lockenden Blick des Weibes. Jetzt hast du dich verpuppt, schwarz in schwarz, fromm in fromm, ganz Nonne, ganz Sklavin eines Gottes, den ich nicht anerkenne.

Du bist auch schön in dieser Verpuppung. Ich bin dir nicht böse, Monika, dir nicht, nur dem Schatten hinter dir bin ich böse, diesem Gott, der dir Angst einjagt, der dich in die Knie zwingt, dich zwingt, Dinge zu sehen und zu fürchten, die es gar nicht gibt.

Ob ihr Vater auch so denkt, dasselbe glaubt, der Mann mit dem Herrscherblick, dem Stirngewölbe, dem Riesenhirn. ›Ich buckle nicht, vor keinem Menschen, auch vor Gott nicht.‹

Die Dielen nebenan knarrten. Eins, zwei, drei, Pause. Eins, zwei, drei, Pause. Nachtwandler, Nachtdenker. Ich kannte diese Tritte. Oft hörte ich ihr Knarren noch am Morgen.

›Ich beuge mich nicht!‹ Auch vor dem Tod nicht? Mann, komm! Komm herüber, sprich mit mir. Ich will keinen Trost, keinen billigen Zuspruch. Etwas von deinem Holz ist auch in mir. Du wachst, ich wache. Was trennt uns? Eine Wand und ein gehässiger Streit. Du hast mich abgeschüttelt wie eine lästige Fliege. Du bist rücksichtslos gegen mich und gegen deine Tochter. Ich brauche jetzt etwas Rücksichtloses.

Die Müdigkeit kroch mir in die Beine. Etwas Bewegung täte gut. Tisch, Sarg, zwei Stühle, zwei Bettstellen, Ofen, Herd, Sargdeckel. Die Kammer war so zugestellt, dass gerade noch die Tür aufging.

Freiübungen! Knie beugen, strecken, beugen, strecken. Arme rollen, vorwärts, rückwärts. Arme seitwärts ausstrecken. Rumpf drehen und nachwippen, links, rechts, links, rechts. Jetzt Gesicht und Arme kalt abwaschen.

Eine unfromme Totenwache. Monika würde wahrscheinlich die ganze Nacht hindurch am Sarg knien und Gebete murmeln. Ja, es mag ein Trost sein in Notlagen, irgendwo einen Halt zu finden, in einer Religion, einem Glauben, einer festen Überzeugung. Oder einen Ritus zu absolvieren. Kerzen, Weihwasser, Rosenkränze, Wechselgebete zwischen Männern und Frauen.

Als Junge erlebte ich ein Totenamt. Einer unserer Lehrer, ein Katholik, war gestorben. Aber war es mehr als ein Schauspiel? Was diesen Menschen Halt gibt, ist nicht der Glaube, es ist die Gemeinschaft, die warme Tuchfühlung mit anderen, das Herdenbewusstsein und der Geruch der Herde. Was Millionen glauben, kann nicht falsch sein.

Herde: Im Kaukasus war es. Auf einem großen Bahnhofplatz. Eine Schafherde von mehreren tausend Stück sollte verladen werden und wartete dicht zusammengedrängt. Auf einmal kam Bewegung in die Tiere. Sie fingen an zu trippeln, eines hinter dem anderen, mit nickenden Köpfen, rund herum um die Hirten, die in der Mitte standen. Sie marschierten im Kreise, wussten nicht, dass sie im Kreise gingen. Immer eins hinter dem anderen, alle in warmer Wollfühlung. Es fiel mir eben ein. Was kann ich dafür, dass sich mein Hirn auf Sondertouren begibt.

Erschrocken stellte ich einen schwachen Leichengeruch fest und öffnete das Fenster. Ich zerrieb ein Tannenreis und sog aus den Handflächen den würzigen Harzduft. Seltsam, wie nach den ersten Schauern der Tränen, der Verzweiflung, wenn alles Starke, Selbstbewusste, Harte wie Harsch im Föhn sich auflöst ins Wehselige, Hingeschwemmte, bald, schon nach zwei Tagen, das Leben sich wieder regt. Es muss eben überstanden werden. Auch die Beerdigung muss überstanden werden. Steh auf, steh, sagt das Leben. Totenwache ist gut. Die hältst du durch bis zum Morgen, dann aber sei wieder Mann und Mensch. Ist das gefühllos?

Warum kann ich nicht an Mutter denken? Warum strebt alles weg von ihr? Strebt sie nicht auch weg von mir?

Von der Dorfkirche her kamen durchs offene Fenster klangvolle Glockenschläge: vier hohe voraus, dann dumpfere. Eins, zwei, drei - sechs, sieben - zehn, elf, zwölf. Noch dumpfere von der Bassglocke: eins - zwei - drei - vi - vos - vo.– co, mortu – os - plan - go. Der letzte dumpfe Klang schwang mit den höheren Nebentönen langsam aus.

Es war kalt geworden im Zimmer. Ich schloss das Fenster und legte im Ofen Holz auf. Was trieb meinen Nachbarn um? Das Knarren der Dielen ging fort und fort. ›Sie haben einen unverschämt guten Schlaf, ich wäre glücklich, könnte ich davon nur einen Bruchteil ausborgen.‹ Ich hörte die Schritte jetzt auf dem Flur. Wieder auf und ab. Wahrscheinlich schlief Monika, und er nahm nun doch etwas Rücksicht.

Soll ich – soll ich ihn zu mir hereinbitten? Ich öffnete. Er trat in den Lichtschein. »Ach, Sie sind es, Herr Professor.«

»Störe ich?«, fragte er halblaut und hob wie beschwichtigend eine Hand.

»Nein, nein, ich höre Ihre Schritte gern, sogar sehr gern.«

Er schien sich zu besinnen, und weil ich die Tür noch weiter öffnete und zur Seite trat, wie um ihn einzulassen, gab er seiner steifen Gestalt, die in einer langen Hausjacke stak, einen Ruck, der sie um einen Schritt näher brachte. »Ich sah die ganze Zeit den Schein Ihres Lichtes auf dem Nachbardach«, sagte er.

»Ich halte Totenwache.«

»Wer löst Sie ab?«

»Niemand. Ich habe mir vorgenommen, die ganze Nacht zu wachen.«

Er schüttelte unwirsch den Kopf. »Haben Sie etwas dagegen, wenn ich Sie ablöse? Ob ich drüben wach sitze oder hier, kommt auf dasselbe heraus.«

»Nein, bitte, Herr Professor.« Er trat ein, zwängte sich zwischen Tisch und meiner Bettstelle an den Sarg und verbeugte sich leicht wie vor der Dame des Hauses. Ohne sich zu bekreuzigen, wandte er sich ab und mir zu. »Sie haben jetzt Schlaf nötig. Es steht Ihnen ein schwerer Tag bevor. Am besten, Sie ziehen sich ganz aus und legen sich hin.«

Aus seiner Stimme klang der sachliche, fast befehlende Ton des Arztes. »Ich lösche das Licht und setze mich hier an den Tisch«, fuhr er fort. »Einschlafen werde ich nicht und mit Toten unterhalte ich mich am liebsten. Es sind die besten Zuhörer.« Er knöpfte die Jacke bis unters Kinn zu und knotete die Kordel fester um den Leib.

»Auch ich wäre ein guter Zuhörer«, sagte ich zaghaft und bot ihm Platz an. »Darf ich Ihnen noch eine Weile Gesellschaft leisten?«

Mit einem »Wenn Sie wollen« setzte er sich und verschränkte die Arme über der Brust.

»Ist es Ihnen nicht zu kalt?«

»Nein, nein. Es ist angenehm frisch hier und im Ofen brennt ja ein Feuer.«

Wir saßen uns gegenüber. Das Föhnwetter gab ein wenig Gesprächsstoff ab, dann meine Waldarbeit. Ob ich den Missionar kenne, der die Beerdigung vornehme. Den Dorfpfarrer habe gestern eine Grippe befallen.

Fragen hin, Fragen her. Ja, nein – nein, ja. Ein alter Mann, ein junger Mann. Ein Professor, ein Student, der gerade einige Semester Jura studiert hatte, ehe ihn der Krieg griff. Es wollte sich keine Unterhaltung ergeben. Er rieb die Knie und sagte nach einer längeren Pause: »Es dürfte doch wohl Ihre Trauer nicht stören, wenn Sie mit mir ein Glas Wein trinken. Fassen Sie es auf als verordnete Medizin gegen den stupor doloris. Ja?«

»Warum nicht. Meine Mutter stört es auch nicht.«

Er schlug auf den Tisch und ging. Nach kurzer Zeit kam er mit einer Flasche und Gläsern zurück, schon nicht mehr so unnahbar. Während er mir einschenkte, lösten sich seine ernsten, verwitterten Gesichtszüge unter dem Vordach der Stirn und mit dem leichten Anflug eines Lächelns murmelte er vor sich hin: »Im Grunde sollte man jeden Tod mit einer frohen Feier begehen.« Er korkte die Flasche zu, stellte sie neben seinem Stuhl auf den Boden und hob das Glas. Nach kurzem Zögern sprach er jedes Wort abwägend mit halblauter Stimme: »Trinken wir auf das beneidenswerte Glück Ihrer Mutter.« Mit einer aufmunternden Geste wischte er mein stutzendes Befremden fort und stieß mit mir an. Es gab einen hellen, reinen Klang. »Nicht gerade der beste Wein«, sagte er, als er sein Glas absetzte, »aber was kann man heute schon bekommen.« Er forschte in meinem Gesicht. »Den ersten Schock scheinen Sie überstanden zu haben. Sie sind jung, gesund und werden auch die Trauer überstehen, ein natürlicher Heilungsprozess wie nach einer Operation.«

»Sie haben von einem beneidenswerten Glück gesprochen, Herr Professor. Wie soll ich das verstehen?«

»O ganz einfach. Jedes Dasein nach dem Tod, und sei es auch ein ewiger Schlaf, ist tausendmal besser als das menschliche Leben. Wer wie ich als Arzt in unzählige Totengesichter geblickt hat und oft bis an den Hals im Elend der Menschen herumgewatet ist, wie sollte der ...« Er winkte resigniert ab.

»Sie glauben also nicht an die christlichen Vorstellungen ...«

Beinah unwirsch unterbrach er mich. »Sie kann es nicht lassen. Sie hat mit Ihnen darüber gesprochen, meine Tochter.«

Ich erzählte einiges von unseren Gesprächen. Er kniff die Augen zu und trommelte mit den Fingern auf die Tischplatte.

»Bitte, machen Sie ihr keine Vorwürfe«, bat ich.

»Nein, nein. Ich mache mir selbst Vorwürfe. Sie ist noch streng gläubige Katholikin, fast beängstigend gläubig. Himmel, Hölle, Jüngstes Gericht, schreckliche Gottheit sind für sie unumstößliche Realitäten wie Eisen, Wasser, Feuer. Meine Schuld. Ich ließ sie so erziehen, war selbst gläubiger Katholik. Dass ich nach sechs Jahren Lazarettarbeit und einigen persönlichen Nackenschlägen diesen ganzen christlichen Ballast abwarf, ist ihr größter Kummer. Je weiter ich mich davon entferne, desto starrsinniger hält sie daran fest. Ich kann verstehen, dass sie Ihnen mit ihrer Beterei etwas auf die Nerven ging. Nichts gegen Monika. Jedem sein Geländer am Strom. Sie hat wie die meisten Frauen wenig Rebellentum im Blut. Ihr Gott heißt Angst, Kirche, Kreuz, Heiland: darin lebt sie, und so wie ich sie kenne, wird sie sich nach meinem Tod in einen strengen Orden zurückziehen, wenn nicht doch etwas von meinem Geist sie aufweckt. Sie ist immerhin meine Tochter.«

Er wischte das Thema wie eine nebensächliche Störung beiseite und griff meine erste Frage wieder auf. »Ja, ich habe absichtlich ›beneidenswertes Glück‹ gesagt. Denn wüssten wir, was uns hinter dem Tod erwartet, wir würden alle, allesamt ohne Bedenken diesen unseren Körper wie einen lästigen nassen Mantel ausziehen. Das ist für mich kein Glaube, sondern beinah schon ein Wissen.«

»Körper, lästiger Mantel –«, sagte ich ungläubig. »Wenn ich meinen Körper verliere, verliere ich dann nicht alles?«

Er schlug ein Bein über das Knie des anderen, nippte am Glas und redete plötzlich rasch in dozierendem Ton: »Wir wollen die Dinge einmal rein materiell betrachten. Ein Mensch stirbt. Das Leben verlässt ihn. Das Bewusstsein ist geschwunden, der Sitz des Bewusstseins, die Gehirnzellen, zersetzen sich, ebenso alle Organe, die dieses Bewusstsein mit den Eindrücken der Außenwelt gespeist haben. Der Körper löst sich im Laufe der Jahre auf in seine Atome – bei den Knochen dauert es Jahrhunderte. Mithin ist alles aus, alles tot: Leben, Geist, Ichbewusstsein, Gefühl, Erinnerung. – Wir können doch darüber reden? Oder trete ich Ihrem Gefühl zu nahe mit meiner kalten Analyse?«

Ich ermunterte ihn, weiterzusprechen, sagte, nichts sei mir im jetzigen Zustand erwünschter als ein sachliches Gespräch.

Er nickte und fuhr fort: »Während des Krieges habe ich fünf Jahre lang, oft fünfzehn bis achtzehn Stunden am Tag, in Lazaretten operiert. Es gibt keine Stelle am menschlichen Körper, die ich nicht verletzt, oft schauderbar zerrissen sah. Da machte ich den scharfen Schnitt zwischen Körper und Leben, zwischen Soma und Bios. Weg mit diesen religiösen Begriffen, wie Seele, Psyche, Anima. Es gibt einen Körper, und es gibt ein Leben. Wer baut denn dieses Instrument, diesen Apparat, diesen Motor, wer erhält ihn, wer zerstört ihn, wer sieht, hört, empfindet, atmet, handelt, lacht, weint, liebt, hasst, doch nicht diese Materie hier, dieses Fleisch, diese Sehnen, Nerven, Knochen, Zellen, Gewebe, Organe. Das sind ja alles nur Instrumente, auf denen gespielt wird. Wer ist hier Herr, wer ist Diener. Ginge mit dem Körper alles dahin, wäre er der ganze Mensch, könnten wir Ärzte dann mit gutem Gewissen an einer Leiche sezieren, sie aufgliedern in ihre Teile, diesem Studenten ein Herz, jenem eine Niere, Leber oder gar ein Gehirn zum Studium überlassen, wenn wir der Überzeugung wären, dass der Körper das gesamte Menschsein umschließt. Wir wären die pietätlosesten Leichenfledderer. Der tote Leib ist Form, Schale, Gefäß, aus dem das Wichtigste ausgeschüttet ist: das Leben, die höhere Substanz. Das ist die primitivste Evidenz, die keinerlei Denkoperation erfordert.«

»Aber was ist nun dieses Andere, das Leben oder, wie Sie sagen, der Bios?«

»O junger Mann, da fragen Sie mich viel. Bios, ein Gott, ein schöpferisches Prinzip, eine Kraft, die wie ein elektrischer Strom alle Lebensformen durchflutet, ein Gott, der über dem Tod steht, ja, der den Tod selbst geschaffen hat, um durch ihn immer stärker, lebendiger zu werden. Was ist schon dabei, wenn von diesem Riesenbaum, dessen Laubwerk alle Tiere, Pflanzen,

Menschen bilden, ein Blatt abfällt. Er regeneriert sich immerzu. Er trägt die Ewigkeit in sich.«

»Aber, Herr Professor, das Blatt bin ich, ist meine individuelle Existenz. Es umschließt alles, was ich bin, und in mir wird es Nacht sein wie vor meiner Geburt.«

Er hob beide Hände und ließ sie hilflos auf die Knie sinken. »Immer derselbe kindliche Einwurf. Hier gibt es kein *mein* Leben, *mein* Geist, *mein* Ich. Es gibt nur: mein Körper. Alles andere ist transzendental. Sie nehmen teil am Leben, so wie das Blatt am Leben des Baumes teilnimmt. Sie nehmen teil am Geist, so wie wir am Licht der Sonne teilnehmen. Und was heißt ich, ich, ich. Versuchen Sie einmal rein sprachlich von diesem Ich einen Pluralis zu bilden: Iche oder Ichs. Wie sich das anhört. Aber, was können Sie schon damit anfangen, wenn ich Ihnen sage, es gibt nur ein Ich, das als Mittelachse alle Wesen durchzieht, angefangen bei den Atomen und Kristallen bis zum Menschen. Oder wenn ich behaupte, ohne dieses Ich gibt es überhaupt kein Sein, oder wenn ich etwas philosophischer vom Weltsubjekt rede, dem schöpferischen Gegenpol der objektiven Welt. An jedem dieser Begriffe: Leben, Tod, Geist, Subjekt, Objekt, Sein, Nichtsein, hängen Bibliotheken und ganze Tonnen verschlissener Gehirnzellen großer Geister. Nach jahrzehntelanger beruflicher Tätigkeit als Arzt darf ich Ihnen aus Erfahrung und Nachdenken versichern, dass Ihre Mutter jetzt freier, tiefer und bestimmt glücklicher lebt, als sie je hier in ihren besten Augenblicken gelebt hat. Alles, was sie erfüllt hat, Gefühl, Geist und vor allem ihr Ichbewusstsein, ist nicht nur in vollem Umfang erhalten, es hat sich ausgeweitet zu einem Weltgefühl, einem Weltbewusstsein und ist dem ewigen Ich, das wir Gott nennen können, um eine Stufe näher gerückt.«

Die letzten Worte hatte er mit geschlossenen Augen mehr für sich selbst ausgesprochen. Ungestüm schüttelte er den Kopf und sah auf seine Armbanduhr. »Zehn vor zwei. Sie müssen sich jetzt unbedingt hinlegen. Es führt doch zu nichts«, sagte er rau. »Mit Worten ist Ihnen nicht gedient. Sie brauchen Schlaf.«

Ich schob ihm mein leeres Glas zu. »Nur noch ein Weilchen, Herr Professor, eine Viertelstunde.«

Er griff zögernd nach der Flasche und goss ein. »Was wollen Sie noch wissen? Ich habe mich durch Hunderte schlafloser

Nächte mit diesen Fragen herumgeschlagen. Was kann ich Ihnen schon in der kurzen Zeit bieten. Einige Scherben, weiter nichts.«

»Gerade deshalb bin ich so erstaunt, dass Sie nach allem, was Sie erlebt und gedacht, noch an ein Jenseits glauben.«

Er verzog sein Gesicht, als würge er einen Schluck Essig hinunter. »Verschonen Sie mich bitte mit Ausdrücken wie Glaube und Jenseits. Beide Begriffe sind belastet mit jahrtausendalten fürchterlichen Wahnvorstellungen. Was heißt denn ›jenseits‹? Die Grenze zwischen hier und dort verläuft mitten durch unser Dasein. Für einen Baum mit seiner für uns primitiven Empfindungswelt steht das Tier bereits jenseits. Er mag spüren, dass ihm die Blätter abgenagt werden, dass bei seiner Befruchtung durch Insekten etwas in seinen Blüten vorgeht, aber die Tierchen, die ihn besuchen, vermag er weder zu sehen noch zu hören oder zu umgreifen. Ihre Welt steht für ihn jenseits. Und dennoch besitzen wenigstens die höheren Pflanzen von dieser für sie jenseitigen Welt eine gewisse Ahnung, wie anders könnten sie ihre Blüte den Insekten anpassen, sie anlocken mit Farben und Düften. Es lohnt sich, über dieses Wunder der Adaption nachzudenken. Und was begreift das Tier vom Menschen? Gerade nur das, was an uns tierisch ist. Und was begreifen wir Menschen schon von der Überwelt, die rings um uns aufgestellt ist in lauter Symbolen. Ein Baum ist für uns Holz, ein Fluss ist Wasser, ein Stern ein glühender Gasball, eine Wolke Nebeldunst. Unser Geist scheint nur für unser körperliches Dasein und Fortkommen geschaffen zu sein. Und trotzdem besitzen wir wie der Baum mit seinen Blüten Ahnungen, die sich bis zur Gewissheit steigern können, dass dieses Dasein hier nicht alles ist, dass hinter dieser Schale des Körpers eine neue Welt sich auftut, dass wir sozusagen in einem Auto kutschieren, ohne den Fahrer zu kennen, bis wir im Tod endlich aussteigen dürfen. Nach innen führt der geheimnisvolle Weg, mein Freund. Tod ist Einbruch in unsere eigene Innenwelt. Der Mensch ist ein Anfang, ein Zwischenstadium, schon nicht mehr Tier und noch nicht – ja, was? Was? Daher der große Aufruhr, die schreckliche Verwirrung, das Kämpfen, Bluten, Verzweifeln, diese schauderbare Hölle, in der zu leben wir gezwungen sind und die nichts weiter ist als ein Versprechen, dass wir nach dem Tod erst unser wirkliches Leben genießen dürfen. Wenn der Sturm in den Baum fährt, leiden die Blätter am meisten.«

»Dann wäre es also besser, wenn wir eher heut als morgen hinübergingen«, sagte ich.

»O ja, es wäre besser. Und wir haben den Schlüssel in der Hand. Wir sind die einzigen Wesen hier, die aus freier Entscheidung ihre Form abstreifen können. Schon diese Möglichkeit sollte uns zu denken geben. Und viele machen davon Gebrauch. Aber ein Heckenwall von Ängsten ist um unser Dasein gezogen. Alle diese Ängste gehen von unserm Körper aus. Er weiß, dass er zerstört wird, dagegen wehrt er sich. Und das Christentum hat diesen Angstwall noch verstärkt durch wahnwitzige Schauervorstellungen von Hölle und Verdammnis, dass ja keiner ausbricht. Das verzeihe ich diesen schwarzkuttigen Falschmünzern nie, wo doch gerade ihr Stifter vielleicht der erste Mensch war, der hinübergesehen hat und uns die frohe Botschaft übermitteln wollte, dass es für uns nach dem Tod nichts zu fürchten gibt.«

In den Augen meines Gegenübers glomm ein unnatürliches Licht des Hasses auf, das mich bereits bei der ersten Begegnung erschreckt hatte. Die Knochenfinger seiner rechten Hand, die auf der Tischplatte lag, bogen sich langsam einwärts, ballten sich zur Faust. Er beherrschte sich und löste den Griff um den imaginären Feind. Rasch sagte er in einem abschließenden Tonfall: »Ohne Wissen um den Tod ist dieses Dasein unerträglich. Und ich werde den Menschen dieses Wissen schenken. Sie sollen ohne Angst in freier Entscheidung hinübergehen können.« Er stand auf. »Schluss jetzt! Nein, nichts weiter. Sie müssen schlafen. Es ist höchste Zeit.« Er ging zu meinem Bett, schlug die Decke zurück und wartete, bis ich mich ausgezogen hatte. Dann löschte er das Licht. Am Knarren des Stuhles hörte ich, dass er sich wieder gesetzt hatte.

Als fürchtete er vielleicht, dass meine Gedanken nach dem Gespräch wieder zu der toten Mutter zurückkehren würden, sprach er in der Dunkelheit gedämpft weiter. In ruhigem Gefälle klang seine Stimme, wie etwa ein Arzt zu einem Patienten spricht. Er erzählte von einer Reise, die ihn als jungen Menschen in den hohen Norden nach Lappland an den Strand des Eismeeres geführt, von einem Sturm, den er dort erlebt hatte. Das Meer, bedeckt mit Packeis, in Aufruhr, ununterbrochenes

Krachen, Bersten und Donnern. Anrollende breite Gischtbänder. Wogen, beladen mit weißen Blöcken und Platten, an den Strand geworfen, von der nächsten Woge wieder zurückgeholt. Eissplitter jagen wie Geschosse durch Gischt und Sprühregen. Die Bilder häufen sich, wiederholen sich, bannen fest. Nordhimmel, zerfetztes Gewölk, Wogenbänder. Eis, Eis. Gezähnte Platten schieben sich übereinander, richten sich steil auf, gezackte Ränder wie Raubtiergebisse, ohrenbetäubendes Hallen, Brüllen, Tosen. Die Stimme blieb ruhig, kam immer von weiter her - setzte aus - kam wieder. Meer - Eis - Morgensonne über dem Strand - schmelzendes Eis - Strand übersät - Licht auf Eis - Sonne auf Eis - Ruhe - Stille - Regenbogenfarben - warme Morgensonne - Regenbogenlicht aus schmelzendem Eis.

VI

Als bereute er, aus der Rolle des abweisenden Sonderlings gefallen zu sein und sich von seiner lichten Seite gezeigt zu haben, zog sich der Professor nach der Beerdigung meiner Mutter wieder ganz zurück und bald drang das herrische Hämmern der Schreibmaschine wieder durch die Wand. Aber ich wusste jetzt wenigstens einiges von dem, was den Alten umtrieb.

Ob die Verstorbenen in einer anderen Welt weiterleben, ob sie, wie der Professor sagte, nur die Form des Lebens, diesen Körper, nicht aber das Leben selbst verlieren, sondern in einem vertiefteren Diesseits freier und glücklicher sich eines ausgeweiteten Daseins erfreuen – man konnte es glauben oder nicht glauben. Ich wünschte es damals für meine Mutter, und die Trauer um sie gab diesem Wunsche Nahrung.

Er wollte mit seinem Buch eine Schneise brechen und der Menschheit das Tor des Todes aufreißen. Welch wahnwitziges Unternehmen.

Für den alten Mann mochte nach allem, was er erfahren und gelitten, das Leben hier nichts mehr bedeuten. Er war umsorgt und konnte sich unbehelligt von den Forderungen des Leibes seinen Spekulationen hingeben. Aber wie leicht sich das hinsagt: Der menschliche Körper ist *nur* Schale, *nur* Form, *nur* Hindernis und Gefängnis, oder ihn gar mit einem Wagen zu vergleichen, aus dem man *nur* auszusteigen brauchte, um sich in die Fluten des wahren Lebens zu stürzen. Für mich war dieses Vehikel vorerst alles. Ich musste zusehen, wie ich täglich den Kraftstoff dafür aufbrachte. Auch wehrte ich mich entschieden dagegen, eine Feindschaft zu setzen zwischen Körper und Leben, Körper und Geist wie ein mittelalterlicher Asket. Der Vergleich mit dem Auto schien mir mehr als brüchig. Einen Wagen kann ich jederzeit verlassen und wieder besteigen, kann ihn abstellen in der Garage und brauche während dieser Zeit nicht für ihn zu sorgen. Ich kann von einem in einen anderen umsteigen oder einen alten gegen einen neuen umwechseln.

Oder glaubte der Professor, dass gerade dies das große Erlebnis nach dem Tode sei, dass wir in freier Wahl jede beliebige Form des Lebens, ob Pflanze, Tier, ob Mensch, wählen und jederzeit tauschen könnten, dass wir in voller Ichbewusstheit das große, alles durchströmende Geheimnis selbst seien und in jeder Blüte, jedem Baum, jedem Fisch, Vogel oder Mensch in den Zeitenfluten der Vergangenheit und Zukunft auf und nieder strömten, dass eine Überform, die alle Lebewesen umschließt, einen künftigen Körper bilde?

Ich erlebte im Wald in diesen Tagen den Ausbruch des Frühlings. Unzählige Anemonen blühten auf zwischen den Stämmen. Aus den prallen Buchenknospen schlängelten sich spiralig und flaumig neue Zweige mit seidenzarten, transparenten Blättern. Der Wind trug Wolken von Pollenstaub durch die Fichtenbestände. Über dem Wiesengrün der Trockentäler lag der blaue Farbton von Millionen kleiner Traubenhyazinthen.

Nach dem Tod meiner Mutter war ich überempfindlich und überempfänglich. Welch großer Trost wäre es, zu glauben oder gar zu wissen, dass sie jetzt in diesem Aufbruch des Lebens miteingeschlossen war, dass sie aus jeder Blume und Blüte mich anblickte. Und ich weiß noch, wie oft ich mich auf den Morgengängen zum Arbeitsplatz mit ihr unterhielt, mich niederbeugte zu einem Kissen Vergissmeinnicht oder Veilchen und sacht darüber strich in Gedanken an das, was der Professor mir zu erklären versucht hatte.

Das eine sind weiche Gefühle, die meist nur für kurze Zeit wie ein Lichtausbruch aus schwerem Gewölk über uns kommen, ein anderes aber ist die Wirklichkeit, die uns an die tägliche Arbeit fordert. Solange Mutter noch gelebt hatte, war die Waldarbeit für mich schon schwer genug gewesen: Jeder Tag ein drohender Berg, den zu besteigen mich immer zurückschaudern ließ. War aber der Tag zu Ende und die Kraft erschöpft, wartete auf mich ein warmes Nest, die Zuflucht einer Stube. Da war alles aufgeräumt, sauber und trotz der Enge behaglich. Ein Feuer brannte im Ofen, eine Frau war da, schwatzte und fragte: War es schwer heute, hast du nasse Füße, zieh die Stiefel aus, hier ist warmes Wasser, hier ein Paar warme Socken. Komm, setz dich her und iss.

Mit einem Mal war das letzte weiche Polster zwischen mir und der Wirklichkeit weggenommen und ich stand da in der eisigen Zugluft des Alleinseins. Kam ich heim, war das Bett zerwühlt, wie ich es verlassen hatte; ich musste Einkäufe machen, mich mit den Lebensmittelkarten herumquälen, mir etwas zurechtkochen, das Geschirr abwaschen, bis mir Adam seine Frau schickte, die tagsüber nach dem Rechten sah.

Auch Monika hatte sich, kaum war Mutter aus dem Haus getragen, zurückgezogen und nahm ihr huschendes, ausweichendes Verhalten wieder an wie zuvor. Das verstand ich nicht und war ihr darum böse. Ich konnte wohl nicht erwarten, dass sie neben dem eigenen und des Bauern Haushalt auch noch den meinen nachzog, besonders da jetzt das Feldgeschäft begann und die beiden Kleinkinder unten ihre ganze Zeit in Anspruch nahmen. Aber was hätte schon ein gutes Wort geschadet, eine Nachfrage nach meinem Befinden, ein Ratschlag für meine Küche oder auch nur ein Lächeln bei einer Begegnung.

Heute weiß ich, es war pure Angst vor mir, noch mehr vor ihrem eigenen Innern, einem aufkeimenden Gefühl für mich, das sie gewaltsam unterdrückte, unterdrücken musste. Weshalb? Wie konnte ich auch nur im Entferntesten eine Ahnung besitzen, dass ein ganzes Gesetzbuch von religiösen Geboten und kirchlichen Verboten als Hindernis zwischen mir und ihr stand. In meiner kindlichen Naivität glaubte ich, der Professor spekuliere auf mein Zimmer, weil er einmal davon geredet hatte, er benötige dringend einen weiteren Raum. Daher, um mir den Aufenthalt zu verleiden, habe er Monika jeden Umgang mit mir untersagt.

An einem Feierabend, es war schon Hochsommer, stieß ich in einem Stangengehölz auf eine Menge gelblichweißer Pilze, die in mehreren halbkreisförmigen Gruppen den Boden bedeckten. Handtellergroße Schirme waren darunter, kugelförmige Köpfe und kleine, die gerade erst aus dem Boden brachen. Noch nie zuvor hatte ich Appetit auf Pilze gehabt. Sie waren mir stets Inbegriff des Zwielichtigen, Versucherischen gewesen, und gerade damals häuften sich Pilzvergiftungen in erschreckendem Maß.

Doch mein Hunger war groß, und gern hätte ich gewusst, ob diese Sorte hier essbar sei. Ich nahm einige mit. Sie strömten einen angenehmen Duft aus, wie nach Anis.

Gleich darauf begegnete ich dem Missionar, der Mutters Beerdigung vorgenommen hatte. Er saß, wie in Meditation versunken, auf einem Stoß Langholz. Ein kleiner Mann mit roten Bäcklein und einer schmalen, auffallend hohen Stirn. Nach einer kurzen Begrüßung zeigte ich ihm die Handvoll Pilze. Er hob bedeutungsvoll den Zeigefinger. Oh, das seien Waldegerlinge, Champignons, ganz vorzügliche Speisepilze. Wo ich denn die gefunden hätte. Den ganzen Nachmittag habe er schon den Wald danach durchstöbert. Er deutete auf seine klägliche Ausbeute in einem Einkaufsnetz. Gern führte ich ihn hin. Als er die weiße Pracht vor sich sah, lief er umher, von einem Ring zum anderen, tastete zuerst über die seidenen Köpfe und Schirme. »Ein Dorado!«, rief er begeistert. Ohne Hast, fast mit Andacht schnitt er die noch essbaren Pilze aus dem Boden und füllte in kurzer Zeit sein Netz.

Auf dem Heimweg sprachen wir erst über Pilze. Ob ich noch nie welche gegessen hätte. Nein? Dann lade er mich gleich zum Nachtessen ein, denn von Rechts wegen seien es ja meine Pilze. Seine Frau verstehe sich großartig auf ihre Zubereitung. Unbedingt müsse ich mitkommen und eine Kostprobe davon nehmen.

Ich wusste, dass der Missionar in China gewesen und dort in Kriegswirren geraten war und dabei vielerlei Drangsalierungen erltten hatte. Er stammte aus dem Dorf und er erzählte, sein Bruder habe bei der Erbteilung das väterliche Anwesen übernommen und bedeutend vergrößert. Ihm selbst sei nach Abzug der Studienkosten noch ein Garten mit einem Haus zugefallen. Haus sei zu viel gesagt, eher eine Bruchhütte, in der er zurzeit notdürftig wohne, um abzuwarten, bis sich die Lage in China wieder normalisiert habe. – Er wartet noch heute darauf.

Vorsichtig lenkte ich das Gespräch auf meine Zimmernachbarn: Er kenne ja den Professor und wisse bestimmt auch, dass er an einem Buch schreibe. »Oh, das Buch, das Buch!«, rief er aus, blieb stehen und legte beide Hände an die Schläfen. »Er hat mir einige Kapitel daraus vorgelesen. Schrecklich, schrecklich!« Es sei eine Art wissenschaftlicher Apokalypse. Wie ein Staatsanwalt trage der Mann aus der gesamten Weltgeschichte alle Verirrungen und Gräuel zusammen, um zu beweisen, dass der Mensch ein Schandfleck der Erde sei. »Diese Gotteslästerungen!« Friedrich Nietzsche sei dagegen ein Waisenknabe. Des Öfteren komme der Alte ihm ins Haus, um allerhand Wissenswertes über China und den Einbruch des Kommunismus zu erfahren. Zu bedauern sei seine Tochter, die alle diese entsetzlichen Dinge auf die Maschine übertragen müsse. - Ob zuweilen auch Monika in sein Haus komme. - »Nein«, sagte er, »sie ist ein zu scheues Menschenkind. Ich glaube, sie vertrüge sich kaum mit meiner Frau. Die beiden sind zu wesensverschieden.«

Ich tastete etwas weiter und fragte nach ihrem Mann, ob er gefallen oder nur vermisst sei.

»Sie ist geschieden. Wussten Sie das nicht?«

»Nein, das wusste ich nicht.«

»Auch nicht, dass sie ein Kind hatte, das auf dem Rückzug bei einem Bombenangriff ums Leben gekommen ist?«

»Nein, auch das nicht.«

»Es muss sie so erschüttert haben, dass sie sich ganz in ihre Religion vergräbt. Schicksale! Schicksale!«, rief er aus, um mir zu bedeuten, dass er nicht weiter über diese Sache zu sprechen wünsche.

Wir waren bereits im Dorf. An der Abzweigung eines Fußweges hielt er an. »Hier geht's zu meinem Heim. Sie kommen doch mit. Sie sind zum Abendessen eingeladen.« Ich wies auf meine Arbeitskleider, die verschmutzten Schuhe und die von Tannenharz geschwärzten Hände: Unmöglich könne ich in diesem Aufzug eine fremde Wohnung betreten und mich einer Dame vorstellen lassen.

»Wohnung betreten – Dame vorstellen. Sie reden da, als lebten wir in einem großartigen Schloss mit Freitreppe. Gerade unsere Behausung sollten Sie sich einmal ansehen.«

Um nicht unhöflich zu sein, ließ ich mich zwischen Heckenzäunen auf ein Gebäude zuführen, das die Bezeichnung Wohnhaus kaum mehr verdiente. Das Dach vermoost, die Wände gebuckelt, von Verputz keine Spur mehr zu sehen, die Fenster im oberen Stockwerk mit Brettern vernagelt. Um das Ganze wucherte zwischen alten storrigen Johannisbeersträuchern ein Wald mannshoher Brennnesseln.

Die Frau, die uns von der Haustür her auf einem Rasenweg zwischen dem Gestrüpp entgegenkam, war groß und schlank, mit breitem, flachem Gesicht. Sie trug eine dunkelgrüne, hochgeschlossene chinesische Seidenjacke, die mit schwarzem Gürtel um die Hüften gerafft war. Der Missionar eilte auf sie zu und drehte triumphierend das Netz vor ihren Augen. Sie musste ihn loben: »So viele Pilze, und lauter Champignons!«

»Wir kennen uns ja«, sagte sie zu mir und gab mir die Hand, obgleich ich mich nicht entsinnen konnte, sie je im Dorf gesehen zu haben. Als sie den Pilzsegen genug bewundert und mich gleichfalls zum Nachtessen eingeladen hatte, zeigte sie auf das Haus. »Ist das nicht ein Juwel, ein kostbares Museumsstück! Ich habe es bereits von allen Seiten mit Tusche und Wasserfarben gemalt und verewigt.« Lachend führten mich die beiden durch niedergetretene Brennnesseln vom Vordergiebel zum Hintergiebel, wiesen spottend hier auf ein Loch in der Wand, dort auf eine herunterhängende Dachrinne und das aus allen Fugen geratene Scheunentor. Ihr Lachen steckte an, stieß wie ein warmer Quell durch die Steinschichten finsteren Ernstes. Ich war nach langer Zeit wieder unter freundlichen Menschen und frohen Gesichtern.

Auf meine Bitte, mir die Hände waschen zu dürfen, hieß mich die Frau vor dem Hause warten. In ihrer Küche sehe man schlecht. Gleich darauf brachte sie Wasser in einer roten Emailschüssel, stellte sie neben die Haustür auf ein Tischchen, das aus weiter nichts bestand als vier in die Erde gerammten Pfosten mit einem darüber genagelten Fensterladen. Sie holte noch Seife, dann eine Handbürste, zuletzt ein Handtuch, eins nach dem anderen und alles gemächlich, ohne Hast, und während ich bürstete und fummelte, hörte ich das Lachen der beiden im Hausflur.

Die Pilze wurden in der Stube auf den Tisch geschüttet, man drückte mir ein Messer in die Hand, belehrte mich, was wegzuschneiden, was zu belassen sei. Sie erzählten von China, ihrer kleinen Missionsstation, sagten, im Grunde seien sie erst nur körperlich hier und warteten, bis ihre Seele nachkomme. Sie ließen mich einige zungenbrechende chinesische Sprüche nachsagen und amüsierten sich köstlich über meine Kieferverrenkungen.

Ob sie denn gar keine Sorgen hätten, fragte ich verwundert. Die Frau legte ihr Messer weg, langte über den Tisch und griff ihres Mannes Arm. »Philipp, Philipp! Hast du das gehört!« Dann prusteten beide los. »Sorgen, Herr Pelz, Körbe voll Sorgen!«, rief sie und zählte auf: das Heimweh nach China, das raue Klima hier, dieses schreckliche Haus, wo Wind und Regen freien Durchzug hätten, Sorgen um die verwaisten Christen inmitten der hereinbrechenden roten Flut. Dazu kämen Geld- und Nahrungssorgen und sie leide an Ischias. Sechs Wochen sei sie bettlägrig gewesen und habe ihrem Mann Haushalt und Krankenpflege überlassen müssen. Aber die Chinesen, mit Kummer gesegnet wie kein anderes Volk, hätten ein sehr treffendes Sprichwort: »Du kannst den Sorgenvögeln nicht verbieten, über deinem Kopf zu kreisen, aber du kannst sie daran hindern, in deinen Haaren Nester zu bauen.«

Immer China! Die ganze Stube roch nach China. Die Wände waren tapeziert mit Fotografien aus China, mit Tuschezeichnungen und Aquarellen. Unter diesem Wandschmuck, der wohl auch den Zweck hatte, schadhafte Stellen im Mauerwerk zu überdecken, fielen einige große, gelbe, auf schwarze Seide gemalte chinesische Schriftzeichen auf, die wie bannende Symbole den ganzen Raum beherrschten. Der Missionar erklärte mir, das seien die Worte für Liebe, Friede, Genügsamkeit, und dort in der Ecke, das größte von allen, drücke das Mysterium Ostasiens aus: das Tao. Ein Wort, das nur schwer zu übersetzen sei; es bedeute so viel wie Anfang und Ende, Innenkern aller Dinge, Ruhepol der Seele. Es sei nicht gleichzusetzen mit unserem Gottesbegriff. Aber Taoismus und Christentum kämen sich in vielem sehr nahe. Auf eine einfache Formel gebracht, lehre der Taoist, der Mensch solle den Dingen nicht nachlaufen, um sie zu bändigen, damit mache er sie nur zu seinen Feinden, vielmehr gälte es, im Leben zu warten, bis die Dinge von selbst kämen und sich wie friedliche Tiere zu unseren Füßen legten. Für den forschenden, erobernden, rastlos tätigen Abendländer eine unannehmbare Weisheit.

Nachdem die Pilze gereinigt und geschnitten waren, nahm die Frau die Schüssel auf, winkte mir mit zwinkernden Augen zu und sagte: »Gehen Sie mit, jetzt dürfen Sie das Glanzstück des Hauses sehen, unsere Küche.« Was mich dort erwartete, war unbeschreiblich. Schwarz in schwarz gähnte mir eine Höhle entgegen, die einer Familie aus der Steinzeit alle Ehre gemacht hätte. Wände und Decke waren so vollständig mit Glanzruß bedeckt, dass auch nicht ein helles Fleckchen durchschimmerte. Als einziges Mobiliar stand eine rohgezimmerte lange Bank darin, auf der das gesamte Kochgeschirr, Töpfe, Pfannen, auch Teller und Tassen aufgereiht waren. Die beiden Käuze weideten sich mit Vergnügen an meiner Verblüffung.

»Aber hören Sie«, entfuhr es mir, »das dürfen Sie unmöglich so lassen. Da könnte man doch ... da sollte man ...«

Der Missionar zog mich zur Tür. »Ich will Ihnen noch weitere Könnteman und Sollteman zeigen.« Er führte mich auf einer knarrenden Treppe in den Oberstock, wo er zwei Türen aufstieß. »Bitte einzutreten.« Das Eintreten war unmöglich. Beide Räume waren bis zur Decke vollgestopft mit Urväterhausrat. Im Halblicht, das durch die Tür fiel, bekam ich nur unklare Eindrücke von zerbrochenen Spinnrädern, altem, verschimmeltem Pferdegeschirr, Bergen von Kartons, muffigen Matratzen, Gestellen, in die Erdöllampen, Kochtöpfe, verrostete Hufeisen, Sensen, Hacken und anderes Eisenzeug kunterbunt hineingestopft waren.

Er erzählte, hier habe ein alter Junggeselle gewohnt, ein verarmter Onkel, der in seiner Besitzgier bei Auktionen im Dorf für einige Pfennige alte Möbel, Alteisen und diesen ganzen Plunder hier zusammengeschachert habe.

»Aber das gehört doch ausgemistet. Vielleicht findet sich darunter auch einiges Brauchbare.«

»Das stimmt. Alle unsere Möbel unten stammen von hier oben.« Über eine Leiter stiegen wir zum Bodenraum hinauf. Breite Lichtbänder der untergehenden Sonne fluteten durch schadhafte Stellen des Daches. Überall standen Büchsen, Eimer, Kacheln, Töpfe. Konservendosen hingen an Schnüren unter den Latten. Fast mit Stolz erzählte der Missionar, welchen Kampf er gegen den Regen führe. Bei schweren Gewittergüssen müsse er manchmal sogar bei Nacht unter Blitz und Donner heraufsteigen und sich reichlich sputen, um die überlaufenden Gefäße zu leeren. Was nütze es schon, hier und dort einige Ziegel auszuwechseln. Das ganze Dach gehöre erneuert. Er sei im letzten Herbst aus China zurückgekommen. Und dann seine kranke

Frau ... Das Lachen auf seinem Gesicht war verschwunden. Er stand da mit hängenden Armen und hilflos zuckenden Schultern.

Ich untersuchte das Gebälk. Es war klobig und schien noch intakt zu sein. Ich dachte an die beiden großen Kammern. Wenn man sie entrümpelte, Wände und Decken frisch vergipste. Das Dach hier konnte man mit einigen hundert Ziegeln flicken. Gar so brüchig war das Haus nicht, nur verlottert und verwahrlost.

Der Missionar wartete. Vielleicht wusste er genau, was in mir vorging. Vielleicht stand ich sogar unter dem Einfluss seiner Gedanken und Wünsche. »Was überlegen Sie, was sinnieren Sie?«

»Ich will umziehen«, sagte ich. »Ich brauche ein Zimmer. Wenn Sie mir einen der Räume da unten abtreten könnten, würde ich schon dafür sorgen, dass hier kein Wasser mehr durchdringt.«

Er griff nach meinen Händen. »Den ganzen Oberstock trete ich Ihnen ab. Drei Zimmer sind es mit Küche. Schalten Sie, walten Sie, misten Sie hier aus. Stellen Sie von mir aus alles auf den Kopf.«

»Holz für Böden und Latten bekäme ich als Waldarbeiter bestimmt vom Forstamt. Woher aber nehmen wir Ziegel, Fensterglas, Gips und Farbe?«

»Daran soll es nicht fehlen. Ich kenne alle Handwerker hier. Kommen Sie zu uns! Der Herr hat Sie geschickt.« Der kleine Mann reckte sich, stellte sich auf die Zehenspitzen und legte mir beide Hände auf den Kopf. »Der Herr segne Sie.«

Er schüttelte mir die Hand. »Ich bin für dich Vater Philipp und zu meiner Frau sagst du Mutter Anne. Wir haben keine Kinder. Bleib bei uns und fühle dich wie unser Sohn.«

VII

Du sollst den Dingen nicht nachlaufen, vielmehr warten, bis sie zu dir kommen und sich wie friedliche Tiere zu deinen Füßen legen. Eine treffliche morgenländische Weisheit. Die Pilze waren zum Missionar gekommen und mit den Pilzen ein Mann, der sein Haus wieder auf die Beine stellen sollte. Abendländisch war der rasche Zugriff des kleinen Klerikers. Von einer Stunde zur anderen war ich in eine Familie aufgenommen, war Sohn und Hätschelkind, wurde überschwemmt von Güte und Wohlwollen. Noch blieb ich in der alten Kammer wohnen und räumte erst einmal zusammen mit Adam und seinen kräftigen Buben den Nistkasten bei den Missionarsleuten aus. Holz kam zu Holz, Leder zu Leder, Eisen zu Eisen. Adam prüfte jedes Stück auf seine Brauchbarkeit: zerbrochene Stühle, Regale, Tische, Schränke - kann man leimen, kann man frisch streichen. Zügel, Pferdekummet, Halfter, Gurten - kann man Winterstiefel machen für Kinder, war nicht umsonst Gerber. Alte Öfen, Herde, Ofenrohre, Töpfe, Pfannen, Eimer, ausgediente Fahrräder - her damit, kann man löten, schweißen, alter Eisengießer weiß Bescheid. Vater Philipp, angesteckt von unserem Tatendrang, legte seinen Laotse beiseite und lief das Dorf ab nach Latten, Ziegeln, Nägeln, Fensterglas. Auch Scheune und Schopf räumten wir aus. Was hier zum Vorschein kam, war eine beispiellose Ansammlung von verrosteten Pflügen, Eggen, Dreschwalzen, Fass- und Wagenreifen, dazu eine Unsumme Schaufeln, Hacken, Gabeln, Ketten, und kaum ein heiles Stück darunter. Ich bat den Schlossermeister Engelbert, bei dem ich von Zeit zu Zeit Axt und Schäleisen schärfen ließ, sich den Schrottberg anzusehen, vielleicht habe er für dies und das noch Verwendung. Der schüttelte nur den Kopf und grinste übers Gesicht. »Kenn ich, kenn ich.« Nach dem Tod des alten Leo, der das Gerümpel zusammengetragen, habe er ein wenig darin herumgestochert. »Lass es abführen. Ich schicke dir einen Alteisensammler, der erst vor kurzem meine Werkstatt ausgemistet hat.«

Bereits nach wenigen Tagen wurde während meiner Abwesenheit der Metallschrott abgeholt. Von Vater Philipp erfuhr ich, ein höflicher, gut angezogener Herr sei mit Lastwagen und Arbeitern vorgefahren, und während seine Männer aufluden, habe er sich lange mit ihm unterhalten. Ich müsse ihn gut kennen, Schermann oder Kermann heiße er. Sehr eingehend habe er sich nach mir erkundigt: was ich triebe, was ich im Wald verdiente, wozu ich dieses Haus umbaue. Am Sonntag komme er geschäftlich noch einmal vorbei und erwarte mich gegen drei Uhr im Wirtshaus zum Lamm.

Es war heiß an diesem Sonntagnachmittag. Halb angezogen lag ich auf meinem Bett in der alten Dachkammer. Nebenan raschelte Papier. Die Schreibmaschine schwieg. Was zog mich zu Kermann. Was wollte er von mir. Soll ich hingehen? Soll ich nicht hingehen? Zuletzt überließ ich, schon halb im Schlaf, die Entscheidung den Knöpfen an meinem Hemd: ja - nein, ja - nein.

Hatte ich das Anklopfen überhört? Kermann stand neben meinem Bett und löste, während ich mich aufsetzte und die Augen rieb, den Kinnriemen seiner Motorradhaube. »Wenn der Berg nicht zum Propheten kommt, muss der Prophet eben zum Berg kommen.« Er zog die Haube vom Kopf und schlug sie mir auf die Schulter. »Alter Kumpel, sehen wir uns endlich wieder.«

»Entschuldige, dass ich's versiebt habe, bin eingeschlafen.«

»Schlechte Entschuldigung.« Er drückte mir fest die Hand und forschte in meinem Gesicht nach einem Zeichen von Wiedersehensfreude, und da er offenbar keines fand, polterte er los. »Kurve da eine geschlagene halbe Stunde in dem Kaff herum, bis ich endlich deine Fährte finde. Dachte, wenn ich dir dreißig Kilometer entgegenfahre, hättest du wenigstens dreißig Schritte für mich übrig. Schwamm darüber. Backofenhitze hier. Darf ich mich etwas erleichtern.« Er riss Lederjacke, Joppe und Krawatte ab, knöpfte den Hemdkragen auf, warf eine Packung Zigaretten auf den Tisch und blickte sich im Zimmer um. »Noch ein Bett hier. Bist du ... ach Entschuldigung. Hab gehört, deine Mutter ... nachträglich mein aufrichtiges Beileid.« Ohne sich wieter dabei aufzuhalten, folgte das übliche Palaver mit Nachfragen nach meinem Ergehen, bis er sagte, er müsse erst einmal mit mir abrechnen. Drei Tonnen Schrott à zwanzig mache sechzig und bei alten Kumpels gehe er gerne höher, ob ich mit hundert Mark zufrieden sei. »Weshalb hast du nicht mit dem Missionar abgerechnet? Ihm gehört das Haus samt Gerümpel.« – »Weil ich dir die paar Moneten zuschanzen wollte. Dem schwarzen Chinamann sagte ich, er solle froh sein, dass ich keine Abfuhrkosten berechne.« Er schob mir einige Banknoten über den Tisch.

Ich nahm das Geld und sagte, ich würde es in das Haus stecken.

Kermann war mager geworden, hatte dunkle Ringe unter den Augen. Unnatürlich lang stach die Nase aus dem rostfarbenen Gesicht mit seiner großporigen Haut. »Wie geht dein Schrotthandel? Blüht das Geschäft?«, fragte ich. Mag sein, dass es etwas spöttisch klang. Er zog die schwarzen, buschigen Brauen zusammen. »Ich höre da einen gewissen verächtlichen Unterton aus deiner Frage. Schrotthändler – Lumpensammler oder so ähnlich. Schwirrt mir täglich um die Ohren. Beim einen kann ich's ertragen, beim anderen nicht. Waldarbeiter, Holzfäller klingt dagegen schon besser. Fragt sich nur, wo mehr herauskommt.« – »Nur keine Empfindlichkeiten. Ich habe nicht Schrotthändler gesagt, sondern mich nach deinem Schrotthandel erkundigt.« Er lächelte. »Empfindlichkeiten habe ich gar nicht nötig. Während du noch um einen Hundelohn zu Fuß in den Wald latschen musst, fahre ich bereits ein Motorrad und habe einen Betrieb aufgebaut mit drei Lastwagen und zehn Arbeitern.«

»Jetzt wirst du aggressiv, Fred.«

»Keine Spur! Machte ich dir nicht seinerzeit hinter dem Dom den Vorschlag, dich mit mir zusammenzutun? Du stündest heute einige Stufen höher. Am Ende des Jahres habe ich mein Geschäft verdoppelt, wenn nicht verdreifacht. Mit der Besatzung stehe ich so.« Er drückte beide Hände brüderlich ineinander und schüttelte sie kräftig. »Glaubst du, ich wäre mit Mann und Wagen in dieses Hinterwäldlernest gefahren, um dein bisschen Gerümpel abzuholen. Für mich schon kleine Fische. Da höre ich am Telefon deinen Namen. Pelz, Pelz? Heißt er Paul? Wenn zurzeit der Rost auch zu meinem täglichen Brotaufstrich gehört, alte Freundschaft, alte Bekanntschaft rostet bei mir nie. Und dann dieser Empfang! Ich warte drüben im Wirtshaus, warte, warte ...«

Nochmals musste ich den Herrn um Entschuldigung bitten, musste Interesse heucheln, mein Staunen über seine Fortschritte ausdrücken, ihn bitten zu erzählen, bis er den letzten Rest Ärger über den frostigen Empfang hinuntergeschluckt hatte und sein Ross besteigen konnte. Er zündete eine frische Zigarette an, prustete einige Rauchstöße gegen die Decke und setzte eine Unternehmermiene auf, die ihm sogar recht gut zu Gesicht stand: Hakennase, gepflegter schwarzer Haarschopf, vorgestelltes Kinn, Raubvogelblick. Ja, also, da räume er gerade eine ausgebrannte Maschinenfabrik aus. Tausende von Tonnen Schrott. Die Amis stießen laufend ihren alten Wagenpark ab. Für einen Pappenstiel könne er sich die besten Lkws aussuchen. Billige Arbeitskräfte bekomme er mehr als genug. Täglich rollten Flüchtlingszüge an. Da suche er sich die kräftigsten Bullen aus, aber es fehle ihm an Fahrern, an Spezialisten, die mit Schneidbrennern umgehen könnten. Das Geschäft wachse ihm schon über den Kopf. Schrott! Schrott! Wohin damit. Er pachte Ruinengrundstücke, er staple auf, spekuliere auf die Währungsreform, stoße gerade nur so viel ab, wie er als Schmieröl für seinen Betrieb benötige.

»Schmieröl? Was verstehst du darunter?«

»Geld natürlich. Geld ist Schmieröl zwischen den Werten, weiter nichts. Mein Geschäft ist reell.« Er stieß die Zigarette im Aschenbecher aus, legte die Hand vor den Mund und gähnte.

»Was ich nie verstehen werde, was ich auch an dir nicht begreife, Paul, wie viele Menschen tragen ungehobenes Kapital mit sich, ohne danach zu graben, ohne es zu nützen. Wandelnde arme Goldsäcke. Auch ich gehörte dazu, früher, in meiner Jugend, schrieb Gedichte, wollte Schauspieler werden, Opernsänger. Mein alter Herr drohte mit Enterbung. War mir scheißwurst. Weib, Liebe, Himmel offen. Seifenblasen bestehen aus Seifenlauge. Platzt dir eine vor der Nase, kannst jahrelang deine Augen reiben, bis die Ätze heraus ist. Aber dann siehst du klar wie ein Sperber. Auch du hast noch diesen schwermütigen Nachtschattenblick, den deutschen Träumerblick. O diese Deutschen. Wann werden sie endlich begreifen, dass der Mensch aus Erde gemacht ist, wie es in der Bibel steht, und dass man diese Erde in Gold verwandeln kann, mit der Energiesumme, die in jedem steckt. Da sind uns die Amerikaner turmhoch über. Sie testen schon den kleinsten Steppke auf Charakter, Intelligenz, Können, Verhalten. Aus den traurigsten Nieten holen sie noch etwas heraus und belasten sich nicht mit unnötigem Wissenskram. Wie beim Barras stellen sie den Menschen nackt gegen die Wand und punkten ihn durch: Körper, Charakter, Intelligenz, Sozialverhalten, Willensrichtung. Hunderte von Punkten, dann Strich darunter, zusammengezählt, gegeneinander abgewogen, das Fazit der Veranlagung gezogen: Kaufmann, Lehrer, Soldat, Schauspieler - und ab auf Spezialschulen. Wissen ist Macht: Das ist deutsch. Können ist Macht: Das ist USA. Wir erziehen Hirntiere, die dort drüben Tatmenschen.« Sein Blick glitt über mich hin. »Darf ich dich einmal abschätzen, deinen Kurswert kalt und nüchtern über den Daumen peilen? Ich traue mir zu, dich einigermaßen zu kennen. Du bist fleißig, zäh, dickköpfig, jung. Jedes Adjektiv ein Kapital. Was kannst du? Du gehst in den Wald, fürchtest Schwerarbeit, Dreck, Wind und Wetter nicht. In deiner Freizeit baust du ein Haus um, willst dir ein eigenes Nest schaffen. Alles Pluspunkte. Weshalb gehst du nicht auf den Bau, wie ich dir gleich zu Anfang riet, ein, zwei Jahre Karrenschieben als Praktikum für ein späteres Architekturstudium. In wenigen Jahren wird eine Bautätigkeit einsetzen, dass der dümmste Tropf auf diesem Sektor ein Vermögen verdient. Es fehlt dir an Planung, an Glaube an dich selbst. Was kannst du noch? Einen Wagen steuern. Wenn ich dir einen Lkw besorgte, könntest du von hier weg Flüchtlinge in die Stadt zur Arbeit kutschieren.«

»Ich bin kein Geschäftsmann. Und zudem besteht in der Nachbarortschaft bereits ein solches Unternehmen, das alle umliegenden Dörfer einbezogen hat.«

»Man wird Geschäftsmann, man ist es nie von Anfang an. Man guckt den anderen etwas ab, kalkuliert, macht einen Konkurrenzbetrieb auf. Komm zu mir in die Lehre. Kannst morgen schon als Fahrer eintreten, hättest ein Dach überm Kopf und saubere Hände am Steuerrad. Einfach etwas unternehmen, das ist alles, einen Schritt vorwärts tun. Weißt du, was dir fehlt? Ein Motorrad. Zwei Räder unter sich sind hundertmal mehr wert als zwei Beine. Wie das ausräumt, sag ich dir, wenn du mit neunzig und mehr Sachen durch die Gegend braust. Da fliegen die Hemmungen nur so weg wie Moos vom Stein. Du hast noch zu viel weiches Moos auf deinem Charakter. Ich kann dir eine

Maschine verschaffen, wenn du willst. - Keine Antwort. Gut, etwas anderes. Wie viele Semester Jura hast du studiert? Vier, das reicht. Ich benötige dringend einen Rechtsberater, der sich in diesen Dschungel von Vorschriften, Verordnungen, Erlassen, in diesen Mischmasch von einheimischem und Besatzungsrecht hineinkniet. Verlang ein Gehalt, und du bist die Waldschinderei, dieses Mistkanakengeschäft, los.«

»Rechtsberater mit vier Semestern! Zwei davon kannst du gleich als Bummelsemester abbuchen und der Rest ist im Krieg total ausgeschwitzt.«

»Aber du kannst schwarz auf weiß per Studienbuch beweisen, dass du Rechtswissenschaft studiert hast. Ob vier, ob zehn Semester, danach fragt dich in meinem Fall kein Schwein. Mir kommt es weniger darauf an, was du weißt, als dass du mein Rechtsberater bist, auf den ich mich jederzeit berufen kann, falls mir einer von der Stadtverwaltung die Suppe verpfeffern will. Ich pachte Ruinengrundstücke, häufe Schrott darauf an, auf einmal fühlt sich einer dieser Herrn in seinem ästhetischen Empfinden beleidigt. Bitte, wenden Sie sich an meinen Rechtsberater, und du wirfst mit einigen lateinischen Fachausdrücken um dich, in dubio pro reo – pater semper incertus, wirst sehen, wie die in die Knie gehen. Wenn nicht, lassen wir es zu einem Prozess kommen und dabei hat der Amerikaner auch ein Wort mitzureden. Wenn sie sehen, dass sich einer tummelt, sich Arme und Beine ausreißt, drücken sie auch einmal beide Augen zu. Keine Bange, mein Geschäftsgebaren ist blütensauber. Aber Schrott ist Schrott, und Papier ist Papier. Ich kann mich nicht um beides kümmern. Du verdienst im Wald ganze fünfundneunzig Pfennig im Stundenlohn, im Akkord kommst du höchstens auf eine Mark fünfzig.«

»Sag, woher hast du diese Information? Vom Missionar bestimmt nicht.«

»Ganz einfach, ich rief dein Forstamt an, ich hätte die Absicht, als Waldarbeiter einzutreten, und bat um Auskunft über die Verdienstmöglichkeiten.«

»Ach so macht man das.«

»Genau so macht man das im Geschäftsleben. Du kommst im Monat auf etwas über zweihundert Mark. Ein Hundelohn. Ich biete dir fünfhundert und du erledigst in meiner Baracke am Domplatz den Papierkram. Motorrad und Sprit stelle ich gratis.«

»Woher bekommst du den Sprit? Meines Wissens steht dieser unter der Verwaltung der Besatzung.«

»Man hat eben seine Beziehungen. Ich handle nebenbei auch mit abgestoßenen Fahrzeugen. Hier ein Tankwart, der nicht ganz dicht ist, dort ein Beamter mit einem Webfehler im Gewissen.«

»Also doch nicht ganz so blütensauber, dein Geschäft«, sagte ich. »Rechtsberater - nein, lass mir meinen Wald.«

Er fuhr auf. »Jetzt hör einmal. Die Amis führen sich bei uns als Sieger auf, jagen in unseren Wäldern, verschieben waggonweise Holz, holen sich unsere Mädchen, hauen ab, wenn ihre Früchtchen ans Licht kommen - und ich soll mit der Bibel in der Hand in der Bergpredigt nach moralischen Grundsätzen fischen. Wer ausbeutet, soll wieder ausgebeutet werden. Wenn ein Tankwart sich bestechen lässt, ist das seine Sache. Mein Gewissen ist dabei so sauber wie ein Frisierspiegel. Zugegeben, es ist nicht jedermanns Sache, gefährliche Touren zu schieben; aber Angst und Hemmungen sind noch lange keine Moral. Wer ist schuld, dass ich mich aus Rost und Dreck hochrappeln muss? Wer hat unsere Städte zur Sau gemacht? Ohne Krieg marschierte ich heute, die Hände in den Hosentaschen, als Fabrikbesitzer durch blitzblanke Maschinensäle. Wenn aber alles Schrott ist, muss ich zusehen, wie ich mit diesem Schrott eine neue Existenz aufbaue.«

Seit Monaten hatte ich nicht mehr geraucht und bekam bereits Kopfschmerzen von den schweren Zigaretten. Wie durch einen Nebeldunst hörte ich die scharfe Stimme: Ich setze auf Schrott - Eisen bleibt Eisen, ob rostig, ob blank - schon liege ich mit Abstand an der Spitze - zigtausend Tonnen - Währungsreform - in drei Jahren Millionär - wärst du eingestiegen, gleich zu Anfang - arbeite sechzehn, achtzehn Stunden am Tag - lagern, stapeln. Meine Ohren hörten, meine Gedanken machten sich selbständig: Schrott, Schrott - das Reich Schrott - die Stadt Schrott - unser Geld Schrott - das Heer der Flüchtlinge Schrott. Und wer diesen Schrott zusammenfegte, zu Bergen häufte und mit der Stiefelspitze taxierte, waren diese Glücksritter, diese Raubritter, diese Spürhunde, mit der Nase am Boden an der Fährte der Zukunft. Eiskalte Rechner und Logiker: Der Mensch eine Ansammlung von Punkten. Pluspunkt, Minuspunkt. Jeder Pluspunkt ein Kapital. Fleiß Kapital, Jugend Kapital, Freundschaft Kapital. - Geld Schmieröl auf den Schienen der

Schiebungen. – Erst Räder machen den Menschen zum Menschen.

Gehörten wir, die Langsamen, Bedächtigen, die noch an einen Welthintergrund glaubten, Monika, der Professor, der Missionar, Adam, ich, auch bereits zum Schrott?

Wie viele solcher Kermanns gab es schon. Was kam da herauf? Eine ganz neue Art Mensch. Nicht mehr homo sapiens, sondern homo motor, homo velox, homo rapax, der motorisierte Schnellräuber. Der Mensch mit tausend Armen und Beinen, mit kugeligen Facettenaugen, der gleichzeitig tausend Eindrücke in einem maschinellen Gehirn verarbeitet. Der Käfermensch, der nach allen Richtungen seine Fühler spreizt. Der Libellenmensch, der im Zickzackflug von Blume zu Blume, von Aas zu Aas, von Kothaufen zu Kothaufen schwirrt. Der Spinnenmensch, der mit mathematischer Präzision seine riesigen Fangnetze über alle Dinge spannt, ihnen den Giftsaft seiner Geldgier einspritzt, sie aufweicht und aussaugt.

Das Gift wirkte schon, paralysierte meinen Willen. Ich fühlte mich schlapp, ausgelaugt, uneins mit mir selbst. Turmhoch war mir dieser Kermann überlegen. Alle meine Einwände zerbrach er wie Streichhölzer zwischen den Fingern. War ich ein Feigling, ein schlechter Spieler, der nichts wagte und immer auf Nummer Sicher setzte und sich dafür wie ein Zugochse abschinden musste. Ich hatte Angst vor Hunger, Angst vor Krieg und Atombomben, so blieb ich auf dem Land, um mir abseits der gefährdeten Städte ein sicheres Nest zu bauen. Ich hatte Angst vor den Trümmern der Stadt, hielt mich an den Wald, das Grün, den Wuchs der Bäume, liebte den Geruch von Harz, Sägmehl, Erde, Moos. Ich brauchte Zeit, die Schreckensbilder des Krieges auszuräumen oder zu überdecken durch Eindrücke aus einer gesunden, starken Welt, die jenseits unserer fragwürdigen Kultur aus ewigen Quellen gespeist wurde. *Er* zweifelte nicht. *Er* war mit sich eins. Angst kannte er nicht. Tore hatte er mir aufgestoßen bereits bei der ersten Begegnung. Ich lehnte ab, einfach ab, weil ich gegen den Menschen eine mir unerklärliche Feindschaft empfand. Unnütz, mich heute zu fragen, wie mein Leben verlaufen wäre, hätte ich mich mit ihm zusammengetan. Wo er wohl sein mag? Ob er noch lebt? Monika ist wieder allein, kam zu mir, wenn auch nur ans Krankenbett, aber sie kam.

Und als er damals so siegessicher mit übergeschlagenem Bein mir gegenübersaß und seine Zukunftsschlösser baute, in der Linken die Zigarette, und mit der Rechten wie ein Dirigent mit ausholenden Kurven und scharfen Geraden den weißen Qualm zerteilte, wurde sein Redestrom abrupt unterbrochen: tack-tack-tack, rattata, rattata, rattata.

Mitten im Satz blieb ihm das Wort im offenen Mund hängen. Das Weiß seiner Augäpfel stach grell von den dunklen Brauen ab. »Was ist das? Wer schreibt hier? Wer wohnt dort drüben?«

Ich beruhigte ihn. »Keine Angst. Harmlose Flüchtlinge.«

»Aber sie haben die ganze Unterhaltung mit angehört. Die Wand ist verflucht dünn.«

»Was können sie schon gehört haben. Deine Geschäfte interessieren die dort nicht, verlass dich drauf.« Trotzdem bestand er auf näherer Auskunft und ich erzählte kurz das Wesentliche: Vater, Tochter aus Rumänien oder Ungarn. Er Arzt ohne Praxis, sie junge Frau, geschieden. Ich erwähnte auch das Buch, an dem der Professor schrieb, irgendetwas Philosophisches. Das Rattern ging fort in einem fliegenden Tempo, wie ich es selten gehört hatte.

»Arzt, sagst du, aus Rumänien, Ungarn? Was für ein Arzt?«

»Ein Chirurg, nennt sich Professor. Soll eine Kapazität gewesen sein in seinem Fach.«

»Weshalb praktiziert er nicht?«

Ich wurde ausführlicher, schilderte, was ich wusste: Verlust seiner Kinder, seiner Frau. Sagte auch, was ich vom Missionar erfahren hatte, dass die junge Frau ihr Kind bei einem Bombenangriff verloren habe.

Er beugte sich über den Tisch und hielt mir die Zigarettenpackung hin. »Wie heißen sie?« – »Nein, danke, ich hab schon zu viel geraucht. Er heißt König und sie Landeck.« Das Rattern der Maschine ging fort, fort, hastig, pausenlos, wie gejagt.

Er zündete sich die Zigarette an. Der weiße Stängel zitterte zwischen seinen Fingern. Er blies weiße Rauchkegel zur Decke hoch. Seine Augenlider flatterten. »Mensch, wirst du da nicht verrückt. Der Kasten drüben macht ja Krach wie ein Pressluft-hammer.«

»Gewohnheitssache. Ich ziehe ja bald um.«

»Unmöglich! Das halte ich nicht aus.« Er sprang auf, knüpfte die Krawatte, stieß in die Ärmel der Joppe, der Lederjacke, ruckzuck Haube über den Kopf. Er zog den Kinnriemen so fest zu, dass seine Backen an den Rändern vorquollen und dem Gesicht einen veränderten, gedunsenen Ausdruck gaben.

»Warte, bis ich meine Schuhe angezogen habe. Ich geh mit runter.«

»Ist nicht nötig, bleib!« Schon hatte er die Tür aufgerissen, streckte mir die Hand hin. »Mit dem Rechtsberater ist's also nichts? Gut, ich werde deine Kreise so bald nicht wieder stören.«

Als er die Treppe hinuntereilte, ohne sich noch einmal nach mir umzuwenden, sah ich, wie die Tür zu Monikas Zimmer eine Handbreit offen stand und sich jetzt leise schloss. Hatte sie durch den Spalt gespäht? War sie neugierig? Nur flüchtig verzeichnete mein Gehirn den Eindruck.

Ich ließ durch Tür und Fenster den Rauch abziehen. Der langgezogene Heulton eines Motorrads verklang in der Ferne.

VIII

Heute Morgen riss mich der Besuch meines Chefs jäh aus meiner Schreiberei. Es musste schon etwas Wichtiges vorliegen, wenn mich Herr Marbel persönlich und ohne Voranruf aufsuchte. Strahlend schritt er in seiner wohlbeleibten Würde zur Tür herein und schwang eine lange Kartonrolle wie einen Marschallstab in der Hand. Zufällig sei er unten vorbeigefahren. Bedeutungsvoll hob er die Rolle. »Herr Pelz, wir haben gesiegt, das Rennen ist gewonnen.«

Erst musste ich aus dem Schacht der Vergangenheit auf der Sprossenleiter vieler Jahre in die grelle Gegenwart klettern und mich besinnen, um was es sich handelte. Für alle Fälle gratulierte ich ihm, bis mir zum Glück einfiel, dass es um den Wettbewerb für das geplante städtische Altersheim ging, ein Millionenprojekt, das kurz vor meinem Unfall ausgeschrieben war. Schon entrollte er die Pläne. »Könnten Sie bitte einmal den Tisch abräumen. Sie arbeiten ja bereits wieder auf vollen Touren. Was schreiben Sie denn hier?«

»Keine Arbeit. Fingerübungen, nichts wie Fingerübungen, um mir das Rauchen und Trinken vom Leib zu halten.« Ich packte Maschine und Papier weg. Er breitete die Lichtpausen über die Platte. Wir beschwerten mit Büchern die Ränder, um sie am Einrollen zu hindern. »Ich habe nur die Großaufrisse mitgebracht, die Einzelausführungen bekommen Sie später, sofern Sie sich schon ein wenig damit befassen wollen.«

Ich folgte seinem Zeigefinger: ein Lichthof mit Wandelgängen, Trinkbrunnen, Goldfischteich, kleiner Ziergarten, und ringsum schließen sich die Gemeinschaftsräume an: Speisesaal, Bibliothek, Fernsehraum, Hauskapelle. »Hier steht Rampe?«

Herr Marbel geriet in Feuer. »Unsere Idee! Meine Idee. Die Insassen sind betagte Leute, denen das Treppensteigen schwer fällt.« Er zog die obere Lichtpause weg, warf sie aufs Sofa hinüber und erläuterte mir auf der nächsten eine hundert Meter lange Rampe, die von Trakt zu Trakt mit achtprozentiger Steigung in die einzelnen Stockwerke hinaufführte, sodass man sie bequem mit Rollstühlen befahren könne. Man denke an den letzten Krieg, an die Fliegerangriffe, wenn die Lifte ausfallen. Wie wolle man die gehbehinderten alten Leute in die Schutzräume schaffen. »Wie Sie sehen, haben wir das Problem gelöst.« Auf einem Stadtplan erklärte er mir die Sichtverhältnisse und wie der Bau durch Gebüsch und Parkanlagen gegen die Nachbarschaft abgeschirmt werden soll. Wir sprachen über Untergrund, Ausschachtung, Kanalisationsanschluss, Parkplätze für die Besucher, Vorfinanzierung, über den Wettlauf mit der Zeit, da die Preise für den Kubikmeter umbauten Raumes von Monat zu Monat höher kletterten. Deshalb alle Mann an Bord. In spätestens drei Jahren müsse der Bau schlüsselfertig dastehen. Er lasse mir weitere Pläne zustellen. Ich solle mich langsam in die Sache hineinknien. Bis zum ersten Baggerhub vergehe noch etliche Zeit mit Voranschlägen der Firmen, Einsprüchen der Nachbarn, Korrekturwünschen der Stadtverwaltung u.s.w. Bis dahin würde ich wohl längst wieder »top on the world« sein.

Er klopfte mir auf die Schulter. »Packt es Sie nicht, Sie alter Bautiger? Das wäre was für Sie als Bauführer.« Er ließ sich in einen Sessel fallen. Es kam das übliche Gestöhne über den Personalmangel, das dauernde Fluktuieren der Angestellten. Seit meinem Unfall hatte die Hälfte der Belegschaft gewechselt. »Keine Standfestigkeit mehr, Herr Pelz. Keine Arbeitsmoral.« Kaum eingestellt, bekomme man schon die Pistole auf die Brust gesetzt: Gehaltsaufbesserung oder Kündigung.

Als ich mich am Fahrstuhl von ihm verabschiedet hatte, schmerzte mein noch geschwächtes Bein und zitterte, sodass ich mich erst eine Weile gegen die Wand lehnen musste. Ich vertrage diese Betriebsmenschen nicht mehr, diese feuerspeienden energiegeladenen Manager.

Nur mit Mühe zwang ich mir ein Interesse an den Plänen ab, versuchte mit dem Rechenschieber einige Größen nachzurechnen, machte einen groben Überschlag über die Kubikmeterzahl des Aushubs und wartete, über die blassroten Bogen gebeugt, ob sich nicht etwas in mir rege, eine Wärme für das Projekt, ein kleines Flämmchen Bauleidenschaft. Nichts! Nichts! Resigniert rollte ich die Papiere zusammen und steckte sie weg in den Schrank.

Werde ich je wieder einsteigen können in Marbels Betrieb, mit meinem Wagen von Baustelle zu Baustelle flitzen, von Firma zu Firma, auf wippigen, regennassen Laufbrettern über frisch ausgeschachtete Lehmberge balancieren, je wieder in Rohbauten herumklettern und mit Genuss den Geruch von Zement, Sand, Gips, Kalk, von elektrischen Kabeln und vom Teerlack der Abflussröhren durch die Nase ziehen und mich mit Polieren und Werkmeistern herumstreiten?

»Alter Bautiger«, hat er gesagt. Für mich ein Schmeichelname, den ich nicht ungern höre. Wirklich, oft fühlte ich in mir das Raubtier, wenn ich langsam ein Baugelände umkreiste, abschritt, markierte und dabei bereits den Plan für den Neubau in allen Einzelheiten im Kopf trug. Man muss diese Leidenschaft einmal bis in die Fingerspitzen hinein verspürt haben. Damals, als ich das alte Haus des Missionars ummodelte, überfiel sie mich zum ersten Mal. Die schiefwinklige Krachbude erboste mich, forderte mich heraus, ließ meine Gedanken nicht mehr los, bis ich sie ansprang, aufriss, ausweidete. Da das Geld ohnehin auf schwachen Beinen stand, steckte ich sämtliche Ersparnisse meiner Mutter in den Umbau, ließ mir von Adam unter den Flüchtlingen Maurer, Zimmerleute und Schreiner anwerben und sorgte erst einmal für ein neues Dach. Notdürftig richtete ich mir mit einigen alten Möbeln eine Stube zurecht und zog um.

Beim Auszug aus meiner alten Kammer dachte ich nicht daran, groß Abschied zu feiern, da ich überzeugt war, dass mich dort alle je rascher, je lieber loshaben wollten. Meine Habe war klein beieinander. Das Mobiliar samt den Betten gehörte den Bauersleuten. Schnell raffte ich meine Sachen zusammen und verstaute sie in zwei Koffern. In der kleinen Wandkommode lag noch gebügelte Bettwäsche. Soviel ich wusste, hatte die Bäuerin bei Mutters Einzug neben Federbetten und Matratzen auch einige Bettbezüge und Leintücher ausgeliehen. Anderes Schlafzeug hatten wir aus dem Keller der ausgebombten Wohnung noch bergen können.

Unschlüssig, was nun mir gehörte, musste ich die Bäuerin doch noch aufsuchen und um Rat fragen. Ich ging hinab in die

Wohnung, klopfte hier an eine Tür, dort an eine. Alle, auch die Kinder, schienen auf dem Feld zu sein. Aus den untersten Räumen drang der deutliche Geruch von Seifenlauge und Waschpulver, der sich auf der Kellertreppe verdichtete.

In der Waschküche traf ich statt der Bäuerin Monika. Sie stand vor einem dampfenden Kessel und hob gerade mit einem langen Holzlöffel Wäsche heraus, die sie seitwärts in einen Trog gleiten ließ. Schon wollte ich mich wieder zurückziehen, da rief sie, ohne mich in dem Nebelqualm erkannt zu haben: »Tür zu. Es zieht hier!« Ich schloss die Tür im Rücken und sagte: »Entschuldigen Sie, Frau Landeck.« Sie schrak zusammen, stand da in einer gelben Gummischürze, die von oben bis unten patschnass war, strich eine Haarsträhne hinter ein geblümtes Kopftuch und sah mich fast verängstigt erwartungsvoll an. Ich sagte, ich hätte geglaubt, die Bäuerin hier anzutreffen, ich sei am Umziehen und wisse wegen der Bettwäsche nicht recht Bescheid.

War es ihr peinlich, dass ich sie hier als Waschfrau antraf? Sie wandte sich dem Kessel zu, um weitere Wäschestücke herauszuheben. In ihrem geröteten Gesicht, das mir zeitweilig durch aufschießende weiße Dampfwolken verdeckt war, sah ich nur den verzerrten Ausdruck einer angestrengt Arbeitenden. Sie rührte mit dem Löffel in der brodelnden Brühe, fischte noch einige kleinere Stücke heraus, deckte den Kessel mit einem Kupferdeckel zu, verteilte die Wäsche im Trog und drehte den Wasserhahn darüber auf. Die eine Hand ließ sie am Hahn, mit der anderen drückte sie einen Teil der Wäsche beiseite, dass der Strahl in eine freie Kuhle schießen konnte. In dieser gebückten Haltung rief sie mir zu: »Gehen Sie nach oben. Ich komme gleich nach.«

Anstatt in meinem Zimmer etwas aufzuräumen, schichtete ich lediglich die fragliche Wäsche auf den Tisch, ließ die Tür offen stehen und wartete in einer Mischung von Ärger und Freude. Ärger, weil ich gerade dies nicht gewollt hatte, mich von Monika zu verabschieden. Wenn sie mir schon seit Monaten ausgewichen war, brauchte ich ihr nicht entgegenzukommen und konnte sie als Fremde behandeln. Jetzt aber löste sich die Spannung und der aufgelaufene Missmut. *Sie* war es, die *mich* noch einmal sprechen wollte, und die Freude darüber wischte bald alle zwiespältigen Gefühle fort.

Sie kam. Sie hatte sich flüchtig zurechtgemacht. Der Kopfbund fehlte. Die Haare waren leicht gelockert. Erhitzt von der Waschküche glühten Wangen und Mund in tiefem Rot. Auf ihrer Stirn und an den Nasenflügeln standen Schweißperlen. Dies und eine feuchte, am Haaransatz klebende Strähne gaben dem Gesicht einen verführerischen Reiz. Ihre Scheu verbarg sie hinter einer hausfraulichen, burschikosen Schafflust. Auch lachte sie, was mir bei ihr ganz ungewohnt war, lachte belustigt über mein hilfloses Dastehen und die Unordnung im Zimmer. »Männer!«, rief sie und klatschte in die Hände. »Wenn Männer ausziehen!« Sofort ging sie auf den Tisch zu und griff nach dem Stapel. »Das werden wir gleich haben. Ich kenne mich aus in der Wäsche der Bäuerin.« Sie sortierte und machte zwei Stöße. »Das gehört Ihnen, das auch, das wieder uns, so und so, dies hierher, dies dorthin. Schon fertig. Haben Sie noch Platz in einem Koffer, dann lege ich es gleich hinein.«

Beide Koffer waren bereits prall voll. Aber da stand noch ein dritter mit Mutters Kostbarkeiten, ihrem sorgsam gehüteten Schatz an Seide, Leinen, Stickereien, Tischdecken und Kleidern. Ich holte ihn aus der Ecke, legte ihn am Boden ins einfallende Licht und schloss auf. »Vielleicht hat hier noch etwas Platz.«

Monika kniete sich geschäftig hin, schlug braunes, weiches Seidenpapier auseinander und versuchte, den Inhalt zusammenzudrücken. Ihre Augen verfingen sich. »Ja was ist denn das?« Sie setzte sich auf die Fersen zurück und kreuzte die Arme vor Staunen über der Brust. Sie sah zu mir auf. »Jetzt sagen Sie mir, wie kommen Sie zu diesen herrlichen Sachen? Gehörten sie Ihrer Mutter?«

Ich ließ mich neben ihr gleichfalls auf die Knie nieder und erzählte kurz, dass Mutter in diesem Koffer ein Stück Vergangenheit herübergerettet hatte und wie sorgsam sie es gehütet, sodass ich bis heute den Inhalt nicht kenne. Es sei mir auch unmöglich gewesen, nach ihrem Tod darin herumzuwühlen.

»Ich verstehe, ich verstehe. Sollen wir wieder zuschließen?«

»Nein. Sie könnten ja einmal nachsehen, ob irgendetwas verdorben ist. Es gibt Mäuse hier und allerlei anderes Ungeziefer.«

»Vor allem Motten«, sagte sie. »Wir haben Motten im Haus. Wenn Wollstoffe dabei sind, sollten wir schon nachsehen.«

»Tun Sie's bitte. Ich verstehe mich nicht darauf.«

Ganz besorgte Hausfrau nahm sie Stück für Stück heraus und legte sie in den zurückgeschlagenen Kofferdeckel. Sacht glitten ihre Hände über das weiße Zeug von Taschentüchern, Servietten, Spitzenblusen.

»Soll ich Ihnen helfen?« Schon wollte ich zugreifen, da fuhr ihre linke Hand rasch vor, fasste die meine am kleinen Finger und zog sie weg. Die Berührung wirkte wie ein elektrischer Schlag. »Bitte, nicht mit diesen Händen. Entschuldigen Sie, aber so etwas Feines dürfen Männerhände überhaupt nicht anrühren.«

»Sie haben recht.« Ich hielt meine beiden gebräunten und vom Aufräumen nicht gerade sauberen Hände im Abstand flach über die weißen Gewebe. »Sehen sie nicht aus wie Kartoffeln im Schnee?« Sie lachte. »Das habe ich nicht gesagt. Das ist Ihr Vergleich.«

Ihre Kleider strömten einen intensiven Geruch nach Waschküche aus. Je stärker sie sich in eine kindliche Bewunderung hineinsteigerte, desto mehr schien sie meine Anwesenheit zu vergessen. Ihr Zufassen, ihre scheinbare Zutraulichkeit erstaunten mich nicht. Es war die gleiche geschäftige Frau, wie ich sie beim Tod meiner Mutter erlebt hatte, als sie helfend und ordnend in meinen Haushalt eingriff. Jetzt aber stand der Tod nicht mehr als dunkle Wand zwischen uns. Zwei Menschenkörper knieten dicht nebeneinander, strahlten aus, zogen sich gegenseitig an. Mann, Frau – Frau, Mann.

Stille. Ruhe. Nichts im ganzen Haus regte sich. Ein horchendes Ohr war das Haus.

Sie legte ein Batisttüchlein über den Handrücken und wiegte den Kopf. »Unglaublich, welch feine Finger unsere Mütter hatten. Sehen Sie sich diesen dreifachen Hohlsaum an.« Sie hielt mir die Hand mit dem Tuch unter die Augen. Ihre glühenden Wangen, der feuchte, verklebte Haarkranz an der Stirn, die dunklen, vor Freude und Aufregung strahlenden Augen, die rote Ohrmuschel, der schlanke Hals – Wald - Moosgeruch – Tollkirschen, Belladonna – Bella-Donna ...

»Sie glauben nicht, welche Mühe und Feinarbeit in einem solchen Hohlsaum stecken.«

Ihr Atem strich über mein Gesicht. Weib, Weib, sei vorsichtig.

»Jeder Faden muss einzeln aus dem Gewebe herausgezogen werden.«

Wem, zum Teufel, erklärst du das. Aber ja, halt ihn her, diesen Hohlsaum, näher, noch näher. Lass alles verschwimmen in einem weißen Schaum. »Wunderbar«, sagte ich. »Es muss wunderbar sein« - und schon schwebte meine Hand frei über ihrem Rücken.

»Mein Waschkessel!«, rief sie plötzlich, sprang auf, flatterte davon. Absätze klapperten die Treppe hinunter.

Augenblicklich wich die dumpfe Wolke, löste sich auf in eine maßlose Beschämung. Sie hat dich durchschaut. Mann, bist du wahnsinnig, nach dieser Frau greifen zu wollen. Blitzschnell hast du überlegt: wir sind allein im Haus, es ist der letzte Tag, fass zu, schließ die Tür.

Verdammte Bauernhäuser. Stallgeruch, warmer Mief von Pferden, Kühen, Korn, Heu, Stroh, Räucherkammern, alten Betten, Waschküche.

Ich riss das Fenster auf, sog Frischluft ein, kühle, herbstliche Frischluft. – Sie ist *die* Frau und keine andere. Monika, ich will dich! Wir gehören zusammen. Monika, ich baue für uns ein Nest. Drei Zimmer, Küche, Garten, Obstbäume. Ich hole dich heraus, wo du nur ausgenützt wirst, wo man dich in Waschküchen stellt, hinter Schreibmaschinen setzt, dich behandelt wie einen Ackergaul. Liebe – was heißt hier Liebe. Liebe ist Wille von einem zum anderen, körperlicher Wille, von mir aus auch seelischer Wille. Ich muss mit ihr reden, es ist die letzte Gelegenheit.

Ich weiß nicht, ob diese Überlegungen nur der Absicht entsprangen, mich zu rechtfertigen vor mir selbst, vor einem blinden Drang, der mich gegen diese Frau stieß, ob es nur eine Augenblicksregung war. Ich kann es nicht sagen.

Und sie kam wieder, genau so geschäftig wie zuvor. Etwas Jungmädchenhaftes lag in ihrer Freude und Neugier, als sie mit kurzen Schritten rasch auf den Koffer zutrippelte und sich davor niederließ. Ich war gewarnt und blieb seitwärts unter dem offenen Fenster stehen. Sie sah verwundert her. »Herr Pelz, ich bin von der Waschküche erhitzt, machen Sie bitte das Fenster zu.« Ich schloss den Flügel und lehnte mich gegen den Tisch.

Seidenblusen, Spitzenwäsche und nochmals Spitzenwäsche. Leise summte sie vor sich hin.

Sie hat mich nicht durchschaut, hatte nichts gemerkt. Ein schwerer schwarzer Haarknoten über einem schlanken Hals. In der Nackengrube ein Haargeringel. Rote Ohrmuscheln. Ein Kuss hinter diese roten Ohrmuscheln. Nicht mehr hinsehen! Nicht auf sie heruntersehen! Weg! Ich kehrte mich dem Herd zu, stellte einige Kasserollen und Tassen um, klapperte absichtlich laut mit Töpfen und Tellern.

»Handschuhe!«, rief sie begeistert. »Eins, zwei, drei – sechs Paare. Lederhandschuhe, echtes Kidleder.« Sie hob das Bündel heraus und roch daran. »Wie das duftet! Oh, ich rieche Leder so gern. Darf ich einen anprobieren? Ja?« Sie streifte einen schwarzen Glacéhandschuh über, glättete den Handrücken und fuhr sich an der Schläfe entlang. »Riechen Sie einmal daran!« Eine schwarze Hand streckte sich mir entgegen. Ich weiß noch, wie ich über diese leicht gespreizten dunklen Finger erschrak. Ich beugte mich hinunter, roch und kniete mich wieder neben sie nieder. »Sie sitzen wie angegossen«, sagte ich. »Sie haben die gleichen schlanken Finger wie meine Mutter. Behalten Sie die Handschuhe. Was tu ich damit. Nehmen Sie alle.«

Sie schüttelte energisch den Kopf und streifte das Leder rasch ab. »Nein, nein, wo denken Sie hin. Ich will ja nur nachsehen, ob irgendwo Motten sind.« Vom Waschen waren ihre Fingerkuppen faltig verschrumpelt. Sie hatte schöne gewölbte Fingernägel. Das Licht, das durch die Tür fiel, wurde auf einmal greller und verwandelte den Glanz über ihren Haaren in ein dunkles Kupferrot.

Zurückgesetzt faltete sie eine große Stickerei auseinander. »Herr Pelz, Herr Pelz. Ihre Mutter war ja eine Künstlerin, wenn sie das gestickt hat. Kennen Sie die Tischdecke?« Ich ließ mir die Einzelheiten der Arbeit erklären, die vielen Ranken und Blumenmuster. »Nein, die kenne ich nicht. Ich weiß nur, dass Mutter in ihrer Mädchenzeit viel gestickt und gehäkelt hat. Später nicht mehr.«

»Natürlich stammt das alles aus ihrer Mädchenzeit. Später, wenn man unter Männerhände gerät, ist's aus mit aller Herrlichkeit.«

»Wenn man unter Männerhände gerät –«, murmelte ich vor mich hin. In ihre Bewegungen kam eine fiebrige Hast. Zuunterst im Koffer lag ein dunkelblaues Kostüm, ein Wollstoff. Sie prüfte Nähte und Säume, hielt die Stoffbahnen gegen das Licht. Nichts, nichts, keine Motten. Sie legte wieder ein, schichtete auf, drückte zusammen. Ehe sie das Seidenpapier darüber zog, blieb sie einige Augenblicke wie in Nachdenken versunken. »Schade«, sagte sie. »Weshalb haben Sie mir diese schönen Dinge damals nicht gezeigt, als wir Ihre Mutter aufbahrten. Ich hätte die Tote damit wie eine Braut herausgeschmückt. Sie lag so ärmlich im Sarg.«

»Ja«, sagte ich, »wir hätten ihr diesen ganzen Kram mit ins Grab geben sollen. Bei mir steht er nur herum.«

»Sagen Sie bitte nicht Kram, das sind in der heutigen Zeit, wo man sich kaum ein Taschentuch kaufen kann, richtige Kostbarkeiten, Kleinodien.«

»Mag sein, aber alles ist altmodisch. Welche Frau trägt heute Spitzenblusen. Wenn Sie eine Freude daran haben, dann nehmen Sie doch alles, und ich wüsste, es ist in guten Händen.«

Das Seidenpapier knisterte. Sie stopfte es an den Rändern hinunter und klappte den Deckel darüber. »Kommt gar nicht in Frage, Herr Pelz. Auf keinen Fall.« Sie stemmte beide Hände darauf und versuchte, die Schlösser zu schließen.

»Seien Sie doch vernünftig. Ich bin ein Mann und weiß mit diesem Frauenputz nichts anzufangen.«

Für einen Moment trat in ihr Gesicht eine maskenhafte Starre. Sie biss auf die Zähne, dass die Schläfenknochen weiß hervortraten. Dann drückte sie die Schlossklappen des Deckels zu, stand auf und wischte sich mit dem Unterarm über die Stirn. »Mit dieser Welt bin ich fertig«, sagte sie, »fertig für immer.« Ein kalter, wie aus dem Gesicht ihres Vaters geschnittener Zug der Verbissenheit fegte alles Frauliche, Weiche, Verführerische fort.

Ich stellte den Koffer an die Wand. »Sie wollen nichts von mir annehmen. Gut, dann schenke ich das Zeug der Missionarin.«

Sie zuckte leicht mit den Schultern. »Das ist Ihre Sache. Hören Sie bitte jetzt auf damit.« Sie wandte sich den beiden Stößen Bettwäsche auf dem Tisch zu und nahm die, welche zum Haus gehörte, über den Arm. Unschlüssig blieb sie stehen, legte nachsinnend die Hand ans Kinn. »Ich wollte Sie noch etwas fragen. Der weiße Tand da hat mich ganz verwirrt. Was wollte ich denn fragen?« Ihre Augen hellten sich auf. »Ach ja.« Sie deutete über den Tisch weg, ich solle mich setzen, zog einen Stuhl heran und nahm mir gegenüber Platz. Stockend begann sie und legte die Wäsche auf ihren Schoß. »Da war doch einmal – an einem Sonntagnachmittag - vor noch nicht langer Zeit - hatten Sie da nicht Besuch, einen lauten Besuch. Man hörte bei mir drüben beinah jedes Wort. Ich will Ihnen nur gestehen, dass ich anfangs neugierig war und eine Weile lauschte, weil ich glaubte, es sei von Gott die Rede. Nur deswegen hörte ich zu, bis ich begriff, dass es sich um Schrott handelte. Das interessierte mich weiter nicht.«

»Ach, Sie meinen wohl die Unterhaltung mit dem Schrotthändler, dem Kermann.«

Sie überlegte eine Weile. »Kermann? Nennt man hierzulande einen Altwarenhändler Kermann?«

»Nein, der Mann heißt so, Fred Kermann, ein Bekannter von mir, dem ich den Schrott aus dem alten Haus verkaufte.« Ich erzählte kurz von dem Handel.

Ihre Augenlider klappten zu. Sie stieß einen leichten Seufzer aus. »Das alles haben Sie uns zu verdanken. Kürzlich sah ich Sie spät abends bei den Missionars schwer arbeiten. Wir haben Sie vertrieben, nahmen keine Rücksicht. Mein Maschinenschreiben bei Nacht. Ihre Mutter war herzkrank. Ihre Mutter starb und ich schrieb weiter.«

Ich winkte ab. »Fangen Sie nicht wieder davon an. Das ist vorbei. Sagte ich Ihnen nicht, dass mich das Schreiben nicht mehr störte, nachdem ich meinen Kropf geleert hatte.«

Sie beharrte aber eigensinnig darauf, sagte, sie sei feig, sei hörig ihrem Vater gegenüber und auch den Bauern gegenüber. Sie könne nicht nein sagen.

»Ja, das ist Ihr Fehler, Frau Landeck. Sie können nicht nein sagen. Wer verlangt denn, dass Sie sich von wildfremden Bauern in die Waschküche stellen lassen. Genügt es nicht, wenn Sie sich um die Kinder kümmern. An Ihrer Stelle würde ich mich einfach weigern.«

»Herr Pelz, das Einzige, was mein Vater noch besitzt, ist sein gesunder Appetit. Wir leiden hier wenigstens nicht Hunger wie die meisten Flüchtlinge. Butter, Eier, Mehl, Milch stehen mir frei zur Verfügung. Dafür muss man etwas tun. Und überhaupt waschen. Der Waschzuber ist für mich oft die einzige Zuflucht.

Wenn ich nicht mehr durchblicke, wenn alles um mich her finster wird, dann muss ich waschen. Alles hinein in den Kessel und Seifenpulver darüber und Feuer darunter und fort mit dem Selbstmitleid. Arbeiten, um zu vergessen, und ein klein wenig Schmutz aus der Welt schaffen. Wenn die Wäsche dann trocken in der Sonne hängt und ich nehme sie ab und rieche das saubere Leinen, dann bin ich zufrieden und fast glücklich. Aber ich halte Sie nur hin.« Sie machte einen Versuch aufzustehen.

Schnell fragte ich nach ihrem Vater. Er sei doch Arzt. Weshalb er nicht praktiziere.

»Das ist ja unsere Not! Vater sollte wieder in einem Krankenhaus oder einer Klinik arbeiten. Er war einer der besten Chirurgen des Landes und bekäme sofort eine Anstellung. Ich selbst bin ausgebildete Operationsschwester und habe im Krieg neben ihm gearbeitet. Er will nicht mehr, kann bald auch nicht mehr, und wer hielte seinen Charakter aus. Menschen, sagt er, gibt es übergenug. Wozu ihnen helfen; sterben sollen sie, erlöst werden. Der Mensch sei nichts weiter als ein misslungenes Tier, eine Missgeburt des Lebens, ein Schandfleck der Natur. Das sucht er in seinem Buch nachzuweisen und sammelt Material aus der ganzen Weltgeschichte, angefangen bei dem Brudermörder Kain bis herauf zu den Gräueln der Jetztzeit. Alle abscheulichen Kulte der primitiven Religionen, die Völkermorde der Tyrannen und Welteroberer, die Abermillionen Opfer der Kriege.

Da sitze ich und schreibe. Von Tag zu Tag wird es furchtbarer, was ich auf die Maschine übertragen muss. Blut, Tod, Grauen, Schändungen, Opferung unschuldiger Kinder, Menschenquälereien, Folterungen, Hexen- und Ketzerverbrennungen. Er hasst die Religionen, hasst die Priester, nennt sie die blutrünstigsten Bestien der Menschheit. Wenn ich zum Umfallen müde ins Bett sinke, kommen mir die Schreckensvisionen im Traum. Wache ich auf, höre ich ihn im Dunkeln auf und ab gehen. Morgens liegt er, meist noch angekleidet, wie tot auf dem Bett. Dann beginnt für mich unten die Arbeit.«

Wie sie jetzt, die Hände im Schoß gefaltet, dasaß, war sie nur noch ein beklagenswertes Bündel. Die Augen hatten ihren Glanz verloren und starrten ins Leere, die Schultern hingen schlaff nach vorn. Sie schien um zwanzig Jahre gealtert zu sein. Mit dem Blick an mir vorbei fuhr sie fort: »Ich habe so eine Angst, eine bodenlose Angst, mein Vater könnte in dieser Hölle, die er selbst beschworen hat, verbrennen und wahnsinnig werden oder, was noch schlimmer wäre, er tue sich etwas am Leben an. Alle seine Gedanken kreisen um den Tod. Wir haben zu viel gelitten. Meine Mutter starb auf der Flucht, als sie meine Schwester bei Nacht aus dem Wagen holten. Für beide mussten wir an einem Tag mit eigener Hand das Grab schaufeln. Was mich beim Schreiben am meisten erschüttert, sind die entsetzlichen Gotteslästerungen. Mein Beichtvater sagt, solche Dinge dürfe ich auf keinen Fall niederschreiben, das sei schwere Sünde, damit machte ich mich mitschuldig. Ich müsse mich energisch wehren und meinem Vater ins Gewissen reden. Wie aber soll ich mich gegen diesen Mann zur Wehr setzen. Beim leisesten Versuch fängt er an zu toben, heißt mich eine dumme Pute, Närrin, Betschwester und noch viel Schlimmeres. Betschwester - ja, ich bete täglich für ihn. Aber Gott allein weiß, wie schwer es mir fällt, meinen Glauben über Wasser zu halten. Oft ist das, was er schreibt, auch schön, tief und steckt an, verführt mich zu Glaubenszweifeln. Nur ganz selten kann ich eine katholische Kirche besuchen. Hier ist alles protestantisch. Der Gottesdienst ist mir fremd. Keine Messe, keine Beichte, keine Kommunion, kein Pfarrer, dem ich mich anvertrauen könnte.«

Sie war jetzt meilenweit von mir entfernt und in unnahbares Winterlicht getaucht, das selbst Mitleid und Mitgefühl abwies. Weshalb blieb sie, weshalb erzählte sie mir dies alles? Die Antwort kam sofort. »Denken Sie nicht weiter darüber nach, Herr Pelz. Wir Frauen brauchen manchmal eine Klagemauer. Was versteht schon die Bäuerin unten, und wen habe ich denn sonst hier im Haus. Gern hätte ich manchmal mit Ihnen darüber gesprochen, wollte einfach für Augenblicke zu Ihnen hereinhuschen und mich ausschwatzen.«

»Warum taten Sie es nicht? Es hätte mich gefreut.«

Sie machte eine kurze, verneinende Kopfbewegung. »Mein Gott, ich schwatze und denke nicht an die Wäsche.« Schon erhob sie sich halb, setzte sich aber wieder. »Nur noch eines, Herr Pelz.« Ihre rechte Hand lag auf der Tischplatte. »Sie haben mir einmal Misteln geschenkt, im vergangenen Winter. Sie kamen die Treppe herauf und trugen einen großen grünen Strauß.

O Misteln, dachte ich, wenn ich nur jetzt etwas Grünes im Zimmer hätte. Ich liebe Misteln.«

Die Hand näherte sich. »Ich wollte Sie schon um einen Zweig bitten. Dann schenkten Sie mir den ganzen Strauß. Dafür möchte ich Ihnen noch einmal danken.« Die Hand schob sich weiter mir zu. Ich legte die meine darauf und strich sachte über die Finger. Augenblicklich zuckte sie zurück. »Wenn ich ein wenig Zeit hatte, lief ich in mein Zimmer und setzte mich eine Weile vor das Grün. Sie stehen noch drüben auf dem Schrank, die Misteln.«

Die Röte in ihrem Gesicht war wiedergekehrt. Ganz zutraulich neigte sie sich über den Tisch. »Und jetzt wollte ich gern wissen, wie Sie sich in Ihrer neuen Wohnung eingerichtet haben. Ist sie schon ganz fertig?«

»Nein, so schnell geht das nicht. Ich brauche vorerst nur ein Zimmer, und kaum das ist fertig.« Dann erzählte ich von dem Umbau, von den Schwierigkeiten, Holz für Fußböden zu bekommen, oder gar für neue Möbel. Vorerst schliefe ich auf einem Strohsack unter zwei alten Decken aus meiner Militärzeit. Ich erzählte von der herrlichen Lage zwischen Obstgärten, von Mutter Anne und Vater Philipp, bei denen ich wie ein Sohn aufgehoben sei.

»Sie konnten es nicht erwarten, hier herauszukommen«, sagte sie. »Das kann ich Ihnen nachfühlen.«

»Ich wollte Ihnen nur Platz machen. Jetzt haben Sie Ihr eigenes Zimmer. Freut Sie das nicht?«

Sie ließ ihren Blick über den kleinen Raum gehen. Ja, sie sei froh und glücklich. Endlich habe sie das, was sie sich immer gewünscht, einen Raum, nicht größer als eine Klosterzelle, wo sie frei atmen und wieder zu ihrem eigenen Selbst zurückfinden könne. »Am wohlsten wäre mir in einem Kloster«, sagte sie, »eine Zelle mit einem Fenster auf einen Garten, ein Betschemel, ein Kruzifix an der Wand. Streng müsste die Regel sein, wie bei den Karmeliterinnen. Beten, schweigen, absterben, verlöschen wie eine Kerze. Was tu ich armer Tropf noch auf der Welt.«

In ihrer Stimme war nichts Weinerliches oder Frömmelndes, mehr ein Ton der Empörung und des Ekels über ihr derzeitiges Dasein. Sie fuhr fort: »Vater hat einmal gesagt, wenn wir wüssten, welch herrliche Welt uns hinter dem Tod erwartet, wir würden alle ohne Bedenken diesen hässlichen Körper ausziehen und wegwerfen wie einen lästigen alten Mantel.«

»Ja, das hat er auch zu mir gesagt, beinah mit denselben Worten, und ich war sehr erstaunt, das von ihm zu hören.«

Sie stutzte. »Wann haben Sie mit ihm gesprochen?«

»In jener Nacht, als er mir die Totenwache an Mutters Sarg abnahm.«

»Das weiß ich gar nicht. Er war bei Ihnen hier, hier in diesem Zimmer?«

»O ja, und wir haben ein langes, sehr ernstes Gespräch miteinander geführt. Ich finde ihn gar nicht so unnahbar oder gar unheimlich, wie Sie ihn geschildert haben. Was er sagte, wie er mich behandelte, war so menschlich, fast väterlich, dass ich ihm heute noch dafür dankbar bin.«

»Das wundert mich nicht. Er kann so sein. Er kann Fremden gegenüber der liebenswürdigste Mann sein. Und Sie würden ihn verstehen, weil Sie ähnlich denken wie er. Gegen mich ist er wie ein Tyrann. Beim geringsten Widerspruch fährt er mich an.«

»Wahrscheinlich, weil er Ihre Abwehr spürt. Könnten Sie nicht versuchen, seine Gedanken zu Ihren eigenen zu machen. Er ist bestimmt ein großer Geist und Sie als seine Tochter könnten stolz auf ihn sein.«

Sie lächelte bitter. »Was wissen Sie schon. Großer Geist - ja, vielleicht. Wenn ich seine Anschauungen zu den meinen machte, dürfte ich keine Kirche mehr besuchen, kein Sakrament mehr empfangen, müsste die Kirche hassen, die Priester hassen, die Menschen hassen, Gott verleugnen und alles über Bord werfen, was mir lieb und heilig ist. Ist er etwa glücklich in seiner Gedankenwelt? Wer an den Menschen verzweifelt, muss auch an sich selbst und an Gott verzweifeln.«

»Aber, Frau Landeck, verzweifeln Sie nicht auch am Menschen und an sich selbst, wenn Sie sich am liebsten, wie Sie eben sagten, in ein Kloster zurückziehen wollten. Beten, absterben, auslöschen wie eine Kerze und den hässlichen Körper wie einen alten Mantel abwerfen.«

»Dann diene ich Gott und keinem Menschen mehr«, sagte sie und warf stolz den Kopf zurück.

»Und Sie glauben an den alten Mantel, den hässlichen Körper?«

»Ja, ja.« Ihre Stimme hatte einen unnatürlich hohen Ton.

»Aber, da steckt doch eine Lüge dahinter, ein innerer Widerspruch.«

Sie hielt meinen Blick kampfbereit aus. »Wieso Lüge? Wieso Widerspruch?«

Und ich sagte es so überzeugt und hart und sachlich, dass kein Unterton eines Gefühls mitschwingen sollte: »Sie wagen es, Frau Landeck, sie wagen es, von einem hässlichen Körper zu reden, wo Sie ganz genau wissen, wie schön Sie sind.«

Zuerst ein aufgerissenes Augenpaar, dann flammend rotes Hochschiessen über Hals, Ohren, Wangen, Stirn. »Herr Pelz! Herr Pelz!« Schon hatte sie ihre Gefühle wieder unter Kontrolle, nahm die Wäsche vom Schoß über den Arm und stand auf. »Darf ich mich jetzt von Ihnen verabschieden.« Unnahbar steif stand sie und streckte mir die Hand über den Tisch entgegen.

Ich blieb sitzen. »Verzeihung. Sie verstehen mich völlig falsch. Ich habe Ihnen kein billiges Kompliment gemacht. Ich sprach von einer Tatsache und einer Lüge. Wenn Sie wollen kann man es auch Sünde nennen. Sie haben mich empört, Sie haben auch Ihren Gott beleidigt, der Sie so geschaffen hat, wie Sie sind. Man missbraucht Sie hier. Man erniedrigt Sie hier. Bitte, tun Sie mir den Gefallen und setzen Sie sich noch einmal. Die Tür steht ja offen und jeder darf es hören und alle sollen es hören.«

Zaghaft ließ sie sich nieder auf den Stuhl und presste die Wäschestücke wie zum Schutz gegen ihre Brust.

Ich polterte weiter: »Man missbraucht Sie fortgesetzt. Bin ich einmal einen Tag zu Hause, höre ich in einem fort nach Monika rufen. Die Kinder, die Bäuerin, der Bauer, Ihr Vater. Monika! Monika! Und Monika läuft und kocht und näht und wäscht und tippt. Die Kinder machen in die Diele. Monika putzt es auf. Der Bauer spuckt auf den Boden. Monika schrubbt den Boden wieder sauber. Die Bäuerin klagt über Bettgeschichten. Monika hört zu und tröstet. Ist's nicht so? Ich vermute es nur.« – Sie nickt vor sich hin. – »Die Katze miaut nach Milch. Monika füttert sie. Sie füttert alle, sie putzt allen den Hintern. Verzeihen Sie. Der Vater wandert in den Wolken. Monika muss mitwandern. Niemand sieht, wer diese Monika ist, niemand fragt nach ihrem Inneren. Niemand sieht, dass sie eine schöne, junge Frau ist, bis sie es selbst nicht mehr sieht und von Klosterzellen träumt, vom hässlichen Körper daherredet und sich in ihrer Verzweiflung an die Rockschöße eines Gottes zu klammern sucht. – Mir geht es hier um kein Haar besser. Holz hauen, Scheiter schleppen bis zum Umfallen. Auch ich stehe allein. Wir können uns die Hände reichen. Und ich möchte, dass Sie mir die Hand reichen. Ich weiß, wer Sie sind, und ich weiß, dass ich mit Ihnen durchs Leben gehen könnte, und bin Mann genug, um vor Sie hinzustehen, dass mir keiner mehr kommt und Sie ausnützt. Ich baue ein Haus um, baue eine Wohnung, Platz genug für uns beide.«

Sie hörte mit gesenktem Blick. Zuweilen flog ein Lächeln über ihr Gesicht, mehr belustigt, mehr spöttisch als freudig überrascht, zwischendurch ein Ausdruck der Gequältheit. Sie legte die Wäschestücke auf den Tisch, glättete und zupfte daran, während ich weitersprach und unser beider Leben ausmalte.

Zuletzt beugte sie sich vor, legte das Gesicht auf den Stoß Leinen und schloss die Arme um den Kopf. Ich glaubte, sie weine, ging zur Tür und machte sie sachte zu.

Ich prüfe mich jetzt, nach bald zwanzig Jahren: Ich hatte nicht die Absicht, meine Lage auszunützen. Was ich gesagt hatte, war der ehrlichsten Überzeugung und dem anständigsten Gefühl entsprungen. Das Geräusch des einschnappenden Schlosses scheuchte sie auf. Schon stand sie vor mir, stolz und drohend. Ich hätte wissen müssen, dass eine Frau wie sie, gerade weil sie vom Leben getreten wurde, überempfindlich und übermisstrauisch gegen jede zudringliche Berührung ist. Ich zog sie einfach an mich.

Für Augenblicke gab sie nach, legte wie ermüdet den Kopf auf meine Schulter. Ich spürte den weichen Körper, das Einverständnis ihres Leibes. Ihre Arme hingen schlaff. Sie presste, als ich ihre Lippen suchte, das Gesicht abgewandt gegen meinen Hals.

Ihr Widerstand wuchs. »Lassen Sie mich bitte, Herr Pelz. Bitte, bitte.«

Widerstand erzeugt Gewalt. Sie stemmte die Fäuste gegen meine Brust. «Sie sollen mich loslassen!«

Welchen Unsinn ich zusammenstammelte, weiß ich nicht mehr. Eine kurze Zeit rangen wir schweigend, bis sie sich mit unglaublicher Kraft losriss und mit geballten Fäusten bebend vor mir stand. »Auch Sie, auch Sie ein Schuft!«, zischte sie mich an und stürzte davon.

IX

Wenn ich mich jetzt abends nach dem Nachtessen und einem kurzen Mah-Jongg-Spiel mit den Missionarsleuten in meiner neuen Stube auf den Strohsack geworfen und das Licht gelöscht hatte, begann der Kampf mit dem Wort. Sie hätte kein besseres, kein böseres finden können. Wie ein Nachtalb legte es sich mir auf die Brust. »Auch Sie ein Schuft.« Es fiel mir nicht schwer, mich selbst zu rechtfertigen. Doch darum ging es nicht. Der Gedanke, in den Augen der Frau als ein verkommenes Subjekt dazustehen, von dem man sich mit Abscheu abwendet, fraß sich ein wie ein Gift, wucherte sich aus zu einem Geschwür, das alle meine Gedanken und Empfindungen für Monika in gallige Feindseligkeit verwandelte. Hätte sie mir einen Kuss erlaubt, einige Liebkosungen, und meine Zudringlichkeit nicht so brutal zurückgewiesen, ich hätte bestimmt nicht weitergedrängt.

Zugegeben, ich war in diesem Augenblick erhitzt, war hungrig nach einer Frau, und meine Werbung war plump, unsinnig, überstürzt, auch nicht ganz ehrlich. Was konnte ich ihr schon bieten, wo ich mich selbst mit meinem geringen Verdienst kaum über Wasser hielt. Als sie den Kopf auf die Wäsche legte und ich die Tür schloss, weil ich glaubte, sie weine, hatte sie vielleicht nur ein Lachen verbissen über den Tölpel, der da meinte, mit drei leeren Zimmern und einem Koffer voll veralteter Spitzenwäsche die Tochter eines Professors erobern zu können. Aber war ich deshalb schon ein Schuft? Ihr Körper kam mir ja entgegen als ich sie umfasste. Ich spürte die verführerische Wärme seines Andrangs, mochte der Kopf sich auch wegwenden, dieser stolze, herrische, eigensinnige Kopf.

Heute sehe ich klarer. Gerade das war es, die Flamme, das Feuer, das ich durch meine Umarmung ausgelöst hatte. Sie hasste diese Lust, hasste den Körper. Ich hatte in ihr die Frau geweckt. Sie fühlte wieder den Mann, den sie jahrelang vermisst hatte.

Inzwischen bin ich etwas tiefer in die katholischen Anschauungen über Keuschheit, Sinnlichkeit, Sexus eingedrungen, in das finstere Kapitel der jahrtausendalten Verteufelung körperlicher Liebe durch die Kirche, durch ehelose Priester, die jede Regung des Geschlechts als schwere Sünde, als Versuchung des Teufels brandmarken. Monika hatte sich mehr aus der Not ihrer Lebensumstände ein Sehnsuchtsreich geschaffen, ein Kloster mit wandelnden Nonnen, eine Zelle, in der sie frei und geborgen, jenseits des Zugriffs der Welt ein friedliches, frommes Eigenleben aufbauen wollte. Sie hatte diesem Traum bereits feste Formen gegeben, ihn ausgeschmückt wie ein Märchenland, und alles nur als Gegengewicht gegen ihr derzeitiges Sklavendasein. Als ich sie in den Armen hielt, drohte er wie eine Fata Morgana zu zerrinnen. Sie war wieder Weib, für Augenblicke nur, war wieder Eva mit dem Apfel in der Hand und nahe daran, in die verbotene Frucht zu beißen, und sie sah die Schlange. Da war ich nicht mehr Paul Pelz, da war ich der Verführer, der Teufel. Ihm galt das Wort.

Wie ganz anders war die Missionarin. Sie hatte sich für die lichten und auch leichteren Seiten des Christentums entschieden und war in ihrem einfachen Gemüt frei von allen Skrupeln und Sündenängsten. Sie redete von ihrem Gott wie von einem guten Hausfreund. Er gab ihr Ratschläge, wenn sie ihre Farben mischte oder ein Motiv für den Tuschepinsel suchte. Sie durfte zu ihm kommen, wenn in der Speisekammer Mehl und Mohnöl ausgingen, wenn das Geld knapp wurde oder andere materielle Sorgen drückten. Immer zeigte er Wege, schickte helfende Menschen, meist, wenn die Not am größten war. Gott sorgt für mich, was will ich sorgen, er ist mein Vater, ich sein Kind. In diesen Glauben war sie eingesponnen wie in einen weichen Seidenkokon. Sie konnte ihren Mann einfach nicht verstehen, dass er sich grämte, in China nicht zum Märtyrer geworden zu sein, und ihr die Schuld daran zuschob, weil sie krank geworden, sodass er gezwungen war, mit ihr die Heimreise anzutreten, anstatt sie einfach nach Hause zu schicken, und, wie er sagte, auszuharren bis zum bitteren Golgatha. Die Krankheit war doch Gottes Wille, und wahrscheinlich dachte Vater Philipp im Stillen nicht anders.

Seine roten Bäcklein verrieten jedenfalls nichts von seelischen Folterqualen.

Und es war derselbe freundliche Gott, der mich in ihr Haus geführt, es umzubauen, ihnen Regen und Schnee vom Leib zu halten. Da lohnte es sich schon, etwas mit Hand anzulegen. Als ich aber im Frühjahr die unbeschreibliche Wildnis des Hausgartens rodete, alte Beerenhecken und Brennnesseln ausgrub, da standen die zwei oft mit über der Brust verschränkten Armen dabei, lachten beifällig und lobten meine Kraft. Mutter Anne konnte sagen: »Schau, Philipp, ist er nicht stark wie unser Chang und fleißig wie Feng-Schi. Macht er es nicht sauber wie unser Gärtner Jang-Fu.« Sprach ich von Kopfsalat, Radieschen, Bohnen, Tomaten, die ich in den rigolten Boden pflanzen wollte, schüttelten sie entsetzt die Köpfe. »Weshalb denn Gemüse? Blumen wollen wir ums Haus, Stiefmütterchen, Tulpen, Gladiolen, Rosen. Soll ich etwa Wirsing- und Kohlköpfe malen«, protestierte Mutter Anne entrüstet. »Für die Küche sorgt der Herr schon anderweitig.«

Und wie der Herr sorgte, konnte ich täglich beobachten. Da der Dorfpfarrer ein kränklicher alter Mann war und nur mit Mühe den wichtigsten Seelsorgerpflichten nachkommen konnte, sprang Vater Philipp wacker ein, besuchte Kranke, Kriegerwitwen, Invalide, alte Leute, alle Mühseligen und Beladenen, trug ihnen Gottes Wort ins Haus, spendete Trost, wanderte über Feld in abgelegene Weiler und Gehöfte, ließ sich zu Taufen, Hochzeiten, Konfirmationsfesten einladen. Auch verstand er wie jeder Missionar ein wenig von Heilkunde und kurierte leichte Körper- und Seelenschäden. Immer begleitete ihn ein schwarzseidenes Einschlagtuch mit aufgemalten chinesischen Schriftzeichen, das, an den Zipfeln zusammengeknotet, bequem für größte Krautköpfe Platz bot. Und es waren selten nur Krautköpfe, was er als vorsorglicher Hausvater seiner Anne von den Missionsgängen mit nach Hause brachte. Dabei fielen auch für den Kuli Paul genug kräftige Bissen ab.

Oh, diese frommen, pfiffigen, kleinen und zuweilen in Meditation verschleierten Laotse-Augen. Was schwamm nicht alles auf ihrem Grund.

Ich aß am Tisch der beiden. Ich war ihr großer, starker Sohn. Die schmackhaftesten Leckerbissen schoben sie mir zu. Morgens bekam ich ein reichliches Frühstück und einen vollgestopften Rucksack. Kleider, Wäsche, Stiefel waren wie zu Mutters Lebzeiten wieder in Ordnung. Als Gegengabe richtete ich das alte Haus her, sorgte für Brennholz und legte den größten Teil meines Verdienstes auf den Tisch. Dass ich sonntags ausschlafen wollte und nicht zur Kirche ging, verstanden sie ohne Weiteres. »Der Herr sieht aufs Herz und nicht auf den Mund.« Kurzum, ich war warm gebettet, beinah zu warm. Mein Leben bekam wieder Licht und Farbe, mein Körper straffte sich. Die Waldarbeit verlor ihr niederdrückendes Gewicht, und auch das Erlebnis mit Monika wurde zugedeckt durch meine wachsende Robustheit und schwelte nur noch im Untergrund weiter.

Je gesünder und kräftiger ich wurde, desto kränker wurde der Wald. In den Fichtenbeständen tauchten mehr und mehr dürre Bäume mit zerschlissenen Rinden und rostroten Ästen und Gipfeln auf. Ein schwarzbrauner Käfer, kaum größer als ein Streichholzkopf, war der Schädling. Während des Krieges hatte man ihm zu wenig Beachtung geschenkt. Plötzlich, durch eine Reihe Trockenjahre begünstigt, vermehrte er sich ins Unheimliche, wuchs sich aus zu einer Seuche, der landauf, landab ganze Forstreviere zum Opfer fielen. Es fehlte an Arbeitskräften. Die meisten Holzfäller waren Bauern, die von Frühjahr bis Herbst der Feldarbeit nachgingen. Auch waren sie in dieser Hungerzeit kaum auf Geldverdienst angewiesen: ein unter der Hand verkauftes Pfund Butter brachte ihnen mehr ein als ein Monat Waldarbeit.

Der Borkenkäfer nützte seinen Vorsprung und überfiel bald in Heerscharen zu Millionen alles, was Fichtennadeln trug, von den kleinsten Jungkulturen bis zu den stärksten Hochstämmen. Wir arbeiteten mit Überstunden, kamen aber nur langsam voran, da wir nach Vorschrift jeden gefällten Baum aufbocken, mit Zeltbahnen zum Auffangen der Schädlinge unterlegen sowie die befallenen Äste, Rinden und Gipfel verbrennen mussten. Meist konnte man die unterwühlten Borken ohne Schäleisen wie locker sitzende Mäntel mit bloßer Hand von den Stämmen lösen. Darunter aber wimmelte es von schwarzen, dunkelbraunen, hellbraunen Käfern und ihren weißen Maden und Puppen. Auf jede Handbreit kamen ihrer Dutzende. Ein ekelerregender Anblick.

Am widerlichsten war der mehlige, trockene Auswurf des Ungeziefers, der beim Abschälen der Rinden in braunen Wolken aufstäubte und einem Hände und Gesicht bedeckte.

Tagaus, tagein loderten im Wald die Feuer, die wegen des ausgedörrten Bodens sorgfältig gewartet und jeden Abend bis zum letzten Funken gelöscht werden mussten, eine Arbeit, die mir zufiel samt der schweren Verantwortung, die damit verbunden war. Wie oft fuhr ich nachts aus Angstträumen hoch, der Wald stehe in Flammen, und konnte mich erst nach einem Blick aus dem Fenster wieder beruhigen.

Bald waren ganze Hänge, besonders an den sonnigen Südseiten der Berge, kahlgeschlagen. Zu Hunderten, wenn nicht Tausenden, lagen die Stämme kreuz und quer. Ihre gelblich ungesunden Oberflächen waren rundum bedeckt mit den gerippten Nagespuren des Käfers.

Da erschien eines Tages, in Begleitung des Forstmeisters, Monikas Vater. Ich sah von meiner Feuerstelle aus, wie die beiden Herrn das Schlachtfeld unseres Arbeitsplatzes eingehend besichtigten, sich über Stämme beugten, Rinden ablösten, wie der Professor sich sehr interessiert vom Fachmann belehren ließ. Sie näherten sich, durch Farnkraut und Niedergebüsch stapfend, in eifrigem Gespräch, schauten mir eine Weile zu, bis mein früherer Nachbar mich erkannte. »Ach Sie hier, Herr Pelz.« Er schüttelte mir kräftig die Hand und war sichtlich aufgeräumt. »Sie walten hier als Feuerteufel, sozusagen als Ketzerverbrenner und Großinquisitor.«

»Kein schönes Geschäft, Herr Professor, täglich massenweise Tiere zu verbrennen, wenn es auch nur Käfer sind.«

»Oh, oh, haben Sie noch Mitleid mit diesem Gesindel.«

»Es sind immerhin Lebewesen wie ich und Sie.«

»Hören Sie sich das an«, rief er lachend zum Forstmeister hinüber, »Lebewesen wie ich und Sie.« Er legte mir die Hand auf die Schulter. »Trösten Sie sich, mein Freund, so wie Sie dastehen und Käfer dem Feuer überantworten, stellen sich die frommen Christen ihren Gott vor, wie er täglich ein Fuder verdammter Seelen in die Hölle befördert. Oder wollen Sie etwa besser sein als Ihr Schöpfer und Mitgefühl empfinden mit den Mördern des Waldes?«

Der Forstmeister verzog sein Gesicht zu einem verlegenen Grinsen, hob schnell ein großes Rindenstück auf und fuhr mit seinen Erläuterungen fort. Er bat mich, die Rinde, ausgebreitet wie eine Landkarte, hochzuhalten, und erklärte die Fraßbilder im Bast der Borke, redete vom Begattungsort der Insekten, der sogenannten Rammelkammer, von Lotgängen, Wagegängen, Sterngängen, wie viel Eier das Weibchen lege.

Zwei Arbeiter schleppten eine mit befallenen Rinden gefüllte Zeltbahn herbei, um sie über dem Feuer auszuschütten. Der Forstmeister, jetzt ganz in seinem wissenschaftlichen Element, hieß sie das Segeltuch am Boden ausbreiten, die Rindendstücke sorgfältig abklopfen und beiseite legen, er wolle einen zahlenmäßigen Überschlag machen, um festzustellen, wie viele Schädlinge auf einen Quadratmeter kommen. Beide Männer knieten sich hin, sortierten die Käfer nach Maden, Puppen, Jung- und Alttieren. »Sehen Sie, Herr Professor, die jungen erkennt man an den hellbraunen, fast gelben Flügeldecken, bei den geschlechtsreifen Tieren sind die Decken fast schwarz.« Sie zählten, schätzten die Fläche der Rinden ab. Der Forstmeister machte einige Notizen. »Man sollte viel mehr Zeit haben«, sagte er. »Es wäre notwendig zu wissen, wo die Bäume zuerst befallen werden, in der Mitte des Stammes oder am Gipfel, auch von welcher Seite die Käfer einschwärmen.«

»Könnten Sie diese Erhebungen nicht mir überlassen?«, meinte der Professor. »Sie dürften mir nur einige Anweisungen geben, wie man dabei wissenschaftlich vorgeht. Ich habe Zeit. Mein Buch ist fertig.«

Sie erhoben sich, klopften die Knie ab. »Wenn Sie wollen«, sagte der Forstmeister. »Aber sehen Sie sich vor und meiden Sie die Front der fallenden Bäume. Die Arbeiter können keine Rücksicht nehmen.«

Der Professor winkte ab und sagte im Weggehen: »Was wäre schon dabei. Ich bin ein alter Mann und könnte mir keinen schöneren Tod denken als von einem dieser Bäume erschlagen zu werden.« Nach einigen Schritten wandte er sich nochmals um und hob die Hand. »Auf Wiedersehen, Herr Pelz.« Ich atmete auf. Monika hatte geschwiegen. Er wusste nichts von unserem vertrackten Abschied.

Von dieser Zeit an erschien der Professor fast jeden Nachmittag mit Lupe, Meterstab, Notizbuch und betrieb seine Forschungen. Anfangs hielt er sich noch abseits. Bald jedoch riss ihn sein Eifer fort und trotz der Warnungen des Försters und Haumeisters stürzte er sich als erster auf gefällte Bäume, lüftete ihre lockeren Borken, zählte, maß, notierte. Die Holzfäller tippten sich hinter seinem Rücken gegen die Schläfen: kleiner Vogel. Sie nahmen sein Kommen hin als kurzweilige Abwechslung. Da ich zuweilen drei und mehr Feuer unterhalten und abends rechtzeitig löschen musste, war ich so in Anspruch genommen, dass ich, abgesehen von kurzen Begrüßungen, nie mit ihm ins Gespräch kam.

An einem späten Nachmittag zog ein schweres Gewitter auf. Von Westen her schob sich eine schwarze Wolkenwalze heran und verfinsterte bald den ganzen Wald. Wir machten vorzeitig Feierabend. Die Arbeiter liefen zu ihren Fahrrädern, um vor Einbruch des Unwetters nach Hause zu kommen. Von den drei Feuern hatte ich erst zwei gelöscht. Der Haumeister besichtigte den glühenden Aschenhaufen der letzten Brandstätte, sagte: »Deck das schnell mit Erde ab und bleib dabei, bis es regnet«, schob sein Rad auf den Fahrweg und strampelte davon.

Mit Erde abdecken? Der Waldboden war durch die monatelange Dürre knochenhart. Es war unmöglich, den Spaten auch nur einen Finger tief in die Erde zu bringen. Schon peitschten die ersten Sturmstöße durchs Unterholz in die Lichtung. Ich zog die Asche auseinander, um die glimmenden Glutreste mit dem Spatenblatt auszuschlagen. In diesem Augenblick, da die Glut offen und frei lag, fegte eine Windhose daher, riss eine Funkensäule hoch und streute sie ringsum ins dürre Waldgras. Im Nu begannen hier und dort Flämmchen aufzuzüngeln. Eh ich sie austreten konnte, stäubte ein zweiter Funkenregen über mich weg und entzündete weitere Feuerherde, die sich, vom Wind angeblasen, schnell ausweiteten. Ich riss meinen Kittel vom Leib, rannte hin und her und schlug die Flammen zu Boden. Beizender Rauch drang mir ins Gesicht und benahm mir den Atem. Die Hitze wurde unerträglich. Schon sah ich im Geist den ganzen Wald in Flammen stehen und verzweifelte an der Möglichkeit, den Flächenbrand, der sich rasch weiter fraß, noch eindämmen zu können.

Plötzlich wirbelte etwas durchs Gebüsch. Mit einer großen Zeltbahn bewaffnet, lief der Professor auf mich zu und schrie: »Heraus aus der Mitte! Lassen wir das brennen und halten uns an den Rand, immer rundum an den Rand.« Er nahm sich die eine Seite vor, ich die andere.

Das Gewitter war jetzt über uns. Wir achteten nicht auf die Blitze und Donnerschläge und sehnten nur den Regen herbei. Es war aber eines jener Trockengewitter, wie sie in diesen Dürrejahren mit zerfetztem, jagendem Gewölk übers Land zogen und höchstens einen kurzen Guss schwerer Tropfen fallen ließen.

Ich hatte unter einem der aufgebockten Bäume ebenfalls eine Zeltbahn vorgezogen. In weiten Sprüngen umkreisten wir die Brandstätte, die sich über den Kahlschlag weg bereits dem Hochwald näherte. Wenn erst einmal die Flammen vom Waldgras weg an den dürren Käferbäumen hochleckten, war es um den ganzen Wald geschehen. Zum Glück ließ der Wind nach und es gelang uns, den Brand auf die Lichtung einzuschränken. Das Gewitter zog ab. Die Sonne kam wieder zum Vorschein. Noch arbeiteten wir an die zwei Stunden, bis wir alle Feuer unter Kontrolle hatten und ausbrennen lassen konnten.

Wie ein Löwe hatte der Professor gekämpft. Ich wagte gar nicht daran zu denken, welche Katastrophe ohne seine Hilfe über das riesige Waldrevier, das sich viele Quadratkilometer weit erstreckte, hereingebrochen wäre, und konnte nur stumm seine Hand ergreifen und ihm danken.

Der Mann war ganz verändert. Eine fast lausbubenhafte Freude strahlte aus seinem rußgeschwärzten Gesicht. »Nichts zu danken«, sagte er. »Dieser Kampf hat mich außerordentlich erfrischt. Nach langer Zeit habe ich endlich wieder das Gefühl, dass ich überhaupt noch lebe.«

Die Freude über unseren Sieg verging mir beim Anblick der Brandfläche, die vor uns lag. Ein finsteres Schauerfeld. Alles schwarz, verkohlt, versengt. Die herumliegenden Stämme braungebeizt. Der Nachwuchs an Tännchen verbrannt. Einige Inseln junger Buchen mit eingerolltem Laub stachen wie gespenstische Besen aus dem Ruß- und Aschenfeld.

Der Professor wunderte sich, dass man mich hier alleingelassen hatte.

»Ich war für das Löschen verantwortlich und dazu glaubte jeder an einen ausgiebigen Regen.«

»Verantwortlich, verantwortlich. Ein wunderbares Wort. Kenne ich zur Genüge. Alte Geschichte. ›Oberfeldarzt, Sie sind für den Abtransport des Lazaretts verantwortlich.‹ Keine Angst. Ich werde gleich morgen früh dem Forstmeister Rapport erstatten. Von Rechts wegen hätten wir einen Ordensstern verdient.«

Nachdem wir die ausgebrannte Stätte noch einmal sorgfältig nach schwelenden Brandresten durchsucht hatten, begaben wir uns auf den Heimweg. An einem kleinen Wasserlauf in einer Schlucht wuschen wir notdürftig den Ruß von Gesicht und Händen. Von dort führte ich den Professor, der sich in diesem Waldteil nicht auskannte, zwischen nackten Felswänden über Geröll und Sandbänke das Tal entlang, bis der Wald sich öffnete. Vor uns dehnte sich ein flach gemuldetes Weideland, das mit Wacholdersträuchern und schwarzen stumpfen Felskuppen übersät war. Mildes braunes Abendlicht lag auf dem abgeweideten Rasen. Ich liebte diesen Teil des Tales mit seinen sanften Hängen, ganz besonders wegen seiner wunderweichen Rasenwege. Des Öfteren schon hatte ich an warmen Sommerabenden hier die Schuhe ausgezogen, um barfuß den anschmiegsamen, moosigen Grasteppich auszukosten. Meist weidete zwischen den Büschen und Felsen eine Schafherde. Heute regte sich nichts auf dem weiten, von massigen Traufbuchen wie von einer Mauer umschlossenen Weidegelände.

Mein Begleiter blieb verblüfft stehen. »Das kenne ich nicht«, sagte er leise. »Wunderbar. Hier hört man die Stille beinahe atmen. Wollen wir uns nicht irgendwo zwischen den Büschen ausruhen? Die Löscharbeit hat mich denn doch stark angestrengt.«

Wir fanden im Weitergehen eine Steinplatte vor einer Felsgruppe, wo wir uns niedersetzten. Die Sonne stand schon tief im Westen. Ein starker Wacholderduft strömte aus den Büschen, die unbewegt als kompakte Massen wie dick vermummte Gestalten aufragten und ihre langen Schatten über den Rasen warfen.

»Hier«, sagte er, »könnte ich meine letzte Hütte bauen. Es gibt doch noch Paradiese.« Er strich mit der Hand über einen Steinvorsprung. »Ich liebe Steine«, fuhr er fort. »Irgendwo in der Bibel steht: ›Ich habe meinen Bund geschlossen mit den Steinen.‹

Granite, Porphyre, Basalte, Serpentine, Quarze: zu Hunderten besaß ich sie und begeisterte mich am Geäder ihrer Schliffe. Sie alle reden von Zeiten, da es noch keine Menschen gab.

Ich habe meinen Bund geschlossen mit den Steinen«, wiederholte er, lehnte sich zurück, nahm den Stock zwischen die Beine und legte die Hände über den Griff. Schmale, lange Finger, Frauenhände, Monikas Hände. »Sie sind zu beneiden, junger Mann. Sie haben Ihre harte, körperliche Arbeit, das hält wach und bewahrt Sie vor lästigem Gefühlsballast. Sie haben täglich Umgang mit Wald, Holz, Sonne, Regen, Frischluft, Erde. Zum Denken bleibt Ihnen nicht allzu viel Zeit, und wenn schon, dann sind es gesunde Gedanken. Verheiratet sind Sie auch nicht. Bleiben Sie dabei. Ich rate Ihnen gut. Bleiben Sie bei dieser Lebensweise und kümmern Sie sich so wenig wie möglich um Menschen. Es lohnt sich nicht.«

»Aber, ich kann mich doch nicht zeitlebens als Holzfäller hier herumschlagen. Ich habe ein Studium begonnen und will es abschließen, sobald die Zeiten sich gebessert haben.«

Er stieß ein hohles Lachen aus. »Gebessert haben. Die Zeiten werden schlimmer, Mann, rasend schlimmer, zum Verzweifeln schlimm. Denken Sie nur an die Käfer.«

»An die Käfer? Ich verstehe nicht. Wieso an die Käfer?«

Er sagte ganz ruhig: »Wenn Sie schon studieren wollen, müssen Sie jedes Objekt auf seinen Wesensgehalt hin prüfen. Oder machen Sie sich überhaupt keine Gedanken, wenn Sie nun schon seit bald zwei Jahren gegen dieses Viehzeug ankämpfen?«

»Was soll ich schon dabei denken. Ich muss höllisch aufpassen, dass ich mit meinen Feuern zurechtkomme. Sie haben es heute ja erlebt. Aber darf ich Sie, Herr Professor, einmal fragen, was Sie zu den Käfern hinzieht? Es ist Tag für Tag derselbe, ekelhafte Anblick.«

»Auch der Mensch bietet von Tag zu Tag denselben ekelhaften Anblick. Inter faeces et urinam nascimur. Dieses Siegel haftet ihm an. Als Kinder leben wir, sofern wir das Glück haben, vernünftige Eltern zu besitzen, für kurze Zeit im Paradies. Dann essen wir vom Baum der Erkenntnis, werden vertrieben, müssen im Schweiß unseres Angesichts unser Brot verdienen. Kain schlägt seinen Bruder tot. Blut, Tränen, Schweiß. Auf diesen drei Ozeanen schwimmt die ganze Weltgeschichte. Nichts hat sich geändert seit Adams Zeiten. Baum der Erkenntnis. Das ist unser Fluch, dass wir über das von Gott verdammte Sein auch noch nachdenken müssen, und was kommt dabei heraus: Holz, Wind, Wolken, Eisen, Feuer, Tier, Pflanze, Dreck, Schlamm, Kot, alles Scherben eines zerbrochenen Spiegels. Heb sie auf und was siehst du: immer dich selbst, und auf der Rückseite schwarzes Nichts. Ihr Missionar drückt es etwas frömmer aus und redet von Gottes undurchdringlichem Angesicht. Was im Grunde dasselbe besagt. Sie fragen, was mich zu den Käfern hinziehe.« Er beugte sich vor, beschrieb am Boden einen Kreis und setzte die Stockspitze in den Mittelpunkt. »Nehmen wir anstelle des Borkenkäfers den Cholera- oder Typhusbazillus, dann können Sie am kranken Wald Zug um Zug die Ausbreitung einer Seuche in vergrößertem Maßstab beobachten. Die Bäume leiden Durst, bekommen viel zu wenig Wasser, können nicht genügend Harz absondern, um die Schädlinge abzuwehren. Der Käfer vermehrt sich. Fünf, sechs Generationen in einem trockenen Sommer. Theoretisch ergibt das eine Nachkommenschaft von etlichen Milliarden pro Jahr. Für mich als Mediziner ist das immerhin ein höchst interessantes Schauspiel. Hier sehe ich den Bazillus ohne Mikroskop mit bloßem Auge und kann seine Ausbreitung beobachten. Ich habe sogar festgestellt, was dem Forstmeister bisher entgangen ist, dass der Käfer für Jungkulturen eine viel kleinere Spielart entwickelt hat. Er passt sich also selbst den kleinsten Pflänzchen an.

Überlegen Sie einmal weiter. Schwarze Käfer, dunkelbraune, hellbraune, ein kurzer Gedankensprung: schon haben wir eine politische Seuche vor uns, die Wälder an Menschenleben niedergelegt hat. Das ist ein Naturvorgang. Ein Volk hungert, fiebert in politischen Wirren, ist verarmt, wird ausgesogen. Die Käfer verwandeln sich in Parolen, vermehren sich in Schriften, Büchern, Reden, Kampfgesängen, schwärmen aus über ganze Kontinente. Kommunisten, Faschisten, Anarchisten, die gesamte Erde wimmelt davon.

Vergrößern Sie den Käfer noch mehr und ersetzen Sie das Chitin seines Panzers durch Eisenblech. Das kommt erst auf uns zu. Jedem Mann sein Auto, wenn nicht gar sein Flugzeug, heißt die Devise der Fortschrittsfanatiker. Und wenn es erst einmal so weit sein wird, dann war die Pest des Mittelalters eine Kinderkrankheit dagegen.«

Der Brand, den wir mit Mühe gelöscht hatten, schien im Professor weitergeschwelt zu haben und flackerte auf in seinen Augen. Die Hände über dem Stock bebten. Er sprang hoch. »Gehen wir, entheiligen wir diesen Ort nicht mit diesen unseligen Gedanken.« Er warf die Beine vor, als jagten ihn die Dämonen seines Gehirns, ließ den Stock an seiner Seite wirbeln und schien meine Anwesenheit ganz vergessen zu haben. »Käfer!«, rief er, »Käfer, winzige Zwerge, kleine Menschen, Massenmenschen, Menschenmassen. Schon brechen sie von allen Seiten ein in die Wälder der Großen, der Freien, der Gesunden, der Aristokraten des Geistes. Und der Freie nimmt sie auf unter den Mantel seiner Humanität, nährt sie mit seinem Geist, schützt sie mit seiner starken Rinde, aus gutem Glauben, falschem Glauben, will sie zu sich emporziehen, stattet sie aus mit Macht, Ansehen, Stolz und wird schamlos ausgesogen, angefressen, geschunden, bis ihm die eigene Haut in Fetzen vom Leibe hängt. Jedes Mal, wenn ich eine dieser herrlichen Riesentannen zu Boden krachen höre, versetzt es mir einen Schlag vor die Brust. Nicht einmal den anständigen Tod mit Axt und Säge gönnt man ihnen. Motorsägen legen sie um, systematisch rationell, und verpesten den Wald mit blauen Abgasen. Technik, Eisenkomfort, Motoren, jede Art Apparaturen, wie passt das alles zu diesem seelenlosen Käferzwerg. Die Griechen verachteten alle Techniker. Christus und Buddha gingen barfuß. Laotse trank aus einem selbstgeschnitzten Holzbecher. Nur der Zwerg baut um sich einen Berg von Eisen- und Blechkomfort, fühlt sich am Lenkrad als Herr der Erde. Jedes Pferd, jeder Esel und Reitochse würde ihn verächtlich abwerfen. Und er wird immer anspruchsvoller. Der Große wird sein Diener, sein Sklave, muss kostbare Schöpferkräfte vergeuden. An was? An Photoapparate, Filmgeräte, Radioapparate, Maschinen ohne Ende. Dabei ahnt dieser Zwerg nicht im entferntesten, wie viel Geist, Fantasie, wie viel Grübeln, Überlegen, welche Opfer an Zeit und Erfindungsgabe in diesen Getrieben, Röhren, Zellophanstreifen, Schallplatten stecken. Das ist ihm auch völlig gleichgültig. Er rasiert sich bei Beethovenmusik, bekommt seine Bachkantate zum Frühstück, eine ganze Oper zum Abendessen.«

Die Aufregung in dem Mann steigerte sich. In den Haarbüscheln seines zurückgeworfenen halbkahlen Schädels zauste der Wind. Er erinnerte an eine Prophetengestalt aus Michelangelos Sixtina. Ich hatte Mühe, ihm zu folgen. »Käfer«, keuchte er, »unersättlich in ihrer Fressgier, unheimlich in ihrer Masse, unvorstellbar, wie sie die Erde abgrasen. Alles Freie fällt, Baum für Baum. Nachwachsen kann es nicht mehr. Das Große wächst langsam, nur das Unkraut schießt. Sie kommen von Osten und Westen, sind schon unter uns, nagen bereits unter unserer Haut. Glück, Wohlstand für den Kleinen, den Hohlkopf, den Nachläufer, die Sklavenseele, die noch nie einen eigenen Gedanken gedacht, die Schöpfung um kein Quant vorwärts gebracht hat.«

»Halt!«, rief ich ihm zu und blieb zurück. »Hier geht der Weg ab. Kommen Sie, beruhigen Sie sich. Lassen Sie doch die Käfer. Und was heißt schon Glück. Gibt es so etwas überhaupt?«

»Jawohl, gibt es!«, fuhr er mich an, »aber nicht für Sklavenseelen. Die verhungern vor vollen Schüsseln. Geist ist Glück, Schöpfertum ist Glück. Auf kahlen, kalten Bergen stehen und den Wind von Jahrtausenden in den Haaren spüren, ist Glück, und voller Verachtung heruntersehen auf das wimmelnde, stinkende Gezwerge in den schwülen Schattentälern des Sexus.« Er senkte im Weitergehen die Stimme und versuchte, einen sachlichen Ton anzuschlagen. »Glück braucht Raum, Weite, Härte gegen sich und andere. Was aber züchten wir? Toleranz, Bequemlichkeit, Weichheit, Verantwortungslosigkeit. Damit züchten wir Memmen, aber keine Menschen. Und wir Ärzte sind dabei die gutmütigen, blöden Handlanger. Wenn die Natur aus kluger Berechnung und Barmherzigkeit schon bei den Säuglingen den Nachwuchs der Menschen dezimiert, fallen wir ihr in den Arm, drücken die Kindersterblichkeit herunter und geben den Massen den Weg frei. Instinktlos, zum Erbarmen instinktlos. Wer rettet uns, wenn die Erdteile bald überborden, überquellen von Menschen? Wer schützt die Tiere, die Wälder, die letzten Gehege der Freiheit?« Schon war er wieder außer sich, fuhr mit dem Stock durch die Luft, bis sich seine Stimme überschlug und ein schwerer Hustenanfall ihn zum Schweigen brachte. Vorgebeugt, das Taschentuch vor dem Mund, keuchte er und griff nach meinem Arm. Der Husten schüttelte ihn derart, dass ich ihn um den Leib fassen musste. Schwer nach Atem ringend, stand er da und wischte sich die ausgepressten Tränen aus den Wangenfalten.

»Beruhigen Sie sich doch«, sagte ich begütigend. »Es ist zwecklos, wenn Sie sich über Dinge aufregen, die Sie einfach zu schwarz sehen. Das ist der Krieg, der in Ihnen noch weitertobt. Wir Jungen wachsen in die neue Zeit hinein. Was Sie ängstigt, sind für uns schon Selbstverständlichkeiten. An uns liegt es, die Probleme zu lösen, mit denen Sie nicht mehr fertig werden.«

Er streifte meine Hand von seinem Ärmel ab und sprach jetzt leise und vorsichtig. »Nein, nein, ich sehe nicht zu schwarz, ich sehe zu klar. Halten Sie mich nur nicht für ein altes Schaf, das hinkend hinter der Herde drein blökt und von Hunden gehetzt wird. Wir Jungen! Wir Jungen!« Er lachte bitter. »Sie halten die Überschwemmung auch nicht auf. Wissen Sie, dass heute, knapp drei Jahre nach dem Krieg, die Menschenverluste, die er gekostet, schon doppelt und dreifach aufgewogen sind. Vierzig Millionen Zuwachs jährlich, in zwanzig Jahren schon sechzig und siebzig. Um die Jahrhundertwende wird sich die Menschheit mehr als verdoppelt haben, dreißig Jahre später vervierfacht. Was heißt das? Wir müssen immer enger zusammenrücken, kleiner und kleiner werden, immer käferhafter. Wie die Blattläuse wird die Brut an allen Flüssen, Strömen und Meeresstränden kleben. Unsere Großstädte wachsen sich aus zu Riesenfladen. Bauplätze, Parkplätze, Sportplätze, Flugplätze, Autobahnen fressen unser bestes Ackerland auf. Millionen und Abermillionen Hektar jährlich. Wer ersetzt das? Der Mensch muss essen, wenn er auch auf den Boden spuckt, der ihn nährt. Jede Ackerscholle, die wir mit Beton und Asphalt überbauen, ist verloren in alle Ewigkeit. Werden die Milliarden, die heraufkommen, freiwillig hungern und darben? Werden sie sich am Ende nicht wie Heuschreckenschwärme zusammenrotten und fressend, raubend und mordend über die reichen Länder herfallen. Wir Jungen! Wir Jungen! Die liegen vor dem Abgott ihrer Technik auf den Knien, in dem idiotischen Wahn, als käme von ihm Heil und Hilfe, wo gerade er der Motor ist, der uns dem Abgrund entgegenpeitscht. Spüren Sie unter den Sohlen nicht schon die reißenden Wasser, den Sog des nahen Kataraktes. In wenigen Jahrzehnten überspringen wir Jahrhunderte, wenn nicht Jahrtausende. Das ist keine Entwicklung mehr, das ist Absturz, letztes Aufbäumen, letzter Schüttelfrost der todgeweihten Menschenkreatur.«

Zum Glück wurde der Weg schmal und stieg steil an. Ich ging voraus. Da es bereits stark dämmerte, machte ich den Professor auf die Unebenheiten des von Wurzeln überzogenen Pfades aufmerksam, froh, für eine Weile den Schauerbildern seiner Fantasie entronnen zu sein. Aber an seinem stoßweisen Atmen in meinem Rücken und dem harten Staken des Stockes merkte ich deutlich, dass der Vulkan weiterbrodelte. Das also war die Welt, in der Monika seit Jahren schon lebte. Eine Nachtgewitterwelt mit Blitz, Donner, Regen und Hagelschauern. Das war das Buch, von dem ich nur wenige herausgerissene Seiten in diesem Gespräch erfahren hatte. Arme Monika. Ich fing an zu begreifen, wie es in ihrem Inneren aussehen musste. Tag für Tag Weltuntergang. Nacht für Nacht an der Maschine. Ich hatte ihr Unrecht getan. Was sie brauchte, war ein Freund, der ihr etwas abnahm, ein wenig Licht in dieses Dunkel brachte, einen mitfühlenden Menschen, nicht einmal das, vielleicht nur einen Baum, an den sie sich anlehnen, bei dem sie sich ausruhen und ausschwatzen konnte - nicht einen Mann, der nach ihr griff. Deshalb war sie so empört gewesen, so enttäuscht über mich.

Als wir die Straße erreicht und wieder einen bequemen, ebenen Belag unter den Füßen hatten, war es Nacht. Ich sah nur noch die dunklen Umrisse meines Begleiters, hörte den metallischen Aufschlag der Stockzwinge. Einige Zeit gingen wir wortlos nebeneinander und ich wünschte, er schwiege für den Rest des Weges. Aber bald begann er von Neuem, zuerst ruhig im Dozententonfall. Er habe in seinem Buch diesen ganzen Fragenkomplex der Übervölkerung ausführlich mit statistischen Unterlagen und wissenschaftlicher Sachlichkeit dargelegt und die politischen und soziologischen Folgen für die Zukunft vorausgesagt. Das aber sei nur der eine Aspekt. Höchstwahrscheinlich brauchten wir uns über dieses Problem gar keine Sorgen mehr zu machen. In spätestens zwanzig Jahren sei die Menschheit sowieso erledigt und mit Stumpf und Stiel ausgerottet. Damit kam er, was ich schon lange erwartet hatte, auf die Atombombe zu sprechen, den letzten und gefährlichsten Giftzahn im Raubtiergebiss des Menschen, wie er sie nannte. Er leitete ein mit einer philosophischen Betrachtung. Alle, ob von der Natur oder vom Menschen geschaffenen Dinge seien energiegeladene Einheiten, die sich betätigen wollen und müssen. Die Atombombe sei, vom

Metaphysischen her gesehen, der wahrste Ausdruck für die Bestimmung des Menschen, das heißt für seinen Willen zum Tod und Untergang. »Wir sind also so oder so verloren«, fuhr er fort. »Sie werden sagen, kein Mensch wird so wahnsinnig sein und sich samt der Erde in die Luft sprengen wollen. Schlechtes Argument. Jährlich sterben Tausende durch Freitod. Auch kann man nicht Zündstoffe zum Himmel türmen und dem Blitz verbieten, in den Berg zu fahren. Der Mensch müsste sich von Grund auf ändern, dürfte nicht mehr Krieg führen, müsste sich vom Wolf in ein Schaf verwandeln. Das geht gegen seine angestammte Natur. Was interessiert ihn? Fragen Sie die Journalisten, die seine Lust am Untergang befriedigen: Mordprozesse, Sittlichkeitsverbrechen, Brände, Überschwemmungen, Erdbeben, jede Art Naturkatastrophen. Die gesamte Weltgeschichte ist nichts weiter als ein einziger Kriminalroman.« Er blieb stehen und stieß den Stock aufs Straßenpflaster. »Ist es nicht ein Witz, ein grandioser Götterwitz: Die Menschheit darf sich selbst, aus sich selbst, mit eigener Waffe den Garaus machen. In der Bibel steht: ›Es reute Gott, den Menschen geschaffen zu haben‹, und er ersäufte ihn bis auf einen winzigen Rest. Er konnte sich von seinem verpfuschten Machwerk nicht trennen. Die Missgeburten liebt man am meisten. Das wissen alle Mütter und Maler. Er bringt es nicht mehr über sich, dieser heilige Allvater, noch einmal sein Rächeramt an uns zu vollziehen. Er muss es aber tun, nach all dem, was an Mord, Unzucht, Bestialität und Borniertheit zu seinem Himmel hinaufstinkt. Welcher Gott hielte das noch aus. Da drückt er uns die Pistole in die Hand, wendet sich ab: Tu es selbst. Erlass mir dieses Henkeramt. Ich gab dir Geist und Freiheit. Beides hast du mit Füßen getreten. Jetzt mach einen letzten Gebrauch davon und geh, geh, geh mir aus den Augen!« Wieder ein Hustenanfall mit Ächzen, Würgen und Keuchen. »Verzeihung«, sagte er leise, »aber ich kann nicht ruhig bleiben bei dieser Aussicht. Ich werde geschüttelt von Glück und Grauen.«

»Glück?«, fragte ich verblüfft, »Glück, sagen Sie.« Er trat ganz nahe an mich heran und fasste meinen Arm. »Ja, Glück. Ist es nicht wunderbar, herrlich wunderbar und grauenhaft zu wissen: Wir sitzen heute als letzte Zuschauer in den Logen der Weltenbühne, erleben die Schlussszene des letzten Aktes der Tragödie

Mensch. Horchen Sie hinein in die Kunst, die Literatur: alles ein zerrissenes, hilfloses Gestammel und Gestotter am Abgrund des Nichts. Wissenschaft, Politik, Religion, alles ausgelaugt, ohne Substanz, ohne Verbindung mit dem Absoluten. Unser Wissen ist ohne Gewissen, unser Verstand ohne Vernunft, unser Hirn arbeitet maschinell über einem erstorbenen Herzen. Alles Müll, in Zeitungspapier verpackt, fertig zur Abfuhr.«

Hatte er recht, hatte er unrecht. Ich überlegte nicht, hörte nur Worte, Sätze und sah im Geiste, wie sie über Monikas schmale Finger weg in die Maschine liefen. »Arme Monika.«

»Was haben Sie gesagt?«

»Nichts, nichts, Herr Professor.«

Die Straße stieg an. In leisen, knackenden Geräuschen atmete neben uns der Wald. Vom Tal herauf kam der Klagelaut eines Tieres.

Er schwieg und blieb einige Male stehen, um Luft zu schöpfen. Vor uns zeichnete sich die scharfe Linie eines Hügelrückens gegen den kalten Sternhimmel ab.

»Nur noch ein kurzer Anstieg«, sagte ich, »dann sind wir zu Hause.«

»Zu Hause«, murmelte er, hielt an und schöpfte wieder Atem. »Zu Hause? Sie vielleicht. Ich nicht.«

X

Eines der schönsten Gesellschaftsspiele, die ich kenne, ist das Mah-Jongg der Chinesen. Schwarze, wie Jade sich anfühlende, flache Quadersteinchen mit aufgemalten chinesischen Schriftzeichen werden zur Hälfte unter die Spieler ausgeteilt, die andere Hälfte wird verdeckt in der Mitte des Tisches in Form einer Mauer aufgesetzt. Man greift reihum von dieser Mauer seine Steine, darf dafür ungeeignete ablegen, die wiederum von anderen Spielern aufgenommen werden, und stellt so seinen Tschi, Gang, Pong, und wie die Reihen alle heißen, zusammen. Es gibt eine Menge Spielmöglichkeiten. Mutter Anne brachte mir eine der einfachsten davon bei. Ich konnte ihr keine größere Freude bereiten, als nach dem Nachtessen noch eine oder zwei Stunden zu diesem Zeitvertreib sitzen zu bleiben.

Es war ein Septemberabend und schon reichlich spät. Mutter Anne und Vater Philipp hatten mehrere hohe Gewinne erzielt, die natürlich nur auf dem Papier vermerkt wurden. Ich war Hauptverlierer. Man wollte mir noch einen Erfolg gönnen und spielte weiter.

Da ging die Haustür. Schritte tappten im Flur. Eine Frauenstimme rief. Ich glaubte meinen Namen zu hören, ging zur Tür und öffnete. Im Halbdunkel sah ich eine vermummte Gestalt mit Kopftuch und einem schwarzen Überwurf stehen, den eine weiße Hand unter dem Kinn gerafft hielt. »Mein Vater – ist er nicht hier? Ich suche meinen Vater.« Jetzt erst erkannte ich an der Stimme Monika. Sie spähte vorgebeugt in die Stube und flüsterte enttäuscht: »Auch hier ist er nicht.«

»Treten Sie doch bitte ein, Frau Landeck.«

Zaghaft schritt sie über die Schwelle, grüßte scheu und erzählte stockend, sie suche schon den ganzen Abend nach ihrem Vater, beim Forstmeister, Pfarrer, dem Dorfarzt, sei bald auf diesem, bald auf jenem Weg bis zum Wald hinaufgegangen. Sie fürchte, es könne ihm etwas zugestoßen sein.

Vater Philipp bot ihr einen Stuhl an. Nach kurzem Zögern setzte sie sich und fiel merklich in sich zusammen. Ihr Gesicht war bleich. Spitz und weiß stach die Nase vor. Wir erfuhren, der Professor sei wie üblich nach einem längeren Mittagsschlaf mit Stock und Sommermantel ausgegangen, wahrscheinlich in den Wald. Er hinterlasse ja nie, wohin er gehe. Monika sah zu mir auf. »Haben Sie ihn heute nirgends gesehen?« – »Nein, heute nicht.« Und ich dachte bei mir, welche Überwindung muss es sie gekostet haben, hierher zu kommen, wenn sie zuerst das ganze Dorf und seine Umgebung ablief, ehe sie mich aufsuchte. Sie redete weiter. Ihr Vater habe in letzter Zeit des Öfteren von einer Heide mit Felsen und Wacholderbüschen erzählt, wo er sich am liebsten eine Hütte bauen wollte, so schön und ruhig sei der Ort, vielleicht sei er dort gewesen und habe sich auf dem Heimweg verirrt. »Könnten Sie mir den Weg beschreiben, Herr Pelz, dann gehe ich hin.«

»Aber doch nicht jetzt bei Nacht«, entfuhr es mir. »Die Heide liegt mitten im Wald und eine gute Stunde entfernt. Es ist rein unmöglich, dass Sie den Ort finden.«

Sie kniff die Unterlippe ein und ein Zug der Verbissenheit glitt über ihr Gesicht. »Trotzdem werde ich gehen, und wenn ich die ganze Nacht herumirren muss.«

Mutter Anne, die am Tisch sitzen geblieben war, schob die Steinchen des Mah-Jongg-Spiels langsam zusammen und blickte dabei seltsam kalt auf die junge Frau. Sie sagte: »Herumirren, im Wald. Das ist ja Unsinn. Am besten, Sie gehen nach Hause, Frau Landeck, und warten. Weiter können Sie jetzt nichts tun. Warten, und wenn Sie Angst haben, zum Herrn beten.«

Monika lächelte bitter. »Beten, das tu ich schon den ganzen Abend. Aber einfach herumsitzen und warten, nein, das kann ich nicht.« Ich ging zum Fenster und schaute nach dem Wetter aus. Der zunehmende Halbmond stand am klaren Himmel. Monika hatte sich vom Stuhl erhoben, trat neben mich und sah mich fragend an.

»Weshalb sind Sie so beunruhigt, Frau Landeck? Es ist mondhell. Was kann Ihrem Vater schon zugestoßen sein? Er kennt sich im Wald gut aus. Aber wenn Sie wollen, geh ich mit Ihnen und helfe Ihnen suchen.«

«Wirklich, Sie wären so freundlich?«

Schnell zog ich meine Waldstiefel an und schlüpfte in meinen alten Militärmantel. Als ich mit Monika die Stube verließ, hörte ich hinter mir die Stimme der Missionarin: »Paul, Paul!« Ich weiß nicht, was sie noch sagen wollte, es klang wie empört. Vielleicht war es mein rascher Entschluss, meine Eile, was sie nicht verstand.

Ich ging mit Monika erst einmal zu ihrer Wohnung, um nachzusehen, ob vielleicht ihr Vater inzwischen gekommen war. Dann durchquerten wir das Dorf und hielten uns an die Straße, die über einen Höhenrücken weg in eine weite, schüsselartige Talmulde hinunterführte. Die Bauern nannten dieses Tal die kalte Wanne. Sie war ganz mit Nebel gefüllt und glich von oben im Mondschein einem weißen See, dessen Zungen sich in drei Seitentäler erstreckten.

Da Monika die ganze Zeit über schwieg und hastig ausschritt, hielt auch ich an mich. Die Spannung löste sich erst beim Anblick der matt im Mondlicht schimmernden Lichtfläche über der Talschüssel. Furchtsam griff sie nach meinem Arm und flüsterte: »Wie ein Leichentuch.« - »Jetzt seien Sie nur nicht abergläubisch, Nebel, weiter nichts.« - Sie ließ meinen Arm los. Die Straße führte an einem Berghang entlang. Zur Rechten waren Äcker und Wiesen, die ins Tal abfielen, zur Linken am Hang befand sich dichtes Unterholz. Hier zu rufen, hatte keinen Sinn. Unmöglich konnte sich der Professor in dieses undurchdringliche Heckengestrüpp verirrt haben. Wir tauchten in den Nebel ein. Wie ein Schatten glitt sie neben mir her und bat mich mehrmals um Entschuldigung, dass sie mir diesen Gang zugemutet habe. Ich sagte nichts und horchte nur angespannt in die Nacht hinein.

»Warum reden Sie nichts, Herr Pelz? Sind Sie mir immer noch böse?« Die Stimme klang verhalten, fast unhörbar.

»Weshalb sollte ich Ihnen böse sein«, sagte ich leichthin.

»Ich müsste Ihnen so vieles erklären«, fuhr sie fort. »Aber jetzt nicht, vielleicht später.«

»Nein, jetzt nicht«, sagte ich und erzählte dann, dass mir ihr Vater vor einiger Zeit auf dieser Straße einen sehr düsteren Vortrag gehalten habe, wahrscheinlich Gedanken aus seinem Buch. Es sei ja, wie ich gehört, jetzt abgeschlossen, und sie werde froh sein, diese Arbeit hinter sich zu haben.

»Im Gegenteil, es ist noch schlimmer geworden. Er bekommt keine Druckerlaubnis. Sie wissen, alle Bücher unterliegen der Besatzungszensur. Es wurde ihm mitgeteilt, es sei ganz ausgeschlossen, dass so etwas heute gedruckt werden könne. Jetzt tobt er, weint, flucht, schreibt beleidigende Briefe und verlangt von mir, dass ich das Manuskript - es sind fast achthundert Seiten - ins Englische übersetze. Dadurch hofft er die Zensur zu umgehen. Aber so weit reichen meine englischen Sprachkenntnisse noch lange nicht. ›Man arbeitet sich eben ein‹, sagt er und besorgte mir Lehrbücher.« Sie redete rasch, und wie ich spürte, tat es ihr wohl, mir ihr Leid wieder klagen zu können. Sie sagte: »Ich befinde mich da in einem seelischen Zwiespalt. Ich hasse das Buch. Es ist ohne Licht und Hoffnung. Man darf die Welt nicht noch mehr verfinstern. Sie ist finster genug. Auf der anderen Seite gönnte ich meinem Vater von Herzen einen Erfolg. Er hat sich eine Last von der Seele geschrieben, vielleicht würde er wieder ins Leben zurückfinden, wenn er sein Werk gedruckt sähe.«

Sie blieb stehen. »Sollen wir jetzt einmal rufen?«

Ich legte die Hände als Schalltrichter an den Mund und schrie nach allen vier Himmelsrichtungen mit ganzem Stimmaufwand einige Hallo in die Nacht hinein, bekam aber nur von der Gegenwand der Talsenke ein schwaches Echo zurück. Auch sie versuchte es und rief: »Pa-pa! Pa-pa!« Ihre dünne Stimme wurde vom Nebel einfach weggeschluckt.

Eingehüllt in ein graues, diesiges Halblicht schritten wir weiter, bogen von der Straße ab in ein Seitental, das zu den Käferschlägen führte. Der Weg war frisch mit hellem Kies beschottert und schlängelte sich als schwach beleuchtetes Band an dunklem Buschwerk vorbei. Von Zeit zu Zeit blieben wir stehen, riefen und horchten.

Es wurde kühler und feuchter. Hart knirschten unsere Schritte auf dem Kies. Taunasses Gras und Kraut schlug uns um die Beine. Monika schauderte jedes Mal mit unterdrückten Angstlauten zusammen, wenn ein überhängender Zweig sie streifte. Ich redete ihr gut zu. Ihr Vater werde bestimmt irgendwo in einer

Waldhütte sitzen und den Morgen abwarten. Er sei ja ein eigenwilliger Mann und habe sie bestimmt schon öfter bei Nacht allein gelassen. »Ja«, sagte sie, »schon oft; aber heute habe ich eine Angst, eine ganz unerklärliche Angst ist in mir.« Sie suchte meine Hand und hielt sie fest. Eine kalte, harte Hand.

Je weiter wir das Tal hochstiegen, desto mehr lichtete sich der Nebel. Aus dem feuchten Fließen trat rötlich der Halbmond wieder hervor und bildete bald einen weiten, runden Lichthof. Zwischen unserem Weg und dem gegenüberliegenden Waldhang zog sich ein schmaler Wiesenstreifen hin, der jetzt im hellen Mondschein deutlicher hervortrat. Hier und dort lag noch verspätetes Öhmd in flachen Haufen.

Der Nebel blieb zurück. Wir konnten rascher ausschreiten und gelangten bald zu den ersten Kahlhieben, die sich von hier aus das ganze Tal hinauf zogen. Wie ein grobes, zerrissenes Gespinst bedeckten die kreuz und quer liegenden Stämme die Hänge, dazwischen wucherten überall schwarzklumpig die Büsche des Traubenholunders. Nur einige nackte, von Käfern verschonte Föhrenstämme mit dunklen Kronenschöpfen ragten aus dem niedergelegten Wald. Bei Nacht nahm sich das Bild der Zerstörung noch gespenstiger aus als am Tag. Drückend war die absolute Stille. Wie mit angehaltenem Atem schien alles auf unsere knirschenden Schritte zu lauschen.

Plötzlich hielt Monika an. Sie hatte meine Hand bis hierher nicht mehr losgelassen. Ich spürte an ihren Fingern ein krampfhaftes Zucken. Jetzt ließ sie los, lief einige Schritte voraus, stand wie witternd mit erhobenem Kopf da, und eh ich fragen konnte, lief sie über die Wegböschung hinunter in die Wiese, blieb wieder stehen, lief weiter, ich ihr nach. Erst am gegenüberliegenden Waldrand stockte sie und presste keuchend die Hände auf die Brust.

»Was ist denn mit Ihnen? Haben Sie etwas gehört?«

»Nein«, flüsterte sie. »Aber hier, hier« – sie deutete auf den Kahlschlag am jäh ansteigenden Hang – »hier müssen wir suchen. Hier ist er.«

Es hatte keinen Zweck, ihr das Unsinnige ihres Vorhabens ausreden zu wollen. Eigensinnig beharrte sie darauf, hier müsse man suchen, und tastete sich an dem Heckenwall entlang, der sich zwischen Wiese und Wald hinzog, bis sie einen Durchlass fand. Wir stiegen über mannshohe Stämme, wir riefen, wir kletterten den Berg aufwärts. Das Stammholz war durchsetzt von Jungwuchs, von Himbeer- und Brombeergebüsch, Hindernisse, die ein Vorwärtskommen fast unmöglich machten. Stolpernd, strauchelnd, oft auf allen vieren, arbeiteten wir uns hinauf, zerrissen uns Kleider und Hände, griffen in Dornen und Brennnesseln. Es war zum Verzweifeln. Monika, am Ende ihrer Kraft, setzte sich zuletzt auf einen Stamm. Ich suchte noch eine Weile weiter und rief mein Hallo durch Wald und Tal. Am Ende ließ auch ich ab und ruhte einige Schritte oberhalb auf einem Baumstumpf aus.

Und hier war es - ich entsinne mich noch genau -, dass mich auf einmal ein maßloser Ärger befiel. Vielleicht war die Müdigkeit schuld oder das Aussichtslose unserer Nachtwandlerei. Was ging mich dieser Professor an, der sich seit Monaten hier im Wald herumtrieb. Der Ärger übertrug sich auf seine Tochter. Ein Knäuel aus Empörung, Unlust, ja sogar Hass ballte sich in mir zusammen. Sollte ich mir vielleicht die ganze Nacht um die Ohren schlagen, um hier in diesen endlosen Revieren einen verlaufenen, ausgewachsenen Menschen zu suchen, mich wie einen Spürhund hierhin und dorthin schicken lassen. Das Wort stand wieder auf und das stolze Gesicht, aus dem es mir entgegengefahren war. Was ist es, das mich jetzt wieder gegen das Weib stößt. Ich war doch fertig mit ihr.

Monika saß vorgebeugt, ein schwarzer Block, scharf umrissen vom kalten Mondlicht. Über dem Tal hing, nackt wie ein Messingstück, der Halbmond. Gefühllos blickte ich auf die zusammengekauerte Gestalt hinunter. Ob sie weinte, es war mir in diesem Augenblick gleichgültig. Und ich weiß ebenfalls noch genau, wie ich vor meiner eigenen Kälte zurückschauderte und mir zuredete: Es ist die Frau, um die du einmal geworben hast, von der du geglaubt, sie und keine andere müsse die deine sein. Es ist doch Monika, Mensch. Damals, als Mutter starb, stand sie neben dir und half dir weg über den Schmerz. Jetzt ist sie in Not. Geh hin zu ihr, tröste sie oder setz dich wenigstens in ihre Nähe. Du bist ein Unmensch, ein Rohling.

Aber das Feindselige schien in der Luft zu liegen, in den Dornenrissen und Brennnesselstichen, die mir auf den Händen brannten, dem Leichenlicht auf den Stämmen, dem scharfen, abweisenden Holundergeruch, der öden Leere des nächtlichen Raumes, der starren Stille, in die kein Tropfen Geräusch fiel.

Die dunkle Gestalt wurde lebendig. Ich sah ihre weißen Hände langsam sich vorrecken. Ihr Kopf beugte sich zurück, fiel in den Nacken. Sie drohte hintüber zu fallen.

Der Schrei war furchtbar, langgezogen, schrill, fiel mich an wie ein Raubtier, riss mich hoch. Mit einigen Sätzen über Stämme und Wurzelstöcke war ich an ihrer Seite, umfasste sie und presste sie fest an mich.

»Tot, tot«, stöhnte sie, sank in sich zusammen und legte den Kopf an meine Schulter.

»Monika! Monika? Hör zu! Er ist nicht tot - Unsinn - er hat sich verirrt, ist vielleicht schon daheim. Komm, gehen wir nach Hause.« Ich rüttelte sie. »Monika, ich bin bei dir - ich helfe dir - sollen wir weitersuchen?«

Sie wimmerte an meiner Brust. »Er ist tot, tot. Jetzt bin ich ganz allein - alle sind fort - alle tot - Mutter, Stefan, Bernhard, Maria, Vater - alle tot.« Die Stimme ging unter in Schluchzen und Weinen. Über ihren Körper liefen wilde Stöße, ein Schauern und Beben, ein Ausschütten und Vergießen von solch erschütternder Gewalt, dass mein Trösten und Beschwören rein in den Wind geredet war.

Lass sie weinen, dachte ich, es tut ihr wohl. Wer weiß, vielleicht hat sie seit Jahren diese Tränen zurückgehalten in der eisigen Umgebung ihres Vaters. Ich legte mein Gesicht auf ihren taufeuchten Kopfbund, und zum ersten Mal im Leben kam mir voll zum Bewusstsein, dass es Menschen gibt, auf die das Schicksal blindwütend einschlägt, wie Buben sinnlos mit Ruten auf klare Wasserflächen oder gar blühende Obstbäume einpeitschen. So verdammt kaltschnäuzig und grausam kann das Leben sein.

Mein aufgestauter Ärger, vermischt mit dem jäh wieder ausgebrochenen Gefühl für die junge, gequälte Frau in meinen Armen, brach sich Bahn in einem wilden Zornesausbruch. Ich zischte es hinaus in die Nacht, zu den Sternen hinauf, zum blöden Halbgesicht des Mondes, über Monikas Kopf hinweg: »Hört zu, ihr dort oben. Es ist gemein und schuftig und niederträchtig, so mit Menschen umzuspringen. Was ist das schon für eine Kunst, auf eine wehrlose, schwache Frau wie mit Dreschflegeln einzuschlagen. Feige, schurkische Bande.« Mochte es hingehen, wo es wollte, an welche Adresse auch immer. Irgendwo unsichtbar im Hintergrund lauerten sie, diese Nichtsnutze der Schöpfung, die Tiere quälen, Menschen schinden, Völker gegeneinander hetzen, Bäume dem Ungeziefer preisgeben, dass herrliche Wälder niedersinken vor teuflischem Käfergesindel. Irgendwo in der Welt steckte sie, die hexenhafte Urgemeinheit, die ekle Maden in rotwangige, duftende Äpfel setzt, dass wir beim Anblick des üblen Gewürms den Bissen voll Entsetzen wieder ausspucken. Irgendwo sitzen sie, diese hämischen Gnome und Knulche, unter uns, über uns, in uns, diese Läuse, Flöhe, Zecken und Spulwürmer im Leib des Lebens, die aus Blut und Tränen die Rauschgifte ihrer Bosheit zusammenbrauen. Vielleicht hatte der Professor zu tief in ihre Giftküche hineingeschaut und sie schlugen zurück. Oder er war schon selbst von ihnen zerfressen und versuchte, das Leben zu vergiften. Etwas musste mit ihm geschehen sein, wie anders sollte ich mir den jähen Schrei und den Tränenausbruch, dieses erlöste Verströmen des Schmerzes deuten. Hier war ein Bann gebrochen.

Noch immer hielt ich sie fest an mich gepresst und redete ihr zu wie einem schwerverletzten Kind, strich über ihren Rücken, ihre Arme, ihren Kopf, bis das Zucken ihres Körpers nachließ. – Ein kahler Wald, wirr durcheinander liegende Stämme, die Schatten der Holunderbüsche, die wenigen aufragenden Föhren mit ihren Knäuelschöpfen, Monikas Atmen an meiner Brust: meine Empfindungen flossen zusammen in einem bitterseligen, reinen Gefühl und dem Entschluss, dieses hilflose Geschöpf mein Leben lang zu schützen gegen das Böse, das um sie her auf der Lauer lag.

Noch etwas anderes beschäftigt mich bei dieser Niederschrift. Es ist der unheimliche beklemmende Zug an Monikas Wesen, der in dieser Nacht zum ersten Mal zutage trat und sich später wiederholen sollte. Wie konnte sie wissen, dass ihr Vater hier in der Nähe lag, dazu noch wissen, dass er tot war, und eh wir ihn gefunden hatten, in diese erschütternde Totenklage ausbrechen. Denn kaum hatte sie sich wieder gefasst, kam eine angstvolle Unruhe über sie. »Wir müssen weitersuchen«, flüsterte sie. »Er ist hier in der Nähe, ich spüre es, er muss ganz in der Nähe sein.«

Keine zwanzig Schritte entfernt fanden wir den Toten, eingepresst zwischen zwei Stämme. Der obere, kaum schenkelstarke

Baumstamm lag ihm quer über der Brust. Der Kopf mit vorgequollenen Augen hing hintüber. Die Hände waren ins Moos gekrallt, die Absätze in den Boden gewühlt. Wahrscheinlich war beim unvorsichtigen Herumklettern ein Stamm ins Rutschen geraten, hatte andere mitgerissen, und der Professor war in einen jener höchst gefährlichen Wirbel geraten, wenn sich plötzlich ein ganzer Hang löst und die übereinanderliegenden, glattgeschälten Stämme mit donnerndem Getöse, der eine den anderen stoßend, durcheinander rollen, bis sie sich wieder gegenseitig verkeilt haben.

Es gelang mir, den oberen über der Brust liegenden Stamm so weit zu heben und wegzustemmen, dass wir den Körper des Toten frei bekamen. Sein Brustkorb war eingedrückt. Ich legte den Körper auf die Erde. Er war bereits kalt, aber seine Knie ließen sich noch strecken. Monika, jetzt ganz gefasst, kniete sich neben ihn und fragte als Erstes: »War es ein Unglücksfall?« – »Ja, ein Unglücksfall«, und ich erklärte ihr den vermutlichen Hergang, und so wie es aussehe, habe ihr Vater kaum gelitten und einen sehr raschen Tod gefunden. Sie atmete erlöst auf und schlug langsam das Zeichen des Kreuzes auf Stirn, Brust und Schultern. Offenbar hatte sie den ganzen Abend während der Suche in der Angst gelebt, er habe seinem Leben freiwillig ein Ende gemacht. Sie beugte sich nieder, schlug die Arme um den Hals des Toten. »Armer Papa, armer, armer Papa.« Nach einiger Zeit richtete sie sich auf, zog ihr Kopftuch ab und band ihm das Kinn hoch. Sie drückte seine Augenlider zu und fing kniend an zu beten. Ihr Oberkörper war steif aufgerichtet. Die Hände aneinander gelegt, den Blick zum Nachthimmel, in dieser Stellung blieb sie lange Zeit.

Etwas hilflos stand ich daneben und überlegte, wie wir den großen Körper aus diesem Stammgewirr herausbringen und heimschaffen wollten. Ich traute mir wohl zu, ihn allein bis in die Wiesen hinunter zu tragen. Aber von hier bis zum Dorf, beinah eine Stunde Wegs, das ging über die Kraft des stärksten Mannes.

Monika schien meine Gedanken erraten zu haben. Sie brach ihr Beten ab und richtete sich auf. Kein Klagelaut kam mehr über ihre Lippen. Mit veränderter, unnatürlich harter Stimme redete sie mich an wie einen Fremden: »Herr Pelz, tun Sie jetzt bitte, was ich sage. Lassen Sie mich hier mit meinem Vater allein. Gehen Sie nach Hause und sagen Sie, aber erst morgen früh, meinem Bauern, er solle einspannen und uns hier abholen. Bitte, erst morgen früh.«

Durch den harten, gebieterischen Ton wie vor den Kopf geschlagen brauste ich auf. »Wo denken Sie hin. Ich soll Sie die ganze Nacht über hier allein lassen. Ich bleibe bei Ihnen, bis es Tag wird.«

»Nein, nein, nein!«, rief sie ganz außer sich. »Ich will, ich muss mit ihm allein sein.«

»Gut, dann werde ich jetzt schnellstens ins Dorf zurücklaufen und den Arzt mit seinem Wagen holen. In spätestens einer Stunde sind wir hier.«

Sie schüttelte den Kopf, hob die gefalteten Hände vor meinem Gesicht. »Bitte, bitte, tun Sie, was ich sage. Nicht gleich mit dem Arzt kommen. Ich könnte es Ihnen nie verzeihen. Erst morgen früh.« Sie trat dicht vor mich hin, legte die gefalteten Hände auf meine Brust und trommelte dagegen. »Sie waren lieb zu mir, Sie sind lieb zu mir. Versuchen Sie jetzt ein ganz klein wenig, mich zu verstehen. Es geht um das ewige Glück meines Vaters. Vater ist in seinen Sünden als Ungläubiger ohne Vorbereitung, ohne Absolution gestorben. Er steht jetzt vor dem Richterstuhl Gottes. Ich muss beten, mit dem Herrn ringen um seine Seele ... um seine Seele vor der ewigen Verdammnis zu retten. Gehen Sie jetzt. Tun Sie, was ich sage. Versprechen Sie mir, erst bei Tagesanbruch zu kommen. Seien Sie noch einmal lieb zu mir.« Sie griff nach meinen beiden Händen und drückte sie gegen ihr Gesicht.

Ich versprach es und ging, ließ sie allein, kletterte über die Stämme ins Tal hinunter, überquerte die Wiese und hatte dabei das deutliche Gefühl, es schiebe mich eine Hand im Rücken wie etwas Lästiges weg von einem Ort, wo ich nichts zu suchen hatte. Der Mond stand schon über dem Waldkamm im Westen. Die Nebel waren bereits bis zu den Kahlschlägen heraufgekrochen und hüllten mich bald ein.

Seele, Sünden, Richterstuhl Gottes, Ungläubiger, ewige Verdammnis, dazu die Nacht, das Erlebnis mit dem Toten. Eiskaltes Schaudern überlief mich und ich hatte nur das eine Verlangen, so schnell wie möglich wegzukommen von diesem unheimlichen Schauplatz.

Jedes Geräusch aus dem Wald, das Blattgeflüster der Haselbüsche, das Rascheln des Grases an meinen Hosenbeinen, ein knackender Zweig unter meinen Stiefeln ließen mich zusammenschrecken. Bald fing ich an zu laufen. Das Echo warf mir das Knirschen meiner Schritte nach, sodass ich glaubte, es liefe jemand hinter mir her.

Beschämt und atemlos blieb ich zuletzt stehen und raffte meine fünf Sinne zusammen. Wie einem scheuenden Pferd redete ich mir begütigend zu: Ruhe! Ruhe! Was ist mit dir los - Angst - wovor denn - du bist doch ein Mann - kennst die Gegend wie Rock- und Westentasche - ein Toter liegt dort hinten am Hang - eine Frau kniet neben ihm und betet - sie hat dich fortgeschickt - und jetzt - was tust du - heimgehen - schlafen bis zum Morgen? Die Nebel werden weiter ins Tal hinaufziehen - werden sie einspinnen - durch ihre Kleider dringen. Sie hat nicht einmal einen Mantel an - weshalb hast du ihr nicht wenigstens deinen Mantel überlassen - es mag jetzt gegen ein Uhr sein - bis Sonnenaufgang sind es noch sechs Stunden - kannst du das verantworten - es ist doch Monika - deine Monika, die du eben noch im Arm gehalten - der du versprochen hast, sie zu schützen - wenn sie krank wird - wenn der Arzt erfährt, dass du sie die ganze Nacht allein bei dem Toten gelassen hast, - wie ihm das erklären?

Richterstuhl Gottes, ewige Verdammnis. Wahn! Wahn! Der Professor hatte den Tod gefunden, den er sich gewünscht, zwischen toten Bäumen, mit deren Krankheit er gelitten. Er war erlöst von den Dämonen seines Gehirns. Was verstand sie schon von dem, was ihn umgetrieben hatte. Wem der Jammer der ganzen Menschheit an der Leber frisst, ist der vielleicht gottlos. Wie konnte sich ein schwaches Weib unterstehen, für diesen Geist, der ihr turmhoch überlegen war, vor Gott zu bitten. Durfte ich ihr nachgeben? Wie stehe ich da vor mir, vor dem Dorf, vor jedem intelligenten, vernünftigen Menschen. Ich zog rascher aus und war jetzt fest entschlossen, den Arzt herauszuläuten und die beiden so rasch wie möglich nach Hause zu bringen.

Da geschah noch etwas, das Allerseltsamste. In meiner Verwirrung und dem aufgeregten Hin und Her meiner Überlegungen muss ich unversehens im Nebel die Straße, in die der Talweg einmündet, überquert haben. Auf der Gegenseite führt an dieser Stelle auch ein für eine kurze Strecke mit Kies beschotterter Feldweg in die weite Mulde der Kalten Wanne. Auf einmal spürte ich Rasenboden unter den Füßen. Es war jetzt, da der Mond untergegangen war, stockfinster. Ehe ich die Gefahr richtig erkannt hatte, tappte ich bereits über Wiesen und bald über Stoppel- und Sturzäcker. Ich schlug einen weiten Bogen, um die Straße zu finden, und verlor dabei jede Richtung. Lange Zeit irrte ich kreuz und quer umher, bis ich gegen Wald stieß. Auf einem überwachsenen Pfad, der am Gehölz entlang führte, weitersuchend prallte ich zuletzt gegen ein Gestänge. Es war eine Leiter, die zu einem Jägersitz hinaufführte. Vergebens rätselte ich herum, welcher von den Hochsitzen, die hier und dort am Rand der Talwanne angebracht waren, dieser wohl sein könnte. Beim ziellosen Umherirren war ich in Schweiß geraten. Nasskalte Schwaden schlugen mir ins Gesicht. Ich brauchte Schutz vor Kälte. Vielleicht war der Nebel auf dem Hochsitz dünner. Vorsichtig tastete ich mich Sprosse für Sprosse auf dem schwankenden Gestell hinauf ins Geäst einer Trauftanne und fand eine Knüppelbank, auf der ich mich endlich ein wenig ausruhen und verschnaufen konnte.

Der Nebel war hier so dicht wie am Boden und die Kälte drang mir bald auf die schweißnasse Haut. In Gedanken fädelte ich Punkt für Punkt die Ereignisse dieser Nacht hintereinander auf und fragte mich, ob das alles noch mit rechten Dingen zuging, ob mich da nicht ein Spuk narrte oder ob ich gar am Ende alles träumte:

Monika kam, als wir beim Mah-Jongg-Spiel saßen. Niemand hätte sie zurückhalten können, nach ihrem Vater zu suchen. Was trieb sie aus dem Haus? Eine Ahnung, ein Vorwissen von seinem Tod? Wer leitete sie, als sie auf einmal vom Weg ab über die Wiese dem Ort zueilte, wo ihr Vater lag? Hätte sie den Toten auch ohne mich gefunden, wenn sie allein gesucht hätte? Ich bin heute überzeugt davon. Warum drückte sie ihr Gesicht auf meine Hände und schickte mich dennoch weg? Es war nicht sie, es war ihre Frömmigkeit, es war jenes geheimnisvolle Etwas, das Macht über sie besaß, ein fremder Wille und doch ihr eigener. Ein religiöser Wille, der mir feind war. Während ich hier oben auf einer Knüppelbank vor Frost schaudernd und ausweglos verirrt saß, zwang dieser Wille sie neben dem Toten in die Knie. Und ich zweifelte in dieser Nacht trotz meiner klaren Sinne keinen Augenblick daran, dass es derselbe magische Wille war, der mich in den Nebel verbannt hatte. Mochte der Gedanke noch so unsinnig sein, er peitschte meinen Trotz und Eigensinn auf, koste es, was es wolle, das Dorf zu erreichen, um meinen Willen gegen den anderen durchzusetzen.

Ich stieg vom Hochsitz herunter und setzte meine Nacht- und Nebelwanderung fort. Als ich genug herumgeirrt war, geriet ich auf einen breiteren Feldweg und hielt mich daran, weil ja am Ende jeder Weg zu einer menschlichen Behausung führen musste. Nach einiger Zeit stieß ich wieder gegen Wald. Ich machte kehrt, ging den gleichen Weg zurück in der Gewissheit, nun endlich das richtige Leitseil gefunden zu haben. Aber Wege kreuzen sich, Wege haben bei Nacht ihre Tücken, gabeln sich, münden einer in den anderen.

Die Kleider klebten mir am Leibe. Bleischwere Müdigkeit und Lehmklumpen an den Sohlen machten das Gehen zur Qual. Ich lief gegen Weidezäune, fiel in Gräben, sah mich in Heckenwälle verstrickt. Zuletzt landete ich in einem Stangengehölz und gab das Rennen auf. Ganz und gar erschöpft ließ ich mich in einer Mulde nieder, um den Morgen abzuwarten.

Ich erwachte an einem anhaltenden schweren Husten. Ein Schüttelfrost überfiel mich. Es war taghell. Der Nebel hatte sich in einem Reif niedergeschlagen. Als ich aus dem Wald ins Freie trat, lag das Dorf vor mir.

Hustend und so heiser, dass ich kein lautes Wort hervorbringen konnte, stand ich nach einiger Zeit vor dem Dorfarzt, der im Glauben, einen Patienten vor sich zu haben, gleich nach meinem Puls griff. »Mann, Sie haben ja hohes Fieber. Nichts wie sofort ins Bett.« In seiner raschen Art zog er mich hinter sich her hinaus vor die Garage, kam mit einer Decke, wickelte mich ein. Erst als ich eingemummt im Wagen saß, gelang es mir, ihm mit heiserem Krächzen die Zusammenhänge klarzulegen, bis er begriff, dass es um den toten Professor ging, mit dem er befreundet gewesen war.

Auf der Fahrt in den Wald überholten wir einige Holzfäller, die uns später behilflich waren, den Toten ins Auto des Arztes zu schaffen.

Für mich waren die Folgen dieser Nacht mehr als ärgerlich und auch beschämend. Sechs Stunden lang war Monika fast bis zur körperlichen Erstarrung neben der Leiche ihres Vaters gekniet, ohne den geringsten Schaden für ihre Gesundheit zu nehmen, während ich, ein starker, durch Waldarbeit abgehärteter Mann, mir eine gefährliche Lungenentzündung zuzog, die mich wochenlang ans Bett fesselte.

Mutter Anne pflegte mich. Güte, Liebe, Sorge, Mütterlichkeit stülpte sie wie einen Kaffeewärmer über mich und wich kaum von meinem Bett. Sie erfuhr alles bis in die letzte Einzelheit. Ja, sie erfuhr aus dem Dorfgeschwätz, das sofort wie Unkraut um den Tod des Professors aufschoss, mehr, als mir lieb war. Von Monika sah und hörte ich nichts. Nur einmal erwähnte Mutter Anne ganz beiläufig, sie habe nach meinem Befinden gefragt und lasse mir gute Besserung wünschen.

Als ich die Krisis überstanden hatte, sagte der Arzt nach einem Besuch, nur so zwischen Tür und Angel: »Übrigens, dass ich's nicht vergesse, die Ursache Ihrer Krankheit, die Frau Landeck, hat sich gestern von mir verabschiedet und ist mit unbekanntem Ziel abgereist.«

»Hat sie sich nicht nach mir erkundigt?«

»Doch, sehr eingehend, aber nur nach Ihrer Krankheit. Und ich konnte sie beruhigen.«

»Grüße hat sie keine aufgetragen?«

»Nein«, sagte er.

Meine Vermutung, Monika habe sich in ein Kloster zurückgezogen, wurde mir einige Wochen später von der Bäuerin bestätigt, die einen kurzen Brief ohne Absenderanschrift erhalten hatte. Monika schrieb unter anderem, sie sei jetzt dort, wo sie hingehöre, und wünsche sich nur eines, nie mehr von dem Trubel der Welt gestört zu werden. Grüße an die Kinder, den Bauern und einige Nachbarn, darunter auch an den Schlosser Engelbert, waren beigefügt. Einen zweiten Brief mit einem kleinen Geldbetrag und der Bitte, ihres Vaters Grab zu pflegen, erhielt Adams Frau. Auch in diesem standen Grüße an Adams

Kinder und ihn selbst. Da in beiden Briefen mein Name nicht genannt war, hoffte ich, Monika werde auch mir schreiben.

Ich wartete wohl ein Jahr lang auf ein Lebenszeichen von ihr.

XI

Formen haben ihre Macht. Eine Frau in langer schwarzer Nonnenkutte, mit schwarzem Schleier über dem Rücken, Stirn, Wangen, Hals und Brust eingezwängt in gestärktes, geripptes Leinen, die Hände in weite Ärmel vergraben, ist kein blutvolles Wesen mehr, auf das die Bezeichnung Frau oder Mädchen noch zuträfe. Sie ist aus dem Zyklus des Lebens herausgestellt, überhöht, ein wandelnder Verzicht auf Liebe, Ehe, Mutterschaft. Die dunkle, schwere Gewandung verbietet jeden Gedanken an den Körper, den sie abweisend umhüllt. Wie gut konnte ich mir Monika in dieser Form vorstellen. In meiner Fantasie baute ich mir mit den wenigen Begriffen und Anschauungen, die mir als Protestanten von Klöstern zur Verfügung standen, ihre neue Heimat aus. Ein weitläufiger alter Bau auf einem einsamen Hügel, angeschlossen an eine Kirche mit zwei niederen Türmen, nach außen fensterlose, düstere Mauern, im Innern ein Kreuzgang um einen Blumengarten mit Springbrunnen, über dem Kreuzgang Reihen kleiner Zellenfenster. Was kann eine Klosterzelle schon enthalten? Tisch, Stuhl, Spind, Bücherbord, eine harte Pritsche als Lager und als einzigen Wandschmuck ein großes Kruzifix mit einem Betschemel davor. Beten, büßen, absterben wie eine Kerze, hatte sie gesagt. Vom Klosterbetrieb selbst besaß ich keine Ahnung. Ich wusste lediglich etwas von drei Grundregeln, nach denen das Leben dieser weltabgewandten Bewohner ausgerichtet ist: Armut, Gehorsam, Keuschheit. Sie konnten Monika nicht schwer fallen. Armut hatte sie als Flüchtling zur Genüge ausgekostet, ebenso Gehorsam unter der Fuchtel ihres Vaters, und eine Probe ihres harten Willens, alle Liebesregungen des Blutes rücksichtslos zu unterdrücken, hatte ich selbst abbekommen. Je mehr sich mir dieses Bild einer langsam im Kreuzgang unter gotischem Rippengewölbe wandelnden oder einer im Gebet versunkenen, von schwarzen, steifen Kuttenfalten umrahmten

Monika aufdrängte, desto ferner rückte sie als Frau von mir ab. Eine Nonne lässt sich nicht umarmen und küssen, auch in der Vorstellung nicht. Ja, nicht einmal ein Gespräch lässt sich mit ihr anknüpfen. Versuchte ich es dennoch, hörte ich nur Worte aus ihrem frommen Vokabular: Gott, Sünde, Erlösung, Gnade, ewige Seligkeit, Verdammnis. Schon trennten uns Hochgebirge voneinander. Sie gehörte jetzt ganz ihm, dem Manngott, dem Tyrannen, der absolute Macht über ihre Gedanken, Gefühle und Willensregungen besaß. Sie wird ihm mit gleicher Hörigkeit dienen, wie sie ihrem Vater gedient hatte. »Knie nieder!«, gebietet er wie ein orientalischer Pascha. Und Monika wird niederknien. »Bete mich an!« Und Monika wird ihn anbeten. »Küsse meine Füße!« Und Monika wird die Füße des Gekreuzigten küssen. »Verscheuche alle Gedanken an ihn, meinen kleinen Nebenbuhler, den Protestanten und Gottesleugner!« Und Monika wird mich aus ihren Gedanken verbannen wie etwas Unheiliges, Verworfenes.

Weshalb hätte ich nach ihr fahnden, ihre Adresse ausfindig machen und schreiben sollen. So sehr ich sie auch vermisste und so stark sie auch meine Gedankenwelt beschäftigte, ich gönnte ihr den Frieden und glaubte, sie sei jetzt für ihr ganzes ferneres Dasein geborgen. Zudem geriet mein Leben vorübergehend in einen Engpass, der mir die Gründung einer Familie auch unter den bescheidensten Verhältnissen verboten hätte.

Die Währungsreform verwandelte über Nacht die gesamte Wirtschaft. Aus bisher verstopften und zurückgehaltenen Quellen strömten Waren in Hülle und Fülle hinter die Schaufenster: Schuhe, Anzugsstoffe, Wäsche, Werkzeuge, Luxusartikel, bald auch Lebensmittel. Nach meiner Krankheit kaufte ich mir vom ersten Lohn ein Fahrrad, um endlich die langen Fahrzeiten von und zur Arbeitsstelle abzukürzen. Ein voreiliger Kauf. Das neue Geld war anfangs recht knapp und begehrt wie pures Gold und um die Arbeitsplätze, auch die im Wald, entstand großes Gedränge. Weil Familienväter bevorzugt wurden, verloren viele Ledige, darunter auch ich, die Arbeit. So stand ich mitten im Winter als Arbeitsloser in der Schlange vor dem Stempelbüro. Not brauchte ich keine zu leiden. In Scheune und Schopf des Hauses besaß ich einen ordentlichen Vorrat an Buchenscheitern. Mit dem Erlös daraus konnte ich mich gut über Wasser halten, bis ich – es ging schon in den Hochsommer – einen neuen Arbeitsplatz fand.

Die doppelspurige Eisenbahnstrecke führte, bevor sie über ein Viadukt in die Stadt einbog, durch einen mehrere Kilometer langen Geländeeinschnitt. Es galt, schadhafte Schwellen auszuwechseln, den alten Schotter zwischen den Geleisen mit Spitzhacken und Steingabeln herauszuwerfen, neuen nachzufüllen und unter die Schwellen zu krampen. An den Hängen des Einschnitts wucherte nur niederes Gebüsch aus Wildrosen, Schlehen, Haseln und Hagedorn, das keinerlei Schatten spendete. Hier werkte ich mit anderen in praller Sonne mit nacktem Oberkörper. Vom schwarzen Schotter und den Schienen stieg eine kaum erträgliche Hitze auf und flimmerte über dem blitzenden Eisen der Stränge. Kein Luftzug kühlte. Es war, als hätte sich eine wabernde Lohe zu einem dichten gallertartigen Plasma zusammengeballt, das uns den Schweiß aus den Hautporen sog. Die schlimmste Arbeit bestand darin, den alten Schotter aus den Fächern zwischen den Schwellen herauszubekommen. Selten habe ich eine ekelhaftere Plackerei erlebt, als diese seit Jahrzehnten mit dem Auswurf der Züge aus Gestein und Menschenkot betonhart verbackene Masse herauszuwuchten. Dagegen war die Käferbekämpfung im Wald das reinste Kirchweihvergnügen.

Während der ganzen Zeit verkehrten die Züge aus beiden Richtungen mit fast unverminderter Geschwindigkeit. Sobald das Signalhorn des Sicherungspostens warnte, hieß es: Alle Werkzeuge raus aus den Schienen! Kramphacken, Pickel, Schaufeln, Steingabeln flogen an die Böschung. Jeder lief zu einer der zentnerschweren Eisenwinden, mit denen die Gleise angehoben wurden, ließ sie ablaufen, zerrte sie heraus und warf sie an den Bahndamm. Kaum war der Zug vorbeigerast, mussten die Winden im Laufschritt wieder angeschleppt und eingesetzt werden.

Ein alter, stets vollgestopfter Omnibus brachte mich vom Dorf in die Stadt zum Hauptbannhof, wo sich unsere Arbeitsgruppe sammelte.

Auf dieser Fahrt, die zur Hälfte durch einen geschlossenen Mischwald führte, beobachtete ich täglich einen Vorgang. Mitten im Wald hielt der Omnibus an, ließ einen Mann, der am Straßenrand gewartet hatte, zusteigen und fuhr wieder weiter. Es war weder eine Haltestelle dort, noch sah ich je, dass mehrere

Personen einstiegen. Immer war es der gleiche Mann in einem abgeschabten Sommermantel. In der einen Hand trug er eine Ledermappe, an der anderen hing ein großer schwarzer Benzinkanister. Er musste, da er im überfüllten Wagen nie einen Sitzplatz fand, sich stets mit dem Rücken gegen die Tür quetschen. Den Kanister stellte er dabei zwischen seine Beine, die Mappe hielt er mit beiden Händen gegen den Unterleib gedrückt. Abends stieg er an derselben Stelle wieder aus. Der Mann konnte aus einem abseits gelegenen Dorf stammen und eine Wegabkürzung durch den Wald zur Hauptstraße gewählt haben.

Was meine Neugierde erregte, war der große Kanister, der ihn stets begleitete. Morgens war der Behälter leer. Man hörte es deutlich am hohlen, blechernen Ton, wenn er ihn, bevor er zustieg, hereinstellte. Abends war er voll. Das sah man an der schiefen Körperhaltung des Trägers, wenn er ihn nach dem Aussteigen über den Straßengraben in den Wald trug. Es war genau das Modell jener flachwandigen, zwanzig Liter fassenden Kanister, die ich vom Krieg her zur Genüge kannte. Wie oft hatte ich sie beim Benzinfassen an den Fahrzeugkolonnen entlanggeschleppt.

Was enthielt er? Benzin konnte es kaum sein. Man hätte es im Wagen gerochen, und der Mann fuhr ja per Omnibus, besaß also kein eigenes Fahrzeug; und wozu sollte er täglich soviel Benzin oder anderes Brennöl benötigen.

Das Waldgebiet dehnte sich, wie ich wusste, von der Einsteigstelle nach allen Seiten viele Kilometer weit aus. Es ging aber schon über die Kraft eines starken Menschen, mehr als vierzig Pfund Gewicht eine Stunde zu tragen, und das täglich nach Feierabend. Dieser hier war bestimmt kein Riese, nur eine mittelmäßige, fast schmächtige Erscheinung.

Wo wohnte er? Was enthielt der Kanister? Aus purer Langeweile stellte ich meine Überlegungen an als eine Art Rechenaufgabe, die mich jeden Morgen und Abend von neuem beschäftigte und der ich ganz allein auf den Grund kommen wollte. Zu Hause besaß ich eine Geländekarte der Gegend, auf der jede Unterkunft verzeichnet war. Ich fand aber nicht die kleinste Hütte im weiten Umkreis. Das nächste Dorf lag vier Kilometer entfernt. Auch waren auf der Karte weder Weg noch Fußpfad angegeben, die von jener Haltestelle aus durch den Wald geführt hätten. Vielleicht, so dachte ich, unterhält die Frau oder Mutter des Mannes im nächsten Dorf einen kleinen Kramladen. Aber brauchten sie dann täglich dieselbe Menge an Essig, Speiseöl oder Petroleum? Oder hatte ich es mit einem Handelsvertreter zu tun, der neben seinem Stadtgeschäft abends auf dem Land irgendeine Flüssigkeit vertrieb? Aber immer stieß ich mich an dem langen Weg, stellte mir vor, welche Plage es für den Mann sein musste, sich mit dem Kanister abzuquälen.

Es traf sich, dass ich eines Tages an der Tür saß und dem Mann beim Einsteigen behilflich sein konnte. Nachdem er sich vergewissert hatte, dass die Tür gut geschlossen war, lehnte er sich dagegen und stellte den Behälter wie immer zwischen seine Beine. Er drückte die Mappe gegen den Leib und schloss die noch schläfrigen Augen. Nun fragte ich einfach, was er denn da Abend für Abend heim schleppe. Er verzog den Mund zu einem spöttischen Lächeln. »Raten Sie einmal.«

»Das tu ich schon seit bald zwei Wochen. Benzin ist es gewiss nicht.«

Er schüttelte den Kopf. »Nein, Benzin ist es nicht.« Ohne die Augen zu öffnen, lächelte er weiter. Nach einer Weile beugte er sich zu meinem Ohr herunter. »Wasser, Trinkwasser, wenn Sie es genau wissen wollen«, sagte er.

Auf weitere Fragen gab er gutwillig Antwort. Er wohne seit Kriegsende mit seiner Frau und fünf Kindern keine zweihundert Schritte von der Straße entfernt in einem Jagdhaus, das einer Fabrikantin gehöre. Während des Krieges habe sie es aus Angst vor Bombenangriffen zeitweilig bewohnt. Ihr Mann sei gefallen. »Nach dem Krieg vermietete sie das Haus für einen spottniederen Mietzins, lediglich, um es vor Verfall und Plünderung zu schützen. Glücklich sind wir damals gewesen, geradezu selig, über den guten Fang: Wald, Beeren, Holz, Auslauf nach allen Seiten, Frieden, Einsamkeit. Dann kamen die Trockenjahre. Der kleine Brunnen versiegte und so schleppe ich mit kurzen Unterbrechungen schon seit drei Jahren tagtäglich Trinkwasser für die Familie herbei. Zum Glück hört die Plage bald auf. Ich habe endlich in einem nahen Dorf eine andere Unterkunft gefunden. In acht Tagen ziehe ich aus.«

»Wie kommt es, dass die Jagdhütte auf keiner Karte verzeichnet ist?«

»Ganz einfach. Die Anlage ist erst zwanzig Jahre alt. Und Jagdhütte – ich bitte Sie.« Der Mann zog die Brauen hoch. »Das ist ein Haus, ein großes Haus mit Garagen und Garten und Spielplätzen, herrlichen Kieswegen, Platz für ein gutes Dutzend ausgewachsener Menschen. Für die Kinder war es das reinste Paradies, weniger für mich und meine Frau. Kein elektrisches Licht, dann kein Wasser, weit und breit kein Arzt. Und die schrecklichen Winter mit oft knietiefem Schnee, mit Matsch und Glatteis, gar nicht zu reden von Stürmen und Gewittern. Die Besitzerin, eine äußerst misstrauische Dame, kreuzt mehrmals im Jahr auf, um anhand langer Listen Punkt für Punkt ihr Inventar nachzuprüfen, jedes Stück Bettwäsche, jeden Kochtopf und Gartenstuhl. Ich habe die Nase restlos voll und bin fürs ganze Leben geheilt von aller Robinsonromantik.«

»Sie glaubten wohl, im Wald so etwas wie Heilung von den Zeitübeln zu finden?«

Er nickte vor sich hin. »Man sollte primitiver sein, Urmensch sein, aus Wasserlachen und Regentonnen saufen können und vor allem keine Wäsche waschen müssen. Für meine Frau war es zuletzt eine grüne Hölle. Die Hühner, die wir hielten, holten Fuchs und Marder, das Gemüse die Kaninchen, und einmal, als wir vergessen hatten, die Tore dicht zu machen, brach ein Rudel Wildschweine in den Garten ein und pflügte sämtliche Beete um. Tannengrün - Ozonluft - ich danke. Am Ende sehen Sie überall Gespenster und zucken schon zusammen, wenn in der Nähe ein Tannenzapfen fällt.«

»Und wer kommt nach Ihnen? Ist das Haus bereits wieder vermietet?«

»Bisher hat sich noch kein Liebhaber gemeldet. Wenn Sie Lust haben - die Telefonnummer der Besitzerin können Sie sich gleich aufschreiben.«

Ich wehrte ab. Auch ich hatte mein gerüttelt Maß an Waldeslust genossen.

Da meine Neugierde befriedigt war und der Mann nach einigen Tagen nicht mehr zustieg, also ausgezogen sein musste, dachte ich nicht weiter über das Gespräch nach.

Die Hitze hielt den ganzen Juli über an. Züge rasselten vorbei. Hie und da winkte eine Kinderhand aus einem Fenster.

Eines Morgens kam zwischen den Schienen ein Stab von Bahnbeamten und Ingenieuren dahergestapft. Man prüfte hier, prüfte dort, gab Anweisungen an die Vorarbeiter, und siehe da, mitten in der Schar, die sich technisches Korps nannte, schritt gewichtig, die Latte einer zwei Meter langen Wasserwaage unterm Arm, Fred Kermann. Er trug einen hellen Sommeranzug mit strengen Bügelfalten und einen Panamahut.

Als er mich erkannte, zögerte er kurz, nickte mir kaum sichtbar zu und wandte sich schnell, um seine Verlegenheit zu verbergen, an meinen Nebenmann. »Sie krampen falsch«, sagte er, »auf diese Weise schinden Sie sich die Lunge aus dem Leib. Geben Sie mal her.« Er übergab mir die Wasserwaage, nahm meine Kramphacke und belehrte: »Sehen Sie her. Man drückt den Stiel der Hacke fest gegen die Hüfte, wippt mit dem ganzen Körper nach. Damit entlasten Sie die Muskulatur der Arme. Die Kraft strömt aus dem Standbein über die Bauchmuskeln in die Schultern. So können Sie stundenlang ohne jede Ermüdung arbeiten.« Die Beamten sahen zu, nickten anerkennend, und als er die Hacke zurückgegeben und mir die Latte wieder abgenommen hatte, tadelte er den Vormann: »Ich habe beobachtet, dass die meisten Ihrer Leute beim Krampen drauflosschlagen, als hackten sie Kartoffeläcker. Sie müssen ihnen die richtige Körperhaltung beibringen, das ist Ihre Aufgabe.« Wieder nickten die Beamten, während der Vormann wie ein Soldat, die Hände an der Hosennaht, stillstand und jawoll sagte. Das technische Korps entfernte sich. Kermann blieb zurück und korrigierte noch eine Weile an unserer Arbeit herum. Zwischendurch flüsterte er mir zu: »Wir sehen uns nachher.«

Während der Mittagpause pflegte ich mein Brot abseits von den anderen unter einem Haselstrauch zu verzehren, trank stets eine Flasche Bier dazu und streckte mich danach zu einem kurzen Schlaf aus, bis die Trillerpfeife zur Arbeit rief. Ich hatte eben die Reste der Mahlzeit in meiner Mappe verstaut und den letzten Schluck Bier getrunken, stand er schon, die Hände in die Hüften gestemmt, neben mir. »Sitzen bleiben! Sitzen bleiben! So also trifft man sich wieder.« Dieses Mal freute ich mich aufrichtig, ein bekanntes Gesicht zu sehen. Sorgfältig untersuchte er den Boden, breitete ein Taschentuch aus und setzte sich, nachdem er die gebügelten Hosenbeine etwas hochgezogen hatte, neben mich. Einiges an ihm war verändert ins Freundliche, Vornehme. Es verbot sich von selbst, diesen Herrn in seinem gut sitzenden Sommeranzug nach seinem Schrotthandel zu fragen. Auch hätte er mir dazu kaum Zeit gelassen. Wie es mir ergehe. Wie ich mit dem Umbau des Hauses zurechtgekommen sei. »Was, eine ganze Wohnung mit drei Zimmern und Küche für dich allein. Lässt sich hören«, sagte er. »Ich wollte, ich wäre schon so weit. Aber in der Stadt ist einfach nichts zu bekommen. Alle Neubauten schnappen die Amis weg. Es fehlt dir also nur noch die Frau.«

»Richtig, nur noch die Frau.«

Er zog einen Zweig des Haselstrauches herunter und ließ ihn wieder zurückschnellen. »Sag, was ist denn aus deiner früheren Nachbarin geworden, der Tochter dieses - war er nicht Rechtsanwalt oder Arzt?«

»Du meinst die Monika, die Frau Landeck.«

»Ja, ich glaube, so hieß sie«, sagte er, zog den Zweig wieder herunter, riss ein Blatt ab und drehte es in der Hand.

»Die ist fort, weg ins Kloster.«

»Ach«, stieß er hervor, »ins Kloster. Und der Alte?«

»Der ist tot.«

Es gab ihm einen kurzen Ruck. »Wirklich – tot, einfach weggestorben?«

»Nein, verunglückt im Wald.« Er wollte alles bis in die letzte Einzelheit erzählt haben: die nächtliche Suche mit Monika, das Auffinden des Toten, mein Verirren im Nebel, meine Krankheit.

Die Unterlippe vorgeschoben und nachdenklich vor sich hinnickend sagte er: »Schönes Abenteuer. Und du weißt ganz gewiss, dass sie im Kloster ist? Hast du Briefe von ihr erhalten? Hast du ihr selbst geschrieben? Was! du weißt nicht einmal, wo, in welchem Kloster. Sagtest du nicht, sie sei verheiratet gewesen und habe ein Kind. Wenn sie ein Kind hat und von ihrem Mann nicht den Totenschein beibringt, kann sie nie Nonne werden. So weit kenne ich mich in dem Laden aus. War ja selbst einmal bei dem Verein.«

»Hab ich dir wirklich erzählt, dass sie ein Kind gehabt hat?«

»Woher wüsste ich es sonst. Gehabt hat, sagst du, und jetzt hat sie's nicht mehr?«

»Das Kind ist bei einem Fliegerangriff ums Leben gekommen.« - Die Trillerpfeife gellte. Er drückte mich an der Schulter nieder. »Bleib! bleib! Ich lauf geschwind hinüber zu deinem Kapo und schinde eine Stunde Urlaub für dich heraus.« Schon war er durch die Büsche verschwunden.

Wieder dieses bohrende Nachfragen nach dem Professor und Monika wie seinerzeit bei seinem Besuch, als er plötzlich, fast kopflos davongerannt war. Hatte sich Monika nicht auch für ihn interessiert, als sie durch den Türspalt spähte, als sie sich später nach ihm erkundigte? War einmal etwas zwischen den beiden? Der Verdacht schlug noch keine Wurzeln, huschte nur wie ein Schatten durch meine Gedanken und wurde gleich wieder weggewischt, als Kermann zurückkam und sich ausgestreckt neben mich hinwarf. Diesmal unterließ er es, den Boden genauer zu untersuchen. »Also, eine Stunde Urlaub ist genehmigt. Du wunderst dich vielleicht, dass ich mich so genau nach dieser Frau erkundigte. So langsam solltest du mich kennen. In meinem Schädel summt es dauernd wie in einem Bienenstock. Ich höre Namen: Monika. Halt, weshalb sagt er Monika und nicht einfach die Frau, oder Frau - wie heißt sie doch - ach ja, Landeck. Vater tot, Tochter allein. Er richtet drei Zimmer her. Er geht mit ihr bei Nacht in den Wald. Schon dreht sich das Karussell: Mann plus Frau, plus Wohnung - Liebe, Heirat. Eine andere Frage. Was bezahlst du für die Wochenkarte mit dem Bus? Was, elf Mark, elf neue seltene D-Mark! Verdammt viel. Macht im Monat fast fünfzig, im Jahr nahezu sechshundert. Mein Motorrad, kaum gebraucht, kostete mich achthundert. Nimm noch zwei Mieter in deine Wohnung, dann kannst du mit achtzig Mark Monatsrate in einem Jahr die schönste Maschine abstottern und du wärst auf eigener Achse. Überleg es dir, ich könnte dir beim Kauf behilflich sein. Und die Kramperei hier - du hast doch nichts dagegen, wenn ich dir eine bessere Arbeit zuweisen lasse.«

»Nein, dagegen hätte ich bestimmt nichts. Aber kannst du das überhaupt?«

»Und ob! Ein Wort zum Kapo und morgen bist du die Schinderei los.«

»Ich wusste gar nicht, dass du Fachmann im Eisenbahnbau bist, dachte, ihr hättet vor dem Krieg einen Betrieb in Fotoartikeln gehabt. Oder täusche ich mich?«

»Sehr richtig. Aber hier bin ich Eisenbahningenieur. Ich hab nicht umsonst Maschinenbau studiert und fünf Jahre lang beim Barras als Pionieroffizier russische Schienenstränge auf Normalspur umnageln lassen.«

»Dann wärst du jetzt mein Vorgesetzter.«

»Nein. Vorerst bin ich nur als technischer Berater für Streckenarbeit beim Bahnbauamt attachiert. Aber so viel Einfluss besitze ich, dass ich dir eine bessere und vor allem saubrere Arbeit verschaffen kann.«

»Dafür wäre ich dir dankbar, Fred. Ich ersticke bald in Hitze und schwarzem Mief. Und deinen Schnitt mit dem Schrotthandel hast du gemacht? Siehst schon aus wie ein großer Herr.«

Er hatte die Arme unterm Kopf liegen und lachte zu den Haseln hinauf. »Das ist auch alles, was übrig blieb, ein großer Herr in guter Schale. Bankrott habe ich gemacht, haushoch, turmhoch, himmelhoch. Mist, Dreck und Schiet. Alles futsch. Wenn ich in diesen drei Jahren unterm Fenster Maulaffen feilgeboten hätte, wäre ich heute weiter. Statt dessen habe ich geschuftet, mir die Fingernägel am Schrott abgewetzt, beschäftigte am Schluss vier Dutzend Arbeiter und fuhr einen Pfundswagen. War schon nahe am Gipfel. Der Berg hat mich abgewiesen. Schätzungsweise dreißigtausend Tonnen Schrott im Eimer. Die Schläge kamen hageldicht, zackzack, ein Kinnhaken am anderen, bis ich platt am Boden lag. Unternehmerschicksal. Ein anderer an meiner Stelle hätte sich glatt aufgehängt. Ich bin eine Spielernatur. Spiele immer mit ganzem Einsatz, und habe eben verloren. Ein Kapital habe ich gerettet: ich weiß jetzt wenigstens, was in diesem Kermann steckt. In drei Jahren aus dem Nichts beinahe Millionär. Das mach mir einer nach.«

Aus der weiteren Unterhaltung schälten sich die groben Umrisse seines Bankrotts heraus. Kermann hatte in der Nähe des Güterbahnhofes sein Hauptschrottlager, ein Areal von etlichen tausend Quadratmetern. Da wurde ihm kurz vor der Währungsreform von den Amerikanern der Platz gekündigt, man benötige ihn als Verladegelände für Panzerfahrzeuge. Er wurde vor die Wahl gestellt, das Altmaterial umzulagern oder zu verkaufen. Er verkaufte und wurde mit einem Bündel alter deutscher Banknoten abgefunden, die zwei Monate später nur noch Papierwert besaßen.

»Und das erzählst du unter Lachen daher wie eine verkrachte Liebesgeschichte.«

»Weshalb nicht? Ich habe vom Schicksal eine saftige Ohrfeige dafür erhalten, dass ich zu tief hinuntergestiegen und mich unter Lumpen und Schieber gemischt hatte. Ich habe gearbeitet und die scheffeln das Geld. Jetzt bin ich wieder Ingenieur mit weißer Weste und sauberen Händen. Aber der Trott gefällt mir nicht. Morgens pünktlich antreten, einen Chef vor der Nase, Papierkram, Büroarbeit. Herrgott, ich muss frei sein, über meine Zeit und mein Leben verfügen können.« Er sah auf seine Armbanduhr. »Noch eine halbe Stunde. Was ich vorhabe – hör einmal. Da stehen in meiner Wohnung Kisten und Koffer mit Fotomaterial aus unserem Betrieb. Ausgelagerte Sachen, die ich mit Müh und Not wieder zusammengekratzt habe. Alles mehr oder weniger ramponiert. Ich will meine Abendstunden auswerten und irgendwo in der Stadt ein Fotogeschäft aufziehen, vielleicht sogar ein Kino. Vorerst benötige ich dringend einen Werkstattraum, wo ich das Zeug erst einmal sichten und zusammenbauen kann. Eine Menge Filme sind darunter und zwei Vorführgeräte. Das kleine Kabuff, das ich zur Zeit bewohne, hat nicht einmal elektrisches Licht. Du hast zwei leere Zimmer in deiner Wohnung. Totes Kapital. Könnte ich diese Koffer und Kisten nicht bei dir unterstellen, versteht sich gegen entsprechendes Lagergeld, und an meinen freien Tagen alles ordnen und sichten? Es bestünde auch die Möglichkeit, dass ich von dir die beiden Räume einfach miete und einige Zeit bei dir wohne. Ich fahr dich dann täglich auf meinem Sozius gratis hierher und du ersparst dir das Busfahrgeld. Überchlag einmal kurz: Achtzig bis hundert Mark Mehrverdienst im Monat und binnen kurzem hast du dein eigenes Motorrad.«

Unmöglich! Unmöglich! Kermann bei mir zu Hause! Tür an Tür neben mir. Material aus seines Vaters Betrieb? Wahrscheinlich stammten diese Koffer und Kisten aus seinem Schrottgeschäft, aus irgendeinem ausgebombten Kino. Jetzt drehte sich bei mir das Karussell. Blitzschnell überlegte ich: Wie bringe ich ihn von diesem Gedanken ab. Es musste schon schlimm um ihn stehen, dass er aus der Stadt heraus und auf dem Land untertauchen wollte. Derweil er noch davon fantasierte, wie wir die Werkstatt bei mir einrichten und uns abends Filme vorführen könnten, fiel mir der Mann mit dem Kanister aus dem Waldhaus ein. »Wozu denn so weit weg von der Stadt«, sagte ich ruhig, »ich wüsste etwas viel Besseres«, und erzählte ihm von meinem Rätselraten um den Kanister und dem Gespräch mit dem Mann.

»Hat das Haus elektrisches Licht?«, fragte er sofort. »Das Wasser kann ich per Achse beischaffen, aber ohne Stromanschluss geht's nicht.«

Ich log. Bestimmt sei das Haus an eine Leitung angeschlossen. »Stell dir vor, eine reiche Fabrikantin« - Das zog. Garagen - das zog noch mehr. Witwe - er sprang auf. »Fahren wir gleich hin!« Er überlegte. »Geht nicht. Erst muss ich in der Stadt etwas erledigen. Warte hier nach Dienstschluss auf mich.«

Noch hatte ich mich nach Feierabend in der Bauhütte nicht ganz gewaschen und umgezogen, stand er auch schon in Lederjacke, Lederhaube und Überhose da und trieb mich zur Eile an. Bald jagten wir auf seinem Motorrad in halsbrecherischem Tempo auf der Landstraße dem Wald zu. Unschwer fanden wir die Stelle, wo jener Mann täglich zugestiegen war. Wir schoben das Rad von der Straße weg in eine Tannenschonung. Ein ausgetretener Pfad führte zuerst durch niederen Jungwuchs, dann durch halbhohen Mischwald, bis wir unvermittelt vor einer schwarzen, weit über mannshohen Bretterwand standen, die mit einem Wall aus dürren Dornhecken und Stacheldraht gegen zudringliche Besucher abgesichert war. Wir hielten uns an den Pfad, stapften durch Farnkraut und Heidelbeerstauden an der stachligen Barriere entlang, bogen zweimal um eine Ecke der weitläufigen Anlage, bis wir auf der Rückseite auf ein verschlossenes Tor stießen, von dem ein grob beschotterter Fahrweg mit Autospuren in den Wald lief. Auch das Tor war mit Brettern vernagelt und durch einen Querbalken, an dem ein faustgroßes Vorhängeschloss hing, fest verriegelt. Auf einem großen Plakat, mit schwarz aufgemaltem Totenkopf, stand in feuerroter Schrift: »Vorsicht. Selbstschüsse! Lebensgefahr!«

»Oho«, machte Kermann. »Das hört sich ja an, als seien hier Tellerminen vergraben. Den Bluff kennen wir. Machen wir gleich einmal eine Probe aufs Exempel.«

»Was hast du vor?«

»Anklopfen will ich bei der Dame, wie sich's gehört. Ich setze meinen Kopf, dass hier weit und breit kein Fingerhut voll Pulver zu finden ist. Aber sicher ist sicher.« Er wühlte aus der Wegeinfassung kopfgroße Steine heraus. »Geh du einmal in volle Deckung!«, rief er mir zu. Während ich mich hinter einen Baumstamm verzog, bombardierte er das Vorfeld des Tores, war aber vorsichtig genug, bei jedem Wurf, solange der Stein noch seine Kurve beschrieb, schnell hinter einen der Scheiterstöße zu springen, die am Weg entlang aufgeschichtet waren. Als nichts geschah und auch hinter der Wand alles ruhig blieb, warf er noch einige Brocken gegen das Tor. Der dumpf krachende Aufprall fuhr mir durch alle Glieder. Als es still blieb, lief er auf das Tor zu, kletterte auf den Querbalken und spähte über die Brüstung ins Innere.

Mein Rufen, Warnen, Bitten nützte überhaupt nichts. Mit klopfendem Herzen starrte ich hinter meinem Baum hervor unverwandt auf das schreiende Plakat und erwartete jeden Augenblick die Explosion einer Sprengladung. So ein Tollkopf! So ein Draufgänger! Er versuchte, sich hochzuziehen, um über das Tor zu steigen, stieß plötzlich einen Fluch aus und sprang ab. Langsam kam er auf mich zu und blickte angeekelt in seine Hände. »Schweinerei! Alles stinkt nach Karbolineum. Sie muss den oberen Rand der ganzen Bretterwand erst vor kurzem mit dieser Schmiere bestrichen haben. Zudem ist noch Stacheldraht daraufgenagelt.« Er riss ein Büschel Moos aus, rieb die geschwärzten Hände Finger um Finger daran ab. Aus einem Riss im rechten Handballen quollen Blutstropfen.

»Das kann die schönste Blutvergiftung geben«, warnte ich. »Komm, gehen wir, räumen wir zuerst noch die Steine vor dem Tor weg. Jeden Augenblick kann jemand daherfahren.«

Er schüttelte die verwundete Hand. »Ah bah, Blutvergiftung. Mensch, ich hab etwas gesehen: einen Park, Spielplätze, Schlingrosen, Garagen, ein Haus, lang wie eine Arche. Niemand dort. Alle Fenster und Türen mit eisernen Läden verschlossen. Und, stell dir vor, wie die sich abgesichert hat: Hinter dieser Bretterwand noch eine zweite, fast gleichhoch, und ein zweites Tor. Dazwischen ein breiter Laufgang für Wachhunde. Das muss ich mir gründlicher ansehen. Wenn irgendwo Selbstschüsse angebracht sind, dann höchstens zwischen den beiden Toren. Da muss ich rein.«

»Bist du toll! Eindringen in ein abgeschlossenes Besitztum! Das ist glatter Einbruch. Werden wir dabei ertappt, stehen wir morgen vor dem Kadi.«

Er kaute auf der Unterlippe, spähte umher und ging auf einen Stoß Scheiter zu. Prüfend hob er einige an, zog ein schweres herunter und wog es in den Armen.

Ich machte einen letzten Versuch, ihn von seinem Vorhaben abzubringen, redete, beschwor und hielt ihm die Folgen vor Augen. Er stellte das Scheit energisch vor sich hin. »Herrgott, Paul, hör auf. Ich weiß, ich weiß. Mit dir kann man keine Pferde stehlen. Schade. Aber hast du denn keinen Funken Romantik mehr im Leib. Für mich ist das eine Burg und die wird berannt. Verschlossene Türen und Frauen haben mich von jeher geärgert und gereizt. Und jetzt tu ich, was ich will, und du drehst dich weg und hast einfach nichts gesehen und gehört.« Damit schulterte er das Scheit und schritt auf die Bretterwand zu.

Einen Rest abenteuerlicher Lausbubenromantik hatte ich denn doch noch über den Krieg gerettet, wenigstens so viel, dass ich nicht davonlief, sondern aus der Ferne mit einer Mischung aus Angst, Belustigung und Spannung zusehen wollte, wie er seine Burg berannte. Er ging an der Bretterwand entlang, warf das Scheit ab und zerrte erst einmal sorgfältig Hecken und Stacheldraht auseinander, bis eine genügend breite Gasse entstanden war. Jetzt nahm er das Scheit wieder auf, trat mehrere Schritte zurück, lief los und rammte gegen die Bretter. Der donnernde Hall hörte sich in der Waldesstille schaurig an. Ein zweiter, ein dritter Anlauf und die Bretter barsten. Mit den Stiefeln trat er sie vollends ein, warf das Scheit durch die Öffnung und stieg nach. Gleich darauf hörte ich von innen dasselbe Getöse. Ich trippelte unruhig von einem Bein aufs andere. Wenn nur der Krach vorbei wäre. Der muss ja meilenweit zu hören sein. Dieser Abenteurer, dieser Freibeuter. So also schoss er auf seine Ziele zu, ohne nach rechts oder links zu blicken.

Es wurde still. Wohl oder übel musste ich ihm nach, um weitere Einbrüche zu verhindern. Als ich durch die beiden zerschlissenen Wände geschlüpft war, stand ich zuerst völlig überrascht vor einem kleinen Paradies. Ein riesiger Garten mit Büschen, Kieswegen, Rasenmulden und Boskettnischen; Blumenbeete, eine Pergola mit Schlingrosen; mitten drin ein niederes, langes Gebäude; davor ein großer Kiesplatz für parkende Wagen. Kermann untersuchte bereits die Tore einer Garagenflucht. »Nähertreten!«, rief er mir zu. »Komm schon! Lies zuerst den Spruch am Giebel.« Unter einem hölzernen Hirschkopf mit ausladendem Gestänge stand in verschnörkelten gotischen Buchstaben: »Jagen soll mit Gottesfurcht geschehen.«

»Wunderbar fromm, nicht? Ob es hier sonst auch so gottesfürchtig zuging?« Er drehte sich dem Garten zu. »Schau dir dieses Weidmannsnest an. Hier wurde gefestet und gefeiert, die Jagdstrecke unter Lampions mit Sekt begossen. Das riecht wieder nach meiner Welt. Industrielle, Bankiers, Direktoren, Gutsbesitzer, Regierungsbeamte ...« Er schritt, die Hände in den Hosentaschen, mit wippendem Gang, schon mit der Miene des Besitzers den Garten ab, roch hier an einer Rose, zog dort ein Schlinggewächs herunter und pfiff vor sich hin.

Ich sah nüchterner. Alles war ungepflegt, verwildert, viele Büsche wegen Wassermangels verdorrt. Kniehohes Gras, Disteln und anderes Unkraut wucherten auf allen Wegen und Beeten.

Kermann hatte sich in eine Rasenmulde geworfen, räkelte sich behaglich und rauchte eine Zigarette, als dächte er überhaupt nicht daran, in welcher Lage wir uns befanden. Ich drängte zum Gehen. »Versteh doch endlich, wenn die Besitzerin jetzt plötzlich käme.« - »Dann kommt sie eben.« - »Und einen Mann bei sich hätte.« - »Dann sind *wir* zwei.« - »Oder einen Hund.« - Er winkte ab, warf die Zigarette fort und bedeckte mit beiden Händen das Gesicht. »Herrgott, muss das Weib reich sein. Überleg einmal. Wer kann sich diesen Luxus leisten? Ein Areal, bald so groß wie ein Fußballplatz, ein doppelter Bretterzaun, dazu drei Garagen. Also muss sie mindestens drei Wagen besitzen. Und das großspurige Jagdhaus! Bestimmt gehört ihr auch der ganze Wald ringsum. Alles steht leer, verschlossen, also noch nicht weitervermietet.« Mit einem Ruck war er auf den Beinen und trommelte mit beiden Fäusten gegen die Brust. »Ich muss sie heute noch sprechen. Weißt du, zu welchem Gemeindebezirk das Besitztum gehört? Nicht. Und wie sie heißt? Auch nicht. Schadet nichts. Das hab ich bald heraus. Auf irgend einem Rathaus muss ihre Telefonnummer aufzutreiben sein. Gehen wir.«

Als wir die Einbruchstelle durchstiegen hatten, wollte ich die Öffnung, so gut es ging, wieder unkenntlich machen. Er zog mich weg. »Lass das doch, wie es ist.«

»Aber wenn sie den Einbruch bemerkt und anzeigt?«

»Weshalb soll sie ihn anzeigen. Haben wir vielleicht etwas gestohlen? Gerade damit locke ich sie her. Anruf: Gnädige Frau, habe Interesse, Ihr Waldhaus zu mieten. Bei flüchtiger äußerer Besichtigung Ihres Anwesens entdeckte ich eine Einbruchstelle im Zaun. Wirst sehen, wie schnell sie anmarschiert.«

Rasch fuhr er mich nach Hause.

Erst nach einer Woche sah ich ihn wieder. In der Zwischenzeit war ich als Handlanger einem Mechaniker zugeteilt worden, der die Eisenlaschen an den Schienenverbindungen auszuwechseln hatte, eine Kinderarbeit, die in gar keinem Verhältnis zu der bisherigen Plackerei stand. Schwerer allerdings war ein anderer Dienst. Da wir außerhalb des Signalbereiches arbeiteten, musste ich nach den Zügen Ausschau halten und den Mechaniker rechtzeitig warnen.

Kermann kam, von Schwelle zu Schwelle trippelnd, zwischen den Schienen daher, aufgeräumt, die Spuren einer durchwachten Nacht im Gesicht. »Alles in bester Butter«, sagte er. »Mietvertrag abgeschlossen. Die zweite Burg auch schon erobert. Phantastische Frau!«

Der Mechaniker, der zwei Schritte entfernt auf einer Schwelle kniend mit einem Schraubenschlüssel hantiert hatte, schrie plötzlich: »Raus! raus!« Kermann sprang nach der einen, ich nach der anderen Seite. Steine kollerten am Bahnkörper hinter mir drein. Schon raste der Eilzug heran.

XII

Sorgenvögel kreisten über den beiden Missionarsleuten und versuchten in Mutter Annes grauen Haaren Nester zu bauen. Sie wurde krank. Ihre Beine versagten den Dienst. Das alte Ischiasleiden hatte sie befallen und machte ihr das Gehen zur Qual. Am Stock humpelte sie durch die Wohnung. Der Arzt verordnete Wärme und Bettruhe. Geldsorgen kamen hinzu. Vom Missionshaus flossen die Mittel immer spärlicher. In China war der Kommunismus lawinenartig übers ganze Land hereingebrochen. Die Aussicht, dort je wieder missionieren zu können, war zerronnen. Man riet Vater Philipp, sich um eine Pfarrstelle im Inland umzusehen. Dagegen wehrte er sich. Vielleicht geschah doch noch ein Wunder im fernen Osten. Er hatte jetzt Mühe, sein Gottvertrauen in der Waage zu halten. Zu seinem Dienst als Hilfspfarrer im Dorf kamen störende Haushaltspflichten auf ihn zu, Kulipflichten: Feuer im Herd anzünden, kochen, ausfegen, Krankenpflege. Nur für die gröbsten Putzarbeiten konnte man sich eine Hilfe leisten.

Mutter Anne dirigierte ihn mit sanfter Gewalt vom Bett aus, oder sie saß in ihrem zerschlissenen Lehnstuhl in der Stube und zeigte mit dem Stock hierhin und dorthin: Jetzt musst du die Betten sonnen, jetzt die Stube kehren, bring mir meinen Zeichenblock, meine Tuschepinsel oder die Wasserfarben, geh in den Garten und hol mir einen kleinen Strauß. Er tat es gottergeben. Zuweilen flüchtete er sich in die Bibel, um nach einem kräftigen Zuspruch zu blättern. Oh, dieses Stöhnen, wenn ich ihn abends, eingehüllt in Dampfwolken am Herd hantieren sah, dieser dankbare Hundeblick, wenn ich ihm die Teigschüssel aus der Hand nahm und meine Eierfladen oder Apfelkrapfen selbst backte.

Er führte mich in die Scheune, zeigte auf den Holzvorrat und fragte ängstlich, ob er wohl reiche, den Winter über. Diese alten eisernen Bauernöfen verschlängen ja Berge an Brennholz.

Seine Frau brauche viel Wärme, und wenn ein strenger Winter komme, ob das reiche. »Du hättest nicht so viel Holz verkaufen sollen, Paul«, sagte er und hob voll Sorge die Augen zu mir auf. Sein Gesicht war schmal geworden, die roten Bäcklein waren verschwunden. Steile Falten standen ihm an der Nasenwurzel. Er wirkte in seinem Kummer männlicher und trotz seiner Hilflosigkeit kernhafter und natürlicher.

»Wir haben erst August, Vater Philipp, bis zum Winter ist noch eine lange Strecke. Wollen wir diese kleinlichen Holzsorgen nicht ganz dem Herrn überlassen.«

Er lächelte matt. »Bitte spotte nicht, Paul. Meinst du, das Holz reiche über einen harten Winter?«

Im Wald lag billigstes Leseholz in Hülle und Fülle. Beim Kampf gegen den Borkenkäfer hatten wir nach dem gefährlichen Brand darauf verzichtet, Äste und Gipfel zu verbrennen. Zu Haufen lag dieser Abfall in den Revieren und sollte dort, wo die Stämme abgeführt waren, vor der Wiederaufforstung ausgeräumt werden. Ich nahm acht Tage Urlaub, ließ mir vom Forstamt einen Leseschein ausstellen und fuhr, versehen mit Beil, Sisalstricken und Mundvorrat, auf meinem Fahrrad über Berg und Tal in ein ergiebiges Revier, gewillt, so viel Holz zusammenzuraffen, dass es für zwei, wenn nicht drei Jahre reichen musste. Wie eine frisch geölte Maschine arbeitete ich gute zehn Stunden, putzte Äste aus, band immer zwanzig zu einer Welle zusammen. Schon am ersten Tag schaffte ich an die hundert Wellen armdickes Astholz. Das war bereits eine halbe Pferdefuhre.

Am Abend genoss ich die Heimfahrt durch den Wald, die Frischluft, das Grün, die Schattenstille, den wohltuenden Gegensatz zu der schmutzigen Arbeit am heißen Bahnkörper. Singend radelte ich unter überhängenden Buchen auf dem leicht abfallenden Waldweg dahin.

Der dürre Buchenast lag im Schatten quer über meiner Fahrspur. Zu spät hatte ich ihn bemerkt. Ein Ausweichen oder Bremsen war schon nicht mehr möglich. Hoch über die Lenkstange hinweg wurde ich mitten auf die Fahrbahn geschleudert. Ein furchtbarer, stechender Schmerz durchfuhr mein rechtes Knie. Als ich mich aufrichten wollte, versagte das Bein. Am Boden hockend tastete ich es ab, fand aber keinen Bruch. Nur eine Menge kleine Steinsplitter steckten in der Haut. Vorsichtig zupfte ich sie heraus. Schon lief mir das Blut an Händen, Beinen und Gesicht herunter. Mein Taschentuch war bald nur noch ein nasser, roter Lappen. Auf einem Bein hüpfte ich in den Wald und presste Moos auf die Wunden. Die Schmerzen verbeißend versuchte ich, das gelähmte Bein durch vorsichtiges Beklopfen wieder standfest zu machen. Es half nichts. Sobald ich mich aufrichtete und einen Schritt wagte, sackte ich zusammen. Ich trug eine kniefreie kurze Hose. Mochte das Blut an den nackten Beinen herunterlaufen. Wenn ich nur hätte gehen können. Da die Waldstraßen für den Durchgangsverkehr gesperrt waren, konnte ich, weil es schon Abend war, kaum auf fremde Hilfe hoffen. Ich musste zusehen, wie ich weiter kam. Zum Glück war mein Rad noch heil. Vorsichtig richtete ich es auf, setzte mich in den Sattel, ließ das kraftlose Bein hinunterhängen und bediente mit dem anderen die Freilaufbremse. Die blutenden Hände hatten Schwierigkeiten, die Lenkstange zu halten. Es ging leidlich. Wenn ich auf diese Weise wenigstens die Hauptstraße im Tal erreichte, war mir geholfen.

Was mir aber dann widerfuhr, ging schon nicht mehr mit rechten Dingen zu. Genau derselbe Unfall mit der gleichen Ursache wiederholte sich. Durch das von der aufgeschlagenen Stirn in die Augenhöhlen eindringende Blut war meine Sicht stark behindert. Ich hielt den auf der Fahrbahn liegenden Prügel für einen Baumschatten, fuhr dagegen, wurde abgeworfen und landete auf dem beschotterten Mittelgrat des Wegs. Der Ast stak im Hinterrad und hatte die Kette samt einigen Speichen abgerissen.

Die Stichflamme einer unbändigen Wut verdrängte für Augenblicke alle Schmerzen. Ich sprang auf die Beine, zerrte den Ast aus dem Rad und zerschlug ihn unter wilden Flüchen an einem Stein. Da erst bemerkte ich, dass die Lähmung aus meinem rechten Bein verschwunden war, dafür aber hatte das linke einige weitere Platzwunden abbekommen. Das Blut lief mir an beiden Schienbeinen hinunter bis in die Schuhe. Das Rad mit der nachschleifenden Kette neben mir herschiebend, hinkte ich weiter. Meine seelische Verfassung ist kaum zu beschreiben. Wehleidig bin ich nicht. Stärker als alle Schmerzen zerrten Grimm und Jähzorn an meinen Nerven. Wer zum Teufel warf mir diese Prügel in den Weg!

Der Wald trat zurück und gab über ein Wiesental den Blick frei auf die Hauptstraße am gegenüberliegenden Berghang. Dort bewegte sich etwas. Aus der Ferne glich es einem großen Stacheltier, das langsam von einem Straßenrand zum anderen torkelte. Beim Näherkommen sah ich, dass es ein mit Leseholz beladener Handwagen war, auf dem die Äste locker und sperrig, ohne jede Ordnung und Seitenstütze aufgeschichtet lagen. Zweifellos war der Karren dort die Ursache meines zweimaligen Sturzes. Jetzt hatte mein Zorn sein Ziel gefunden und konzentrierte sich auf den Menschen, der die Fuhre hinter sich herzog. Am weißen Kopfbund, der zuweilen über dem Holz aufschimmerte, sah ich, dass es eine Frau sein musste. Wie zum Beweis, dass ich mit meiner Vermutung recht hatte, löste sich, als ich keine zehn Schritte mehr von dem Gefährt entfernt war, wieder ein Ast, schleifte noch eine Weile nach und blieb auf der Straße liegen, ohne dass die Frau es bemerkte.

Himmel Kruzifix, der werde ich etwas erzählen, der werde ich den Marsch blasen. Schade, dass es kein Mann ist, den man ordentlich mit Flüchen eindecken könnte.

Ich stieß den Prügel mit dem Schuh aus der Fahrbahn und rief: »Halt! Sie haben schon wieder einen Ast verloren.«

Der Wagen hielt an. Ich lehnte mein Fahrrad dagegen, ging nach vorn und stellte mich, blutig wie ich war, vor die Frau hin. »Sehen Sie sich das einmal an. Daran sind Sie schuld. Konnten Sie das Zeug nicht besser zusammenpacken.«

Sie war schwarz gekleidet. Ihr weißer Kopfbund stand weit über die Stirn vor. Als sie langsam ihr Gesicht hob und den blutverschmierten Menschen vor sich sah, erschrak sie derart, dass sie die Deichsel fallen ließ, sich bekreuzigte und plötzlich vor mir auf die Knie sank.

Ich prallte zurück. Das Erschrecken der Frau, ihr Zusammensinken entsetzten mich nicht so sehr als das, was mich zwischen den vorgeschobenen Rändern ihres Kopftuches anstarrte. Eine Totenmaske, ein Gesicht, von Hunger und Auszehrung so verwüstet, dass die gelbliche Haut sich nur noch wie ein dünnes, rissiges Pergament über die Knochen spannte. Ein Mumiengesicht, aus dem zwei große, in tiefen Schattenhöhlen liegende Augen zu mir aufsahen.

Sofort bereute ich meinen Vorwurf. »Stehen Sie um Gottes willen auf.« Ich beugte mich nieder und fasste sie an den Ellbogen. »Kommen Sie schon, stehen Sie auf!«

Mühsam erhob sie sich, wankte und bebte am ganzen Leib. Sie lehnte sich gegen den Wagen und bedeckte ihr Gesicht mit beiden Händen.

»Ich habe Sie nicht erschrecken wollen. Verzeihen Sie.«

»Herr –«, stammelte sie mit belegter Stimme, nahm die Hände vom Gesicht und streckte sie mir abwehrend entgegen.

Jetzt erst sah ich meine über und über mit Blut bedeckten Beine und Hände genauer an. Kein Wunder, es sah zum Erschrecken aus, rechnete man noch mein Gesicht dazu, das ähnlich mit Blut besudelt sein mochte.

»Beruhigen Sie sich, Frau«, sagte ich, »es ist nicht so schlimm. Ich bin nur zweimal vom Rad gestürzt. Sie sollten Ihr Holz ordentlicher aufladen.« Um sie von meinem Anblick zu befreien, schichtete ich die Äste auf dem Handwagen zurecht, steckte an den Seiten Stützen hinein, nahm das Fahrrad nach vorn und sagte: »Schieben Sie das Rad und lassen Sie mich den Wagen bis auf die Höhe ziehen.«

Sie nahm mit zittrigen Fingern die Lenkstange, war aber so ungeschickt, dass ihr sofort das Vorderrad zwischen die Beine geriet. Mit einem Wimmerlaut fiel sie über den Rahmen des Rades zu Boden.

»Ach du armer Tropf! Auch das noch!« Wieder hob ich sie auf und stellte sie energisch auf die Beine. Sie war erschreckend schmal und leicht. »Haben Sie sich wehgetan?«

Ihre blassen Lippen kräuselten sich zu einem verlegenen Lächeln über einer Doppelreihe frischer, gesunder Zähne. Sie schüttelte den Kopf und klopfte sich den Staub von ihrem schwarzen Kleid, das viel zu weit um die dünne Gestalt schlotterte.

Ich warf das Fahrrad kurzerhand auf den Wagen, nahm die Deichsel wieder auf und zog das Gefährt allein. Sie versuchte, von hinten zu schieben, dabei war die Last kaum nennenswert.

So stapfte ich eine Weile fürbass in einer grimmigen Belustigung darüber, dass ich zu meinen Wunden und Schrammen jetzt auch noch die Ursache meines Unfalls hinter mir her zu schleppen hatte. Die Frau musste krank oder nah am Verhungern sein. Ihr Alter war schwer zu schätzen. Sie konnte dreißig, aber ebenso gut auch sechzig sein. Mitleid und Ärger kämpften in mir. Ich hätte sie nicht so erschrecken dürfen. »Lassen Sie doch das Schieben!«, rief ich zurück. »Das Zeug ist ja hopfenleicht.« Sie kam nach vorn und ging neben mir her. Ich sah, dass ihre Füße in zerrissenen Segeltuchschuhen steckten. Auf der Höhe angekommen, wo die Straße zum Dorf hin wieder abfiel, übergab ich ihr die Deichsel. »Von hier aus rollt der Wagen von selbst«, sagte ich und wollte mein Fahrrad abladen.

»Herr Pelz«, sie legte die Hand auf meinen Arm.

Ich fuhr zusammen. Die Stimme – woher kam diese vertraute Stimme? Sie kannte mich. Aber ich war schon lange genug im Ort und viele Frauen, die ich kaum je zu Gesicht bekommen hatte, mochten mich kennen.

»Herr Pelz, so können Sie unmöglich heimgehen. Ihr Gesicht ist voll Blut. Ich habe noch etwas Wasser bei mir.«

Ich tastete nach den Abschürfungen an Stirn und Schläfen. »Sieht es so schlimm aus? Mein Taschentuch ist restlos verbraucht.«

Sie zog aus einer Basttasche, die im Holz steckte, eine Flasche heraus. »Wenn ich Ihnen das Wasser auf die Hand schütte –.«

»Es geht nicht.« Ich zeigte meine blutverkrusteten Hände.

Sie besann sich, drückte mir die Flasche in die Hand, knüpfte am Kinn ihr Kopftuch auf und zog es ab. Dunkelblonde, füllige Haare, eine schmale, leicht zurückfliehende Stirn, hochgeschwungene Augenbögen. Nein, ich erkannte sie noch nicht. Das gelbe Hungergesicht war viel zu nah, wirkte in seinen zahllosen Fältchen alt, entstellt und so unheimlich, dass ich nie etwas Vertrautes dahinter hätte erblicken können. Nur in ihrer Stimme lag ein ferner Klang - Monika. Aber Monika war im Kloster, eine Nonne, eine schöne, junge Klosterfrau.

»Darf ich wenigstens die gröbsten Blutspuren abwischen? Das Tuch ist frisch gewaschen. Sehen Sie, ich benütze die Außenseite.« Sie schüttete Wasser darauf und rieb sachte in meinem Gesicht, tupfte um die Risse und Schrammen herum, untersuchte die Schürfungen an den Knien. Sie ist es - sie ist es nicht. Schloss ich die Augen, wenn sie sprach, war sie es. Sah ich sie an - stieß ich mich an der Totenmaske und wischte den Verdacht sofort weg.

»Gott sei Dank«, sagte sie aufatmend, »es ist alles nicht so schlimm, wie es aussah.« Mit dem Rest des Wassers säuberte ich mir selbst die Hände und trocknete sie an dem Tuch ab. Sie steckte es samt der Flasche in die Tasche und stand jetzt mit hängenden Armen vor mir.

»Sie kennen mich nicht mehr, Herr Pelz.« Ein leichtes Lächeln - die Zähne - das Profil - die Stimme. »Ist es möglich - Sie - Monika - Frau Landeck - Sie?« Weiter brachte ich nicht heraus. Sie nickte und bückte sich nach der Deichsel des Wagens.

Ich muss mir jetzt jede Einzelheit ins Gedächtnis zurückrufen. Es stimmt nicht ganz, dass sie sich sofort nach der Deichsel bückte. Zuerst sah sie mich eine Weile schweigend an, wartete wohl auf eine freudige Begrüßung. Ihre gelbliche Gesichtsfarbe wurde um einen Ton dunkler. Da ich sie nur ungläubig anstarrte, wandte sie sich wie verschämt dem Wagen zu.

Freude - wie hätte ich mich freuen sollen. Es war Schrecken, Bestürzung, ein Faustschlag gegen die Stirn, ein Wirbel widersprechender Empfindungen, der mir einfach die Sprache verschlug.

Ich nahm ihr die Deichsel aus der Hand und stotterte etwas zusammen wie: Verzeihen Sie, Frau Landeck – oder: Entschuldigen Sie - es kam zu überraschend – ich glaubte, Sie seien im Kloster – Frau Landeck – und jetzt hier.

Ihre Stimme war heiser: »Warum auf einmal Frau Landeck? Früher sagten Sie einfach Monika zu mir.«

Die Sonne stand niedrig über dem Dorf. Wir gingen schweigend an verknorrten, ungepflegten Obstbäumen vorbei. Dahinter dehnten sich zu beiden Seiten Stoppeläcker mit einigen noch nicht abgemähten reifen Weizenparzellen.

»Sie haben mich wirklich nicht mehr erkannt?«, fragte sie. »Habe ich mich so verändert.«

»Nur Ihre Stimme kam mir bekannt vor. Sie müssen schwer krank gewesen sein, Monika, vielleicht sind Sie noch krank.«

»Ja, ich war krank. Erst seit einigen Tagen kann ich wieder arbeiten.«

Ich erfuhr, sie wohne wie früher bei dem Bauern in meiner einstigen Kammer. Mit ihrer Krankheit habe sie gleich nach ihrer Rückkehr die beiden Kinder angesteckt und diese wiederum einige Nachbarskinder. Die Bäuerin wolle sie jetzt loswerden. Aber sie sei dort eingeschrieben. Im ganzen Dorf finde sie kein anderes Quartier. Man habe sie in den Wald geschickt, sie solle selbst für ihr Holz sorgen, für sie habe man kein Holz übrig. »Wenn ich nur nicht so schwach wäre«, sagte sie. »Jetzt, in der Ernte, sollte ich helfen und den Haushalt wie früher versorgen. Aber ich kann nicht. Es wird mir so elend, wenn ich nur Rauchfleisch rieche. Es komme von der Krankheit, sagt der Arzt. Morgen geh ich wieder in den Wald. Das tut mir gut. Nur weg von den Leuten im Dorf.« Sie redete gejagt, abgehackt, doch ohne jeden Jammerton.

»Aber Sie können in Ihrem Zustand ja kaum den leeren Handwagen ziehen. Im Bett bleiben sollten Sie und sich den Teufel was um den Bauern scheren. Sie brauchen Erholung, Ruhe und vor allem ausgiebiges Essen.« Sofort empfand ich die Sinnlosigkeit meiner Ratschläge und sagte: »Das Holz, das Sie da zusammengelesen haben, taugt nicht viel. Es ist ausgelaugt und vermorscht. Dürre Buchenäste verrotten viel schneller als Äste von Fichten. Wenn Sie schon morgen in den Wald gehen, könnte ich Ihnen zeigen, welches Leseholz den besten Brennwert besitzt und wie man damit umgeht. Den Wagen lassen Sie zu Hause.« Ich dachte: Erst muss das Fahrrad repariert werden, ich muss morgen ohnehin zu Fuß gehen. Ich dachte: Du nimmst eine gute Portion Essen mit und fütterst sie erst einmal. Arbeiten darf sie auf keinen Fall. Und ich dachte, wie ich sie so armselig in ihren Segeltuchschuhen neben mir her trippeln sah: Jetzt ist sie deine Monika, dir vor die blutenden Füße geworfen.

»Ihre Hände«, sagte sie. »Ihre Knie. Können Sie morgen überhaupt arbeiten? Sie sollten gleich den Arzt aufsuchen und sich ordentlich verbinden lassen.«

»Ich gehe morgen in den Wald und Sie kommen mit«, sagte ich bestimmt. »Wenn ich nicht arbeiten kann, gehen wir eben spazieren und Sie erzählen mir etwas vom Kloster, wie Sie hineingekommen, und vor allem, wie und warum Sie es wieder verlassen haben.«

Sie antwortete nicht gleich, blickte von der Seite an mir hinauf und hinunter. »Ich bin doch schuld an Ihrem Unfall. Verzeihen Sie, aber ich wusste nicht, dass ich Äste verloren hatte.« Sie schien sich jetzt erst Gedanken über die Ursache meiner Verletzungen zu machen und fügte hinzu: »Wo ich hintrete, bringe ich Unglück. Es ist am besten, wenn ich wieder allein in den Wald gehe.«

»Nein, Monika, nein! Sehen Sie über dem Steinbruch die drei Linden, dort treffen wir uns morgen. Sagen wir um sieben Uhr. Ich warte auf Sie.«

»Vielleicht komme ich. Vielleicht nicht«, sagte sie, hob hilflos die Arme und ließ sie wieder sinken. »Ach was, mir ist alles gleich.«

Ich zog den Wagen bis in den Hofraum meines früheren Hausbesitzers und lud das Fahrrad ab. Der Bauer kam aus dem Stall, stutzte, als er mich sah, stapfte brummend an mir vorbei, lud unwirsch das Holz vom Wagen ab, setzte zwei Milchkannen darauf und fuhr damit weg. Ich blickte ihm nach, wie er vorgebeugt das scheppernde Gefährt breitbeinig auf der Dorfstraße hinter sich her zerrte.

»Wie ein Gorilla«, sagte ich ziemlich laut. Monika legte mahnend den Finger auf den Mund und flüsterte: »Ich hab mich verspätet, das wäre mein Geschäft gewesen.« Schon eilte sie der Haustür zu. »Morgen früh um sieben Uhr bei den drei Linden!«, rief ich ihr nach.

Das Rad mit der nachschleifenden Kette schob ich zur Schlosserei, die gleich gegenüberlag. Meister Engelbert, der mir seinerzeit den Schrott taxiert und Kermann zugeschickt hatte, wartete bereits unter dem Werkstattor. Er hatte uns kommen sehen. »Mensch, Paul!«, rief er, »wer hat denn dich verrupft? Du kommst daher wie der Gekreuzigte persönlich.« Er schloss hinter mir das Tor, machte Licht und nahm mir das Rad ab. Von meinen Schrammen und Hautrissen machte er weiter kein Aufheben. Die könne sein Weib reparieren. Sie habe nicht umsonst einen Rotkreuzkurs absolviert. Er wolle sich gleich mein Vehikel vornehmen. Die Frau stand schon da, breithüftig, die Ärmel hochgekrempelt und fragte aus: Wie, wo, warum zweimal gestürzt, Prügel verloren, wer, so, so, die Monika. Der Meister knallte einen Blechkasten mit einem aufgemalten Roten Kreuz neben sie auf einen Stuhl. »Los! frag nicht lang, mach schon voran!« Sie lief nach warmem Wasser. Ich setzte mich auf die Werkbank. Während sie meine Knie abwusch und bandagierte, musste ich den ganzen Hergang noch einmal ausführlicher berichten.

»Hörst du!«, rief sie ihrem Mann zu, der das Rad an der Decke aufgehängt hatte und den Hinterreifen herauslöste. »Hast du gehört, deine schöne Monika ist an allem schuld.« Er gab keine Antwort. – »Seit wann ist diese Frau Landeck wieder hier?« – »Das wissen Sie nicht? Ihr Vater Philipp hört doch sonst die Mäuse husten«, sagte die Frau. »Vor der Ernte kam sie daher, ohne Koffer, ohne einen Pfennig Geld, gerade nur mit dem, was sie auf dem Leib trug, kam aus dem Kloster zurück wie eine verlaufene Katz. – So der Verband sitzt – und jetzt das andere Knie.«

Ich überhörte den feindseligen Ton im Gerede des Weibes, dachte, lass sie einmal darauf los schwatzen, vielleicht erfährst du noch dies und jenes. Sie wusch Blutspuren ab, setzte Pflaster auf und ließ ihr Mundwerk weiterlaufen. »Eine schöne Geschichte. Sie heult der Bäuerin drüben etwas Jammerseliges vor, die Koffer seien ihr gestohlen worden, ob sie nicht wieder in ihr früheres Zimmer ziehen dürfe. Aus Gnad und Barmherzigkeit nahm die sie auf. Die beiden Kinder hatten natürlich eine Freude, ihre Tante Monika wiederzusehen, hängten sich an sie, ließen sich abküssen, schon waren sie angesteckt. Die gnädige Frau Landeck legt sich ins Bett, mitten in der Schaffzeit. Krank. Sie war krank, sie kam schon krank. Die Kinder dort steckten meinen Buben an, drei Wochen lag er im Fieber. Machen Sie einmal ein paar Schritte, ob die Verbände nicht zu stramm sitzen.«

Ich ging auf und ab. »Gut sitzen sie, sehr gut.«

Sie nahm sich meine Hände vor. »Der Weizen lag draußen. Die Bäuerin musste die kranken Kinder pflegen und die saubere Klosterfrau obendrein. Der Bauer kam schier aus dem Häuschen, hat getobt, sakramentiert, er werde diese räudige Katz aus dem Haus werfen. Aber wagen Sie einmal, einen Flüchtling anzurühren, dazu noch einen kranken, was da passiert. Sofort rennt der Obmann auf alle Ämter, hetzt die anderen auf. Man kommt in die Zeitung.«

Sie wickelte Mullbinden um meine Finger. »Jetzt, da sie wieder gesund ist, läuft sie das ganze Dorf ab nach einem Zimmer. Niemand will sie. Alle haben Angst vor ihr. Auch ich wollte diese Katholische nicht im Hause haben. Gott bewahre!

Sehen Sie sie heute an gegen früher. Da stimmt doch etwas nicht.« Während die Meisterin mein Gesicht verpflasterte, tuschelte sie leise weiter: »Sagen Sie selbst, hat sie nicht etwas Hexenhaftes an sich. Die lange Nase, die starren Augen. Kaum war sie wieder auf den Füßen, schlich sie abends, sogar bei Nacht, auf den Friedhof, geistert dort herum, pflanzt wilde Blumen auf ihres Vaters Grab.« Noch leiser: »Die Leute sagen, sie müsse hingehen, er rufe sie, der Alte, der Gottesleugner. Was war denn damals im Wald? Warum wollte sie die ganze Nacht allein sein mit ihm. Warum sind Sie verirrt und nachher beinah gestorben? Da steckt doch der Böse dahinter. Kaum war er begraben, verschwand sie, ließ die Bäuerin im Stich vor der Geburt ihres Dritten. Und das Kind kam tot zur Welt. Im Kloster sei sie gewesen. Wer das glaubt. Kein Mensch weiß, in welchem Kloster. Herumgetrieben hat sie sich – –«

Eine Zange fiel krachend auf die Werkbank. »Hör endlich auf mit deinem Schafscheiß!«, schrie der Meister herüber. »Wenn eine Henne krank ist oder nur blutet, hacken die anderen auf ihr herum, bis sie vollends draufgeht. So ist das bei euch Weibern.«

Sie zuckte zusammen und warf ihrem Mann einen giftigen Blick zu, schluckte eine Antwort hinunter und sagte dann geschäftsmäßig, indem sie den Verbandkasten einräumte: »Jetzt müssen wir nur noch die Fransen an den Binden abstutzen. Die Schere hier taugt nichts. Kommen Sie doch mit in die Stube.« Dort lief sie aufgeregt hin und her, suchte nach einer besseren Schere und keifte los: »Haben Sie das gehört? Immer noch, immer noch hält er zu ihr. Meinen Buben hat sie angesteckt, davon redet er nicht. Früher strich sie fast täglich um die Werkstatt, mal mit einer Pfanne, dann wieder war's ein Eimer oder Kochtopf. Dies sollte man löten und jenes schweißen, hier ein Henkel abgerissen, dort ein Loch in einer Kasserolle. Nie hat er ihr etwas berechnet. Die schönste Frau weit und breit sei sie, hat er behauptet, und Augen wie Salzbüchsen hat er ihr gemacht. Ich höre noch ihre Katzenstimme im Ohr: ›Meister Engelbert – wo ist Meister Engelbert?‹ – schon war ich bei ihm abgemeldet und weniger wert als ein Schlappschuh. Die schönste Frau! Heut sieht sie aus wie eine zertretene Wasserschapfe. Aber immer noch – o die Männer, die Männer. Eine Hexe ist sie, weiter nichts. Wenn ich nur in die großen Zigeuneraugen sehe, krieg ich schon die

Angst.« Sie schnippelte an meinen Verbänden. »Sagen Sie doch selbst - zweimal vom Rad gefallen - und damals die Lungenentzündung. Alles ihretwegen. Warum?«

XIII

Das dumme, gehässige Geschwätz der Meisterin verfolgte mich bis in die Nacht. Ich lebte in einem abgelegenen Walddorf, wo Spuk und Aberglaube bis heute ihr geiles, giftiges Kraut treiben. Monika eine Hexe! Sie war in den Augen des Dorfes eine jener ausgestoßenen Frauen, die man noch vor wenigen Jahrhunderten auf den Scheiterhaufen geschleppt und verbrannt hätte. Das totgeborene Kind der Bäuerin, die nächtlichen Gänge auf den Friedhof - wo sie in ihrer Verlassenheit ja nur dem Vater ihr Leid klagte und sein Grab mit Wiesenblumen schmückte -, mein Unfall, ihre ansteckende Krankheit und dazu noch die aus wilden Fantasien zusammengebrauten böswilligen Verdächtigungen der Dorfweiber vom Schlage der Meisterin - es hätte genügt. Die Natur hasst alles Kranke und Schwache und versucht, es auf jede erdenkliche Weise auszuschalten. Die Bemerkung des Schlossers vom kranken Huhn, das unter den Schnabelhieben der gesunden zu Tod gehackt wird, traf aufs Haar dieses gefühllose Verhalten.

Selbst Mutter Anne, die für jede Kreatur ein offenes Herz hatte, rief, als ich meinen Unfall schilderte, empört aus: »Schon wieder diese unheimliche Frau!« Auch bei Vater Philipp regte sich wenig Mitgefühl. Ihrer beider Sorge ging um mich. Auf keinen Fall dürfe ich morgen in den Wald gehen. Ich müsse mich vom Arzt gründlich untersuchen lassen. Sie redeten von Ansteckung, Entzündungsgefahr, Tetanusbazillen. Als ich erklärte, ich hätte es Monika versprochen zu kommen und schere mich einen Dreck um die paar Schrammen, waren sie beleidigt und deuteten durch Gestotter und hilflose Gesten den Verdacht an, ich stehe bereits unter dem Bann der Frau. Vater Philipp riet mir dringend, Monikas Zukunft mit dem Flüchtlingsobmann zu regeln. In der Stadt befinde sich ein Lager, dort gehöre sie hin, und es sei ihm einfach unerklärlich, weshalb sie nicht längst und schon während ihrer Krankheit dorthin überwiesen worden sei.

Monika brauchte jetzt meine Hilfe. Das Erlebnis jener Nacht bei der Suche nach dem toten Vater stand vor mir. Ich hatte ihr das Versprechen gegeben, sie zu schützen vor den bösen Mächten, die um sie her auf der Lauer lagen. Und die Mächte waren wieder da. Wer weiß, ob über kurz oder lang der im Untergrund schwelende Hass der Dörfler nicht in offene Feindseligkeit ausartete.

Als erstes hatte sie Schuhe nötig. Damit konnte ich beginnen. Die Schuhe meiner Mutter waren der Missionarin zu klein. Sie lagen herrenlos im Schrank. Davon steckte ich noch am Abend das kräftigste Paar in meinen Rucksack, dazu Strümpfe und einige Taschentücher.

Am Morgen waren meine Wunden auffallend gut am Verheilen und schmerzten überhaupt nicht mehr. Die Schwellungen an den Händen waren zurückgegangen und auch an den Knien verspürte ich beim Gehen kaum eine Behinderung. Ich nahm den doppelten Mundvorrat mit, dazu ein Paar Fäustlinge zur Schonung meiner Hände.

Schon von weitem sah ich Monika auf einer Bank vor der obersten Linde sitzen. Sie trug wie tags zuvor das schwarze Kleid und die Segeltuchschuhe.

Zögernd kam sie auf mich zu, eine Basttasche in der Hand, aus der der Kopf einer Flasche heraussah. »Guten Morgen, Monika«, rief ich aufmunternd. »Sie sind gekommen, das freut mich. Haben Sie schon lange gewartet?« Sie drückte vorsichtig meine Finger und besah sich flüchtig die Verbände. »Können Sie damit arbeiten?« – »Warum nicht. Sie sehen ja, es ist alles gut versorgt und eingebunden.« Sie nickte und wollte gehen. Ich hielt sie am Arm zurück. »Schauen Sie sich zuerst dieses Bild an.« Der Blick wurde von der Höhe über viele von Wäldern durchsetzte Bodenwellen hinweg weit in die Ferne gezogen. Von der Morgensonne in ein gleißendes Licht getaucht, schimmerten die Giebel und Fenster der eingestreuten Dörfer aus den dunklen Waldwogen in blendendem Weiß. »Wir haben einen schönen Tag vor uns, Monika.«

»Ja«, sagte sie nur. Da wir zu Fuß waren, wählte ich einen näheren Weg ins Tal, der aber bald in seiner ganzen Breite mit faustgroßen, spitzen Steinen beschottert war. Sie kam in ihrem dünnen Schuhwerk nur mühsam vorwärts und so ergab sich gleich Gelegenheit, ihr Mutters Schuhe anzubieten. Ich zog diese aus dem Rucksack und schlug eine forsche Tonart an: »Es sind zwar altmodische Klamotten, aber für den Wald gut genug. Wenn sie passen, werfen wir Ihre Schlappen in die Büsche.«

Sie zögerte, schüttelte den Kopf. »Weshalb denn?« – »Damit Sie wieder besser auf den Füßen stehen. Tun Sie mir bitte den Gefallen. Und jetzt setzen Sie sich da auf die Böschung.« Sie zuckte nur mit den Schultern, als wollte sie sagen, ich muss wohl gehorchen, und setzte sich, wechselte die Schuhe und schnürte sie teilnahmslos zu. Dann machte sie einige Schritte und sagte leise: »Danke schön, sie passen.«

Auf dem Weg ins Tal hinunter reichte ich ihr an steil abfallenden Stellen die Hand oder stützte sie unterm Arm. Sie sagte »danke«, ich sagte »bitte«. Als es wieder eben weiterging, begann ich erst einmal auf ihren Bauern zu schimpfen, diesen sommersprossigen Rotkopf. »Hat eigenen Wald und lässt Sie Holz sammeln, wo Sie ihm jahrelang den Mist vor den Füßen weggekehrt haben.«

»Vergessen Sie nicht«, sagte sie, »ich war krank in der Erntezeit und jetzt habe ich noch keine Kraft. Ich zittere ja schon, wenn ich nur eine volle Milchkanne auf den Handwagen hebe.«

»Das ist ja unerhört! Er verlangt von Ihnen in Ihrem jetzigen Zustand, dass Sie an schweren Milchkannen herumwuchten.«

»Er verlangt es nicht. Etwas muss ich ja arbeiten, damit er wenigstens den guten Willen sieht. Jeden Morgen und Abend fahre ich die Milch in die Molkerei. Gestern tat er es selbst. Vielleicht, weil Sie neben mir standen.« – »Und heute?« – »Ich hab's schon erledigt. Solange ich die Kraft habe, warum nicht. Ich muss essen, ich muss leben. Von der Fürsorge bekomme ich vorerst nichts als leere Fragebogen. Mir ist alles gleich.« Sie strich an ihrem Kleid hinunter und schüttelte den Kopf. »Ich wundere mich nur noch, dass ein Mensch so arm sein kann. Ja, ich lache sogar darüber. Da hat man Englisch gelernt und Französisch, kann Violine und Klavier spielen, ist ausgebildete Krankenschwester, und das Leben stellt mich in einen Winkel, wo ich mit allem nichts anfangen kann. In der Stadt ginge es vielleicht. Aber wie soll ich mich in diesem Aufzug irgendwo vorstellen und wo finde ich ein Zimmer, ohne einen Pfennig Geld. Auf der Herreise sind mir zu allem Unglück auch noch beide Koffer gestohlen worden.« Sie stampfte auf den Boden. »Und jetzt jammere ich Heulsuse in den schönen Morgen hinein und sollte doch Gott dankbar sein, dass ich wieder gesund bin. Aber ich kann nicht, ich kann nicht«, fügte sie matt hinzu.

»Was können Sie nicht?«

»Gott dankbar sein.«

»Brauchen Sie auch gar nicht«, sagte ich eiskalt.

Sie schwieg. Wir durchschritten das Tal, wo wir ihren toten Vater gesucht und gefunden hatten. Mit keinem Wort rührte ich daran. Es war kaum möglich, dass sie den Ort jetzt am hellen Tag wieder erkannte.

Die Wiesen, übersät mit weißen Schirmblüten, standen vor dem zweiten Schnitt. Am Wegrand wucherte zwischen vergilbtem Gras allerhand blumiges Kraut: Natternkopf, Weberdisteln, Felsennelken, Thymian. Zuweilen blieb sie stehen, beugte sich über ein rotes Nelkenkissen, über tauschwere Gräserrispen oder den wulstigen Kopf einer Distel.

Ihre anfängliche Scheu war verschwunden. Sie schien sich in meiner Nähe wohl zu fühlen. Trotzdem blieb ein großer Abstand. So sehr ich mich abmühte, in ihr die frühere Monika zu sehen, es gelang nicht. Sie ging wie ein schwarzer Schatten neben mir, wie ein Wesen aus einer anderen Welt, unnahbar, abweisend, zurückgefallen in einen stumpfen Zustand.

Wir kamen auf einer Wegabkürzung durch einen Jungbuchenschlag. Der grasbewachsene Weg war hier und dort von den Bögen schwacher, aus dem Bestand herausgedrückter Buchen überspannt. Sie blieb unter einem der Bögen stehen und beschrieb mit ausgestreckter Hand den Halbkreis, den der kaum armdicke Stamm über uns bildete. »Sieht das nicht aus wie ein romanischer Torbogen?«, sagte sie. »Es ist, als verneige sich der Baum vor etwas Großem und Erhabenem.«

»Ja, so sieht es aus«, sagte ich und ging weiter. Wieder hielt sie unter einem Bogen an. »So etwas habe ich noch nie gesehen. Welche Ehrfurcht liegt in dieser Verbeugung. Die Krone berührt fast den Boden.« Sie blickte mich fragend an. »Als Kind hätte ich gesagt, hier ist soeben der Herr gewandelt und einige Bäume haben ihn erkannt und sich verneigt.«

»Und haben den Kopf nicht mehr hoch gebracht.« Es entfuhr mir. Ich hätte es nicht sagen dürfen. Um den Eindruck zu verwischen, erklärte ich gleich den nüchternen Sachverhalt. »Diese Bäume sind einfach zu schlank. Der Wind drückt sie aus dem Bestand und der nächste Raufrost zieht sie zu Boden.«

»Und was geschieht jetzt mit ihnen?« - »Sie werden ausgeforstet.« - »Ausgeforstet? Heißt das, dass man sie fällt?« - »Ja, sie sind einfach zu schwach.« - »Könnte man sie nicht wieder aufrichten und an den Nachbarbäumen festbinden?« - »Ja, das könnte man. Aber wozu? Sie würden nur die stärkeren Nachbarn am Wachstum hindern. Das Jungholz hier steht ohnedies zu dicht. Von Zeit zu Zeit muss alles Schwache, Krumme, Vergabelte ausgehauen werden. Dabei gehen die Bögen hier auch mit.«

»Das werde ich mir merken«, sagte sie nachdenklich und schwieg bis zum Arbeitsplatz. Dort nahm ich zwei gekochte Eier und ein Stück Brot aus dem Rucksack und bot es ihr an. »Sie müssen jetzt auf jeden Fall etwas essen. Trinken Sie Milch dazu. Der Weg war lang und die frische Morgenluft macht hungrig.« Flüchtig glitt ein Ausdruck der Befremdung über ihr Gesicht. »Schon wieder«, murmelte sie. Mit einem kräftigen Zuspruch wischte ich ihre Bedenken weg, sah aber, wie ihre Hände zitterten, als sie die Eier entgegennahm. Ich entfernte mich mit meinem Werkzeug ziemlich weit, um sie ungestört essen zu lassen, und begann mit gewohnter Schnelligkeit zu arbeiten. Anfangs schmerzten mich noch die Finger, bis sie ihre Steifheit verloren hatten. Ich wunderte mich, wie mir die Arbeit trotz der Verbände und Fäustlinge flott von der Hand lief.

Als Monika kam, war sie voller Eifer, sie wolle mitarbeiten, wolle ihr Holz selbst verdienen. So zeigte ich ihr, wie man mit Fichtenästen umgeht, wie man sie ausputzt und immer etwa zwanzig Stück aufeinanderlegt, um sie dann mit Sisalstricken unten und oben zu sogenannten Wellen zusammenzubinden. Sie solle vorerst nichts weiter tun, als die von mir ausgeputzten Äste am Boden geordnet hinlegen. Sie nahm mir die Äste aus der Hand und zählte laut vor sich hin. Hatte sie eine Welle beisammen, rief sie »zwanzig«. Sie war so übertrieben gewissenhaft, dass sie immer noch einmal genau nachzählte, ob es auch wirklich zwanzig waren.

»Und was machen wir mit den dünnen Ästen? Die sind doch nicht soviel wert wie die starken.«

»Zählen Sie einfach zwei schwache für einen starken.«

»Es gibt aber auch mittlere wie diesen hier. Ist das nun ein schwacher oder ein starker?«

»Das ist ein halbstarker. Nehmen Sie drei halbstarke für vier schwache oder zwei starke.« Sie zählte bald hier nach, bald dort, nahm von einem Haufen einen Ast weg, legte ihn zum anderen, zählte wieder, fragte, ob sie nicht einfach die einzelnen Sorten getrennt legen dürfe. Vierzig schwache, dreißig halbstarke, zwanzig starke. Es erleichtere das Zählen.

»Das müssen Sie doch nicht so genau nehmen wie am Krankenbett, wenn Sie Arzneitropfen in den Löffel zählen. Schätzen Sie die Wellen einfach nach Augenmaß ab.«

Mechanische Arbeit schläfert Denken und Fühlen ein. Mensch und Stoff werden eins, werden zur Maschine, die stumpfsinnig dahinwerkt. Ast her, drei, vier Hiebe mit dem Beil entlang, Ast weg, nächster Ast her.

Die Sonne stieg höher. Wir arbeiteten in einer kahlgeschlagenen Lichtung ohne jeden Schattenschutz. Monikas Arbeit war kinderleicht. Die dürren, ausgeputzten Äste hatten kaum Gewicht. Sie stand meist wartend, nahm ab, legte hin. Ich durfte ihr auch nicht sagen, dass ihre Hilfe zwecklos sei, dass sie mich eher behindere, weil ich beim Herauszerren und Herumschwenken des Holzes stets aufpassen musste, sie nicht anzustoßen.

War es die Hitze oder einfach Hungerschwäche. Hinter mir tat es einen dumpfen Fall, ein Knacken von dürrem Reisig. Ich sah gerade noch, wie sie vornüber auf den Knien mit dem Kopf zu Boden schlug und seitwärts fiel. Der Anblick ihres wachsgelben Gesichtes mit dem halb geöffneten Mund und den verdrehten Augäpfeln zusammen mit den Haarsträhnen, die ihr in die Stirn hingen, war entsetzlich. Zwischen den Zähnen bildete sich eine Speichelblase und zerplatzte mit hörbarem Laut. Schon kniete ich neben ihr. »Monika! Monika!« Sie lag da wie tot und gab überhaupt kein Lebenszeichen mehr von sich. Nichts wie aus der Sonne!

Es ist gar nicht so leicht, einen Menschenkörper, der schlaff daliegt und keine Unterstützung zu geben vermag, freiweg vom Boden aufzuheben. Ich trug sie durch Himbeergebüsch zu einem nahen Föhrenjungwuchs, stemmte mich rückwärtsgehend gegen das dichte Geäst, suchte nach einer freien Stelle und legte sie in eine schattige Mulde. Dann lief ich nach meinem Rucksack, der ziemlich weit entfernt lag, fand in der Aufregung auf dem Rückweg nicht sofort den Ort wieder, wo ich die Bewusstlose hingelegt hatte, und als ich nach längerem Suchen endlich auf sie stieß, war sie schon wieder bei sich, saß gegen einen Stamm gelehnt und blickte mich mit großen Augen verwundert an. »Wo bin ich? Was ist geschehen?«

Ich goss Kaffee aus meiner Feldflasche in den Aluminiumbecher und hielt ihn an ihre Lippen. »Sie hatten einen Schwächeanfall. Gott sei Dank ist er schon vorbei. Trinken Sie das.« Sie trank zwei Schluck, setzte ab, trank wieder, starrte vor sich hin, trank den Becher aus und gab ihn zurück.

»Noch einen?« Sie winkte ab, knöpfte das verrutschte Kopftuch vom Hals los und hielt es eine Weile ausgebreitet vor sich hin. Dann presste sie es vors Gesicht, drehte sich weg und legte sich abgewandt in die Mulde. Ich blieb bei ihr. In der Schattenkühle brach mir auf einmal der Schweiß am ganzen Körper aus. Eiskalt überlief es mich bei dem Gedanken: Wenn sie tot gewesen, mir einfach weggestorben wäre. Wie konnte ich sie nur arbeiten lassen, in der prallen Sonne, anstatt sie gleich hierher zu schicken.

Zusammengekrümmt lag sie da. Ich hörte kein Schluchzen, nur ein schweres Atmen. »Bleiben Sie hier, Monika«, sagte ich. »Ruhen Sie sich aus. Schlafen Sie. Überlassen Sie die Arbeit mir. Ich verschaffe Ihnen genügend Holz.« Schnell bestrich ich einige Scheiben Brot mit Butter und schob sie auf einem Papier neben ihr Gesicht, dazu die Feldflasche mit dem Becher. »Hier ist Brot, Monika. Das essen Sie nachher. Hier noch zwei Eier und in der Feldflasche ist Kaffee.« Sie suchte in ihrem Rock nach einem Taschentuch. Ich holte die mitgebrachten Taschentücher hervor und legte sie neben die Speisen. Sie suchte weiter, bis sie das ihrige fand, wischte sich das Gesicht ab und drehte sich, auf einen Ellbogen gestützt, mir zu. Ich näherte eine Brotscheibe ihrem Mund. »Essen müssen Sie. Der Hunger ist an allem schuld.«

Sie drückte meine Hand weg. »Lassen Sie das. Bitte, gehen Sie jetzt, Herr Pelz.« Ich hätte den scharfen Unterton in ihrer

Stimme ernster nehmen und sie nicht weiter nötigen sollen. Da ich keine Miene machte zu gehen, sogar sagte, ich bleibe, bis Sie das gegessen haben, richtete sie sich auf und kniete sich, da die Föhrenäste sie am Stehen hinderten, vor mich hin. Ihre Nasenflügel spannten sich und ein irrer Blick wie aus Hass und Verzweiflung schoss aus ihren Augen. »Was wollen Sie von mir? Wer erlaubt Ihnen, mich ins Leben zurückzuzerren - ich will nicht essen - ich will nicht trinken - sterben will ich - hier verenden wie ein Tier - wohin ich trete, bring ich Unglück - ich war schon tot - Sie haben mich wieder aufgeweckt - wer gibt Ihnen das Recht, gut zu mir zu sein - Sie sind auch nicht besser als die anderen - was haben Sie vor mit mir - ich bin doch keine Frau mehr, nur noch ein Skelett – sehen Sie das denn nicht?« Sie griff sich an die Stirn. »Gehen Sie! - Gehen Sie! Kommen Sie nicht wieder. O Gott, erlöse mich endlich von diesem abscheulichen Leben.« Mit einem Wimmerlaut fiel sie zur Seite und verbarg ihr Gesicht in der Armbeuge.

Heute begreife ich diesen jähen Ausbruch. Bis zum Augenblick unseres Wiederfindens hatte Monika in einer unpersönlichen Starre gelebt als ein vom Schicksal geprügeltes Menschenkind, das die Schläge schon gar nicht mehr spürt und nur noch den Tod herbeisehnt. Durch die Begegnung mit mir wachte sie auf und versuchte, sich ins Leben zurückzutasten. Sie war mir eine Wegstrecke gefolgt, hatte ja gesagt, nahm an, was ich ihr bot. Wie lange mochte es her sein, dass ein Mensch gut zu ihr war. Und jetzt, da sie etwas wie Teilnahme spürte und den warmen Pulsschlag von Güte und Hilfsbereitschaft, schauderte sie zusammen, wurde misstrauisch und wollte zurückfliehen in die Nacht.

Ich schluckte meinen Unmut hinunter und sagte mir, sie ist krank, krank vor Elend. Du hast ihr schon einmal die Hand zur Hilfe geboten, auch damals hat sie dich auf ähnliche Weise zurückgewiesen, du bist gegangen, als du hättest bleiben sollen.

»Monika, hören Sie mich. Monika, bitte, hören Sie mich. Ich bin ein gesunder Mensch. Ich habe für niemanden zu sorgen. Ich will Ihnen nur so lange helfen, bis Sie wieder gesund und stark sind. Nie wieder dürfen Sie so etwas Böses sagen, als hätte ich schlechte Absichten. Ich schwöre Ihnen, Monika, hören Sie, ich schwöre, dass ich Ihnen nur helfen will, bis Sie zurück ins Leben gefunden haben. Jetzt essen Sie, was daliegt, oder schlafen Sie. Arbeiten dürfen Sie auf keinen Fall mehr. Ich gehe jetzt.«

Als ich an meinen Arbeitsplatz zurückgekehrt war, verspürte ich eine Müdigkeit, eine niederziehende Last, als hänge jetzt das ganze Schicksal der Frau wie ein Bleigewicht an mir. Ich hatte mir die Verantwortung für ein Menschenleben aufgeladen und war gewillt, nicht mehr nachzugeben. Was aber heißt Verantwortung? Wer forderte sie von mir? Ich redete mir ein, aus reiner Selbstlosigkeit zu handeln, und schwor mir bei Himmel und Hölle, was ja bei dem kläglichen Zustand Monikas sehr leicht war, nie einen Dank für meine Hilfe anzunehmen oder ihr, wenn sie wieder zu Kräften kommen sollte, nie wieder mit anderer Liebe nahezutreten als mit reiner Freundschaft. Weshalb aber beanspruchte ich gleich von Anfang an ein Besitzrecht? Weshalb stellte ich sie unter meinen persönlichen Schutz? Ein anderer hätte an meiner Stelle sofort, wie von Vater Philipp vorgeschlagen, den bürokratischen Apparat sozialer Fürsorge in Bewegung gesetzt, hätte die Frau einfach an die hierfür zuständigen Stellen weitergeleitet. Sie wäre in das städtische Flüchtlingslager gekommen, dort hätte man sie herausgefüttert, neu eingekleidet, ihr eine Stelle als Krankenschwester, Dolmetscherin oder Musiklehrerin verschafft, und es wäre ihr rascher und nachdrücklicher geholfen gewesen. Aber wer kann sagen, ob sie nicht aus der kalten Maschinerie durch ihren störrischen Eigensinn wieder wie ein Vogel aus dem Nest herausgefallen wäre. Ich dachte gar nicht daran, sie herzugeben, und wollte so lange für sie sorgen, bis sie ihr Leben selbst in die Hand nehmen konnte.

War es Mitleid, Liebe, war es Großzügigkeit, Ritterlichkeit oder selbstlose Menschlichkeit? Oder war es der Trotz gegen ihren Gott, dem ich sie aus der Hand winden wollte? Ich weiß es nicht. Über nichts täuschen wir uns so gründlich wie über die Motive unseres Handelns. Dass ein großes Maß Egoismus mit hereinspielte, ist mir heute klar. Ich brauchte Monika viel nötiger als sie mich. Jahrelang hatte ich mich entschlusslos von einem Tag zum anderen treiben lassen ohne ein klares Ziel vor Augen, das meinen Willen gereizt hätte, mich aus meiner eigenen Armut herauszuarbeiten. Darin war mir Kermann turmhoch überlegen. Ich bewunderte seinen Willen, den er wie eine Meute Jagdhunde auf sein Ziel losließ. Der Fluch des Gehorsams, der mich als Soldat Jahre hindurch jeder freien Entscheidung beraubt hatte, lastete immer noch auf mir. Erst durch Monika wurde ich aus meiner Lethargie aufgeschreckt.

Während ich weiterarbeitete, überlegte ich die ersten Schritte für ihre Zukunft. Sie musste heraus aus dem Bauernhaus, gleich heute noch. In meiner Wohnung war Raum genug. Am einfachsten war es, ich überließ ihr für den Anfang meine Stube und richtete für mich das Hinterzimmer ein. Mutter Anne und Vater Philipp werden saure Gesichter machen. Sei's darum, es war meine Wohnung.

Als sich bis zur Mittagszeit im Kiefernschlag nichts regte, sah ich vorsichtig nach. Sie schlief friedlich, das Kopftuch übers Gesicht gezogen. Brote und Eier waren aufgegessen. Sachte nahm ich die Feldflasche an mich und verzehrte am Arbeitsplatz mein Vesperbrot. Noch zweimal sah ich nach. Immer lag sie in gleicher Körperhaltung in tiefem Schlaf.

Es wurde Abend. Ich band meine Wellen zusammen. Dann weckte ich sie auf. Sie seufzte, legte sich auf die andere Seite und murmelte: »Lasst mich doch schlafen.« - »Es ist Abend, Monika, wir müssen nach Hause.« Sie richtete sich in Hockstellung auf und sah mich mit gerunzelter Stirn blinzelnd an. Dann erhellte sich ihr Gesicht. »Warum haben Sie mich aufgeweckt?« - »Weil es Zeit ist zum Heimgehen.« Sie strich über das Moos in der Mulde, in der ihr Kopf gelegen hatte. »Lassen Sie mich im Wald. Sie kommen ja morgen wieder. Hier wäre ich so glücklich und könnte einmal in aller Ruhe schlafen.« Sie sank zurück, wühlte das Gesicht in das Kopftuch. »Bitte, lassen Sie mich die Nacht hier verbringen. Die Bäume tun mir wohl und ich bin so müde.«

Unschlüssig hockte ich unter den Ästen. Bei dem wolkenlosen Himmel war ein Wetterumschlag nicht zu fürchten. Aber sie war nur leicht angezogen und die im Jungholz vom heißen Tag angesammelte Wärme würde bis zum Morgen kaum vorhalten. Ich kann ihr eine Decke holen. Warum sollte ich ihr den Willen nicht lassen. Da ich glaubte, sie schlafe schon, entfernte ich mich leise. »Herr Pelz«, sie streckte eine Hand aus, ohne ihr Gesicht herzuwenden, »gute Nacht, Herr Pelz.« Ich drückte ihre Hand. »Gute Nacht, Monika.«

Wie ich mich durchs Geäst herausarbeitete, rief sie mir nach: »Lassen Sie die Hände frisch verbinden.«

Eine Stunde Fußweg ins Dorf hinauf, in fünfzehn Minuten mit dem Fahrrad zurück. Den Wettlauf mit der Tageshelle gewann ich knapp. Sie lag in so tiefem Schlaf, dass sie gar nicht merkte, wie ich sie in zwei Decken einmummte.

XIV

Die Missionarin saß im Lehnstuhl, verzog ihr breites Gesicht in herbe Falten, als flößte ich ihr löffelweise die bitterste Medizin ein. Eine junge Frau ins Haus aufnehmen - eine geschiedene Katholikin – eine ausgesprungene Nonne - Wand an Wand mit einem jungen Mann - ihrem braven, unbescholtenen Paul - Haushalt, Krankenpflege, eine schwache ausgehungerte Frau in ein frommes, christliches Haus - eine im Dorf verschrieene Frau, die wie eine Zigeunerin im Wald schläft - ihr gar noch meine eigene Stube anbieten, die sie, Mutter Anne, für mich mit den herrlichsten Aquarellen und Tuschezeichnungen ausgeschmückt hatte - für mich, nicht für diese da.

»Philipp! Philipp!«, rief sie verzweifelt und klapperte mit dem Stock auf den Boden, sodass der Missionar seine Sonntagspredigt im Arbeitszimmer liegen ließ und heranlief, im Glauben, ein neuer Ischiaskrampf sei wieder fällig. »Hör dir das an! Unser Paul ist nicht recht bei Trost.« Sie verdrehte die Tatsachen, stellte es so hin, als dränge sich Monika auf. »Hilf mir, Philipp. Ischias ist doch keine Krankheit, aber wenn diese - dieses Weib mich pflegt, werde ich bestimmt krank. Und seine schöne Stube will er ihr abtreten und ins Hinterzimmer ziehen, wieder auf dem Strohsack schlafen.«

Vater Philipp beschwichtigte mit flachen Händen, machte Gedankengänge, d. h. schritt, das Kinn an die Brust gepresst, sinnend auf und ab, sah sich im Geiste wohl schon erlöst von lästigen Küchen- und Besenpflichten und meinte, die Angelegenheit habe verschiedene Aspekte. Mit weiblichen Emotionen komme man hier nicht durch. »Fest steht jedenfalls, dass Ischias eine Krankheit ist. Eine Frau, die nicht gehen, vor Schmerzen nicht schlafen kann und dem Mann das Hausgeschäft überlassen muss, ist eben krank. Weiterhin steht fest, dass sich eine Hilfe anbietet, eine ausgebildete Krankenpflegerin, mit der man es wohl einmal für zwei, drei Wochen versuchen sollte. Der Weg ins Flüchtlingslager bleibt ja immer noch offen.« Als Mutter Anne sich auch dagegen hartnäckig zur Wehr setzte, bat er energisch ums Wort.

Wenn Vater Philipp ums Wort bat, sagte das soviel: Jetzt rede ich kraft meines Amtes als Priester und Theologe, und du als Frau hast zu schweigen. »Betrachtet man den Fall vom Standpunkt der christlichen Nächstenliebe aus, ist er sehr schwerwiegend. Ein Mensch will einem anderen, beinah verhungerten Mitmenschen aus reiner Barmherzigkeit helfen.« Er zitierte das Gleichnis vom mildtätigen Samariter: Der Priester ging an dem Geschlagenen vorüber, ebenso der Levite. Der dritte, ein gewöhnlicher Laie, hält an und hilft. »Ich und du sind Priester und Levit. Wir gehen nicht nur vorüber, wir wollen dem Helfenden sogar in den Arm fallen. So sieht die Partie aus, meine Liebe.« Er trat von hinten an ihren Stuhl heran und strich zärtlich über ihre Haare. »Dürfen wir das, Anne?« Sie schüttelte seine Hand ab. »Ach geh, das ist doch etwas ganz anderes. Ist die Frau vielleicht unter die Räuber gefallen wie der Mann in der Bibel. Und wenn jemand geblutet hat und verbunden werden musste, war es unser Paul.«

Jetzt aber fuhr Vater Philipp die ganze Fracht christlicher Gebote der Nächstenliebe gegen seine Ehehälfte auf, ließ Bibelzitate auf sie niederregnen, bis sie unter der heiligen Flut ihren Widerstand so weit aufgab, dass sie Monika wenigstens für einige Zeit zur Probe aufnehmen wollte.

In der Nacht schlief ich unruhig. Ich stand des Öfteren auf, um nach dem Wetter zu sehen. Der Himmel blieb klar. Als ich am Morgen aber auf dem Fahrrad in die kalte Wanne hinunterfuhr, fror ich empfindlich an den Händen.

Monika schlief immer noch. Ich hinterließ ein kleines Frühstück und machte mich wieder über die Reisigäste her. Es war noch sehr früh. Ein langer Tag lag vor mir. Während der Arbeit überlegte ich die weiteren Schritte. Sorge machte mir das Verhalten der Missionarin, wenn sie jetzt schon vom Teufel der Eifersucht geplagt wurde. Ich stand zwischen den beiden. So sehr ich mich mühte, den weiteren Verlauf der Dinge im Geist vorauszuberechnen, es gelang mir nicht. Auch Monika war unberechenbar.

Erst gegen Mittag kam sie aus den Föhren, ohne Kopftuch, und strich im Gehen über ihre Haare. Ihr Gesicht, so mager und eingefallen es auch war, hatte die Totenmaskenstarre ganz verloren, wirkte nach dem langen Schlaf frisch und belebt durch ein verlegenes Lächeln. Nach einem kurzen Händedruck sagte sie: »Ich muss geschlafen haben wie ein Murmeltier. Ich bin nicht einmal aufgewacht, als Sie mich heute Morgen zudeckten. Besten Dank, Herr Pelz. Gibt es hier Wasser in der Nähe?« - »Leider nicht - und der Tau auf den Wiesen ist auch schon verflogen.« - »Haben Sie nicht so etwas wie einen Kamm bei sich, dass ich wenigstens meine Haare in Ordnung bringen kann?« - Nach längerem Suchen fand ich einen im Rucksack. Er stammte noch aus Mutters Lebzeiten. Sie schalt mich immer aus, wenn ich abends mit zerzausten Haaren vom Wald heimkam.

Aus der Ferne sah ich, wie Monika auf einem Stamm sitzend den Kamm durch ihre langen Haare führte. Es fiel mir jetzt erst ein, dass man Klosterfrauen die Haare kurz schneidet. Sie ist also noch gar keine Nonne gewesen. Wird sie erzählen? Wird sie mir wieder eine Szene machen? Sie schien mich zu meiden. Bald stand sie unten am Waldrand, bald tauchte ihr Kopf in den Himbeerbüschen auf.

Die Mittagshitze wurde drückender. Ich dachte an den gestrigen Schwächeanfall und wollte schon nach ihr rufen, da kam sie mit einem Büschel Himbeerzweige, an dem Trauben reifer Beeren hingen. »Ich habe Ihnen etwas mitgebracht«, sagte sie.

»Au fein, Himbeeren. Die sind gut als Nachtisch.«

»Warum nicht jetzt essen, solange sie frisch sind. Alle müssen Sie essen. Ich bin schon satt davon.«

Ich nahm das Büschel, zupfte Beeren ab. »Wie fühlen Sie sich, Monika?«

»O ganz ordentlich, aber schon wieder müde.«

»Sie müssen jetzt unbedingt aus der Sonne. Ruhen Sie sich aus.«

»Darf ich nicht mithelfen?«

»Nein, auf keinen Fall. Es ist schon viel zu heiß. Wenn ich diese Wellen gebunden habe, komme ich und wir essen zu Mittag. Das heißt, wenn Sie einverstanden sind.«

Sie gab mir einen überraschten Blick. »Einverstanden? Weshalb? Ich tu ja schon, was Sie sagen.« Sie ging langsam weg und verschwand zwischen den Föhren.

Schwierig, dachte ich. Es wird wahrscheinlich immer schwieriger werden, je mehr sie aus ihrer Betäubung aufwacht. Am besten, ich setze mich über ihre Empfindlichkeit einfach weg. Etwa eine halbe Stunde lang arbeitete ich weiter, band die Wellen und stellte sie gegeneinander zu zeltartigen Hocken auf.

Ich traf Monika am alten Ort. Sie lag ausgestreckt auf einer Decke, die Arme hinter dem Kopf. Ohne sich aufzurichten, sagte sie: »Haben Sie das auch schon bemerkt, dass das Blau zwischen dem dunklen Grün der Bäume viel tiefer wirkt als am offenen Himmel, fast veilchenblau.«

»Ja, das ist mir schon als Junge aufgefallen. Und wenn Sie genau hinschauen, können Sie die Luft fließen sehen.« Das Frühstück lag noch unberührt nebenan. »Sie haben heute ja noch gar nichts gegessen.«

»Jetzt sehe ich es auch!«, rief sie überrascht. »Das Blau bewegt sich wie ein Seidentuch im Wind. Man sieht Wellen und Wirbel wie bei einem fließenden Bach.«

»Hatten Sie heute Morgen noch keinen Hunger?«

Sie setzte sich auf. »Herr Pelz, ich war gestern so hässlich zu Ihnen. Ich kann es mir nicht verzeihen. Was müssen Sie von mir gedacht haben.«

»Nichts habe ich gedacht. Jetzt essen wir zuerst einmal und sprechen nachher darüber. Ich glaube, Sie haben mir viel zu erzählen.«

Auf der weißen Rückseite eines Tapetenstücks breitete ich aus: Brot, Eierfladen, eine Dose mit Butter, ein Glas Marmelade, etwas Rauchfleisch, gekochte Eier. Auch an Milch hatte ich gedacht. Ich schenkte Kaffee ein. »Sie machen mir die größte Freude, wenn Sie herzhaft zugreifen.«

Sie saß, die Hände im Schoß, und beobachtete mit halbgeschlossenen Augen meine Hantierungen. »Stört Sie meine Aufdringlichkeit? Sagen Sie es ruhig.«

»Nein, nein. Warum fragen Sie?«

»Weil Sie mich so misstrauisch ansehen.«

»Ich bin nicht misstrauisch.«

»Darf ich Ihnen ein Butterbrot streichen?«

Sie nickte und sagte: »Vielleicht bin ich doch misstrauisch. Man muss es sein. Mein Vater sagte einmal, das Misstrauen sei der beste Teil am Menschen.«

»Sehen Sie, schon ein Brot fertig. Wie meinte Ihr Vater das?«

Sie biss ins Brot und schüttelte den Kopf. Sie wollte nicht weiter darüber sprechen. Zuerst aß sie langsam und noch mit gerunzelter Stirn. Bald aber überließ sie sich ihrem Appetit. Sie trank Milch. Ich bot ihr die Eierfladen an. »Die habe ich heute Morgen extra für Sie gebacken. Alle müssen Sie aufessen. Ich halte mich ans Rauchfleisch.« Sie rollte die Fladen zusammen und biss kräftig hinein.

Als wir satt waren, räumten wir die Reste auf und sie legte sich wieder auf die Decke zurück. »Oh, ich könnte hier schlafen«, seufzte sie, »schlafen, nichts als schlafen.«

»Dann lass ich Sie allein und ruh mich in der Nähe aus.«

»Nein, bleiben Sie - bitte!«, setzte sie leise hinzu und legte den Arm über ihre Stirn. »Am liebsten wollte ich die Nacht wieder hier zubringen.«

»Es geht nicht, Monika. Die Wälder sind unsicher. Manchmal halten die Amerikaner hier Nachtübungen ab.«

»Natürlich geht es nicht. Ich kann nicht wie Fuchs und Hase hier faul herumliegen und mich von Ihnen füttern lassen. Wenn ich nur nicht wieder zurück müsste zu Milchkannen, Menschengesichtern und diesem Stallgeruch.«

»Das brauchen Sie auch nicht mehr. Sie gehen heute mit mir. Ich habe ein schönes Zimmer für Sie.«

Sie wurde lebhaft. »Ein Zimmer für mich?«

»Ja, bei den Missionarsleuten, in meiner Wohnung.« Ich sprach von Mutter Annes Krankheit, der Hilflosigkeit ihres Mannes, der dem Himmel dankbar wäre, wenn ihm jemand das Kochen abnähme.

Sie ließ mich reden, zupfte am Moos herum, und als ich auf eine Antwort wartete, setzte sie sich auf. »Ich muss wohl. Es bleibt mir nichts anderes übrig.«

»Haben Sie etwas gegen die Missionarin?«

»Ich, nein. Aber sie vielleicht gegen mich. – Darf ich mir das noch überlegen, ob ich mit Ihnen gehe?«

»Das dürfen Sie, aber ich weiß vorerst keinen anderen Weg.«

Sie spielte mit einem Föhrenzapfen. »Wenn ich nur erst meinen eigenen Willen wieder hätte. Ich bin willenskrank. Seit Monaten tappe ich wie ein Gespenst durch die Welt, versuche mich festzuhalten, hier, dort, und stolpere immer über mich selbst. Der einzige Mensch, mit dem ich sprechen kann, ist mein Vater. Sonderbar, den Lebenden ertrug ich kaum, jetzt fühle ich mich in seiner Nähe wie zu Hause und sitze stundenlang neben seinem Grab. Die Leute im Dorf haben schon recht, wenn sie mich wie einen Geist anglotzen und in der Molkerei hinter meinem Rücken von Hexen tuscheln. Verstehen Sie mich richtig. Es fällt mir so schwer, den ersten Schritt zurück ins Leben zu tun. Ich stand schon auf der anderen Seite. Da kamen Sie. Ich musste essen, trinken, habe mich ausgeschlafen. Jetzt ist es zu spät.«

»Was ist zu spät, Monika?«

Sie änderte auf einmal die Stimme und lächelte zu mir her. »Herr Pelz, können Sie sich vorstellen, dass ich früher geritten bin? Schon mit zwölf Jahren bekam ich Reitunterricht. Mit vierzehn hatte ich mein eigenes Pferd. Wenn wir über Gräben galoppierten, rief mir mein ungarischer Reitlehrer zu: ›Zuerst das Herz hinüber!‹ Jetzt sollte ich wieder einen Sprung tun. Aber mein Herz bockt, will nicht, hat Angst. Kennen Sie die biblische Geschichte von Lots Weib, die bei der Flucht aus Sodom in eine Salzsäule verwandelt wurde, weil sie auf den Brand zurückschaute? Ich sollte längst wieder im Leben stehen. Als ich ins Dorf kam, war ich gerade volljährig. Millionen anderer Flüchtlinge haben dasselbe erlebt wie wir, haben es abgeworfen, heiraten, bauen schon Häuser und gehen Berufen nach. Wir sind stehen geblieben, Vater und ich, haben zurückgestarrt auf die Feuer der Vergangenheit. Nicht nur das. Alle Bittersalze der Weltgeschichte - der Ausdruck stammt von ihm - hat Vater ausgegraben, angehäuft, darin herumgewühlt, bis er zernagt, zerfressen selbst zu Salz geworden war. Ich sah zuletzt gar keine Blumen und Bäume mehr, lebte wie in einem schwarzen Schacht. Verzeihung, ich halte Sie ja nur von der Arbeit ab. Was soll Ihnen der Seelenkram eines Weibes.«

»Herauswerfen sollen Sie diesen Kram. Meine Arbeit kann warten. Es ist jetzt sowieso zu heiß in der Lichtung. Weshalb blieben Sie nicht im Kloster? Erzählen Sie. Ich will mich anstrengen, Sie zu verstehen.«

»Das eben können Sie nicht. Wären Sie katholisch erzogen, ginge es zur Not.«

»Geht es um Sünde, Schuld, Buße, Richterstuhl Gottes?«

»Sagen Sie das nicht so leichtsinnig daher wie Äpfel, Birnen, Pflaumen. Für mich sind es Gewichte, Zentnergewichte. Wissen Sie, dass es Menschen gibt, die für die Schuld der ganzen Menschheit büßen wollen? Nicht nur im Christentum, auch bei anderen Religionen. Unter den Buddhisten gab es und gibt es noch heute Mönche, die sich einmauern lassen, um freiwillig zu verhungern, oder sie verbrennen sich bei lebendigem Leib. So etwas schwebte mir vor, wenn auch nicht in dieser krassen Form. Vater starb ohne Absolution, als Atheist und Feind des Christentums. Nach der Lehre der Kirche hatte er die Hölle verdient. Da bot ich mich in jener Nacht als Opfer an; ich gelobte unter dem Sternhimmel feierlich in tiefstem Ernst, ich wolle mein Leben lang Buße für ihn tun, wenn Gott ihn vor der Verdammnis bewahre. Können Sie mich soweit verstehen?«

»Ja. Aber wer sagt denn, dass Ihr Gott das von Ihnen verlangt? Es besteht doch ein gewaltiger Unterschied zwischen dem, was Sie ihm andichten, und dem, was er in Wirklichkeit ist und wie er über Sie und Ihren Vater denkt.«

»Sie haben recht. Ich erzähle ja nur, wie es war. Als Katholikin habe ich mich an das zu halten, was die Kirche lehrt. Wenn ich etwas als Erbe von meinem Vater mitbekam, ist es sein unbeugsamer Wille im Verfolgen eines Ziels. Ich ging also in einen strengen Orden und wollte für immer dort bleiben. Mit der Äbtissin wurde alles besprochen. Sie verstand mich, billigte meine Absicht und sagte, als Büßerin könne sie mich einmal zur Probe aufnehmen, und wies mir eine Zelle zu. Dort fastete ich vier Wochen lang bei hartem Brot und einer dünnen Mehlsuppe. Bei Nacht kniete ich zu festgesetzten Stunden vor dem Kruzifix, schlief auf einer Holzpritsche unter zwei dünnen Decken und fror jammerbar. Tagsüber schrubbte ich Böden und Aborte, schaufelte Schnee, schleppte Holz und anderes. Seltsam, je mehr ich abmagerte und an Gewicht verlor, desto stärker und härter wurde mein Wille. Als Novizin nahmen sie mich nicht auf, das heißt, Nonne konnte ich nicht werden, weil ich verheiratet bin. Erst müsse ich wissen, ob mein Mann tot sei. Er könne ja wie viele andere aus russischer Gefangenschaft zurückkehren, vielleicht krank oder verkrüppelt, und benötige dann meine Hilfe. Dass ich von ihm rechtskräftig geschieden bin, spielt keine Rolle. In unserem Kirchenrecht gibt es keine Scheidung. Sie behielten mich aber weiter als Scheuerfrau wie einen Dienstboten fast zwei Jahre lang, dann wurde ich liebevoll verabschiedet mit dem Rat, ich solle erst meinem Mann nachforschen, und wenn ich ein Attest beibringe, dass er tatsächlich nicht mehr am Leben sei, könne ich wiederkommen. Wohin sollte ich gehen? Es zog mich zurück zu Vaters Grab und den Kindern der Bäuerin. Auf der Bahnfahrt hierher sind mir dann, was ich Ihnen schon sagte, meine beiden Koffer abhanden gekommen und damit auch Vaters Buch.«

»Und jetzt wollen Sie Ihren Mann suchen oder Auskünfte über ihn einholen und, falls er tot ist, wieder ins Kloster gehen?«

»Ich weiß nicht, ich weiß nicht. Wenn ich sicher wüsste, dass er nicht mehr lebt, ginge ich vielleicht wieder zurück. Aber wo soll ich mich erkundigen?«

»Und wenn er noch lebte und Ihnen zufällig begegnete?«

»Wer kann das sagen, wir sind doch geschieden. Ich habe mich verändert und er bestimmt auch. Ja, wenn er krank oder ein Krüppel wäre und mich bräuchte, dann ...«

»Sie müssen noch sehr jung gewesen sein, als Sie heirateten.«

»Ja, sehr jung, kaum sechzehn. Wir besaßen einen Gutshof in den Karpaten, wo wir Kinder die Schulferien verbrachten und wo Vater eine Jagd gepachtet hatte. Er arbeitete als Chirurg an der Universitätsklinik in Budapest. Auf dem Gutshof saß ein Verwalter mit seiner Familie. Der Krieg kam. Deutsche Soldaten quartierten sich bei uns ein. Wir waren verrückt vor Begeisterung, tanzten, feierten, ritten zusammen aus. Ich verliebte mich in einen Leutnant. Er brauchte mir gar nicht den Hof zu machen, schon am ersten Tag war ich verschossen in ihn. Meine Schwester auch. Alle seine Kameraden stach er aus. Singen konnte er, dichten konnte er, reich war er und der beste Reiter seiner Einheit. Wir waren streng katholisch erzogen. Es nützte nichts. Er nahm mich, ich gab mich und erwartete bald ein Kind. Mit der Bitte um einen Eingriff durfte ich meinem Vater nicht kommen. Schnell wurde geheiratet. Bis zur Niederkunft sollte ich auf dem Gutshof bleiben. Auch die deutschen Truppen, man nannte sie Lehrtruppen, blieben. Ich ertappte meinen Mann bei einem

Ehebruch. Heute denke ich anders darüber. Soldaten sind Soldaten. Was aber konnte man von einer sechzehnjährigen Oberschülerin erwarten. Ich machte einen Skandal, lief in meiner Hysterie zum deutschen Kommandanten und forderte seine Bestrafung, fuhr zu Vater und verlangte die Scheidung. Vater hasste meinen Mann. Er hat es ihm nie verziehen, dass er meine blinde Schwärmerei ausgenutzt und mich verführt hatte. Aber was heißt verführt, wenn sich eine verrückte Schneegans einem Soldaten an den Hals wirft. Die Scheidung wurde eingeleitet, mein Mann versetzt. Das Kind kam und wurde nach dem Abstillen der Gutsverwalterin überlassen. Vater nahm mich in seinem Zorn als Rotkreuzhelferin an seine Seite und bildete mich als Operationsschwester aus. Drei Jahre lang arbeitete ich neben ihm. Wenn ich an diese Zeit denke, sehe ich nur Blut und Mullbinden und Instrumente. Es kam der Rückzug, die Flucht, die Vergeltung, die Hölle. Mein Kind tot, meine Mutter, meine Schwester –. Fort! fort!«, rief sie gequält und schlug mit beiden Händen wie gegen einen zudringlichen Fliegenschwarm.

»Und dafür, für diesen Fehltritt, wie man so schön sagt, wollten Sie im Kloster auch noch büßen?«

»Ja, auch dafür.«

»Aber so kommt man nicht weiter, Monika. In meinen Augen ist das eine Wahnvorstellung, eine fixe Idee.«

Sie hielt die offenen Hände wie Schalen vor sich hin, ließ sie auf und nieder gleiten, als wäge sie etwas ab, über dessen Sinn und Bedeutung sie sich nicht klar war. »Wahn – Glaube, Glaube – Wahn. Wie nah liegen sie zusammen. Ja, es war zuletzt nur noch Wahn. Wollen Sie mir zuhören, oder ermüde ich Sie?« Ich gab ihr einen Wink weiterzureden. Sie wiederholte: »Glaube – Wahn. Wie kommt es nur, dass das Beste, was wir besitzen, sich ins Gegenteil, in etwas Schreckliches verwandeln kann. Als ich aus dem Kloster entlassen wurde, hätte ich aufwachen sollen. Statt dessen vergrub ich mich noch tiefer – Sie haben schon recht – in meine fixe Idee. Eine halbe Nacht saß ich am Grab meines Vaters. Weshalb, fragte ich mich, hat Gott mein Opfer nicht angenommen und mich wieder aus dem Kloster gejagt. Ich fand eine Erklärung: Im Kloster, sagte ich mir, ist leicht leben. Man hat ein Dach über dem Kopf, eine eigene Zelle, hat sein Essen, seine Pflege und Kleidung, lebt unter Gleichgesinnten. Eine Hauskapelle ist da, ein Beichtvater. Dabei leben sie dort nicht schlecht. Von den Sorgen ums tägliche Brot weiß die einzelne Nonne nichts. Und was heißt schon Armut, wenn das Kloster selbst reich ist, oder Gehorsam, wenn alle Steine aus dem Weg geräumt sind, oder Keuschheit, wenn nur ein alter Pfarrer Zutritt hat. Überanstrengen tut sich dort niemand. Es ist sogar verboten, schnell zu gehen oder beim Treppensteigen eine Stufe zu überspringen. Du liebe Güte, was bin ich früher, als Vater noch lebte, treppauf, treppab gelaufen von früh bis spät. Hier, in der Welt draußen, ist alles härter, grausamer, kälter. Hier stehe ich mutterseelenallein und muss zusehen, wie ich mein Brot verdiene, wie ich mit meinem Inneren zurechtkomme. Ich sah, besonders als ich auch noch die Koffer verloren hatte, einen Hinweis, dass mir Gott diesen schwereren Weg als Buße gewiesen hatte. Dann kam es gleich schüttweise über mich: Krankheit, Hunger, Hass und Feindschaft der Dörfler. Besonders die psychischen Begleiterscheinungen meiner Krankheit waren für mich so grauenhaft, dass ich tagelang nichts als Särge, offene Gräber, Skelette und Leichenzüge sah. Gequält von Schwermut, Müdigkeit, Zerschlagenheit und Todessehnsucht schleppte ich mich weiter. Ich verstand jetzt meinen Vater. So muss ihm zumut gewesen sein, als er sein Buch schrieb, so sterbenselend und übel vor Ekel an der ganzen Welt. Wie konnte ich mich für ihn opfern wollen und auch nur eine Sekunde glauben, er sei verdammt. Davon, von diesem Büßerwahn, bin ich gründlich geheilt.«

Sie strich den Rock über den Knien glatt. »Jetzt ist das meiste heraus. Das andere, was ich erlebte, ehe ich Sie traf, würden Sie überhaupt nicht mehr verstehen. Wollen wir nicht an die Arbeit gehen? Ich fühle mich kräftig genug dazu.«

»Das Arbeiten ist Ihnen für heute strengstens verboten. Darf ich zu dem, was Sie mir erzählt haben, meine Meinung sagen? Ich will Sie bestimmt nicht verletzen.« Und ich sagte, es sei mir einfach unverständlich, dass ein intelligenter Mensch wie sie einem derartigen Wahn verfallen konnte. »Ob es einen Gott gibt oder nicht, weiß ich nicht. Was mich aber empört und mir geradezu lächerlich vorkommt, ist der aberwitzige Anspruch aller Christen, dass sie über seine Absichten und Gedanken Bescheid wissen wollen. Auf der einen Seite halten sie ihren Gott für den

Schöpfer des Himmels und der Erde, also aller Sterne, aller Tiere, Pflanzen und Elemente, somit für ein über alle Maßen intelligentes, geniales, erfindungsreiches Wesen, dessen Geist weltenweit über den klügsten Denkern, Erfindern, Künstlern steht, und andererseits will dieser mückenkleine Mensch Einblicke haben in sein Gehirn und sein Strafgesetzbuch. Ist das nicht ein grenzenloser Hochmut, eine Überheblichkeit, die in gar keinem Verhältnis zur Winzigkeit unseres Daseins steht. Ist ein Mensch überhaupt fähig, ein solches Wesen zu beleidigen. Das setzt doch voraus, dass wir in seinen Augen etwas sind, ihm ebenbürtig sind. Ewige Verdammnis, ewige Höllenqual! Wenn ein Hund mich beißt aus Angst oder Wut, ziehe ich ihm eins mit der Peitsche über. Damit ist der Fall erledigt. Ich verlange von ihm nicht, dass er vor mir kriecht, winselt und mir die Füße leckt. Das wäre mir sogar widerlich. Wie könnte ich ihn dafür, wenn er mein von mir selbst aufgezogener Hund ist, verdammen, das heißt ihn aus Rache oder Sadismus malträtieren, ihm sogar ein ewiges Leben schenken, um ihn ewig quälen zu können. Das ist ja, verzeihen Sie, wenn ich das sage, die abscheulichste Gotteslästerung, die ich mir überhaupt denken kann, und das würdigt Ihre Religion herab zu einem der primitivsten Menschenopferkulte der Vorgeschichte. Mit dieser Gottesvorstellung will ich nichts zu tun haben.«

Sie hatte sich, während ich sprach, wieder zurückgelegt. »Wie mein Vater«, sagte sie nach einigem Besinnen. »Ich meinte, ich hörte ihn neben mir sprechen. Wenn wir dem nackten Verstand folgen, kommen wir zu logischen Schlüssen, aus diesen leiten wir weitere Schlüsse ab und so fort. Am Ende gibt es keinen Gott mehr, kein Jenseits, keine Religion, nur noch Menschen, und wir gelangen dorthin, wo mein Vater sich verirrte. Was ist Glaube? Mein Religionslehrer in Ungarn schrieb mir ins Neue Testament die Widmung: ›Glaube ist Meer, und wer auf dem Meere fährt, muss sich nach den Sternen richten‹.«

»Ein schöner Spruch, Monika. Aber wann sind die Sterne schon sichtbar? Und heute richtet man sich mit der Magnetnadel nach den Polen der Erde und fährt sicherer.«

»Ja, vielleicht. Aber wer hat sie, die Magnetnadel? Wissen Sie, wie weit ich gekommen bin? Ich möchte fast sagen, beide Wege führen, wenn man sie bis ans Ende geht, in die Hölle der

Verzweiflung: Glaube und Denken. Nur der Tod gibt die wahre Antwort.«

»Welche Antwort? - Richterstuhl Gottes?«

»Nein, nein, darüber bin ich weg. Im Tod wird beides eingeschmolzen, Glaube und Denken wie in einem großen Licht. Daher war ich Ihnen auch bös und bin es beinah jetzt noch, weil Sie mich zurückgerissen haben ins Leben.« Sie schloss die Augen, legte beide Hände darauf. Ich unterbrach sie nicht, wartete, bis sie nach langem Überlegen leise weitersprach und mühsam nach Worten suchte. »Der Tod ist etwas Grosses, Erhabenes, etwas unsagbar Schönes - ich weiß es - ich habe hinübergesehen wie durch einen Lichtspalt - einige Augenblicke lang - dort auf der Straße, als ich den Wagen mit dem Leseholz zog und die Äste verlor. - Ich war am Ende meiner Kraft - alles um mich her schwankte und kreiste - die Bäume, die Büsche, die Äcker. - Es ging hinunter, tief, tief, und ich glaubte, in einen Abgrund zu stürzen, dann stand der Boden wieder senkrecht vor mir wie eine Wand - auf, ab - riesige Wogen. - Es wurde dunkel vor meinen Augen, es wurde hell - Sterne fuhren auf mich zu, blaue, grüne, rote, und zerplatzten wie Feuerwerk in lauter bunte Kugeln. - Ein Brausen war in meinen Ohren wie Brandung, wie Wasserfälle. - Alle paar Schritte musste ich anhalten, bis der Tumult vorüber war. – Ich wusste, es ist das Ende, du wirst die Höhe dort nicht mehr erreichen. - Der Gedanke löste in mir nicht die geringste Angst aus, im Gegenteil, ich fühlte mich leicht, zum Singen und Tanzen leicht. - Die Luft, die Wolken, die Bäume bekamen Stimmen - waren beseelte, freundliche Wesen und riefen mir zu: ›Komm, komm! Wirf alles ab!‹ - Die Erde war frisch, jung und leuchtete in einem übernatürlichen Licht. - Ich spürte bald keinen Körper mehr, nur ein Gleiten, Fließen, Schweben wie in einem ganz leichten, luftigen Wasser. - Etwas Dunkles hatte sich von mir losgelöst - schwebte als finstere Wolke neben mir her wie ein schwarzer Sack, in dem alles enthalten war, was ich an Ängsten, Schmerzen und schweren Erinnerungen in mir getragen hatte - ich fühlte mich frei, weit, wunderbar leicht und wusste, jetzt bist du vom Leben erlöst, das ist der Tod, das Ende, der Anfang. - Vielleicht hatte mein Herz schon ausgesetzt, und ich wäre im nächsten Augenblick vor meinem Wagen zusammengesunken. - ›Halt!‹, rief es. Es war keine menschliche Stimme, es war ein Getöse, ein Donnerschlag, ein Einsturz. - Ich stak auf einmal wieder in dem schwarzen Sack, hörte meine Herzschläge wie ein Trommeln gegen die Ohren schlagen - - - dann stand er vor mir, Blut im Gesicht, Blut an den Knien und Beinen, hielt mir seine blutenden Hände hin: ›Das ist deine Schuld!‹ «

Sie presste die Fäuste gegen die Schläfen, als koste es sie eine übermenschliche Anstrengung fortzufahren. »Blut, Blut, Schuld - ich schuldig an diesem Blut.«

Ich griff ein. »Jetzt quälen Sie sich immer noch wegen der paar Schrammen, die beinah schon verheilt sind. Ich bitte Sie, hören Sie endlich auf damit.«

Sie wiegte den Kopf hin und her. »Es geht nicht darum, Herr Pelz. Ich sah nicht Sie. Was mich zu Boden schlug, war etwas anderes, etwas Furchtbares. Ich sah *ihn*, *ihn*, sah ihn leibhaftig vor mir stehen, Christus, den Gekreuzigten. Ich konnte Sie ja nicht erkennen. Ihr Gesicht war über und über voll Blut. Und in meinem Schreck, in meiner Verfassung, war ich vollkommen überzeugt, dass *er* es sei. Und halb und halb bin ich es jetzt noch. Er beugte sich herab zu mir, fasste mich an, und als er mich berührte, strömte eine Kraft von ihm aus, ein Schauern, das mir durch alle Glieder lief. Eine ungeheure Kraft. Ich konnte wieder stehen, war auf der Erde, die Straße schwankte nicht mehr, die Bäume, die Äcker, der Himmel hatten ihr natürliches Gesicht zurückbekommen. Er ging um den Wagen, ordnete das Holz. Noch immer war er es. Erst als er mir ein Fahrrad in die Hand drückte, schwindelte mir. Christus - Fahrrad - Christus - Fahrrad. Wie geht das zusammen? Bin ich wahnsinnig, irrsinnig? Ich stürzte darüber. Als Sie mich zum zweiten Mal aufhoben und ›Ach du armer Tropf‹ sagten, erkannte ich Sie an der Stimme.«

Was konnte ich darauf erwidern? Das Erlebnis zitterte in ihr nach, war noch nicht von ihrem Verstand aufgearbeitet. Ja, sie wehrte sich, wie ich am Ton, am Zittern der Sätze gespürt hatte, es zu analysieren und auf klare psychische Vorgänge zurückzuführen, was ihr, als der Tochter eines Mediziners, nicht schwer gefallen wäre. Durfte ich daran herumpflücken, es zerfasern? Ich fragte erst nur: »Weshalb haben Sie mir das erzählt?«

»Weil ich gestern hässlich zu Ihnen war. Vielleicht begreifen Sie jetzt den Ausbruch und meinen Widerwillen gegen Ihre

Absicht, mich vom Tod zurückzureißen. Und das Erlebnis müssen Sie mir lassen. Sprechen Sie bitte nicht von Halluzinationen. Das ist so billig. Ich will ja nicht behaupten, dass ich im Jenseits war. Es kam alles aus mir, aus meinem Schwächezustand. Aber ich weiß jetzt, was auch mein Vater sagte, dass im Menschen wie in einer Knospe Bereiche des Glückes liegen, die sich in diesem Leben nie öffnen werden.«

»Gut«, sagte ich, »so weit gehe ich mit Ihnen. Sie sind nahe am Tod vorbeigegangen. Ich sah es an Ihrem leichenblassen Gesicht. Was dabei im Innern eines Menschen vorgeht, weiß ich nicht. Das Erlebnis lasse ich Ihnen. Aber das andere, dass Sie in dem blutigen Mann, der da vor Sie hintrat, in Ihrer religiösen Gedankenwelt für einen Moment den Gekreuzigten sahen, war eine glatte Sinnestäuschung. Darüber sind Sie sich doch wohl im Klaren.«

»Nein, ja – ja, nein. Natürlich waren Sie es. Wer aber sagt mir, dass Christus, an dessen Göttlichkeit ich glaube, sich nicht Ihres Körpers bediente, um mir zu erscheinen. Er sprach das Wort Schuld. Er hob mich auf. Ich spürte seine Kraft in mich überströmen, weil ich in diesem Augenblick felsenfest davon überzeugt war: Er ist es. – Das ist Glaube. Nur durch die offene Tür dieses Glaubens konnte er mir begegnen.«

»Jetzt hören Sie! Warum sind Sie dann *mir* böse und sagen, *ich* hätte sie zurückgerissen, wenn *er* es war. Sie wollen einfach auch dieses Erlebnis behalten und sehen ein, dass Sie es nicht können.«

»Wollen, wollen, können«, sagte sie gequält. »Es war eine Begegnung mit ihm und mit Ihnen und beide Begegnungen waren für mich entsetzlich. Spüren Sie denn nicht, dass ich dazwischen stehe: *Er* will mich führen. *Sie* wollen mich führen. *Er* sagt Schuld. *Sie* sagen Schuld. *Er* verzeiht mir. *Sie* verzeihen mir. *Er* warnt mich vor Ihnen und *Sie* mich vor ihm. *Er* ist Glaube – *Sie* sind Gegenglaube. *Ihnen* möchte ich folgen und *ihn* nicht verlassen – –«

Sie hatte sich aufgerichtet. »Geben Sie mir bitte etwas zu trinken.« Ich goss Kaffee ein, reichte ihr den Becher. Sie trank ihn in langsamen Zügen leer. Als sie ihn zurückgab, sagte sie: »Ich gehe heute Abend mit Ihnen. Wo will ich denn sonst hingehen. Lange werde ich nicht zur Last fallen. Wenn ich wieder frei über meinen Willen verfügen kann, finde ich den Weg schon allein.«

»Nie werden Sie mir zur Last fallen. Ich fürchte nur, wir werden uns nie verstehen, Monika.«

»*Ich* verstehe *Sie* gut, Herr Pelz«, sagte sie leichthin. »*Ich* kenne beide Welten.«

»Aber *ich* kenne nur eine, es gibt nur eine!«

Zweiter Teil

XV

Tagelang war das Hochhaus eingepackt in dichten Herbstnebel. Grauweißer Tröpfchendunst hing wie nasses Leinen vor den Fenstern. Kein Dach, kein Dom, kein Krankenhaus war zu sehen. Gedämpft, nur wie Rumoren aus Kellergewölben, drang der Autolärm zu mir herauf. Heute Morgen brach die Sonne durch. Der Ostwind brachte Bewegung in den schweren Dunst und trieb von der Flussniederung her Schwaden zerfetzter Wolken über das Häusermeer: ein grellweißes, flatterndes, fliegendes, zerzaustes Schaumgespinst, in dem der dunkle Dom wie ein Schiff in Seenot auf und nieder zu stampfen schien. Zuweilen nahmen mir die Nebelfetzen für Minuten Sicht und Sonne weg und jagten an den Fenstern vorbei oder sie schlossen sich in der Höhe zu einem lockeren, rasch dahintreibenden Feld, aus dem breite Lichtbänder wie Schleppen über die Stadt hinzogen und die Glasfassaden der neuen Häuser in einem gleißenden Metallglanz aufleuchten ließen. Eine gute Stunde beobachtete ich von meiner luftigen Höhe aus das Schauspiel, bis der Himmel ausgeräumt in tiefem Morgenblau über dem Gewimmel der Straßen stand.

Ich bin in allerbester Stimmung, bin wieder im Einklang mit mir, mit der Natur, der Gegenwart. Die Wände schwanken nicht und bauschen sich nicht mehr, wenn ich aufstehe und durch die Wohnung gehe. Nur vor dem Spiegel bekomme ich ein schlechtes Gewissen. Die quälerische Beschäftigung mit der Vergangenheit hat ihre Spuren hinterlassen. Ich bin gealtert. Aber was hilft's, ich muss weiterschreiben, mich durcharbeiten durch das Dickicht, ehe mein Beruf mich wieder in seinen Mahlstrom hineinreißt.

In meinem Zimmer herrscht gottverbotene Unordnung. Kleider liegen herum, Wäsche, Zeitungen, Baupläne, beschriebene Blätter, Bücher. Bisher hatte ich immer pünktlich Ordnung gehalten. Jetzt fühle ich, dass es aufwärts geht, der endgültigen Gesundung entgegen. Ich spüre wieder den Motor der Betriebsamkeit in mir. Oder ist alles nur Euphorie, weil ich Monika gesehen habe, die wirkliche, jetzige Monika, nach vielen Jahren wiedergesehen. Es war eine Begegnung ohne Worte, kein Zusammenfliegen, kaum ein Lächeln, nur ein huschartiges Aneinandervorbeigehen.

Als der Assistenzarzt mir nach der wöchentlichen Untersuchung sagte, sein Chef wolle mich sprechen, wolle wissen, weshalb es mit mir nicht rascher vorwärtsgehe, erschrak ich und machte Ausflüchte. Es sei mir gerade heute unmöglich, ein Besuch warte zu Hause, ein sehr wichtiger Besuch. Der junge Doktor starrte mich an, als hätte ich die schlimmste Gotteslästerung ausgesprochen. »Wie können Sie, wenn der Herr Professor persönlich, bei seiner Arbeitsüberlastung, sich Zeit abringt für Sie ... Das ist eine ganze seltene Bevorzugung. Hier ist ein Telefon, sprechen Sie mit Ihrem Besuch.« Es nützte nichts, ich musste den Gang in die Höhle des Löwen antreten.

Diese grimmigen Götter über Leben und Tod verstehen es, inmitten von Gerippen, Knochenmodellen und farbigen Plakaten hautloser Muskelmenschen zu thronen. Ungnädig reichte mir Dr. Kocher die Hand. Er war bereits über meine anfängliche Weigerung im Bild. »Nehmen Sie Platz! Weshalb wollten Sie kneifen? Das werden wir gleich haben.« Er zog einen Stuhl heran und setzte sich so dicht vor mich hin, dass sich unsere Knie berührten. Seine Pranke lag auf meinem Kopf, drehte ihn nach rechts, nach links. Ein dicker Finger zog meine Augenlider herunter, rüttelte an meiner Backenhaut. »Sie machen Krebsgänge, mein Lieber. Sie nehmen ab, anstatt zu. Woher stammen diese blauen Ringe und Augensäcke? Da stimmt doch etwas nicht. Ihr Bein, Ihr Arm, Ihr Schädel sind laut Bericht wieder vollkommen in Ordnung.« Er ging an seinen Platz zurück und erkundigte sich nach Appetit, Schlaf, Tätigkeit. »Maschinenschreiben? Gerade das sollten Sie lassen. Das Hämmern und Hacken, verbunden mit anstrengendem Denken, wirkt sich auf Ihre kaum verheilten Gehirnzellen schädigend aus. Was haben Sie denn so Wichtiges zu schreiben? Setzt Ihnen Ihr Chef schon wieder mit Bauplänen zu?«

»Nein, nein«, - ich zögerte, sagte, ich müsse etwas Persönliches aufarbeiten.

»Entschuldigen Sie, Herr Pelz, persönliche Dinge gehen mich nichts an, soweit sie nicht mit einem Krankheitsfall in ursächlicher Beziehung stehen. Aber hier liegt ein Leiden vor, wie Sie ja selbst zugeben. Sprechen Sie!«

Ich wehrte ab. »Es handelt sich bei mir bestimmt nicht um einen Krankheitsfall, sondern ganz einfach um ein Erlebnis. Ich will dadurch, dass ich es Punkt für Punkt in klare Worte fasse, Ordnung in mein Inneres bringen und komme sehr gut vorwärts. Jedes Mal, wenn ich ein Blatt ablege, fühle ich mich erleichtert. Was soll ich denn sonst mit meiner überschüssigen Zeit anfangen, ich darf nicht rauchen, nicht trinken, soll pralle Sonne meiden. Vor meiner Schreibmaschine fühle ich mich wohl.«

Er lächelte sarkastisch, erhob sich und marschierte im Zimmer auf und ab. »Fühle ich mich wohl - fühle ich mich wohl«, perorierte er dröhnend vor sich hin, blieb neben mir stehen und klopfte mit dem Fingerknöchel leicht gegen meine Schädeldecke. »Glauben Sie vielleicht, mit dieser lädierten Geige könnten Sie bereits wieder furioso spielen. Gehirnarterien sind keine Wasserleitungsrohre. Noch ein Riss, ein Bluterguss, schon landen Sie in der Klapsmühle oder gleich im Krematorium.«

»Machen Sie mir bloß keine Angst. Ich bin Mann genug und traue mir zu, mit meinem Seelenkram allein fertig zu werden.«

Sein Brustkorb wölbte sich heraus. Die Hände in die Hüften gestemmt, fauchte er mich an. »Und da sitzen Sie nun als Rekonvaleszent Tag für Tag vor Ihrem Schreibkasten und wühlen Sedimente und Hefen auf. Erfolg: Krebsgang, Blutarmut, Neurosen, ut figura demonstrat.«

Das Telefon klingelte. Er nahm unwirsch ab. »Ja, – ja - auch gleich zwei! Alles zur Operation herrichten – Blutgruppen feststellen.« Er legte auf, ließ die Hand auf dem Hörer liegen, überlegte, nahm wieder ab. »Geben Sie mir Dr. Becker.« Sein Blick ging über mich hinweg. »Ja, Herr Becker, wie steht's - Sie sind schon im Operationssaal. Was! Was!« Es folgte eine Reihe fachlicher Ausdrücke und Anweisungen. »Ich komme sofort.« Er stand auf. »Wieder ein Autounfall, zwei Schwerverletzte.« In meinem Rücken ging die Tür. Er schüttelte mir flüchtig die

Hand. »Aussetzen mit Schreiben! Mehr essen, mehr schlafen.« Schon war ich abgemeldet. Er schob mich gegen den Ausgang, wo eine Schwester in weißer Ärmelschürze stand, weiß in weiß bis zum Kinn herauf. Der Kopf, das Gesicht, die Haare – Monika. Er schob weiter. Ich spürte die fünf Finger seiner Hand im Rücken. Sie hat sich nicht verändert, überhaupt nicht verändert. Für einen Moment riss sie die Augen auf, groß, weit, blickte von mir zum Chefarzt und wieder zurück. Kein Gruß, kein Wort. Auch mir verschlugs die Sprache. Die Finger drückten mich vorbei. Der andere Fall war wichtiger. Zwei Menschen zwischen Leben und Tod. »Auf Wiedersehen, Herr Pelz.« Die Tür schloss sich weich, fast lautlos. Ich stakte am Stock durch einen langen Gang. Eine Röte stand auf ihrem Gesicht. Eine herrliche Röte.

Ein neuer Morgen. Lang habe ich geschlafen und fühle mich frisch und beinah schwerelos. Sie lebt, sie ist gesund.

Vor dem Aufwachen hatte ich einen verrückten Traum. Ich saß wie jetzt vor meiner Schreibmaschine. Neben mir hockte Monika, ohne Kleider, völlig nackt, am Boden und fachte mit den Blättern dieser Aufzeichnungen ein Feuer auf dem Teppich an. Eine unnatürliche Röte ging von den Flammen aus und übergoss ihren Leib. »Mich friert«, sagte sie. »In deiner ganzen Wohnung ist kein Ofen und kein Holz. Wo ist denn das viele Holz, das wir im Wald gesammelt haben?« Ich war weniger erschreckt über ihre Nacktheit als über das Feuer, das den Teppich versengte. »Monika! was tust du! Der schöne Teppich. Wenn das meine Frau sieht. Jeden Augenblick kann sie hereinkommen.« – »Welche Frau?«, fragte sie erstaunt, »diese da?«, und sie zeigte auf Ilses Bild, das auf dem Fenstersims stand. – »Ja, das ist meine Frau. Mach schnell das Feuer aus und zieh dich an.« Sie griff nach dem Foto und schleuderte es in die Flammen. »Ich bin deine Frau. Nur ich. Verstehst du.« Sie umschlang mich, küsste mich. Ich spürte ihre weichen Arme. Das Feuer schoss zur Decke hoch. »Monika, Monika, wir verbrennen.« Ich erwachte in einen anderen Traum. Ilse lag neben mir im Bett und rüttelte mich. »Plagt dich die Monika wieder?« Die Röte der Glut wich zurück bis unter die Tür. Dort stand Monika in Schwesterntracht und hielt einen großen Strauß knallroter Blumen im Arm. »Ilse ist tot«, sagte sie dumpf. »Sieh her, ich bin eben auf dem Weg zum Friedhof und bring ihr diese Blumen.« Ein kalter Schauer überlief mich und weckte mich endgültig auf. Ich blickte durchs offene Fenster in die rote Scheibe der eben aufgehenden Sonne.

›Wo ist denn das viele Holz, das wir im Wald gesammelt haben?‹ Es waren fünfhundert Wellen, zwei hochaufgeladene Pferdefuhren. Kaum hatte ich Monika zu den Missionarsleuten gebracht, stürzte auch schon eine Trampelherde von Schwierigkeiten, Verpflichtungen, ärgerlichen Zwischenfällen und Eifersüchteleien auf mich zu, sodass ich wie beim Wippwappspiel der Kinder dauernd den ausgleichenden Waaghalter spielen musste. Es war durchaus nicht so, dass die ausgehungerte Frau mir gutwillig wie ein Schaf das Salz aus der Hand leckte. Das hatte ich auch gar nicht erwartet. Monika war schwach und erholungsbedürftig. Sie war stolz. Sie scheute das Dorf und scheute auch vor Mutter Anne zurück. Und Mutter Anne bockte, wurde störrisch, geradezu bös. Sie wollte weiterhin nur von ihrem Mann gepflegt werden. Sie behauptete, Monika habe Hände wie Krallen und schon ihr Anblick bereite ihr Nervenschmerzen. Da ich meinen Urlaub nützen musste, um den Holzvorrat zusammenzubringen, konnte ich mich tagsüber nicht um Monika kümmern. Sie war ja keine Fremde, die beiden Frauen kannten sich, wenn auch nur flüchtig, und Vater Philipp würde schon für das richtige Gleichgewicht sorgen.

Als ich am ersten Abend vom Wald heimkehrte, fand ich den Missionar in der Küche am Spültisch damit beschäftigt, einen zerbrochenen Teller mit Mehlkleister zusammenzupappen. »Nun, wie ist der Tag gelaufen, Vater Philipp? Habt Ihr Euch gut vertragen?«

»Scherben«, sagte er tonlos. »Da sieh her.«

»Scherben bedeuten doch Glück.«

Er gab den Versuch auf, warf den zerbrochenen Teller in den Abfallkübel und wusch die Hände. »Schlimm steht es, Paul, sogar sehr schlimm.« Seine Stimme bebte. »Ich kann mir nicht vorstellen, wie das weitergehen soll. Nie hätte ich geglaubt, dass Frauen, erwachsene Frauen, derart unverträglich und bar jeden Verständnisses sind. Ich kenne meine Anne nicht mehr. Sonst eine Taube an Gutmütigkeit und Harmlosigkeit. Woher dieses Gift, dieser Hass? Und diese Frau Landeck. Ich sagte, sie soll oben bleiben und sich erholen. Aber sie stürzte sich in die Arbeit, wollte kochen, wollte ausfegen. Anne gab keine Antwort, rief nur immer nach mir und weinte. Monika schrubbte die Küche, räumte den Schrank aus, wusch alles Geschirr, zerbrach einen Teller. Ich habe zu ihrer Aufmunterung dies und das erzählt. Ich wollte über die Bibel sprechen. Plötzlich hat sie ohne jeden Grund laut hinausgelacht. Weshalb, ich weiß es nicht. Auch von Annes Arbeitskleidern will sie nichts annehmen.« Er schloss sein Klagelied mit der erstaunlichen Bemerkung, so langsam gehe ihm ein Licht auf, weshalb der Begründer des Islam den Frauen die unsterbliche Seele abgesprochen habe.

Dann saß ich am Bett der Missionarin. Sie schnaufte tief und mit Grabesstimme brach es aus ihr hervor: »Paul, Paul, was hast du uns angetan? Es wird schlimmer mit mir. Meine Nerven sind ganz heiß. Auf den Beinen kann ich schon nicht mehr stehen. Ich habe kein Recht mehr im Haus. Es ist unser Haus und ich soll diese da dulden. Ich kann sie nicht ansehen. Und deine schöne Stube, Paul. Weshalb schläft sie nicht in der Hinterkammer? Und mein armer Philipp. Den ganzen Tag läuft er hinter ihr her. Monika hier, Monika dort. Gelacht haben sie miteinander, dass man es durch drei Wände hörte. Das streitet er ab, lügt, lügt. Ein Missionar, der lügt! Was hat sie denn an sich, dass sie allen Männern den Kopf verdreht. Sie ist hässlich wie die Nacht. Meine Augen ertragen das nicht. Ich wollte malen, Blumen malen. Es wurden lauter Totenköpfe. Nein«, sagte sie wimmernd und drehte das von weißen Haaren eingerahmte Gesicht in den Kissen hin und her, »so werde ich nie wieder gesund.«

»Du solltest etwas lieber zu ihr sein, Mutter Anne. Die Frau braucht Liebe.«

Sie riss verständnislos die Augen auf. »Und ich, und ich? Sie stiehlt mir ja alle Liebe weg.« Und sie begann zu schluchzen.

Da ich schon einmal daran war, den Packesel für angestaute Unlustgefühle zu spielen, stieg ich voll böser Ahnungen die Treppe hoch und klopfte bei Monika. Sie saß am Tisch und nähte. Ein süßsaures Lächeln empfing mich. »Wie viel Wellen haben Sie heute gebunden?«, fragte sie mich als Erstes, während ich mich ihr gegenüber setzte. »Dürfte ich nur wieder mit Ihnen in den Wald gehen.« Sie sah abgekämpft und müde aus und in ihren Augen glänzten die Tränen.

»Monika, ist es wirklich so schwer, mit Mutter Anne zurechtzukommen?«

Sie schob das Nähzeug über den Tisch, wischte mit dem Taschentuch über die Augen und schnäuzte sich kräftig. »Ja, es ist schwer. Warum die Missionarin auf mich böse ist, weiß ich nicht. Sie gibt mir keine Antwort, dreht sich weg, wenn ich die Stube betrete, ruft dauernd nach ihrem Mann, als müsste er sie vor mir beschützen. Also tu ich, was notwendig ist, und halte mich an das, was Vater Philipp sagt. Er ist harmlos. Wenn er mich nur mit seiner Bibel verschonen wollte.«

»Sie sollten aber vorerst gar nicht arbeiten und erst zu Kräften kommen.«

»Oh, ich bin schon bei Kräften. Und wenn ich nicht arbeite, überfallen mich die Gedanken und das ist weit schlimmer. Sehen Sie sich nur die Böden im Haus an. Die starren ja vor Schmutz. Seit Wochen ist hier nicht mehr nass aufgewischt worden.«

»Sie dürfen nicht vergessen, Mutter Anne ist krank und konnte sich nicht darum kümmern.«

Sie schüttelte wegwerfend den Kopf und ein harter Zug schob ihr Kinn vor. »Ich kenne diese Art Krankheit. Sehen Sie nur ihr blühendes Gesicht an. Wehleidig ist sie und verwöhnt von ihrem Mann. Durch das dauernde Sesselsitzen wird sie immer schwerer. Bewegen sollte sie sich. Es wird höchste Zeit, dass sie aufsteht und das bisschen Nervenjucken verbeißt. Sie malt ja und zeichnet und kommandiert ihren Mann herum. Wenn ich das schon höre: Philipp, bring mir Wasser. – Philipp, in meinem Rücken drückt eine Falte. Philipp, wo ist meine Brille. Philipp, hol mir den Zeichenblock, den Malkasten, wasch die Pinsel aus, spitze den Bleistift. Und er läuft, trägt Wasser her, trägt Wasser weg, bürstet ihr die Haare, bindet die Schuhe, hebt sie aus dem Lehnstuhl ins Bett und aus dem Bett wieder in den Lehnstuhl. Ihr fehlt nur ein ordentlicher Schock, der sie wieder auf die Beine bringt. Mit solchen Weibern hab ich keinen Funken Mitleid.«

»Aber, Monika. Vorhin sagte Vater Philipp, er kenne seine Anne nicht mehr, und jetzt kenne ich Sie nicht mehr.«

»Wieso? Ich verstehe mich auf kranke Menschen. In jeder Krankheit steckt ein kleiner Teufel: die Versuchung, das Pflegepersonal zu tyrannisieren.« Damit nahm sie das Nähzeug wieder auf. In den halbgeschlossenen Augen kämpfte der Zorn eine

Weile weiter, bis eine erschlaffende Müdigkeit wie ein Vorhang darüber fiel.

»Sie sollten mehr essen, Monika, das ist jetzt das Allerwichtigste.«

Sie nickte, stützte den Ellbogen auf die Tischkante und legte den Kopf in die Hand, um ein Gähnen zu unterdrücken. »Mehr essen – ja, auch der Hunger macht bös.«

Ich eilte in die Küche, raffte an Speisen zusammen, was ich gerade fand, und trug es hinauf.

Am zweiten Abend sah es noch schlimmer aus. Mutter Anne hatte sich anders besonnen. Sie stakte am Stock und am Arm ihres Mannes durch die Räume ihrer Wohnung und empfing mich mit einem triumphierenden »Sieh her, Paul, ich kann schon wieder ohne Stützen stehen. Lass los, Philipp.« Sie straffte sich, nahm den Stock vom Boden und stand aufrecht vor mir. »Was sagst du dazu?«

»Herrlich! Wie hast du das nur fertiggebracht?«

»Üben, üben, Paul.« Sie nahm den Arm ihres Mannes fest unter den ihrigen und zeigte mir, wie flott sie bereits marschieren könne.

Jede Stunde, den ganzen Tag über habe sie geübt. Zuerst zehn Schritte, dann zwanzig und so fort. Heute wolle sie es noch auf hundert bringen. Sie wies mit dem Stock nach oben. »Ich will euch zwei nur beweisen, dass ich keine Krankenpflegerin nötig habe. Bald werde ich wieder Herr in meiner Stube und Küche sein.«

»Und gar keine Schmerzen mehr, Mutter Anne?«

»Was Schmerzen! Natürlich habe ich Schmerzen. Aber sie sind nichts im Vergleich zu denen, die du mir ins Haus gebracht hast.«

»Sei endlich vernünftig«, sagte Vater Philipp. »Was hat Monika dir schon getan.«

Die Missionarin zog ihren Arm weg und hob den Finger. »Philipp, für dich gibt es keine Monika, nur Frau Landeck. Ich will den Namen Monika von dir nie mehr hören.«

Monika gab auf mein Klopfen keine Antwort. Auch beim zweiten und dritten Pochen blieb es still hinter der Tür. Ich öffnete sachte und spähte durch einen Spalt hinein. Sie lag im Bett, gegen die Wand gekehrt, tief unter der Decke begraben. Auf dem

Tisch stand ein gefüllter Teller mit einem Löffel darin. »Monika, sind Sie krank?« - Keine Antwort. - »Monika, was hat's gegeben?« - Sie kroch noch tiefer unter die Decke. Wenigstens ein Lebenszeichen, dachte ich erleichtert. »Monika, ich geh jetzt nach unten und koche. In einer Stunde essen wir hier in Ihrem Zimmer. Es wäre lieb von Ihnen, wenn Sie aufstünden. Es wäre sehr lieb von Ihnen.« Behutsam schloss ich die Tür und ging wieder nach unten.

Ich fachte Feuer an im Herd, stellte Töpfe auf. Um Mutter Anne einen Begriff von meiner Seelenverfassung zu geben, auch um sie mir vom Leib zu halten, wetterte ich mit Pfannen, Herdringen, Schürhaken und betete in höchster Tonart alle Flüche herunter, vom Herrgott im Himmel über Kruzifix und Heiland bis zum Satan in der tiefsten Hölle. Ich rührte Teig an, schlug, was ich an Eiern fand, in die Schüssel, schälte Kartoffeln, schnitt sie in Stücke und versuchte, so etwas wie Pommes frites zu backen. Das Schmalz zischte, die Nudelsuppe kochte über, Deckel klapperten, Wolken von Fett- und Wasserdampf zogen durchs offene Fenster ab. Ich schichtete meine Kochkünste aufs große Tablett, da kam Mutter Anne ohne Philipp und ohne Stock und vertrat mir den Weg. Ihr Gesicht glühte. »Paul, du hast geflucht. So weit ist es mit dir gekommen.«

»Ja, so weit ist es gekommen. Das geht alles auf dein Konto. Und es kommt noch viel schlimmer, das ist erst ein Säuseln, Mutter Anne«, sagte ich unheildrohend.

»Es ist unser Haus, Paul. Vergiss das nicht. Wir können nicht dulden, dass in unserem Haus geflucht wird.«

»Und ich werde weiterfluchen und euren chinesischen Himmel in eine Hölle verwandeln, bis hier wieder Vernunft einkehrt.«

Sie stützte sich mit beiden Händen gegen den Türpfosten, hielt sich aber gerade und sagte: »Dann können wir nicht mehr unter einem Dach wohnen, dann musst du ausziehen mit ihr.«

»Tu ich, tu ich. Aber das sag ich dir, wenn ich ausziehe, nehme ich alles mit, was ich in dieses Haus gesteckt habe, die Möbel, das Holz, die Fußböden, die Fenster samt den Füllungen, alle Ziegel auf dem Dach, und du kannst unter freiem Himmel darüber nachdenken, welch böses Gift die Eifersucht ausspritzt.« - »Philipp, Philipp!«, rief sie weinerlich. Ich nahm das Tablett auf, zwängte mich an ihr vorbei und flüsterte ihr ins Ohr: »Sei doch endlich vernünftig.«

Monika stand angekleidet vor dem kleinen Frisierspiegel und steckte ihr Haare auf. »Wir werden jetzt zusammen speisen, Monika, wir werden ganz großartig und herrschaftlich speisen.« Ich stellte das Tablett ab, holte Mutters Koffer mit den alten, schönen Habseligkeiten aus dem Schrank, suchte nach der gestickten Tischdecke, nach Servietten und dem silbernen Tafelbesteck. Auch das Kostüm zog ich heraus und legte es auf die Bettdecke. »Das ziehen Sie von jetzt ab an. Ihre alte Kutte verbrennen wir. Sie sind hier Dame und keine Hausmagd. Haben Sie mich unten gehört? Ich sagte ihr, dass ich ihren chinesischen Himmel in eine Hölle verwandeln werde. Lachen Sie doch ein wenig, Monika. Das ist der Schock, von dem Sie gestern geredet haben. Mutter Anne wird gesund. Ich werde noch etwas nachhelfen. Sie werden sehen, morgen marschiert sie ohne Stock und Philipp durchs Haus. Nicht nur lächeln, Monika, laut lachen, dass sie's unten hören. Lachen Sie Tränen. Hier sind die feinsten Taschentücher mit Hohlsaum, feinster Batist, gerade gut genug für Ihre Tränen.« Währenddessen deckte ich den Tisch. »Bitte schön, Pommes frites, Nudelsuppe, Eierfladen, Marmelade, geschmorter Speck. Loben Sie mich ein wenig. Lachen Sie. Haben Sie denn gar keinen Humor? Zwei Frauen im Haus, zwei hochchristliche Frauen, die sich am liebsten Gift gäben. Zwei Männer, die kochen, Tische decken, Geschirr abwaschen.«

Sie stand an die Wand gelehnt, sah zu mit rot umränderten, verweinten Augen und versuchte, ein Lächeln in ihr fahles Gesicht zu zaubern. Es gelang ihr zuletzt, als ich hilflos mit dem Besteck hantierte. Löffel, Gabel rechts oder links? Gabel, Messer, Löffel, Messer, was gehört zusammen? Sie trat an den Tisch, ordnete und setzte sich. Die Suppe war zu dick geraten. Gemüse hatte ich vergessen. An den Pommes frites fehlte das Salz. Einige Eierfladen zeigten schwarze Böden, alles Gründe, unsere Heiterkeit zu beleben. Sie aß mit Appetit, legte zuweilen, wenn ich hellauf lachte, den Finger an den Mund. »Nicht so laut. Sie könnte es hören.«

»Soll sie doch hören. Das steigert ihren Lebenswillen, ihre Eifersucht.«

»Wie kann sie auf mich eifersüchtig sein. Ich erschrecke ja vor mir selbst, wenn ich in den Spiegel sehe.«

»Sie denkt weiter. Sie kennt Sie von früher her. In kurzer Zeit, wenn Sie wieder kräftiger sind und Ihr Gesicht sich füllt, wird sie allen Grund haben, sogar um ihren frommen Philipp zu bangen. Daher müssen Sie essen und andere Sachen anziehen. Tun Sie mir wenigstens jetzt den Gefallen und nehmen Sie Mutters Sachen an. Sie verstehen sich ja aufs Nähen und können das Altmodische nach Ihrem Geschmack umändern.«

Sie aß weiter, sinnierte vor sich hin, sagte: »Ich glaube nicht, dass sie eifersüchtig ist. Das mag hereinspielen. Sie fühlt sich als Künstlerin. Mein Anblick verletzt einfach ihr Schönheitsempfinden. Es graut ihr vor mir.«

»Ein Grund mehr, dass Sie sich herausputzen.«

Sie nickte vor sich hin. »Herausputzen - Als Mädchen hab ich viel geschneidert und in der Schule heimlich in meinen Heften Kleidermodelle entworfen, Modedamen gezeichnet mit ganz abenteuerlichem Aufputz. Wir Frauen sind doch alle gleich. Das lässt sich nicht verdrängen. Sogar im Kloster beneidete ich die Nonnen um ihre Gewänder und Schleier.«

Auf einmal legte sie energisch die Gabel auf den Tisch. »Gut, ja. Ich nehme an. Und gleich morgen fahre ich im Kostüm Ihrer Mutter in die Stadt und suche mir eine Stelle - und ein Zimmer. Hier bleibe ich nicht.« Das klang sehr bestimmt. Ich wagte nichts dagegen einzuwenden, riet ihr lediglich, bis Montag zu warten, da am Samstag die meisten Büros geschlossen seien.

XVI

Schon nach wenigen Tagen hatte sie über die Flüchtlingshilfe eine Anstellung als Dolmetscherin beim Landratsamt erhalten. Dagegen war es für sie, eine nicht Einheimische, unmöglich, in der zerstörten Stadt, wo jeder Quadratmeter Wohnraum bewirtschaftet war, ein eigenes Zimmer zu finden. Ich richtete meine bisher unbenützte Küche ein, stopfte Lebensmittel in den Schrank, kaufte das allernötigste Tafel- und Kochgeschirr, sodass sie unbehelligt wie eine Untermieterin bei mir wohnen konnte.

Zu gleicher Zeit wechselte ich meinen Arbeitsplatz gegen eine besser bezahlte Stelle bei einer Baufirma.

Anfangs ging alles leidlich gut. Abends kochten und aßen wir miteinander. Ich brachte aus der Stadt Obst und Leckereien mit. Sie holte rasch auf. Ich konnte beobachten, wie die Hungerfältchen um ihre Augen verschwanden. Wangen, Stirn, Kinn und Hals polsterten sich. Ihre knochigen Hände wurden weich. Ihre Haare bekamen den früheren Glanz zurück. Doch je mehr sie sich im Leben wieder zurechtfand, desto stärker wurde ihre Abwehr gegen meine Hilfe. Sie zuckte zusammen, wenn ich ihr Gesicht etwas zu eingehend betrachtete oder meine Freude über ihr Aufblühen äußerte. Ich spürte, wie sie den Zwischenraum zwischen mir und sich unmerklich zu verbreitern suchte. Nach ihrem Klosteraufenthalt durfte ich sie schon nicht mehr fragen. Gespräche über Religion wurden ihr lästig. Auch war es ihr peinlich, wenn ich auf ihren geschiedenen Mann zu sprechen kam.

Nach etwa einer Woche erklärte sie mir ziemlich entschieden, sie komme jetzt mit Küche und Essen allein zurecht. Es wäre ihr lieb, wenn ich zu den Missionarsleuten das alte Einvernehmen wieder herstellte und einfach weiterlebte, als ob sie, Monika, nicht im Hause wäre. Um mich nicht vor den Kopf zu stoßen, fügte sie rasch hinzu: »Sie können jederzeit abends zu einer kleinen Plauderei zu mir hereinkommen. Ich will nur der Frau unten und dem Dorf keinen weiteren Anlass zu böswilligen Schwätzereien geben.« Das sah ich ein. Ich zog mich zurück, sorgte aber dafür, dass in ihrer Küche immer genügend Lebensmittel vorhanden waren.

So kehrte sich langsam das Verhältnis um: Sie war Herrin, war Gastgeberin in meiner Stube und bestimmte, wie lange ich ihr abends Gesellschaft leisten durfte. Da mein Hinterzimmer einen eigenen Ausgang zum Treppenflur besaß, konnten Tage vergehen, bis ich sie einmal zu Gesicht bekam, denn auch die gemeinsamen Fahrten am Morgen mit dem Omnibus zur Arbeitsstelle hörten bald auf. Kermann, großzügig wie er nun einmal war, hatte mir, da er wieder einen eigenen Wagen fuhr, sein lediges Motorrad einfach geschenkt, als Gegenleistung dafür, dass ich ihm zu einem neuen Aufstieg verholfen hatte.

Mit Mutter Anne und Vater Philipp söhnte ich mich restlos aus. Ich aß wieder wie zuvor an ihrem Tisch. Abends spielten wir Mah-Jongg. Das Thema Frau Landeck wurde peinlichst gemieden, weil die beiden Frauen sich nach wie vor aus dem Weg gingen.

Bald wagte ich es nicht mehr, bei Monika einfach anzuklopfen und mich nach ihrem Befinden zu erkundigen. Immer saß sie über Büchern. Sie müsse ihre englischen Sprachkenntnisse vervollkommnen, sie müsse eine größere Übersetzung fertig stellen. Schon war sie es, die mich einmal abends zu einem Tee oder am Sonntagnachmittag zu einem Kaffee einlud. Immer war sie liebenswürdig und freute sich aufrichtig über unser Zusammentreffen, aber keiner ihrer Blicke verriet mehr als Freundschaft. Die Unterhaltung drehte sich um ganz neutrale Dinge. »Woher haben Sie auf einmal ein Motorrad, Herr Pelz?« – »Von Kermann. Sie erinnern sich wohl noch an den Schrotthändler.« – »Ja, wie geht es ihm? Erzählen Sie von ihm.« – Der Stoff war reich und füllte ein ganzes Abendgespräch. – »Wird er die Fabrikantin heiraten?« – »Es sieht so aus nach allem, was ich von ihm hörte. Sie hat ihm bereits in ihrem Betrieb einen leitenden Posten verschafft.« – »Wie sind Sie zufrieden mit Ihrer neuen Stelle? Arbeiten Sie nicht an dem Neubau in der Nähe des Bahnhofs?« – »Ja, an dem langgestreckten Quaderbau. Er gehört einer Versicherung.« – »Ich finde diese Architektur armselig und seelenlos. Eine riesige Streichholzschachtel mit vier Fensterreihen, ohne jeden Schmuck und Zierrat.« - Ich verteidigte den Bau. »Jede Zeit schafft sich ihren eigenen Ausdruck«, sagte ich, »Technik, Wissenschaft, Nüchternheit, Wahrheit, Ehrlichkeit sind mir lieber als zum Beispiel die Spitztürmelei und der tausendfältige Firlefanz des Domes.« - »Lassen Sie mir meinen Dom in Ruhe.« Ihre Augen blitzten mich zornig an. Wir erhitzten uns, stritten hin und her. Es tat ihr wohl, mir zu widersprechen. Zuletzt fragte sie bissig: »Weshalb studieren Sie nicht Architektur, wenn Sie schon für Beton- und Glasfassaden schwärmen.« - »Weil mir das Geld dazu fehlt.« - Sie wischte den Einwand mit leichter Hand weg. »Alles ist Willenssache.« Die Kluft war wieder um ein Stück breiter geworden.

Und wie sie sich jetzt pflegte. Mit welchem Geschick sie die Sachen meiner Mutter für ihre Figur zurechtschneiderte. Ihre Haare wurden in leichte Wellen gelegt und zu einem kunstvollen Knoten geschlungen. Auf ihren Lippen zeigte sich das verräterische Rot einer Nachhilfe. Die Augenbrauen wurden schwärzer und einmal glaubte ich, den Duft eines Parfüms zu riechen.

In wenigen Wochen war sie wieder voll erblüht. Schöner als zuvor, unnahbarer als zuvor. Eine Frau. Eine Dame. Deine Monika, dachte ich. Dein Werk, dein Geschöpf. Du hast sie dem Tod aus den Armen gerissen, hast sie gekleidet und wie ein halbverhungertes Kätzchen aufgefüttert. Vielleicht war sie selbst erstaunt über diese Verwandlung. Oder war es das Erlebnis der Freiheit, das sie in vollen Zügen auskostete, und sie strebte nur deshalb von mir weg, aus Angst, sie könnte binnen Kurzem ihre Freiheit wieder an mich verlieren, dem sie das neue Leben verdankte. Fürchtete sie am Ende gar, ich würde Rechte geltend machen?

Es war schon gefährlich genug, dass zwei junge Menschen, die durch mehrere schwere Erlebnisse miteinander verbunden waren, beinah Wand an Wand schliefen. Zwischen uns lag nur ein leerer, unmöblierter Raum, der als Schlafzimmer gedacht war. Für wen? Einmal hatte ich Monika einen verrückten Heiratsantrag gemacht und hatte meine Abfuhr erhalten. Diese Sperrwand stand noch. Das fühlte sie. Das fühlte ich. Zudem, was hatte ich ihr anzubieten. Keinen Schritt war ich seitdem vorwärtsgekommen.

›Weshalb studieren Sie nicht Architektur? – Alles ist Willenssache.‹ – War das ein Vorwurf oder eine Aufforderung? Wenn ich tagsüber an meiner Arbeitsstätte im verschmutzten blauen Anton Betonmischmaschinen bediente, auf Lehmbergen herumstieg, Hohlblocksteine ablud und aufschichtete, befiel mich manchmal der Schreck, sie beobachte mich von der Straße her durch eines der ausgesägten Gucklöcher im Bretterzaun, der das Baugelände umschloss. Kuli Paul, Hilfsarbeiter, Karrenschieber, Lückenbüßer zwischen zwei Maschinen, eine im Aussterben begriffene Gattung von Handlangern aus der untersten Schicht der Arbeiterklasse. Was hatte es schon zu bedeuten, wenn ich durch Überstunden einige Mark mehr verdiente oder um die Mittagszeit verstohlen durch den Rohbau strich, einige weggeworfene Lichtpausen des Bauplanes zu mir steckte, um sie an meinen freien Tagen zu studieren und mich als angehender Architekt zu fühlen.

Mutter Anne wurde gesund, malte, kochte, wirtschaftete und wollte die bald unerträgliche Spannung, die über dem Hause lag, auf ihre Art lösen. Nach einem abendlichen Spiel griff sie eines der Mah-Jongg-Steinchen, klopfte damit auf den Tisch und sagte: »Monika.« Es klang, als risse sie einen Vorhang auf. Vater Philipp hob abwehrend eine Hand. »Nicht! Nicht! Anne.« – Sie klopfte noch einmal und sagte entschieden: »So geht das nicht weiter. Es muss endlich gesprochen werden. Eine Frau lebt im Haus – ich war hässlich zu ihr. Gott verzeih mir die Sünde. Es war Eifersucht. Nie hätte ich geglaubt, dass sich ein derart teuflisches Gefühl in mir einnisten könnte. Und ich musste es büßen. Das ganze Dorf sammelt glühende Kohlen auf meinen Kopf. Man redet davon, ich hätte Frau Landeck neu eingekleidet, durch meine Pflege sei sie wieder kräftig und schön geworden. Soll ich etwa sagen: ›Nein, nein, Paul hat das Wunder vollbracht.‹ Ich würde ihn und unser Haus in Verruf bringen.« Sie ordnete die Steinchen in die Lade ein und wandte sich an mich: »Bitte Paul, sag ihr, es tue mir leid. Übermorgen ist Sonntag. Ich lade dich und sie zum Mittagessen ein. Wenn sie zusagt und kommt, weiß ich, dass sie mir verziehen hat, und wir brauchen vor Tisch überhaupt nicht mehr davon zu reden. Glaubst du, sie sei einverstanden?«

»Weshalb sollte sie es nicht sein. Sie hat bestimmt nur gewartet, bis du den ersten Schritt tust.«

»Ich weiß nicht, ich weiß nicht«, sagte die Missionarin nachdenklich. »Sie ist mir so fremd, sie ist so stolz und – sie ist katholisch.«

Lachend fegte ich ihre Bedenken weg und war heilfroh über ihren Entschluss, der ihr sicher nicht leicht gefallen war. Denn so wie bisher, dass Monika immer schnell in ihr Zimmer nach oben huschte und die beiden Frauen, wenn sie zufällig zusammentrafen, sich lediglich mit leichtem Kopfnicken und herabgelassenen Augenlidern begrüßten, konnte es auf die Dauer nicht weitergehen.

Am Samstag ruhte das Baugeschäft. Auf Monikas Dienststelle dagegen wurde bis zwölf Uhr gearbeitet. Sie kam dann gegen zwei Uhr vom Omnibus und lud mich für gewöhnlich gegen vier zum Kaffee ein.

Nach dem Mittagessen putzte ich mein Motorrad auf dem Platz vor dem Scheunentor. Da es sehr heiß, ja gewittrig schwül war, hatte ich meinen blauen Arbeitsanzug über den nackten Oberkörper gezogen.

Monika kam durchs Gartentor, sah mich an meiner Maschine knien und grüßte mit einem lauten Hallo herüber. Das war neu. Sie schien in bester Laune zu sein, machte sogar einige Schritte auf mich zu und rief: »Herr Pelz, dürfte ich Sie kurz einmal sprechen?«

»Muss das gleich sein?«

«Ja, gleich«, sagte sie übermütig und winkte mich heran.

Ich ließ alles stehen und liegen. Sie ging ins Haus. Rasch lief ich in die Küche und wusch mir die Hände. Sie wartete vor ihrer schon geöffneten Zimmertür.

»Nur fünf Minuten, Monika. Ich muss mich noch umziehen.«

»Wozu denn? Kommen Sie ruhig herein, wie Sie sind.« Sie streckte mir die Hand entgegen, drückte fest und zog mich in ihr Zimmer. »Wir müssen abrechnen«, sagte sie plötzlich mit gespieltem Ernst und schloss die Tür hinter sich.

»Was hat's denn gegeben, Monika?«

»Meinen ersten Monatslohn hat's gegeben.« Sie zog aus der Handtasche ein Bündel Banknoten heraus. »Können Sie mir nachfühlen, was das bedeutet, das erste selbstverdiente Geld meines Lebens. Und wenn ich so weiterarbeite, sagten sie auf dem Amt, bekomme ich in Kürze Aufbesserung. Man ist mit mir zufrieden, sogar sehr zufrieden.« Sie legte das Geld auf den Tisch, blinzelte mich schalkhaft an. »Und jetzt, was bin ich Ihnen schuldig? Vier Wochen Vollpension –«

»Wollen Sie mich beleidigen?«

»Nein. Aber Sie haben mir als erste Hilfe Geld vorgestreckt. Ich fasste es als Darlehen auf. Das darf ich Ihnen jetzt zurückgeben.« Sie legte die Hände zu einem Bittebitte zusammen. »Ein ganz klein wenig darf ich zurückzahlen.«

»Monika, das Wort zurückzahlen ist so hässlich, dass ich Ihnen richtig böse bin, wenn Sie es noch einmal benützen. Das wissen Sie so gut wie ich.«

»Ich will Sie ja nur ärgern, aus Freude, dass ich es könnte, wenn ich wollte. Aber das müssen Sie annehmen.« Sie übergab mir ein kleines, weiches, in Seidenpapier eingeschlagenes Päckchen. Ich besah meine Hände, die nur flüchtig gesäubert waren. »Würden Sie es bitte für mich öffnen!.« Sie schlug das Papier auseinander. Es war eine Krawatte mit hell- und dunkelgrauem Streifenmuster. Sie hielt sie gegen das Licht. »Gefällt sie Ihnen? Ich glaube, sie passt zu Ihrem Sonntagsanzug.« Impulsiv griff ich nach ihrer Hand, um mich zu bedanken. »Was sehe ich denn da? Rotlackierte Fingernägel? Monika! Monika!«

Sie lachte, errötete, machte eine wegwerfende Geste. »Ich lege keinen Wert darauf, aber es wird so gewünscht auf dem Amt, weil ich viel mit Amerikanerinnen zu tun habe. Und erschrecken Sie nicht, wenn Sie mich bald mit kurzem Haarschnitt und Stöckelschuhen sehen werden.«

»Es wäre wirklich schade um ihre langen schönen Haare. Dann sind Sie die alte Monika nicht mehr.«

»Aha! Die alte Monika, in Bauernstiefeln, schwarzer Kutte, Wollstrümpfen und einem Dutt auf dem Kopf, die alte Vogelscheuche. Eine andere haben Sie ja nie gesehen.«

»Entschuldigen Sie, so war es gewiss nicht gemeint.«

»Ich weiß, ich weiß. Aber gerade diese alte Monika werde ich jetzt Stück um Stück und für immer ausziehen. Wenn ich schon leben soll, will ich ganz leben und nicht als Halbschatten in der Stadt herumgeistern.« Sie hängte mir die Krawatte über den Arm und sagte, schon wieder ganz zutraulich: »Die ziehen Sie nachher zum Kaffee an. Ich will sehen, wie sie Ihnen steht. Sie trinken doch Kaffee mit mir?«

»Ja, gern. Und ich habe auch eine Überraschung für Sie.«

Sie hob warnend den Finger. »Ihre Überraschungen kenne ich. Schokolade, Pralinen und so weiter. Haben Sie sich wieder meinetwegen in Unkosten gestürzt?«

»Nein. Es handelt sich um etwas ganz anderes, um einen Auftrag von Mutter Anne. Wir sprechen beim Kaffee darüber.«

Ich hatte schon zu viel gesagt. Sie hielt mich zurück. »Ein Auftrag? Will sie mir kündigen, mich rausschmeißen?«

»Nein, im Gegenteil. Sie will Frieden mit Ihnen schließen.« Während ich sprach und das Anliegen der Missionarin vorbrachte, die Einladung zum Mittagessen, ging Monika zum Schrank, öffnete, suchte etwas darin, schloss ihn wieder und wandte sich mir zu. Ein bittersüßes Lächeln lag auf ihrem Gesicht. »Also eine Botschaft, eine Friedensbotschaft«, sagte sie ironisch, »zusammen mit einem Schuldbekenntnis. Und Sie sind der Überbringer. Wenn ich aber nein sage?«

»Ich weiß nicht, was Sie hindern könnte, Frieden zu schließen.«

»Sie haben schon zugesagt, ja? Auch in meinem Namen?«

»Nicht in Ihrem Namen. Ich sagte aber, bestimmt wären Sie glücklich über eine Aussöhnung.«

»Was heißt hier Aussöhnung? Vier Wochen hatte sie Zeit zu einem freundlichen Wort. Und jetzt soll ich mich plötzlich morgen an ihren Tisch setzen und eitel Freude heucheln. Sagen Sie ihr, dass ich ihr nichts nachtrage. Aber die Einladung zum Mittagessen nehme ich nicht an. Später, später vielleicht. Erst will ich die Kleider, die ich am Leib trage, selbst verdient haben. Die Missionarin kennt bestimmt die Sachen Ihrer Mutter oder weiß, dass sie von ihr stammen. Es wäre mir unerträglich, wenn sie darauf zu sprechen käme.«

Ich schob den Einwand als lächerlich beiseite. Kleider spielten bei Mutter Anne überhaupt keine Rolle. Sie habe jetzt nur das Bedürfnis, etwas gut zu machen, und wenn sie, Monika, die dargebotene Hand ausschlage, setze sie sich ins Unrecht.

»Ich schlage sie ja gar nicht aus. Nur zum Mittagessen gehe ich nicht. Erfinden Sie irgendeine Ausrede. Sagen Sie, ich hätte den Magen verdorben, sei unpässlich, oder ich hätte vor, morgen früh in die Stadt zum Gottesdienst in den Dom zu fahren, was keine Lüge ist, denn das habe ich vor.«

»Wenn Sie vor Mutter Anne zurückscheuen, tun Sie's wenigstens Vater Philipp zuliebe. Er hat Ihnen nichts getan und leidet am meisten unter der Spannung. Bedenken Sie, wir wohnen in seinem Haus.« Ich verlegte mich aufs Bitten, aufs Schmeicheln. Sie gab nicht nach. Zuletzt stand nur noch Wille gegen Wille. »Monika«, sagte ich, »Sie bringen mich in größte Verlegenheit, wenn Sie mich zwingen, Ihre Absage zu erklären. Sie haben keinen triftigen Grund. Man wird es Ihnen als puren Stolz auslegen. Wollen Sie das?«

Sie stand mit geschlossenen Augen am Schrank, sie hob ihr Kinn. Für einige Augenblicke wurde ihr Gesicht kalkweiß. Dann schoss eine dunkle Röte unter ihre Haut. Ich sah, wie ihre Finger an den herabhängenden Händen sich einwärts krampften. Die dunklen Augen öffneten sich unnatürlich weit. Mit bebenden Lippen brach sie los: »Ja, Herr Pelz, das will ich. Jetzt hören Sie einmal genau zu. Ich betrachte mich hier als freie Mieterin und werde Ihnen, wenn ich ausziehe, den Mietzins auf Heller und Pfennig bezahlen. Auch die Unkosten, die ich Ihnen verursachte. So habe ich Ihre Hilfe verstanden. Jedenfalls will ich sie so verstanden wissen. Ich will fort von hier, fort aus diesem ekelhaften Dorf, an dem tausend üble Erinnerungen kleben und an das mich weiter nichts bindet als das Grab meines Vaters. Ich will endlich heraus aus dieser dauernden Abhängigkeit von fremden Leuten. Ich will frei sein, über mich selbst verfügen können. Was kann ich dafür, dass in der Stadt nicht einmal ein Unterschlupf in einer Kellerhöhle zu finden ist, dass man mich auf dem Wohnungsamt abweist. Aber ich werde ein Zimmer finden. Ich will auch nicht, dass Sie mich weiterhin mit Trauben, Schokolade und Bananen füttern und täglich die Küchenvorräte auffüllen, dass Sie mich mit Worten und Blicken wie ein Pferd taxieren, wie viel an Gewicht ich an Ihrer Futterkrippe zugenommen habe.«

Sie holte tief Atem. »Verzeihen Sie. Aber weshalb zwingen Sie mich, so grob zu Ihnen zu sein. Von uns Frauen verlangt man seit Evas Zeiten, dass wir in die Gefühle und Gedanken der großartigen Herren der Schöpfung hineinkriechen. So war es bei meinem Mann, so bei meinem Vater, und so ist es bei Ihnen. Könnten Sie sich nicht auch einmal die Mühe machen und nachfühlen, wie es einem Menschenkind zumute sein muss, das wie ein eingesperrter Vogel gezwungen ist, anderen das Futter aus der Hand zu fressen und tagtäglich danke, danke, danke zu sagen. Sie haben mich ins Leben zurückgeholt. Sie fühlen sich wohl als mein Retter und Wohltäter. Ich habe mit meinem Vater zusammen in Lazaretten Hunderten von Soldaten das Leben gerettet mit dem einzigen Dank, dass man mir Mutter, Schwester und Brüder samt der Heimat raubte und uns an den Bettelstab brachte. Wer fragte danach? Sie wollen mich zwingen, an den Tisch einer Frau zu sitzen, die sich vor mir, es ist noch nicht lange her, wie vor einer hässlichen Zigeunerin weggedreht hat. Dabei wusste sie genau, wer ich bin. Ich bin ihr gar nicht böse. Aber mich mit ihr aussöhnen oder gar wie Sie Mutter zu sagen – nein! Liebe kann man nicht gebieten. Stolz – ja, ich bin seit einiger Zeit dabei, ihn wieder auszugraben. Mein Vater war stolz. Er war ein Herr. Niemand konnte seinen Stolz brechen, auch die Armut nicht, selbst Gott nicht. Ich ließ mich demütigen, stieg herunter, und je mehr ich mich erniedrigte, desto roher wurde ich getreten. Das ist vorbei. Ich bin niemandem verpflichtet als mir selbst und meinem Gott. Vater hatte recht, wenn er in seinem Buch schrieb: ›Auch die Verachtung ist ein Himmelsgeschenk, und oft ein größeres als die Liebe‹.«

Sie hatte, während sie, an den Schrank gelehnt, sprach, die Fäuste auf und nieder geschleudert. Jetzt trat sie ans Fenster und legte ihre Stirn an die Scheibe. Ich ging zur Tür und drückte schon die Klinke nieder. Schnell drehte sie sich um, machte zwei Schritte auf mich zu, musterte wie angeekelt meinen Arbeitsanzug und sagte mit gedämpfter Stimme: »Auch Sie, Herr Pelz, müssen hier heraus. Haben Sie es nötig, den beiden den Hausknecht zu machen. Wollen Sie immer hier im Dorf leben und am Feierabend über den Gartenzaun weg mit Bauernweibern über Salat und Radieschen schwatzen, schöne Blümchen ziehen für die Wasserfarben Ihrer Mutter Anne. Ich fuhr heute durch die Stadt. Überall wird gebaut, überall wachsen Häuser aus den Trümmern. Reizt das Sie nicht zu etwas Höherem? Es ist doch Ihre Heimat. Sie haben hier aus einer baufälligen Hütte ein schönes Wohnhaus gemacht und reden dauernd von Studieren.

Was sind Sie? Verzeihung, das geht mich nichts an, das ist Ihre Sache. Aber ich verachte Männer, die Talent besitzen und den Willen nicht aufbringen, es zu nutzen.«

Was blieb mir anderes übrig, als wie ein geprügelter Hund abzuziehen. »Ich bitte um Entschuldigung, Frau Landeck«, sagte ich unter der Tür, »wenn ich Ihnen je zu nahe getreten bin. Es soll bestimmt nicht wieder vorkommen.« Als ich bereits die Treppe hinunterstieg, wurde hinter mir die Tür aufgerissen. »Für Sie bin ich immer noch Monika! Verstanden!« Die Tür flog krachend ins Schloss.

Herr Gott! Weshalb riss ich sie nicht an mich, küsste sie, tanzte mit ihr durch die Stube, jubelte: Monika! Monika! Du bist die Frau, die ich seit Jahren suche. Ohrfeige mich weiter, heiße mich einen Feigling, Schlappschwanz, Ofenhocker, von mir aus auch Schuft und Lump. Du gehörst mir. Ich lass dich nicht mehr los. Schwatze mir nichts daher von Freiheit und Stolz. Auf den Mann hast du gewartet. Darum hast du mich verachtet, weil ich dich immer anzog und nie Mut und Kraft aufbrachte, dich festzuhalten.

Und was tat der geprügelte Junge. Er flüchtete zu Mutter Anne. Er erzählte ihr alles. Und sie tröstete ihren Sohn, strich über seine Haare und frohlockte über die volle Breite ihres Gesichtes, hob ihren Zeigefinger, an dem noch Spuren blauer Wasserfarbe klebten. »Paul, Paul! Hat mein Herz mich nicht gewarnt. Das ist keine Frau für dich. Das ist kein Gotteskind.«

Mein Herz - Gotteskind - Pfui Teufel! Ich riss mich los, stürzte hinaus, auf mein Motorrad, und raste davon. Ich konnte es nicht mehr sehen, dieses Dorf, die an den Boden geduckten Häuser, die Misthaufen in brauner Jauchesoße, in der dreckige Enten herumschnäbelten, die abgezirkelten Rüben- und Kartoffeläcker. Gas! Gas!

Auch den Wald hasste ich. Da standen sie an der Straße entlang, die Zeugen meiner Vergangenheit, Scheiterstöße neben Scheiterstößen: Brennholz, Faserholz, Papierholz, Grubenholz, Knorrholz, Rundprügel, Holz von Tannen, Buchen, Ahorn, Eichen, Föhren. Der ganze Jammer der Hungerjahre wehte mir aus dem sauren Rindengeruch entgegen. Weiter, weiter! Gas, Gas! Der Wind pfiff mir um die Ohren, blähte mir Kittel und Hose auf, strich mir am nackten Leib entlang. Verfluchte Weiber!

Ich sie taxieren wie ein Pferd! Mir aus der Hand fressen! Habe ich mich je vor ihr als Lebensretter und Wohltäter aufgeplustert. Gehen soll sie, ruhig gehen! Ich werde mit dem Taschentuch winke-winke machen, mich umdrehen und aufatmen, aufatmen!

Vorsicht Kurve, Gas weg! Haarscharf schoss die Maschine am Randstein vorbei. Und wenn schon! Es war mir gleichgültig, ob ich am nächstbesten Baum den Schädel einrammte. Dank dir, Kermann. Ein wunderbares Rad. Einfach geschenkt: Da nimm den Karren mit. Viel zu wenig für deinen großartigen Dienst.

Der Himmel war bedeckt. Balliges, plumpes, schwarzblaues Gewölk schob sich niedrig von Westen heran, elefantenbäuchig, nashornbäuchig, regenträchtig. Wunderbare Szenerie für meine Stimmung.

Was gäbe ich heute darum, diesen Sturm noch einmal zu erleben. Alles Verhockte, Verbrütete, Kleinliche, Ängstliche, Entschlusslose flog von mir weg, flatterte hinter mich wie dürres Herbstlaub. Mensch und Motor. Motor, Mensch. Wir waren einig. Er riss mich fort, ich riss ihn fort. Ich fühlte mich wie im Zentrum eines Orkanwirbels, der die Erde, die Äcker, Wiesen, Bäume, Wolken, Wälder, Täler, Hügel um mich kreisen ließ.

Mitten aus der Straße stieg zum Greifen nah der schwarze Turm des Domes auf, wuchs hoch, zog den massigen Körper des Riesenbaus nach und daran hängend als wirres, kuchenartiges Wurzelgeflecht die Stadt.

Langsam ließ ich das Rad von der Höhe hinabrollen. Überall, über das ganze Stadtgebiet hinweg, stachen die Gittermasten der Baukräne in den wolkenschweren Himmel. Aus Ruinenfeldern, aus Sand- und Kiesbergen, Stößen von Hohlblocksteinen, aus Ansammlungen von Baumaschinen und Zementsilos wuchsen eingerüstete Hochhäuser. Hier und dort standen bereits Riesenquader und Reihen langgestreckter Wohnblocks. An den Straßen entlang verdeckten Kioske und niedere Behelfsbauten den Blick in die Ruinenfelder.

Die Arbeit ruhte. Wie schlafende Ungeheuer hatten die Bagger ihre gefräßigen Mäuler mit blanken Stahlzähnen am Boden liegen. Ich fuhr entlang an endlosen mit Werbe- und Wahlplakaten beklebten Bauzäunen. Die Gesichter der Passanten waren gelöst und entkrampft. Sie reckte sich wieder, meine Stadt, hatte die Betäubung abgeschüttelt, schlug frische Wurzeln. Jeder

Neubau zog über hässliche Ruinenlücken hinweg den Blick auf sich, strahlte Hoffnung aus und stand für zehn andere, die bald kommen würden.

Es fing an zu regnen. Ich musste einen Unterschlupf finden. In meinem verdreckten, verflickten, von der Fahrt verstaubten Arbeitsanzug und den bloßen Füßen in den alten Waldstiefeln konnte ich unmöglich ein Lokal aufsuchen und steuerte daher meinen Arbeitsplatz an. Die Tür am Bretterzaun war nicht verschlossen. Das verwunderte mich. Da es schon zu schütten begann, bugsierte ich mein Motorrad durch die enge Öffnung, bockte es auf und lief über eine Bretterbrücke in den Bau.

Meine Unrast trieb mich weiter. Ich durchwanderte das Erdgeschoss, das von einem Mittelgang aus in zwei Fluchten gleichmäßiger Räume unterteilt war, eine sehr einfache Konstruktion, die sich in den darüber liegenden Stockwerken wiederholte. Höhe und Breite der Türen und Fensteröffnungen waren auf denselben Grundnenner genormt. Ich stieß auf einen Meterstab, den wohl einer der Maurer verloren hatte, und fing an zu messen. Ich maß die lichten Weiten der Fenster, stellte Differenzen bis zu einer Handbreit fest, dasselbe an den Türen. Meine Augen schärften sich. Hier buchtete eine Mauer leicht vor, dort war der Mörtel zwischen den Steinen zu sparsam aufgetragen, sodass man von einem Raum in den anderen sehen konnte. Auch der Aufsatz der Steine ließ zu wünschen übrig. Schon suchte ich eine Wasserwaage und fand sie in einem unverschlossenen Geräteraum. Jetzt ging ich systematisch auf die Jagd nach Fehlern und Unebenheiten. Vieles machte mir den Eindruck des schnell Hingeklatschten, Übereilten. Die bereits installierten Heizkörper hingen schief, wenn auch nur um zwei oder drei Zentimeter, Mauersteine kragten vor, die Faserplatten an den Decken schienen mangelhaft befestigt zu sein. Bald vergaß ich den Regen und den ganzen Ärger mit Monika. Der Bau war mein Bau geworden, für den ich die Verantwortung als Bauführer trug. Bestimmt waren die Mängel unwesentlich und fielen nicht ins Gewicht, aber in meiner Vorstellung und seelischen Verfassung bauschten sie sich zur handwerklichen Flickschusterei auf.

»Guten Tag«, sagte der Mann unter der Tür. Ich sah mich kurz nach ihm um, dachte, es sei wohl auch einer, der hier

Schutz vor dem Regen gesucht hatte, und setzte die Wasserwaage senkrecht an eine Fenstereinfassung.

»Was suchen Sie hier?«

»Fehler suche ich und finde sie massenhaft. Sehen Sie her, mindestens drei Zentimeter Unterschiede zwischen der oberen und unteren Weite.«

»Wenn Sie etwas vom Baufach verstünden, müssten Sie wissen, dass sich so etwas leicht mit Verputz ausgleichen lässt.« Der gutgekleidete, wohlbeleibte Herr trat drohend auf mich zu und nahm mir die Wasserwaage aus der Hand. »Spielen Sie mir kein Theater vor. Sie meinen wohl, Frechheit siegt. Bei mir nicht. Hier wird gestohlen und Sabotage getrieben. An den Ölpumpen im Heizraum wurden Manometer abgeschraubt. Von welcher Firma kommen Sie?«

»Sie glauben doch nicht, dass ich hier ...«

»Ich glaube, was ich sehe. Wenn Sie sich nicht ausweisen können, verlassen Sie augenblicklich das Baugelände. Aber zuvor will ich wissen, bei welcher Baufirma Sie beschäftigt sind.«

»Hier, bei dieser Firma hier, und ich darf doch wohl vor dem Regen Schutz suchen in einem Bau, an dem ich arbeite.«

Er stutzte. »Bei mir sind Sie eingestellt? Aber bestimmt noch nicht lange? Ich kenne die meisten Arbeiter, die hier beschäftigt sind. Und Sie wissen genau, dass Sie außerhalb der Arbeitszeit die Baustelle nicht betreten dürfen. Sie hatten etwas vor, das zeigt Ihr ganzer Aufzug. Darf ich mir Ihre Personalien notieren?« Er zog einen Notizblock aus der Tasche und klemmte die Wasserwaage unter den Arm.

»Was kommt's darauf an«, sagte ich. »Hat man seinen Pechtag, dann hat man ihn eben. Notieren Sie, soviel Sie wollen.« Und ich leierte Vor- und Zuname, Wohnort, Geburtsort, Geburtsdatum, Name von Vater und Mutter herunter. »Beruf Student. Unverheiratet. Genügt das?«

Es wurde dunkler. Es donnerte. Der Mann sah mich genauer an, schloss das Notizbuch und steckte es weg. »Pelz, Pelz. Studienrat Pelz an der Oberrealschule, mein Lehrer.« Er trat näher auf mich zu, legte den Kopf schief und besah eingehend mein Gesicht. »Doch, ja. Sie gleichen ihm.« Ein Kopfschütteln, ein ablaufender Blick an meinem ölverschmierten Anzug hinunter. »Nun sagen Sie mir ...« Ein jäher Blitz mit sofortigem gellendem, schmetterndem Donnerschlag riss ihm die Frage vom Mund. Windstöße fegten durch die Gänge. Leere Zementsäcke tanzten an den Wänden entlang. Vor der breiten Fensteröffnung bildete sich ein Vorhang aus fallenden Wasserschlieren. Es schüttete, toste, rauschte, prasselte. Wir standen am Fenster, sahen hinunter in die tiefe Ausschachtung, wo sich bereits Wasserlachen bildeten. Der Wolkenbruch wurde stärker. Es klatschte auf die Lehmhügel, die Laufbretter, auf Abdeckbleche, Baumaschinen und die Teerpappedächer der Schutzhütten. Der Baumeister neben mir schlug mit den Fäusten aufs Gesims. »Aufhören! Aufhören!«, schrie er in den losgelassenen Wassertumult hinein. Zwischen den Erdaufschüttungen und Sandbergen wurden die Lachen zu Teichen, die Teiche zu Seen. Von der Straße her quoll eine Flut in Flussbreite unter dem Bretterzaun herein, bahnte sich einen Weg durch aufgestapelte Ziegel- und Hohlblocksteine und strudelte schon hier und dort in kleinen Kaskaden hinab in die Fundamente. Mein Baumeister trippelte von einem Bein aufs andere. «Aufhören! Aufhören!«, stöhnte er in einem fort, hob die geballten Fäuste zum Himmel. »Aufhören! Seid ihr denn ganz verrückt geworden dort oben.« Schnaufend legte er die Hände auf die Brust. »Mein Gott, wenn das noch fünf Minuten so weitergeht, säuft das ganze Kellergeschoss ab.« Und es ging weiter, gleichmäßig, gleichgültig, wie ein überdimensional langes Webband an einem riesigen Maschinenwebstuhl.

Wir liefen zum Treppenschacht, hinab ins Untergeschoss. Dort stand das Wasser knöcheltief und stieg merklich höher. Die gesamte Heizanlage war bereits installiert. Der Architekt rang hilflos die Hände. »Was machen wir, was machen wir? Wenn das Wasser hier hochkommt, gehen die teuren Brenner und Ölpumpen alle zum Teufel. Man sollte draußen ringsum abdämmen.« Fast flehend sah er mich an.

Ich suchte nach Hacke und Schaufel, fand sie in einer Speispfanne und rannte damit in den schüttenden Regen hinaus an die Stelle des größten Einbruchs, wo die Wasser die Lehmhügel durchstoßen hatten und in die bereits halb gefüllte Ausschachtung als breite dunkelgelbe Brühe hinabschäumten. Mit aller Kraft stemmte ich mich gegen einen Stoß Ziegelsteine, wuchtete, bis er in den Fluss stürzte. Schnell schaufelte ich Kies, Sand und Erde darüber. Dann ging ich daran, für die überall hereinbrechende Flut einen Ablauf in ein nahes Ruinengrundstück auszuhacken. Mein Kittel klebte mir am Leib und behinderte mich. Ich riss ihn herunter und schuftete mit nacktem Oberkörper weiter.

Der Architekt schrie bald zu diesem, bald zu jenem Fenster heraus und wies auf neue Einbrüche. Ich schleppte Steine, Bohlen, Bretter an, dämmte ab, grub neue Ablaufrinnen und versank oft bis an die Hüften in den Teichen und Seen.

Der Platzregen ließ nach und hörte bald ganz auf. Aber die Überschwemmung nahm zu und erreichte erst ihren Höhepunkt, als die Wasserfluten aus der oberen Stadt plötzlich am ganzen Zaun entlang hereindrängten. Es war zwecklos, weiterhin dagegen anzukämpfen, wollte ich nicht Gefahr laufen, selbst mitgerissen zu werden oder zwischen Drahtrollen und Eisenmatten hängen zu bleiben.

Ich traf Herrn Marbel an der Kellertreppe, wo er auf eine schmutzige, von Schaumblasen bedeckte Wasserfläche starrte.

Erst am Geräusch meiner klappernden Zähne wachte er aus seiner Betäubung auf. »Ja Mann, ja Mann, was machen wir nur mit Ihnen? Sie zittern am ganzen Leib.« Er zog seine Jacke aus und legte sie mir um den nassen Oberkörper. »Lassen wir das hier. Es gibt Versicherungen. Und jetzt nichts wie in meinen Wagen und in ein heißes Bad.«

Bevor ich einstieg, zog ich mir noch Hose und Schuhe vom Leib, wurde in eine Decke gepackt und wie eine schmutzige Wasserratte in die Wohnung meines späteren Chefs gefahren.

Ein blau gekacheltes Badezimmer mit schwarzem Mosaikfußboden, eine tief eingelassene Wanne, Porzellanknöpfe an der chromblitzenden Mischbatterie, zwei Waschbecken an der Wand, ein massiger Boiler am Fußende der Wanne, große Spiegel, heute mir lauter bis zum Überdruss vertraute Dinge, deren Einrichtung und Montage ich seit Jahren zu überwachen und zu prüfen hatte, damals bedeuteten sie für mich eine neue, ehrfürchtig bestaunte Welt.

Während ich mir den alten Menschen von der Haut schrubbte, ging Herr Marbel ein und aus. Hier ein heißer Tee mit Rum. Das wärmt von innen. Hier Wäsche, ein Anzug, Schuhe zur Auswahl. Er hängte die Kleidungsstücke an die Wand und setzte sich vorgebeugt neben die Wanne, die Unterarme quer über den

Knien. »Ein nasses Abenteuer für Sie. Ihr Vater hätte von einem elementaren Urerlebnis gesprochen. Er liebte das Wort elementar. Jedenfalls bekamen Sie einen kleinen Begriff von den Sorgen eines Architekten und ich von Ihrer Bereitschaft, sich für eine Sache einzusetzen. Studieren Sie doch Architektur. Reizt es Sie nicht?« Es war beinah dieselbe Frage, die Monika kurz zuvor an mich gestellt hatte.

»Schon zu alt«, sagte ich, »bald dreißig, und woher soll ich das Geld nehmen?«

»Man ist nie zu alt, Herr Pelz, und Geld – alles ist Willenssache.«

Wieder höre ich wie ein Echo Monikas Stimme: ›Alles ist Willenssache.‹ Er sprach ruhig weiter, als erklärte er einen Bauplan: »Sie arbeiten bei mir ein Jahr oder zwei. Das wird Ihnen beim Studium als Praktikum angerechnet. Sie sparen Geld für den Start und die ersten Semester. In den Ferien können Sie auf meinem Baubüro unterkommen. Außerdem gibt es in Ihrem Fall Stipendien. Meine Fachbibliothek steht Ihnen ebenfalls zur Verfügung.« Er schürzte die Lippen und stellte die gespreizten Finger gegeneinander. »Theoretisch geht es - und die Taufe hätten Sie ja hinter sich.«

XVII

Jede Nacht war schlimmer als die Nacht zuvor. Der Widerstreit begann bereits auf der Fahrt ins Dorf: ein Unbehagen, eine Anziehung, die mir lästig war, eine Rebellion gegen ein Gefühl, das mich unwiderstehlich in ihre Nähe zog. Hat sie noch Licht im Fenster, schläft sie schon, ist sie fortgezogen, fort für immer? Wenn ich von der Straße in den Fahrweg einbog, der etwa zweihundert Meter weit unter Obstbäumen zum Haus des Missionars führt, wusste ich bereits den Ast, durch den ich ihr Licht erspähen konnte. Gut, sie ist noch da, ist noch wach. Ich bringe mein Motorrad in die Scheune, schließe das Tor, gehe auf den Fliesen am Haus entlang, biege um die Ecke und vergewissere mich, ob das Licht noch brennt. Neben der Haustür hatte ich für Mutter Anne eine Bank angebracht, auf der sie zuweilen malte und ihre Zeichenutensilien ausbreitete. Unmittelbar darüber war das beleuchtete Fenster. Ich setze mich und ruhe mich von der Fahrt aus. Sie hat sicher das Motorrad gehört und weiß auch, dass ich hier unten sitze. Weshalb gehe ich nicht gleich nach oben? Hoffe ich, dass sie einmal das Fenster über mir öffnet? Sie öffnet nie.

Ich brauchte nicht lange zu warten, da saß er schon neben mir, mein ständiger Begleiter in diesen Tagen, mein Bruder Zorn: Du könntest deine Stube jetzt ganz gut gebrauchen und als Zeichenbüro einrichten. In deiner Kammer steht nicht einmal ein Tisch. Kündige ihr. Wirf sie hinaus! Wie viele Abfuhren willst du noch einstecken. Keine zehn Pferde sollen dich ihr auch nur einen Schritt näher bringen. Andere Geister gesellten sich hinzu: Stolz, Scham, Mitleid, Zuneigung, Hass - Geister ohne Stimmen, lautlose Nachtfalter, die mich bis in den Schlaf verfolgten.

In der Stadt fühlte ich mich frei. So weit reichte ihre Macht nicht. Sie hatte mich aufgenommen, die Stadt. Ich dehnte meine Feierabende aus, besuchte Kinos, Vorträge, auch einmal ein Theaterstück, oder saß im Café mit einem Fachbuch über Mathematik, Physik, Baustoffkunde. Auch lernte ich auf einmal eine Menge Menschen kennen, frischte alte Bekanntschaften auf: Ja Mensch, Paul, du lebst noch. Was treibst du? – Ich studiere Architektur, absolviere zur Zeit ein Praktikum bei der Firma Marbel. – Das hörte sich schon besser an als Hilfsarbeiter.

Ein ermüdend langer Vortrag mit Lichtbildern über die Neugestaltung unserer Stadt war zu Ende. Beim allgemeinen Aufbruch traf ich einen früheren Lehrer aus dem Gymnasium. Ein alter pensionierter Herr, ein Kollege meines Vaters. Bekannte von ihm traten herzu. Es bildete sich eine kleine Gruppe im Seitengang des Physiksaales. Nachfragen über Nachfragen: Wie es meiner Mutter gehe, ach schon gestorben, wann denn, wo denn. Der Saal leerte sich. Zuletzt standen wir allein. Der Schuldiener rasselte mit dem Schlüsselbund. »Wo haben Sie denn Ihren Mantel?«, fragte eine Frau den Lehrer. An der Wand entlang waren alle Haken leer. Wäre der Mantel verwechselt worden, müsste ein anderer da hängen. Der alte Herr schlug hilflos die Hände wie ein flatternder Vogel. »Mein Mantel, mein schöner neuer Mantel!« Man suchte den Saal ab, suchte die Gänge ab. Der Mantel war fort samt der Taschenlampe, die darin stak. Der Mann wohnte weit draußen vor der Stadt in einem Gartenhäuschen. Ich fühlte mich schuldig, weil ich ihn aufgehalten hatte. »Meine Frau«, jammerte er, »sie hat mir zehnmal anbefohlen, ich müsse den Mantel über den Schoß legen, dürfe ihn nirgends aufhängen. Aber ich saß daneben, konnte ihn mit Händen greifen.«

Vor dem Schulgebäude, in dem der Vortrag stattgefunden hatte, ging das Jammern und Beraten weiter. Sollte man noch einmal zurückgehen und suchen? Inzwischen hatte der Schuldiener von innen bereits das Tor abgeschlossen.

Jemand musste den alten Herrn begleiten. Allein, ohne Taschenlampe konnte er sich in den Gärten verirren. Ich bot mich an. Seine Bekannten packten ihn auf den Rücksitz meines Motorrads. Vorsichtig fuhr ich durch die kaum beleuchteten Straßen, ließ mich einweisen und gelangte nach einigen Fehlfahrten vor ein Gartentor. Er stieg ab. »Mein Mantel, mein Mantel! Sie kommen doch mit herauf, Herr Pelz. Ich wohne oben am Hang in einer Notunterkunft.«

Ich drehte den Scheinwerfer gegen den Garten. Ein Treppenweg führte zwischen Spalier- und Buschbäumen nach oben. »Opa!« Eine schlanke Gestalt in eng anliegender Hose und wießem Rollkragenpullover kam, in gewandten Sprüngen über die Treppenabsätze hüpfend, heruntergelaufen. »Warum so spät?«, fragte das Mädchen und warf mit einer Kopfbewegung eine Mähne hellen Haares aus dem Gesicht. Sie stand hinter dem Gartentor, ein aufgeschossenes, junges Ding. »Machen Sie endlich Ihr freches Licht aus!«, rief sie ins Dunkel. Ich drehte das Vorderrad zur Seite und schaltete auf Standlicht. Sie tastete uns mit dem schwachen Schein einer Taschenlampe ab und ließ den Lichtkegel eine gute Weile auf meinem Gesicht liegen.

»Ilse! Ilse!«, klagte der Alte mit unnatürlich hoher Stimme, »stell dir vor, Ilse, sie haben mir meinen Mantel gestohlen.«

»Wer, was? Deinen Mantel? Bist du verrückt, deinen neuen Mantel! Gestohlen!« Sie riss die Gartentür auf und griff nach seinem Arm. »Du zitterst ja, du frierst. Komm!« Sie zog ihn hinter sich her. Ich lehnte das Rad an den Zaun und folgte. Das Mädchen leuchtete zurück. »Vorsicht! Stufen. Immer zwei Schritte, dann drei Stufen.«

Ich betrat die Notwohnung, ein Gartenhäuschen, eng, niedrig, mit einem kleinen Küchenvorraum und einem winzigen Wohnzimmer. Eine alte Dame mit Hängewangen stand vor einem langen, tiefen Sofa, das fast die Hälfte des Stübchens einnahm. Kein Tisch, keine Stühle, nur eine Anzahl Wandbrettchen, vollgestopft mit allerhand Kleinhausrat. An der Hinterwand ein Gebausch von Kleidern, die an Haken von der Decke hingen.

»Wo hast du deinen Mantel, Mann?«, war die erste Frage der Dame, ehe sie mich überhaupt ansah. »Verloren, gestohlen!«, rief der Alte und hob hilflos die Arme. Das Mädchen schlüpfte an ihm vorbei und drückte die Frau aufs Sofa nieder. »Jetzt nur kein Geschrei, nur kein Drama. Der Herr hier wird alles aufklären. Setzen Sie sich hierher in die Sofaecke.« Sie platzierte ihren Großvater neben mich. Dann schob sie einige Holzbrocken in einen kleinen Kanonenofen bei der Tür.

»Es war ein Lichtbildervortrag«, begann der Alte. »Alles ganz dunkel ...« – »Hab ich dir nicht hundertmal gesagt, du sollst den Mantel nicht ausziehen oder, wenn es schon zu warm ist, sollst du ihn über die Knie legen.« Ich schaltete mich ein, ich sei mitschuldig und müsste von Rechts wegen für den Schaden aufkommen. Die Frau lehnte mein Angebot energisch ab. »Er ist allein schuld. Er soll den Mantel nicht aus der Hand geben, soll ihn nicht an die Wand hängen.«

Während die beiden sich herumstritten, hob das Mädchen ein Brett, das unter dem Fenstersims an der Wand hing, kroch darunter und rastete zwei Latten ein. »Unser Tisch, meine Erfindung«, sagte sie zu mir herüber. »Praktisch, nicht? Bei Nacht lässt man das Brett einfach herunter, klappt die Liege auseinander, schon haben wir ein Schlafzimmer. Ich wohne oben im Starenkasten.« Sie nahm vom Wandbord über dem Sofa eine Decke, breitete sie über den Tisch und setzte die Erdöllampe darauf, die bisher auf dem Fensterbrett gestanden hatte. Dann lief sie in den Vorraum, brachte ein Körbchen großer, gelber Birnen herein und drückte jedem der Streitenden eine in die Hand.

Wie alt mochte das schlanke junge Ding sein? Sechzehn bis siebzehn, schätzte ich. Alle ihre Bewegungen waren rasch, katzenhaft geschmeidig. Man hätte sie ohne weiteres für einen Jungen halten können. Außer den langen Haaren, die sie lose über den Rücken trug, verriet nichts an ihrer Figur oder dem Gesicht das Mädchen

Die Diskussion um den Mantel ging weiter. »Wozu hat man die Polizei oder das Fundbüro oder die Zeitung«, sagte der Alte. »Ach geh«, tat ihn seine Frau ab. »Zeitung, Suchanzeige, Geld zum Fenster hinauswerfen. Man kann dich einfach nicht mehr allein aus dem Haus lassen.«

Ilse setzte sich zwischen die beiden, schnitt eine Birne auf und versuchte, jedem einen Schnitz in den Mund zu schieben. Er nahm ihn an, die Großmutter schob ihre Hand weg. »Lass doch die Faxen, Kind, und überleg einmal mit mir. Der Winter kommt. Wir brauchen Kohlen, Holz, wir brauchen notwendig zusätzlich Bettwäsche. Woher das Geld für einen neuen Mantel nehmen?«

Ilse sagte gelassen: »Und ich soll zum Geburtstag endlich mein Fahrrad bekommen.«

»O Kind!, daraus wird wieder nichts. Ich bin nicht schuld.«

»Aber ich hätte es bekommen, wenn Opa nicht ... Das Geld haben wir ja bereits beisammen.«

»Du hättest es bekommen. Diesmal ganz gewiss.«

»Also gut. Verschieben wir es eben noch einmal.. Räder lassen sich leicht verschieben, von Weihnachten auf Ostern, von Ostern auf Pfingsten und weiter, weiter. Bist du jetzt zufrieden, Oma?«

»Aber Kind, versteh doch. Letzte Weihnachten hast du deine Skiausrüstung bekommen.«

»Ich versteh ja«, rief Ilse. »Ich versteh immer. Wenn ich nicht dauernd verstehen würde, wäre ich hier schon längst aus der Haut gefahren. Das Bettsofa hier musste sein, Bettwäsche musste sein, Kleider mussten sein. Das Fahrrad muss nicht sein.«

»Ein Fahrrad«, sagte ich. »Bei mir steht eines herrenlos im Haus, erst zwei Jahre alt. Es ist allerdings ein Herrenrad. Das können Sie geschenkt haben. Ich brauche es nicht mehr.«

»Herrenrad«, sagte das Mädchen. »Gerade das will ich ja. Ich trage immer Hosen, sommers wie winters.« Sie stand auf, schraubte an der Petroleumlampe, schob sich an ihrem Großvater vorbei und kniete auf einmal vor mir. Beide Hände auf meinen Knien, nickte sie zutraulich zu mir herauf. »Ich bekomme das Fahrrad? Ganz gewiss? Todsicher?«

»Sie bekommen es. Mein Wort darauf.«

Sie schlug in die dargebotene Hand und hielt sie fest. »Wann, wann, wann?« – »Sofort, das heißt, ich muss es noch herrichten lassen. Heute ist Dienstag. Sagen wir, am nächsten Sonntag. Ich hole Sie mit meinem Motorrad hier ab.«

»Toll! Toll!« Sie umhalste ihren Großvater. »Ich bekomme ein Fahrrad, ein Fahrrad!«

Nach dem Abschied begleitete sie mich durch den Garten und leuchtete mir voraus. Immer zwei Schritte und drei Stufen. Bei dem Motorrad erklärte sie mir genau den Weg, damit ich sie am Sonntag ja nicht verfehle. Aus dem weiteren Geplapper erfuhr ich, dass sie die Mädchenoberschule besuche, dass sie Sportlehrerin werden wolle und mit Leidenschaft Ski fahre.

So neu, wie ich gedacht, war das Vehikel nicht mehr. Es hatte Rostansatz am Gestänge, es brauchte einen schöneren Sattel, eine neue Bereifung. Auch das Vorderlicht musste ausgewechselt werden. Ich sagte Meister Engelbert, er solle bei der Verschönerung nicht sparen. Das Rad sei für ein junges Mädchen bestimmt.

»Nicht für deine Monika?«

»Komm, komm. Sie ist noch lange nicht meine Monika. Und kannst du sie dir überhaupt auf einem Fahrrad vorstellen?«

»Monika auf einem Fahrrad? Nein. Mensch Paul, wie hat sie das nur angestellt in der kurzen Zeit? Sie kommt ja jeden Morgen hier vorbei. Jedes Mal schöner, jedes Mal moderner. Kurze Haare, Dauerwellen, neue Kleider, neue Schuhe. Dachte, ihr beide wollt bald heiraten. Alles wartet darauf.« - »Wer wartet darauf?« - »Das ganze Dorf. Wenn Vater Philipp auszieht und ihr bleibt zurück, muss ja so oder so etwas geschehen.«

»Warum sollte Vater Philipp wegziehen?«

»Nicht wegziehen, nur ausziehen, ins Pfarrhaus hinauf. Das weißt du nicht, dass sich unser alter Pfarrer pensionieren ließ und der Philipp sich um seine Stelle bewirbt?«

»Nein, wir sprechen in letzter Zeit wenig miteinander. Ich komme abends immer sehr spät heim.«

»Klar, verstehe. Ist auch etwas zu viel auf seine heilige Haut.« Er grinste und stieß mir die Faust in die Rippen. »Unten Bibel und oben Babel. Spaß, nur Spaß.« - »Stammt der dumme Witz von dir?« - »I wo, weiß nicht, wer ihn aufgebracht hat. Geht eben so im Dorf rum, weil – ach was, saudummes Weibergeschwätz.« - »Sag's schon, weil weil ...« - Er zuckte die Schultern. »Weil sie auf einmal ganz anders ist, so amerikanisch mit rotlackierten Fingernägeln und Hochabsätzen. Früher hat sie mir viel besser gefallen.«

Ich pochte ihm auf die Brust. »Engelbert, was das Dorf schwatzt, kann ich nicht verhindern. Das Rad hier schenke ich einem Mädchen und das heißt Ilse. Ilse Lamprecht, wenn du es genau wissen willst. Und zwischen mir und Monika ist nichts. Wir sehen uns kaum, und wenn wir uns sehen, sagen wir nicht einmal grüß Gott. Seit langem sucht sie ein Zimmer in der Stadt, weil sie weg will von hier, weg von mir und allen bösen Weibern, die sie seit langem mit Dreck bewerfen. Zudem ist sie verheiratet, immer noch.«

Er glotzte mich an. »Was, was, wie! Jetzt dreht sich bei mir die ganze Werkstatt. Du und sie – nichts? Verheiratet, immer noch? Weshalb geht sie dann nicht zu ihrem Mann? Ich dachte, sie sei schon lange geschieden von ihm, wie heißt er denn, wie heißt er denn, der frühere Schrotthändler ...«

»Welcher Schrotthändler?«

Der Meister ging zur Werkstattür, zog sie zu, zündete sich eine Zigarette an und setzte sich auf die Werkbank. »Ihr seid doch Freunde, du und - jetzt fällt's mir wieder ein, dieser Kermann.«

»Und was hat der mit Monika zu tun?«

Der Schlosser sprang von der Werkbank wieder herunter, warf die Zigarette zu Boden, fuhr scharrend mit dem Schuh darüber, lief auf und ab und blieb zuletzt vor mir stehen. »Sag, stellst du dich dumm, oder weißt du wirklich nichts? Wenn du nichts weißt, werde ich mir die Schnauze nicht verbrennen.«

»Du hast sie schon verbrannt. Los! Die andere Hälfte auch heraus! Kermann – Monika. Was ist zwischen den beiden?«

Er wich aus. »Alles Geschwätz, Weibergemunkel. Zu dumm. Dachte mir's doch. Das müssten ganz blöde Vögel gewesen sein, die Monika und diesen Bullen zusammengetragen hätten.«

»Monika soll mit Kermann - die heißt doch Landeck.« Ich zwang mich zur Ruhe. Ein Vorhang war halb aufgezogen. Und ich sagte, so trocken und teilnahmslos, wie ich konnte: »Engelbert, die Sache geht mich weiter nichts an. Zwischen mir und dieser Frau Landeck besteht keinerlei Verbindung mehr. Du kannst ruhig reden. Kermann war mit Monika verheiratet? Entweder hat sie oder er den Namen gewechselt.«

»Ja, er soll den Namen gewechselt haben. Das ganze Geschwätz kommt von den Flüchtlingen. Die stammen ja alle von da unten, aus Ungarn, Rumänien, Jugoslawien. Und einer, der ihn früher kannte, vom Kommiss her, hat für ihn Schrott gesammelt. Ein Mann aus seiner Kompanie. Der hat das Geschwätz in Umlauf gesetzt, Kermann heiße Landeck. Es muss etwas dran sein. Kermann hat ihm kräftig das Maul gestopft, dass der andere sich davon das schönste Haus bauen konnte.«

»Und dieser andere kennt Monika auch?«

»Das glaub ich nicht. Aber hier Landeck, dort Landeck, zwei gleiche Namen, und schon ist das Geschwätz da.«

»Und dass Kermann früher Landeck hieß, das weißt du bestimmt?«

»Ja, das weiß ich bestimmt, weil ich mit dem anderen zusammenarbeite. Er ist wie ich Schlosser.«

»Wo wohnt der Mann mit dem neuen Haus? Hier im Dorf?«

»Das kann ich dir nicht sagen. Aber bestimmt nicht hier in diesem Dorf. Ich komme weit im Kreis herum mit meinem Fahrradhandel.«

»Hast vielleicht sogar du das Geschwätz im Dorf in Umlauf gesetzt, Monika und Kermann seien verheiratet gewesen. Landeck. Was heißt das schon. Es gibt bestimmt eine Menge Landeck zwischen Polen und Frankreich.«

»Ich, ich? Wo denkst du hin!«, tat der Schlosser beleidigt, wurde aber puterrot. »Kommt von den Flüchtlingen.« Er hob mein Fahrrad an der Lenkstange hoch und prüfte den Vorderreifen. »Neuer Mantel. Soll ich auch gleich die Schläuche auswechseln?«

»Selbstverständlich. Neue Mäntel, neue Schläuche, neuer Sattel, neues Licht. Es soll aussehen wie frisch aus dem Laden.«

»Wird gemacht.« Unter der Tür hielt er meine Hand fest. »Du, mir wird ganz heiß. Kein Wort zu Kermann von dem, was ich gequasselt habe. Ich weiß nichts, verstehst du, gar nichts weiß ich.«

»Keine Angst. Alles bleibt bei mir.«

Und alles blieb bei mir, rumorte in mir. Kermann - Monika. Er in Uniform, sie ein junges, reiches, verwöhntes Herrentöchterchen. ›Deutsche Soldaten kamen. Wir waren verrückt vor Begeisterung.‹ Das konnte ich mir vorstellen. Er hoch zu Ross, sie hoch zu Ross. Auch das konnte ich mir lebhaft vorstellen. Er ein Fabrikantensohn, sie eine Professorentochter. Es passte zum Bild. Er weiß, dass sie noch lebt, und glaubt, sie sei im Kloster. Weiß sie etwas von ihm? Kaum. Sie lügt nicht. Sie hat mir erzählt, ihr Mann sei verschollen. Monika hatte ein Kind von ihm – von Kermann?

XVIII

Der Herbsthimmel war klar, als ich in die Stadt fuhr, um Ilse abzuholen. Ein warmer Oktobermorgen. Gold hing in den Buchenwäldern, flatterndes, sonnendurchleuchtetes Blattgold, letzter Farbenrausch des Jahres. Ich ließ mein Rad mit gedrosseltem Motor langsam unter den Bäumen hinzuckeln. Es eilte nicht. Zuerst besah ich mir einige Baustellen, speiste dann zu Mittag und fuhr anschließend in die Vorgärten hinaus.

Ilse hatte schon lange nach mir ausgespäht. Ehe ich vor dem Gartentor anhielt, kam sie bereits in langen Sätzen den Treppenweg heruntergelaufen. Sie trug eine blaue Skihose und einen himbeerfarbenen Anorak, dessen Reißverschluss am Hals offen stand. Ihr tief gebräuntes Gesicht lag jetzt im hellen Mittagslicht. Ein Stupsnasengesicht, mehr das eines Lausbuben als eines Mädchens. Die Haare waren zum Pferdeschwanz aufgebunden. Sie legte eine Hand auf die Brust und stieß einen übertriebenen Seufzer aus. »Endich kommen Sie. Weshalb erst jetzt? Seit vier Stunden warte ich!«

»Hatten wir nicht den Nachmittag verabredet?«

»Nein, den Morgen. Um zehn Uhr wollten Sie hier sein.«

»Das tut mir aber leid.«

»Oder war es doch der Nachmittag«, sagte sie, als sie aufstieg. »Ich weiß es nicht mehr. Egal! Fahren Sie los!« Ich spürte ihre Hände auf meinen Schultern. Sie wippte vor Ungeduld auf dem Sitz. »Schneller! Schneller!« Auf der Hauptstraße drehte ich auf. »Noch schneller!« Sollst du haben. Der Tacho kletterte auf neunzig, hundert, hundertzehn. Sie legte beide Arme um mich. »Sache! Klasse!«, schrie sie mir ins Ohr. »Hui, wie das fegt! Mein Anorak - ein Luftballon!«

Als ich zu Hause auf den Vorplatz einbog, stand Monika unter dem offenen Fenster. Sie sah noch zu, wie Ilse abstieg, wich zurück und schloss die Flügel. Verwundert blickte sich das

Mädchen um. »Hier wohnen Sie?« Ich wies zur Giebelwand. »Dort steht Ihr Fahrrad.« Sie ging wie auf Zehenspitzen langsam darauf zu, blieb zwei Schritte davor stehen, scheu, fast ehrfürchtig. »Das ist ja neu, ganz neu.«

»Nur die Bereifung ist neu und der Sattel.« Ich schob es auf den Rasen vor und gab ihr die Lenkstange in die Hand. »Probieren Sie einmal.« Sie setzte sich darauf. »Wir müssen den Sattel etwas herunterlassen.« Sie sprang ab. Ich stellte den Sitz zwei Fingerbreit tiefer. Ilse hielt dabei den Rahmen fest. – »So, jetzt los! Können Sie überhaupt Rad fahren?«

Mit einem Sprung saß sie auf, radelte über den Vorplatz, steuerte durchs Gartentor und verschwand unter den überhängenden Birnbäumen der Nachbargärten. Ich wartete, setzte mich auf die Bank unter Monikas Fenster. Ob sie uns wohl beobachtet hat? Ich wünschte es. Nach einiger Zeit kam Ilse in voller Fahrt angetrampelt, bremste, sprang ab und wischte sich mit dem Ärmel übers Gesicht. »Prima! Wunderbar! Es läuft ganz leicht.« Sie lehnte das Rad wieder gegen die Wand. »Und das soll jetzt mir gehören?«

»Soll ganz ihnen gehören. Hier übergebe ich den Schlüssel zum Schloss.«

Das burschikos Jungenhafte war aus ihrem Gesicht verschwunden. Sie war Mädchen, verschämt, mit erhitzten Wangen und blauen, strahlenden Augen. Nicht übel, dachte ich, und eine warme Welle stieg mir zum Hals hoch. – »Was bin ich Ihnen schuldig, Herr Pelz?«

»Wieso schuldig? Das Rad gilt als Ersatz für den verlorenen Mantel Ihres Großvaters. So ist's abgemacht.« – Sie legte Daumen und Zeigefinger an den Mund und zupfte an der Unterlippe. »Etwas müssen Sie verlangen. Geschenkte Fahrräder wollen zurück zum früheren Herrn. Sie sollen Unglück bringen. Ich wollte schon gern etwas dafür geben, dass es ganz mir gehört.« Sie zog aus dem Anorak einen Geldbeutel.

»Tun Sie das Geld weg. Doch wenn Sie schon abergläubisch sind, geben Sie mir einen Roten – besser noch – einen Kuss.«

»Ach, ein Kuss ist gar nichts.«

»Oh, sagen Sie das nicht. Ein Kuss kann sehr teuer zu stehen kommen. Manch einem hat er schon das Leben gekostet.«

Sie steckte den Geldbeutel weg und ging zögernd zum Fahrrad.

Der Vorhang an Monikas Fenster war nur halb geschlossen. Ilse sprang auf mich zu, umhalste mich, drückte mir irgendwohin zwischen Nase und Backe einen Kuss auf. Dann jagte sie Hals über Kopf auf dem Rad davon.

Sonne liegt über dem Rasenplatz, eine freundliche Herbststille. Zwischen den Beerhecken am Zaun entlang wuchert Unkraut: Disteln, Franzosenkraut, Ackerwinden. Die beiden Missionarsleute sind ausgeflogen. Ich räkle mich auf der Bank. Eine schläfrige Müdigkeit überkommt mich. Ich bin zu faul, meine Lederjacke auszuziehen. Die Gedanken folgen dem Mädchen. Ich sehe sie auf der Straße dahinfahren. Flink treten die Beine die Kurbel. Bald wird sie bei der hohen Linde sein. Von dort geht's steil in ein Wiesental hinunter. Sie genießt die Abfahrt. Hoffentlich biegt sie vorsichtig in die untere Kurve ein. Scharf bremsen, Ilse, sonst kann es dir passieren, dass du wie neulich ein Omnibus in die Sumpfwiesen hinausgeschleudert wirst. Ich überlege, ob ich ihr nachfahren soll. Sie ist zu waghalsig, zu frech. Aus lauter Freude und Begeisterung wird sie die Abfahrten nehmen wie Schussfahrten auf einer Schneepiste. Im Pulverschnee fällt man weich. Aber ein Sturz auf die harte Straße tut weh, Ilse. Ich hab es neulich zweimal hintereinander erlebt. Aufgeschlagene Hände und Knie. Oder gar mit dem Gesicht auf die Fahrbahn. Hautrisse, entstellende Narben fürs ganze Leben. Schon sehe ich sie blutüberströmt neben dem Rad liegen. Ich hätte sie warnen müssen vor den Tücken der Straße: Kurve an Kurve, hügelauf, hügelab. – Wird schon nichts passieren – schon nichts passieren. Schlaf sitzt mir in den Knochen. Die Augen fallen mir zu. Von der Straße her höre ich das dumpfe Rollen schwerer Fahrzeuge. Eine Militärkolonne. Es ist die Zeit der Herbstmanöver. Die Wälder wimmeln von Soldaten, Amerikanern, Negern. Wie schwer ist ein fauler Körper. Auf! Steh auf! Fahr ihr nach! Denk an den Wald. Eine halbe Stunde fährt sie durch Wald. Oder denk an die beiden alten Leutchen im Gartenhaus. Ilse ist ihre einzige Stütze. Du musst ihr nach, und sei es auch nur, um die Plagegeister im Schädel loszuwerden. Auf, auf, fauler Hund!

Und ich fuhr, was der Motor hergab. Meine Augen tasteten ängstlich am Straßenrand entlang. Die Luft war erfüllt von Abgasen der vorausgefahrenen Kolonnen. Endlich, kurz vor der Stadt, sah ich sie vor mir. Sie fuhr gut und rasch, nahm mühelos die letzte Steigung.

Ich unterdrückte den Impuls, sie einzuholen, und folgte langsam aus der Ferne, bis sie in die Gärten eingebogen war. Blinder Alarm! Wäre ihr etwas zugestoßen, hättest du von einer geheimnisvollen Vorahnung geredet. Erleichtert fuhr ich zurück.

Monika saß auf der Bank, wo ich kurz zuvor gesessen hatte. Sie las in einem Buch. Wie ich in den Hofraum einfuhr, blickte sie erschrocken auf und sah nach der Tür. Sie trug ein neues, zitronengelbes Kleid mit Halbärmeln und über die Schultern eine weiße gehäkelte Wollstola als Schutz gegen den Wind. Wenn ich jetzt mein Motorrad in die Scheune lenkte und dadurch außer Sicht käme, würde sie bestimmt nach oben gehen. Ich fuhr nah an den Giebel heran, bockte auf, zog die Jacke aus und warf sie übers Rad. »Guten Tag, Monika. Es ist warm hier.«

»Ja«, sagte sie nur mit einem Nicken und schloss das Buch, um aufzustehen. »Entschuldigen Sie, dass ich Ihre Bank benützte.«

»Bleiben Sie doch sitzen. Bitte, bleiben Sie. – Es ist Mutter Annes Bank. Die beiden scheinen fort zu sein.« – »Ja, sie sind nach dem Essen zusammen weggegangen.« – »Darf ich mich zu Ihnen setzen oder störe ich Sie in Ihrer Lektüre.« – Sie rückte zur Seite, legte das Buch weg. »Nein, Sie stören mich nicht, wenn ich Sie nicht störe.«

Wir blickten in das weinrote Laub der Birnbäume, ohne uns anzusehen. Leichthin begann ich: »Da habe ich gerade einem Mädchen mein Fahrrad geschenkt. Das heißt, nicht eigentlich geschenkt. Es hängt eine kleine Geschichte daran«, und ich erzählte ausführlich von dem gestohlenen Mantel meines Lehrers. Monika nahm das Buch wieder an sich und blätterte darin. Sie schien mir gar nicht zuzuhören. »Der Backfisch ist jetzt überglücklich, und ich habe mein Gewissen entlastet«, sagte ich zum Abschluss.

Sie blickte lächelnd zu mir her. »Backfisch ist überholt, Herr Pelz. Seit neuestem nennt man Mädchen in diesem Alter Teenager.« Sie erklärte mir den englischen Ausdruck.

»Teenager? Noch nie gehört. Backfisch gefällt mir besser.«

»Ein hübsches Ding, und Temperament hat sie auch.«

»Ach so, Sie spielen auf den Kuss an, den ich als Bezahlung bekam. Hat gar nichts zu bedeuten. Sie ist abergläubisch und meinte, ein geschenktes gebrauchtes Fahrrad bringe Unglück. Geld wollte ich keines annehmen.«

»Immerhin weiß sie schon, wie man bezahlt.«

»Eben nicht. Ging glatt daneben.« Wir lachten. Wissen Sie schon, dass unsere Hausbesitzer bald ausziehen werden? Vater Philipp hat sich um die hiesige Pfarrstelle beworben.«

»Dann ist es höchste Zeit, dass auch ich mich bald aus dem Staub mache. Wie alt ist sie denn?«

»Wen meinen Sie?«

»Die junge Radlerin. Ich schätze gegen siebzehn, vielleicht schon achtzehn.«

»Keine Spur. Höchstens sechzehn. Sie glauben doch nicht, dass mir an dem Grasaff etwas liegt. Ich könnte ja beinahe ihr Vater sein.«

»Grasaff, ich bitte Sie. In meiner Heimat, in Ungarn, sind Mädchen mit sechzehn im besten heiratsfähigen Alter. Achtzehn ist schon reichlich spät.«

»Sie will Sportlehrerin werden, träumt von Skilaufen, Diskuswerfen, Rekorden in Hoch- und Weitsprung. Solche Mädchen denken lange nicht ans Heiraten.«

»Dann werden Sie im Winter wieder allein sein.«

»Weshalb? Haben Sie schon ein Zimmer in Aussicht?«

»Wenn ich wollte, könnte ich genug Zimmer bekommen. Allerdings müsste ich dann meine jetzige Stelle aufgeben. Die Amerikaner suchen Babysitter, Kindergartentanten, Lehrerinnen und bieten jeweils freie Unterkunft an.« Sie drehte sich mir zu und sagte halblaut in vertraulichem Ton: »Aber das Holz, das viele Holz in Stall und Schopf, das behalten wir.« Sofort verbesserte sie sich: »Das behalten Sie, wenn der Missionar auszieht.«

»Versteht sich, kein Scheitchen schenke ich her. Es ist ja auch Ihr Holz. Wenn Sie wirklich gehen, schicke ich Ihnen einen vollen Lastwagen nach und lade ihn selbst vor Ihrer Wohnung ab, mitten auf die Straße, wenn es sein muss.«

Sie lachte und reckte sich wohlig. »Das sähe Ihnen gleich. Wissen Sie noch, wie dumm ich mich anstellte mit den Ästen:

Immer zwanzig in eine Welle. Starke, halbstarke, schwache. Darf ich zwei schwache als einen starken zählen oder drei halbstarke für zwei starke – und dabei war mir so sterbenselend. Immer musste ich an die Bögen über dem Grasweg denken, die Buchenbögen, und dass Sie gesagt hatten, die müssten mit der Axt herausgehauen werden, weil sie einfach zu schwach seien.«

»Aber jetzt haben Sie sich wieder kräftig aufgerichtet, Monika, und stehen wieder stark im Bestand.«

»Ich weiß nicht, ich weiß nicht. Vielleicht kommt wieder einmal ein Raufrost und zieht mich nieder.« Sie rieb fröstelnd die Oberarme. »Es wird mir zu kühl hier. Ich glaube, ich gehe nach oben und mache mir einen Kaffee.« Sie stand auf und zog die Stola enger um die Schultern. Unter der geöffneten Haustür wandte sie sich zögernd nach mir um. »Darf ich Sie zu einem Tässchen einladen?«

»Danke, gern, sehr gern. Ich komme gleich nach, muss nur zuvor noch das Motorrad unterbringen und mich etwas herrichten.« Ich schob die Maschine in die Scheune, lief in meine Kammer, riss mir alles vom Leib und zog meine besten Sachen an, auch die Krawatte von Monika.

Als ich ihr Zimmer betrat, war der Tisch bereits gedeckt. Alles wie früher: Steinguttassen, Steingutkanne, die vernickelte Zuckerdose mit Rostansatz an den Kanten, Steingutteller, Marmeladegläser mit Schraubdeckeln. Die einzigen Glanzstücke waren die gestickte Tischdecke und leinenen Servietten aus Mutters Koffer. Das Zimmer wirkte noch kahler als früher: alte, nackte Bauernstühle, Vorhänge aus billigstem Stoff. Von den Wänden waren die chinesischen Spruchbänder und Mutter Annes Aquarelle verschwunden. Als einziger Schmuck hing ein großes, kahles Kreuz dem Bett gegenüber. An Stelle des Kruzifixus war ein welker Strauß auf die braungebeizten Latten gebunden. Es schien so, als habe die Bewohnerin den Raum mit Absicht so abstoßend gehalten, um täglich daran gemahnt zu werden: Hier bleibst du nicht. Die Strahlen der schon tief stehenden Sonne hatten das Zimmer so erwärmt, dass es fast stickig heiß darin war.

»Das ging aber rasch mit dem Kaffee«, sagte ich, als Monika mir meinen alten Platz anwies.

»Ich habe einen Tauchsieder angeschafft. Es ist so umständlich, ein Feuer im Herd anzuzünden, nur wegen eines Kaffees oder Tees. Die Krawatte passt gut zu dem Anzug. Darf ich Ihnen einschenken?« Sie trat mit der Kanne an meine Seite. Während sie die dampfende Brühe in die Tasse laufen ließ, flüsterte sie dicht an meinem Ohr: »Ich habe Ihnen gegenüber ein furchtbar schlechtes Gewissen.«

»Dann können wir uns die Hand reichen, Monika. Auch mein Gewissen ist stark ramponiert.«

»Ihres, wieso? Sie hätten doch allen Grund, mir böse zu sein.« Sie hielt mir die Zuckerdose hin. Ich nahm zwei Brocken und versenkte sie in der Tasse. »Lassen wir es gut sein. Der Rüffel ist zur rechten Zeit gekommen.« – Sie setzte sich, griff nach einer Brotscheibe und bestrich sie mit Butter. »Nein, ich will es nicht gut sein lassen. Wir können uns ja darüber unterhalten wie über etwas Fremdes. Woher kommt das? Wie konnte ich gerade zu Ihnen so hässlich sein. Benommen hab ich mich wie ein Fischweib. Darf ich Ihnen auch ein Brot streichen?« – »Eines, ja, aber nur eines.« – »Meinem Vater gegenüber hätte ich mir diese Sprache nicht erlaubt, weil ich ihn fürchtete. Vor Ihnen hab ich keine Angst und gerade deshalb wurde ich anmaßend und ungezogen.« Sie reichte mir das Brot über den Tisch und goss sich selbst Kaffee ein.

»Das ist ganz einfach. Die Erklärung haben Sie ja schon gegeben. Sie hatten Angst vor Ihrem Vater, Angst vor dem Bauern, Angst vor der Klostervorsteherin, auch Angst vor Ihrem Gott. Nie durften Sie aus der Haut fahren, nie ein bisschen rasen, auf den Boden stampfen, Geschirr an die Wand werfen, Menschen die Meinung ins Gesicht schleudern. Bei mir durften Sie es – weil Sie mich für einen Trottel halten.«

»Bitte ,Herr Pelz, sagen Sie das nie mehr. Ich habe die größte Achtung vor Ihnen.«

»Ich will aber gar nicht, dass Sie Achtung vor mir haben. Das Wort Achtung riecht mir zu sehr nach Kommiss: Ganze Kompanie stillgestanden. Achtung!«

»Können Sie nicht ernst sein?«

»Wieso immer ernst? Mir ist heute pudelwohl.«

»Ich verstehe. Sie hatten ein schönes Erlebnis. Ich gönne es Ihnen«, setzte sie leise, aber zögernd hinzu, während sie ihren Kaffee umrührte. »Das Mädchen ist hübsch, noch etwas exaltiert, aber ... «

»Jetzt werden Sie nur nicht kindisch. Ich sagte es Ihnen ja schon, ich denke überhaupt nicht mehr an sie und bin heilfroh, dass ich durch das Fahrrad die leidige Geschichte mit dem Mantel losgeworden bin.«

»Wie heißt sie denn? – Ilse? – Erzählen Sie etwas von Ihrer Ilse! Ich höre mir gern Liebesgeschichten an.«

»Ihre Ilse! Hören Sie auf! Hier gibt es nichts zu erzählen. Was zwischen uns war, wissen Sie bereits.«

Sie hob die Tasse an den Mund und beobachtete mich darüber hinweg mit einem spitzbübischen Lächeln. »Herr Pelz«, sagte sie, »Sie werden sehen, daraus wird etwas. Als diese Ilse weggefahren war, haben Sie nach einiger Zeit plötzlich Angst bekommen, es könnte ihr auf der Straße etwas passieren, und Sie fuhren hinterher. Stimmt's?«

»Richtig, ich fuhr hinterher, um zu wissen, ob sie gut nach Hause gekommen ist, weil Herbstmanöver sind und mir mein dummer Kopf allerhand Schauerfantasien vorgaukelte.«

»Folgen Sie diesem dummen Kopf. Mein Vater sagte: ›Die dümmsten Gedanken und Gefühle machen am glücklichsten. Alle großen Gefühle werden auf Bergen geboren und folgen dann wie Wasser dem Fallgesetz‹.«

»Wie meinte er das?«

»Ganz einfach. Alles Große, ob in der Religion, der Kunst, der Politik, steht am Anfang, nicht am Ende. Es sinkt von der Geburt an ab, tiefer, tiefer, und am Ende steht das Grauen.«

»Und das glauben auch Sie?«

»Was heißt hier glauben. Ich hab's erlebt. Zuerst suchte ich die Schuld bei anderen, bei meinem Mann, meinem Vater, in den Zeitumständen, bis ich dahinter kam, dass es meine Schuld ist, das heißt, dass ich eben heruntergeschlittert war. Beim einen geht's rascher, beim anderen weniger rasch. Der eine Fluss kommt mit einem Sprung in die Ebene, der andere windet und dreht sich, aber herunter müssen alle.«

»Gott im Himmel, Monika. Diese Weisheiten sind für Ihr Alter reinstes Gift. Das Buch Ihres Vaters spukt noch in Ihnen und macht Sie schwer.«

Ein bitteres Lächeln zuckte um ihren Mund. »Wenn es nur das wäre. Schwer sind wir alle, aber ich bin bös, schlecht. Nein, schlecht bin ich vielleicht nicht, aber bös. Das Schlechte ist menschlich, das Böse ist teuflisch. Bitte, widersprechen Sie nicht. Lassen Sie mich ausreden. Da bricht plötzlich etwas aus mir, ein Hass, eine Bosheit, ein Feuer.« Sie ging zum Schrank und brachte eine Handvoll zerrissenes Papier. »Sehen Sie her, alle Zeichnungen und Aquarelle der Missionarin habe ich von der Wand gerissen und zerfetzt - damals«, setzte sie hinzu. »Und Ihnen habe ich das Böseste gewünscht, Sie sollen bei Ihrer Arbeit vom Gerüst herunterfallen, sollen vom Motorrad stürzen, von einer Mauer erschlagen werden und dieses Dorf hier soll in Flammen aufgehen, weggewischt werden vom Erdboden. Auf einem schwarzen Ross wollte ich über die Erde reiten, alle Macht über Leben und Tod sollte in meine Hand gegeben sein. Ein Wink von mir müsste genügen, Städte und ganze Länder in Asche zu legen. Ich war glücklich in diesem Teufelsrausch. Ich zitterte und bebte vor Glück, wusste mich zum ersten Mal eins mit meinem Vater. Der Mensch soll vertilgt werden von der Erde, damit Tiere und Pflanzen wieder atmen können.«

Sie sprach in ihre Tasse hinein, trank einen Schluck und fuhr fort: »Wir Katholiken sind angehalten, täglich unser Gewissen zu erforschen und Gott um Vergebung für unsere bösen Gedanken, Worte und Werke zu bitten. Ich kann es nicht mehr. Ich stehe immer noch vor einem Rätsel. Ich soll das sein, ich, ich? Eine Hölle in mir herumtragen wie mein Vater, dass alles Beten nichts hilft. Jederzeit kann das Teuflische wieder aus mir vorbrechen.«

»Darf ich Sie noch um etwas Kaffee bitten?« Ich hielt ihr die leere Tasse hin. Sie schenkte ein, ohne mich anzusehen. »Verzeihen Sie, Monika, wenn ich über Ihre Skrupel einfach lache. Bei Ihrem Vernichtungsrausch haben Sie Tiere und Pflanzen ausgenommen. Diesen wollten Sie nichts zuleid tun. So ganz bös sind Sie also nicht.«

»Tiere und Pflanzen sind unschuldig.«

»Nicht viel unschuldiger als wir. Wenn eine Schlange einen Frosch hypnotisiert, dass er mit steifen Beinen in ihren Rachen spaziert, oder wenn eine Schlupfwespe ihre Eier in lebende Raupen injiziert und die Maden ihr Wirtstier von innen her auffressen, so ist das bös. Und ich könnte Ihnen noch hundert andere Beispiele aus der Zoologie anführen. Das gelbe Kleid steht Ihnen gut. Es passt zu Ihrer neuen Frisur. Jetzt fehlt nur noch eine Bernsteinkette um ihren Hals. Lieben Sie Bernstein?«

Sie war verwirrt, wurde rot. »Bernstein, ja ich liebe Bernstein.«

»Die Kette müsste um einen Ton dunkler sein als das helle Kleid, sogar wesentlich dunkler, als Übergang zu Ihren Haaren. Sollen wir morgen zusammen die Kette kaufen?«

»Sie sind unverbesserlich. Ich wollte Ihnen beichten, daher habe ich Sie heraufgebeten, und jetzt reden Sie von Bernstein.«

»Ich bin nicht Ihr Beichtvater und Ihre Gewissensnöte sind in meinen Augen Kindereien.«

»Sie haben gut reden. Sie werden nicht von solchen Gedanken geplagt.«

»Haben Sie eine Ahnung. Wenn es danach ginge, nach dem was in diesem meinem Schädel herumtanzt, sobald mich die große Wut packt, lebte kein Schwein mehr auf der Welt.«

»Das ist aber entsetzlich. Gedanken, sagt die Kirche, sind die Schatten, die unsere späteren Taten vorauswerfen.«

»Ach wo, sie sind gerade so viel wert wie Wolken, die alle Augenblicke, je nach Wind und Beleuchtung, ihre Fratzen wechseln. Wer hat in Gedanken nicht schon Bruder und Schwester, den besten Freund, ja selbst Vater und Mutter umgebracht. Der Mensch ist ein Kind der Erde. Und wenn wir in die Erde tief genug hinunterbohren, stoßen wir auf feuerflüssige Lava. Irgendwo im Untergrund trägt jeder seine Hölle mit sich. Manchmal, wenn die Spannung zu groß wird, bricht ein Vulkan aus. Mit Gut und Bös hat das gar nichts zu tun. Es fragt sich überhaupt, ob es gute und böse Menschen gibt. Wäre es nicht viel besser, man teilte sie ein in große und kleine, so wie es im Tierreich Elefanten, Büffel und Löwen, auf der anderen Seite Läuse, Wanzen und Schaben gibt. Sie haben mir bei Ihrem Ausbruch einige schwere Brocken an den Kopf geworfen, darunter auch, dass ich klein und kleinlich sei. Das traf, das jagte mich aufs Motorrad. Es fehlte nicht viel, und ich wäre an einem Baum gelandet oder im Wolkenbruch ersoffen.« Ich schilderte ihr mein Abenteuer. »Sehen Sie, das war auch ein kleiner Vulkanausbruch. Heute stecke ich im Baufach, will Architektur studieren und ich habe allen Grund, Ihnen zu danken. Es passiert immer etwas, wenn ich mit Ihnen zusammenstoße.«

Sie wurde unruhig, blickte sich scheu im Zimmer um. »Sollen wir nicht wieder hinunter in den Garten gehen?«

»Gut, gehen wir hinunter. Oder darf ich Sie zu einem Spaziergang in den Wald einladen. Vielleicht ist heute der letzte schöne Herbstag.«

»Ja«, sagte sie entschlossen. »Räumen wir ab.« Ich half ihr, das Geschirr in die Küche zu tragen. Sie nahm das Tischtuch weg, schüttelte es zum Fenster hinaus und untersuchte es auf Kaffeeflecken. »Ich benütze diese Sachen nur, wenn Sie mein Gast sind, legen wir sie also wieder in den Koffer zurück.« Während sie sich niederkniete und aufschloss, sah ich mir das Kreuz an der Wand genauer an. Es war aus gewöhnlichem Fichtenholz, der dürre Strauß darauf, kaum mehr kenntlich, hatte eingerollte Doppelblätter - Mistelblätter. Ich hörte Schließen klappen. Sie richtete sich auf und stellte den Koffer an die Wand.

»Sind das nicht welke Misteln?«

»Ja«, sagte sie gedehnt und eine Röte schoss in ihr Gesicht. »Das Kreuz hing noch in meiner Kammer, als ich vom Kloster zurückkam. Ich habe es, so wie es war, herübergeholt.«

»Sind das dieselben Misteln, Monika?«

Sie wehrte sich nicht. Sie legte den Kopf an meinen Hals. Ihr Körper entspannte sich, wurde weich. Sie wehrte sich überhaupt nicht und flüsterte nur: »Ich habe Angst.« Sie ließ sich küssen, presste sich an mich. Erst als ich die Tür abschloss, wich sie zurück. »Das Zimmer ist so kahl, ist abscheulich. Wollen wir nicht doch lieber in den Wald gehen?« - »Es ist zu spät, zu kühl im Wald. Wir werden das Zimmer neu einrichten, wenn du bei mir bleibst. Sofa, Sessel, Teppiche, neue Vorhänge und Lampen.« - »Ich bleibe bei dir«, sagte sie.

In ihrer Hingabe war eine einzige zitternde Angst. In ihren bebenden Händen war Angst, in ihren Küssen Angst, im verzweifelten Andrängen des Körpers Angst. Ich verstand sie nicht, diese Sprache des schutzsuchenden, gejagten Tieres, das einen unsichtbaren Jäger hinter sich weiß. - »Ich bin ja bei dir, Monika. Es kann dir nichts geschehen. Hast du Angst vor deinem Gott?« - »Nein, Gott ist gut«, sagte sie, »aber es gibt Gesetze.« - »Hast du Angst vor der Sünde? Ist das Sünde, was wir tun?« - »Vielleicht, ich weiß es nicht. Ich will in deine Welt. Nimm mich hinüber in deine Welt, wo es keine Sünde gibt.« - »Du traust deinem Leben nicht, Monika, dann trau wenigstens dem meinen.« - »Du darfst mich nur nicht mehr loslassen, dann ist alles gut.« - »Oder hast du Angst vor deinem Mann? Du hast mir gesagt, in deiner Kirche gebe es keine Scheidung, du seist mit ihm vor Gott noch verheiratet.« – »Vor Gott nicht mehr. Ich bin innerlich von ihm geschieden, nur vor der Kirche nicht. Nach ihren Gesetzen bin ich noch verheiratet.« – »Wir werden uns protestantisch trauen lassen oder nur vor dem Standesamt. Du sollst meine Frau sein vor Gott und der Welt.« – »Ja, ich will deine Frau sein und will mich auch in einer Kirche von einem Priester trauen lassen.« – »Wir werden Vater Philipp darum bitten.« – »Ja, bald«, sagte sie. – »Sobald es geht. Gleich morgen spreche ich mit ihm. Kannst du dann nicht mehr katholisch sein?« – »Still, still, nicht mehr fragen.«

XIX

Ein volles Jahr Glück mit Monika. Ich habe mich seither redlich bemüht, die Erinnerung daran zu zerstören. Was übrig blieb, sind kleine, fast unscheinbare Ereignisse, die wie Blumeninseln auf einem dunklen Gewässer dahintreiben. Sie haben sich abgelöst von meinem Leben, besitzen ihr eigenes Licht, ihre eigene Luft und Freiheit. Ein Morgenglanz liegt darüber, ein Blauduft der Reife. Ich sehe zwei Menschen, die kaum die Erde mit ihren Füßen berühren, höre ihre Stimmen, ihr Lachen, Singen und Flüstern. Sobald ich versuche, mir vorzustellen, das ist Monika, das bist du, lösen sich die Bilder auf, so als hätte ich jedes Anrecht auf sie verloren. Ich bin nur noch Zuschauer, Zuhörer, Sammler bunter Scherben:

Sie sitzen wie Kinder an der Nordsee im Watt, am Ufer eines ablaufenden Priels und setzen weiße Muschelschalen aufs Wasser. Die Schalen schaukeln auf der Strömung fort wie Perlenboote. Eine wird vielleicht das Meer erreichen, sagen sie.

Ein Pferd mit einem schweren Erntewagen kommt ihnen entgegen, bleibt vor ihnen stehen und legt den Schädel auf ihre Schulter. Sie klopft ihm liebevoll den Hals und flüstert ihm etwas in die behaarte Ohrmuschel. Das Pferd tut einen tiefen Atemzug, lässt den Kopf an ihrem Arm herabgleiten und stapft weiter. Was hast du ihm denn ins Ohr geflüstert, fragt er. - Deinen Namen.

Sie trägt ein blaues Kleid mit weißen heraldischen Mustern. In der heißen Waldlichtung ist sie auf einmal umflattert von vielen braunen Schmetterlingen. Die Tierchen lassen sich auf das Kleid nieder und trippeln flügelschlagend über Rücken, Brust und Ärmel. Was sie nur an mir finden, sagt sie lachend und verwirrt. Die Blaue Blume, sagt er.

Auf dem Gehweg kleben nasse Blätter von Platanen, handgroß und herbstbunt. Kein Blatt hat sie zertreten.

Eine halbe Nacht sitzen sie vor einer noch geschlossenen Kakteenblüte, einer grüngeäderten weißen Kugel mit langer Spitze. Sie liest ihm leise Gedichte vor. Fast unhörbar ist der Laut, als die Knospe springt und die Blütenblätter langsam den roten Trichter öffnen. Sie kniet nieder und schaut verzückt in den Kelch. Wie eine Märchengrotte, sagt sie. Ich wollt, ich wäre eine winzige Mücke.

Tiefe Rinnen grub der Regen des Vortages in den Weg am Waldsaum. Die Sonne hat sie hart getrocknet. Kupfern und kahl stehen die Föhrenstämme im Abendlicht. Der warme Boden ist übersät mit sperrig offenen Kiefernzapfen. Sie treten aus dem Gebüsch. Die Zapfen knirschen unter ihren Schritten.

Klein stehen sie vor der hohen nassen Felswand in der dunklen Schlucht. Als einziges Lebenszeichen wächst aus einer Schrunde der Wand ein Büschel Farnkraut. Ob er auch glücklich ist, der Farn, den nie die Sonne bescheint. - Warum nicht, sagt er. Die ganze Schlucht erquickt sich an ihm.

Im hohen Ahorn wachsen Mistelbüsche. Ich habe nachgelesen, sagt sie: Die Priester der Kelten, die Druiden, ernteten die Misteln mit goldenen Sicheln und fingen sie in ausgespannten Tüchern auf. Wenn ein Zweig den Boden berührte, verlor er seine magische Kraft. Du sagtest, du habest damals den Mistelstrauß am Boden aufgelesen. - Nicht am Boden, sagt er. Sie lagen im Schnee.

Neue Bilder tauchen auf, neue Inseln schwimmen vorbei.

Sie sehen zu, wie der alte Mann einem jungen Obstbaum alle Äste absägt und nur noch Stümpfe stehen lässt. Das muss dem Baum doch weh tun, sagt sie. Er wird veredelt, sagt er. Auf die Stümpfe werden Edelreiser aufgepfropft. - Aber das kann der

Baum nicht wissen. Er spürt nur den Schmerz. – Der alte Mann weiß es.

Ein Sommersonntag voller Licht und Wärme. Beide liegen im dichten Buschwerk am Ufer eines Bergbaches und schlagen übermütig mit den Beinen ins kalte, strudelnde Wasser. Da kommt die Glocke, eine dunkle Glocke. Ihre Schläge rollen vom Tal herauf. Erschrocken fährt sie hoch und greift nach ihren Kleidern – Wir sind ja nackt.

Sie bestaunen eine Wolke über dem Dorf, die mit grellweißem Gipfel wie ein mächtiger Schneeberg höher und höher in den Himmel quillt. Ihr schwarzer Sockel lastet auf den Häusern. Noch nie waren die Giebel und Fenster so dunkel. Ihre Hand zittert in der seinen. Armes Dorf, sagt sie.

Ein verletzter Igel liegt blutend in der Scheune. Sie bettet ihn in einen Korb. Wie soll ich dich verbinden, armer Kerl. – Lass ihn ruhig liegen, sagt er. Sie häuft Leckerbissen um sein Lager: Brot, Eier, Käse, Fleisch. Am dritten Tag ist er verschwunden, der Igel. Alles hat er verschmäht, sagt sie enttäuscht. Warum ging er, ohne etwas zu essen? – Weil er Hunger hatte, sagt er.

Willst du nicht einmal mit mir niederknien und beten. Manchmal drängt es mich, irgendwohin zu den Sternen, Wolken oder Bergen hinauf Dank zu sagen für so viel Glück. – Er schließt sie in die Arme, kniet vor ihr und drückt den Kopf gegen ihren Leib. Ich danke nur dir.

Sie sitzen in einer lauen Sommernacht auf einem Hügel unterm Sternenhimmel. Er schüttet sein Wissen aus und erzählt von Sonnen, Sonnensystemen, Weltsystemen, berauscht sich an Galaxien und Hypergalaxien, Sternenschwärmen, die Hunderte von Milliarden Sonnen umfassen. Sie schließt ihm mit der Hand den Mund. Still, still. Lass mir bitte meinen Sternhimmel mit den vielen kleinen Lichtpünktlein. *Eine* Sonne genügt mir.

Lang steht sie sinnend vor einem weißblühenden Rosenbusch. Der umgegrabene Boden rings ist bedeckt mit abgefallenen

Blütenblättern. Könnte man, sagt sie endlich, Gott sich nicht vorstellen als einen Rosenbusch, der ins Unendliche sich verzweigt und immerfort blüht. Wir Menschen aber und alle Lebewesen dieser Welt wären diese abgefallenen, welkenden Blätter zwischen schmutzigen Erdschollen. - Vergiss nicht, sagt er, dass der Strauch von diesem abgefallenen Laube lebt.

Ich halte nur noch Scherben in der Hand, bunte, leuchtende Scherben eines schweren Glücks. Vielleicht zählt im menschlichen Leben nur das Brüchige und Zerbrochene.

Vater Philipp hatte uns in aller Stille in der Dorfkirche getraut. Es war seine erste Amtshandlung als Gemeindepfarrer. Kurz zuvor war er mit Mutter Anne ausgezogen. Wir bewohnten nun das Haus allein. Bald überraschte mich Monika mit der Neuigkeit, sie habe vor, mit mir Architektur zu studieren, sie wolle Innenarchitektin werden. Ich dachte zuerst an eine augenblickliche Schwärmerei. Aber sie hatte mit dem Leiter der Mädchenoberschule alles abgesprochen. Nach einem Jahr der Vorbereitung wollte sie die Reifeprüfung nachholen. Die Fächer Deutsch, Französisch, Englisch beherrschte sie bereits. In Mathematik und Physik hoffte sie auf meine Hilfe. Wir hatten jetzt eine gemeinsame Aufgabe, saßen abends und an freien Tagen zusammen, arbeiteten, planten, träumten. Wir schafften uns einen alten Wagen an, eine klapprige Rosinante. Den Sommerurlaub verbrachten wir an der Nordsee.

Alle religiöse Angst schien von Monika abgefallen zu sein. Sie besuchte keinen Gottesdienst mehr. Durch die Heirat mit mir und die protestantische Trauung war sie von ihrer Kirche geschieden und vom Empfang der Sakramente ausgeschlossen. Sie lachte darüber, spottete darüber. »Ich bin jetzt ganz in der Welt meines Vaters«, sagte sie. »Ich bin in deiner Welt. Ich suche mir meinen eigenen Gott.«

XX

Weihnachten kam. Beide waren wir, ohne Verabredung, entschlossen, mit Geschenken nicht zu knausern. Auch die Stadt knauserte nicht mit Schmuck und Aufwand. Die Hauptgeschäftsstraße war zum größten Teil wieder aufgebaut. Man vergaß die Ruinen hinter den zwei geschlossenen Häuserzeilen und war froh, dass ein früher Schnee sie zugedeckt hatte. Die Geschäftsleute ließen es sich etwas kosten, ihre Goldbahn herauszuputzen für die Käufer, die nach Hungerjahren, Schlangestehen und Bettelgängen sich endlich wieder als umworbene Könige fühlen durften. Kreuz und quer über die Fahrbahn, dicht auf dicht, waren Girlanden aus Tannengrün gespannt, gespickt mit Glühbirnen, mit Trauben aus Glaskugeln, mit goldenen Weihnachtssternen und Weihnachtsengeln. Der Dom, in seiner ganzen Länge, Breite und Höhe, war von Scheinwerfern angestrahlt und schimmerte im Schneegeglitzer wie ein Riesenspielzeug. An allen Ecken und Enden standen elektrisch beleuchtete Christbäume. In den Schaufenstern ein buntes Geschäum aus Lametta, Watteschnee, Glaskugeln, und mitten im Warenaufgebot der einladend nickende Weihnachtsmann mit Geschenksack, Lammfellmütze und Wattebart.

Abend für Abend war die ganze Stadt auf den Beinen. Man wandelte unter Lichterbaldachinen, man spottete über die bunte Maskerade, empörte sich über so viel Aufwand, las beifällig die kritischen Artikel und Leserzuschriften in den Tageszeitungen und genoss trotzdem.

Nach Geschäftsschluss nahm ich mit Monika täglich die Schaufensterparade ab. - Wie gefällt dir diese Biberfellmütze? - Wunderbar! Aber teuer, teuer! - Und dir dieser Radioapparat? - Bist du verrückt, schlag dir diesen Gedanken aus dem Kopf. - Kleider, Lederwaren, Pelzstiefel, Fotoapparate, Bücher, Marzipanfrüchte, Liköre, Werkzeuge, Teppiche, Sportausrüstungen – die Wahl fiel schwer.

Vom Forstamt erhielt ich die Erlaubnis, unseren Weihnachtsbaum im Wald selbst zu schlagen. Wir stapften durch den Schnee und suchten lange, bis wir eine schöngewachsene Weißtanne gefunden hatten.

Monika machte für den Heiligen Abend einen genauen Zeitplan. Zuerst wollte sie das Haus gründlich ausfegen. Das Mittagessen wurde bis zum Einbruch der Dämmerung verschoben. Mir fiel die Aufgabe zu, das Zimmer sowie den Gabentisch und den Baum zu schmücken. Ich schloss mich ein.

Drei Stunden arbeitete ich. Jede Kugel musste in Farbe und Form gegen die anderen abgestimmt sein. Jeder Lamettafaden wurde sorgfältig an den Zweigen befestigt, bis die Kaskade aus Stanniol mit Hunderten von Fäden perfekt war. Zwei Dutzend Kerzen wurden übers Ganze verteilt. Dazu kamen gläserne Eiszapfen, Goldsterne, Kolibrivögelchen aus Buntblech mit langen Schwänzen sowie silberne und goldene Tannen- und Kiefernzapfen. Ich war mit meinem Werk mehr als zufrieden. Der Baum reichte vom Fußboden bis zur Decke und gleißte, schimmerte, sprühte, leuchtete in allen Farben. Monika sollte an diesem Abend ein Märchenwunder erleben.

Ich zündete die Kerzen an, trat auf den Flur oberhalb der Treppe und läutete mit einem Glöckchen klingelingeling. Dabei empfand ich nicht das geringste beschämende Gefühl über mein kindisches Treiben. Und sie spielte willig mit, kam lächelnd die Treppe herauf. Ich öffnete die Tür, sie blieb stehen, stieß einen kleinen Freudenschrei aus und schlug vor Überraschung beide Arme über der Brust zusammen.

Der Zufall wollte es, dass gerade die Dorfglocken Weihnachten einläuteten. Wir standen vor dem Baum. »Sollen wir nicht etwas singen?«, fragte sie. »Ja, sing du, ich kann nicht singen, sing, was du willst.« Sie stimmte mit ihrer kräftigen Altstimme das »Stille Nacht« an und sang alle Strophen durch. Ich brummte in der Oktav ein wenig mit. Sie faltete die Hände wie zum Gebet und sang weiter: Es ist ein Ros' entsprungen – Vom Himmel hoch, da komm ich her – es folgte ein ungarisches Weihnachtslied, dann wieder ein deutsches.

Ihre Stimme wurde auf einmal unsicher. Sie wischte über die Augen, warf sich an meinen Hals und schüttelte den Kopf. »Nicht mehr weiter! Mach Licht! Lösch die Kerzen aus.« Ich drehte den Schalter. Sie kämpfte gegen Tränen an, zwang tapfer die Rührung nieder und zog das Tuch vom Gabentisch.

Ein ganzer Berg von Paketen türmte sich auf, alle eingeschlagen in buntes Weihnachtspapier, alle umschnürt mit goldenen, blauen, grünen, weißen und roten Seidenbändern.

Es ging ans Auspacken. Ein Radioapparat für mich - ein Paar Pelzstiefel für Monika - ein Werkzeugkasten für mich - eine Biberfellmütze für sie - eine Neuausgabe des Moby Dick für mich - Pelzhandschuhe für sie. Kleinere Geschenke folgten: Krawatte, Pralinen, Manschettenknöpfe, Seidentuch, Armreif, Füllhalter, Nüsse, Feigen, Bananen, Datteln, Liköre, Zigarren, Backwerk aller Art.

Es raschelte und knisterte. Man watete in Weihnachtspapier, in Silber- und Goldschnüren, Kartons und Wellpappe lagen herum. Monika probierte ihre Pelzstiefel, ich schloss den Radioapparat an. Sie setzte die Biberfellmütze auf, ich wühlte im Werkzeugkasten. Sie stand im Wintermantel vor dem Spiegel. »Paul! Paul! Ich kenne mich nicht wieder. Was hast du in einem Jahr aus deinem Aschenputtel gemacht. Soll ich die Mütze etwas weiter zurücksetzen, dass ein kleiner Haarkranz vorsteht? So - oder so?«

»Hör mal zu. Jetzt weihen wir unseren Apparat ein.« Glocken, Weihnachtsglocken. Wir ließen Glocken läuten vom Kölner Dom, vom Ulmer Münster, Freiburger Münster, von Speyer, Worms, Limburg, München, Wien. Und während die Klänge durchs Zimmer hallten, räumten wir schnell Weihnachtspapier, Kartons, Schnüre, Wellpappe weg, zündeten den Baum wieder an, setzten uns, jedes einen gefüllten Teller mit Backwerk und Früchten auf dem Schoß aufs Sofa, legten die Geschenke neben uns und genossen.

Die Weihnachtsprogramme der Rundfunksender waren gleichfalls vollgestopft mit Leckerbissen. Der ganze Äther sprühte Weihnacht. Unsichtbare Wellen unterm Sterngewölbe - In dulci jubilo-o-o, nun singet und seid froh-o-o - Verwandlung von Musik in Elektronenschwärme - Pulsationen mit Lichtgeschwindigkeit - O Tannenbaum, o Tannenbaum - Emissionen, Strahlungen aus Gittermasten, die wie Riesennadeln in den Nachthimmel stechen - Eia, eia Susanni, Susanni - Transformatoren, Kondensatoren, rotierende schwarze Rillenplatten - Denn unseres Herzens Wonne leit in praesepiooo -. Die flackernden Kerzen spiegeln sich in roten, weißen, blauen, gelben Glaskugeln, verstäuben in Lamettafäden. Walnüsse krachen zwischen den Zähnen der Nussknacker. Sie füttert mich. Ich füttere sie.

Eine gewichtige pastorale Stimme drang aus dem Apparat: »Es begab sich aber zu jener Zeit, dass ein Gebot ausging vom Kaiser Augustus ...« - »Willst du es hören?« - »Nein, nein, ich kann es auswendig. Dreh weiter.« - »Aber wenn du willst.« - »Nein, wozu. Dir sagt es ja nichts. Sieh, die erste Kerze ist ausgegangen, die oberste, neben der Spitze.«

Ich schaltete das Radio aus und versuchte den Kirschlikör. Auch Monika trank ein Gläschen. »Bist du glücklich?«, fragte sie. - »Wenn du glücklich bist, bin ich's auch.« - »Ja, ich bin's. Ich hab nur Angst. Alles geht viel zu rasch. Da sieh her: Datteln, Pralinen, Bananen, Pelzstiefel - vor einem Jahr feierten wir noch ganz bescheiden. Vor zwei Jahren schrubbte ich am Heiligen Abend im Kloster Steinböden.« - »Habt ihr dort nicht Weihnachten gefeiert?« - »Doch, aber erst in der Christmette um Mitternacht.« - »Christmette, was ist das?« - »Eine feierliche Messe, ein Hochamt in der Kirche mit Predigt und Anbetung des Allerheiligsten. Bescherung gab es keine, auch keinen Weihnachtsbaum, dafür eine Krippe. Schau, die zweite Kerze ist ausgegangen, wieder die oberste.« - »Die oberen brennen rascher ab, weil es an der Decke wärmer ist.«

»Nein, keine Nüsse mehr.« - »Du bist müde, Monika.« - »Ja, Glück strengt an und macht schläfrig.« Sie stellte ihren Teller weg. Ich schürte den Ofen nach und räumte die Geschenke vom Sofa fort. »Komm, streck dich ein wenig aus.« - Sie legte sich hin. Ich schaltete wieder Musik ein. Die heruntergebrannten Kerzen erloschen eine nach der anderen. Es wurde dunkel im Zimmer. Zuletzt brannte nur noch ein Licht am Baum. Wir sahen zu, wie das Flämmchen in dem gezackten Halter sich wehrte, bald hochschoss und hin und her flackerte, sich bald zu einem bläulichen Kügelchen zusammenzog, wieder auflebte, eine Weile still brannte, plötzlich absackte und, kaum noch sichtbar, zusammenkroch.

»Es ist tot«, sagte Monika. - »Nein, noch nicht. Es kommt noch einmal.« Das Flämmchen reckte sich, leckte an den Zacken entlang, duckte sich nieder, bäumte sich noch einmal auf und erlosch. Ein Glühpünktchen warf einen roten Schein in die Tannenzweige und verglomm. »Kein Licht!«, sagte sie. »Hör auf die Musik. Kirchenmusik - Palestrina.«

»Ich glaube, du hast Heimweh nach Palästina, Bethlehem.«

Sie kicherte im Dunkeln. »Palestrina hab ich gesagt. Hast du noch nie etwas gehört vom Großmeister der Kirchenmusik? Beinah hundert Messen hat er komponiert.«

»Palestrina? Nein, nie gehört.« - »Ach so.« - Ich kannte dieses »ach so« seit Langem. Es kam stets, wenn sie mir fremde, aber jedem Katholiken von Kind an vertraute Dinge erwähnte. Sie richtete sich auf, ging zum Radioapparat, schaltete aus und machte Licht. Mit blinzelnden Augen stand sie an der Tür, strich die Haare zurück und gähnte. Ich ging zum Fenster, um etwas Frischluft hereinzulassen. Im breiten Lichtbalken, der in den Garten fiel, wirbelten Schneeflocken. Sie trat neben mich, kühlte ihr Gesicht im kalten Luftstrom. »Was sollen wir jetzt tun?«

Ich drückte sie an mich. »Gehen wir zu Bett, du bist ja müde.«

»Nein, nicht zu Bett. Ich will noch etwas.« Sie machte sich los, drehte sich den Geschenken zu, zupfte daran herum, schüttelte ihre Hände. »Ich will noch etwas. Man sollte noch etwas tun, nicht nur genießen.« Sie blieb vor dem Kreuz an der Wand stehen und steckte einen Tannenzweig zurecht. Auf einmal eilte sie auf mich zu und fasste mich an den Händen. »Liebster, ich hab eine Idee, eine ganz verrückte, wunderbare Idee. Komm, wir spielen Weihnachtsmann. Machst du mit?«

»Gern. Aber wie, wo, womit?«

»Wir packen all das wieder schön zusammen, wie es war vor der Bescherung, nehmen einen großen Sack, stopfen alle Geschenke, alles was da herumliegt, hinein, gehen von Haus zu Haus und verteilen es unter die Flüchtlinge.«

»Auch deine Pelzmütze und die Stiefel?«

»Natürlich, samt dem Radioapparat und dem ganzen Süßzeug.«

»Das kann nicht dein Ernst sein.«

»Es ist aber mein Ernst. Ich bin nicht besitzgierig und du doch auch nicht.«

»Mit Besitzgier hat das nichts zu tun. Ich hab dir die Pelzstiefel gekauft, weil du immer über kalte Füße klagst. – Und zudem liegen die meisten Leute schon im Bett.«

»Wir könnten es ihnen ja auf die Türschwellen legen.«

»Auf die Türschwellen der Bauernhäuser? Bist du dann sicher, dass es die Flüchtlinge in den Hinterstuben und Dachkammern kriegen. Und morgen läuft dann ein Bauernweib in einer Biberfellmütze durchs Dorf.«

»Es ist doch ganz gleich, wer es bekommt, wohin es geht.«

»Gut«, sagte ich verdrießlich, »packen wir zuerst den Radioapparat ein. Her mit dem Sack! Und den Moby Dick schenken wir dem Dorftrottel.«

Sie fiel mir in den Arm. »Nicht so! Nicht. Lassen wir's. Verrückte Romantik. Du hast recht. Lies mir etwas aus dem Moby Dick vor.«

»Das ist keine Weihnachtslektüre: Walfischfang, Salzwasser, grobes Seemannsgarn.«

»Gerade das wünsche ich mir jetzt nach dem süßen Gebäck da.« Sie drückte mir das Buch in die Hand und drängte mich in den Sessel unter der Stehlampe, während sie sich mit untergeschlagenen Beinen in eine Sofaecke kuschelte. »Siehst du, jetzt wäre ich beinah wieder in ein verrücktes Abenteuer ausgebrochen.«

Ich las zuerst den Eingang des Romans, dann die Predigt des alten Negers an die Haifische, die schmatzend an einem erlegten Wal herumfressen, und kam an die Stelle: »Christliche Brüder, ihr seid zwar alle Haifische und von Natur aus sehr gefräßig. Aber ich sag euch, christliche Brüder, diese Gefräßigkeit möchte ich euch nicht ankreiden. So ist nun einmal euer Charakter, da könnt ihr nichts dafür. Ihr seid Haifische, gewiss, aber wenn ihr den Hai in euch überwindet, seid ihr Engel. Denn was ist ein Engel anderes als der überwundene Hai in uns ...«

Monika lachte. »Auch eine Definition für Engel, und nicht einmal die schlechteste. Der überwundene Hai in uns. Vorhin hätte ich ihn beinah überwunden, hätte einfach alles hergeschenkt. Hast du Freude am Besitz?«

»Das hab ich«, gab ich zu. »Ein Haus, ein Garten, ein eigener Wagen. - *Du* träumst ja sogar von Reitpferden.«

»Ja, auch ich bin ein Haifisch. Das ganze Jahr über habe ich vom großen Wal Stück um Stück abgebissen. Gib mir bitte das Buch herüber.« Sie blätterte vorwärts, zurück, suchte, bis sie eine Stelle fand. »Oh, ihr kaltschnäuzigen Himmel, schaut herunter. Ihr habt dies unselige Menschenkind in die Welt gesetzt und es dann seinem Schicksal überlassen. Wüstlinge, die ihr seid.« Sie las die Stelle noch einmal, bedächtig, setzte nach jedem Wort ab und schloss die Augen. »Kaltschnäuzige Himmel – da hast du's, deine Sterne und Milchstraßen. Vom Himmel hoch, da komm ich her - nein, nein, vom Himmel hoch - Haifische am Himmel - Bomben am Himmel - fressen Städte, Länder, Menschen.«

»Monika, du brichst schon wieder aus.«

»Diesmal nicht. Warum immer alle Risse zudecken mit Schallplatten, Weihnachtspapier, Lichtern, Lametta. Ruinen zudecken, Wunden zudecken, die Seele zudecken. Kaltschnäuzige Himmel - ihr habt dies unselige Menschenkind in die Welt gesetzt und es dann seinem Schicksal überlassen. Menschenkind - das Kind in der Krippe - Menschensohn - wer? - Gottes Sohn. Du glaubst es nicht, ich glaub es nicht mehr. Haben wir das Recht, ein Fest zu feiern, wenn wir an den Kern des Festes nicht mehr glauben? Dann ist doch alles ein hohler Zauber, so hohl wie die gläsernen Seifenblasen dort am Baum. Ich soll alles hinnehmen wie ein Märchen, meinst du. Da sitzen wir also, zwei Erwachsene, vor einem Lamettabaum, knacken Nüsse und essen süßes Zeug, lassen uns Märchen erzählen. Es gab nie eine Krippe in Bethlehem, es gab nie Hirten, die Engel singen hörten, keine Könige, die vor einer Krippe knieten. Es gibt nur kaltschnäuzige Himmel und kaltschnäuzige Geschäftsleute, die aus dem Märchen Riesenprofite ziehen. Das sagte mein Vater, das sagst du, und -«, sie zuckte mit den Schultern, »vielleicht ist das die Wahrheit.«

Ich nahm ihr das Buch weg, setzte mich neben sie. »Gesteh es offen, du hast Heimweh.« - Sie schüttelte den Kopf und sagte: »Spürst du nicht, dass etwas fehlt?«

»Nein, wir haben gefeiert und jetzt ist's eben Zeit, zu Bett zu gehen. Und wenn du erlaubst, drehe ich noch eine kleine Runde durch den kalten Schnee. Ich brauche Frischluft.« - »Darf ich mitgehen?« - »Wenn du Lust hast, warum nicht.« - »Sollen wir den Wagen nehmen und in den Wald hinausfahren? Es muss jetzt sehr schön sein im Wald«, sagte sie verträumt. Es ging gegen Mitternacht. Jetzt noch den Wagen herausbugsieren, in den Wald fahren, womöglich in einer Schneewehe stecken bleiben - aber es war Heiliger Abend und ich spürte, dass etwas in ihr zerrte.

Wir zogen uns an. Vielleicht wollte sie ihre Pelzsachen gleich einweihen und mit mir durch den Waldschnee stapfen.

Als sie ausgehfertig, hübsch und schmuck vor mir stand, schön, jung, mit einem Haarkranz um die zurückgesetzte Pelzmütze, und an einem Knopf meines Mantels spielte, kam es endlich heraus, sie habe noch einen Wunsch, einen großen Wunsch, und ich dürfe ihr nicht böse sein. Sie stieß die Stirn gegen meine Brust. In einer halben Stunde beginne die Christmette im Dom. Sie wünsche - sie wolle - sie müsse – ob ich nicht vielleicht ...

Wieder ein Ausbruch. Hätte ich nein sagen sollen? Heute bereue ich, dass ich es nicht tat, ihr nicht klipp und klar sagte: Monika, du hast den anderen Weg gewählt. Du darfst nicht mehr zurück. Sie haben dich weggewiesen von der Kommunionbank. In ihren Augen ist unsere Ehe nichts weiter als ein sündhaftes Konkubinat. Wenn sie hart sind, musst auch du hart bleiben. Ich gab nach aus Liebe, aus Mitleid.

Glocken hallten über den Domplatz, betäubend, fordernd, rücksichtslos die nächtliche Schneestille zerreißend. Alle Scheinwerfer waren eingeschaltet und hoben das verschneite alte Bauwerk aus der Finsternis ins Licht. Vermummte Kirchgänger stapften in dunklen Schlangenlinien durch ausgeschaufelte Schneegassen dem Hauptportal zu.

Kommt, kommt, kommt, alle, alle, alle, dröhnten die Glocken gebieterisch aus ihren Schwingkanzeln vom Turm herab.

Sie stieg aus, machte, wie magisch angezogen, schon einige Schritte auf die schwarze Höhlung unter dem gotischen Torbogen zu, drehte sich um und kam zurück. »Paul«, sagte sie, »du weißt nicht, wie schön eine Christmette ist. Willst du nicht mit hineingehen?«

»Nein, wozu, ich gehöre nicht zu euch. Auch kann ich den Wagen bei dieser Kälte nicht hier im Wind stehen lassen. Das Kühlwasser könnte einfrieren.«

»Was wirst du dann die ganze Zeit über tun? Es dauert über eine Stunde.«

»Ich weiß nicht. Vielleicht warte ich hier.«

»Nicht böse sein«, sagte sie. »Komm, wir steigen wieder ein. Wenn du nicht hineingehst, geh ich auch nicht.« Jetzt wurde ich wirklich bös. »Weißt du überhaupt noch, was du willst. Ich hab dich hergebracht auf deinen Wunsch hin, nicht auf meinen, und jetzt willst du mich erpressen.«

Ich nahm sie am Arm, führte sie durchs Portal in den Vorraum, drückte die Schwingtür zurück, sah eine festlich illuminierte, mit Tannenbäumen geschmückte Säulenhalle, hörte Orgelbrausen. Monika ging zu einem Becken, tauchte die Finger hinein und bekreuzigte sich. Einen Moment lang überlegte ich, ob ich ihr folgen sollte, dann ließ ich die Tür wieder zurückschwingen und ging zu meinem Wagen hinaus.

Erbittert, wie ich war, trieb mich schon das hallende Glockengeläut vom Platz fort. Zuerst fuhr ich, um meinen Unmut loszuwerden, ohne jedes Ziel in scharfem Tempo durch die Straßen. Kein Fußgänger, kein Wagen begegnete mir. Auf einem weichen, weißen Samtteppich glitt ich dahin. Nur gedämpftes Geräusch von den Schneeketten drang an mein Ohr. Die Ruinen waren verschneit, die Baustellen verschneit, die Bäume verschneit. Wie aus einem Trichter wirbelten die Schneeflocken gegen die Windschutzscheibe. Das beruhigte und nahm mir das Gift aus Kopf und Brust. In einer schnurgeraden Kastanienallee schaltete ich herunter, nahm das Gas weg und ließ den Wagen ausrollen.

Die Flucht schwarzer Stämme im Scheinwerferlicht, die bauschigen weißen Polster auf dem Netzgewölbe der ineinander vergabelten Äste, die breite, helle, von keiner Spur zerpflügte Fahrbahn vor mir sowie die absolute Stille wirkten so beruhigend, dass der letzte Rest Widerstreit gegen Monika aus mir fortgeräumt wurde. Ich stellte Licht und Scheibenwischer ab und zündete eine Zigarette an.

Sie ist jetzt im Dom, dachte ich, kniet wieder, betet wieder, ist mir entglitten. Sie ist erlegen der Übermacht ihres Glaubens. War es richtig, sie allein zu lassen. Was wäre dabei gewesen, wenn ich mir die Feier angesehen und angehört hätte wie ein Schauspiel, ein Weihnachtsspiel. Es lag gewiss nicht in ihrer Absicht, mich auf dem Schleichweg über das Fest in die Zauberwelt ihrer Kirche einzuführen. Ein volles Jahr war sie mir gefolgt, hatte versucht, meine Anschauungen zu den ihren zu machen. Konnte ich nicht auch einmal einen Blick in die Welt werfen, aus der sie durch mich verbannt worden war, und sei es auch nur, um sie festzuhalten, neben ihr zu stehen, ihr die Gewissheit zu geben, dass ich immer da war. Halt mich fest! Zum ersten Mal und in einem entscheidenden Augenblick hatte ich ihre Hand losgelassen.

Stille Nacht. Heilige Nacht. Geburt eines Gottes. Für mich ein Märchen. Märchen sind Kunstwerke. Das Kind in der armseligen Krippe, Hirten und Könige zu seinen Füßen, der Gott am Kreuz, der auferstandene Gott: darin steckt viel Märchenweisheit und viel mehr Wahrheit als in historischen Tatsachen. ›Was nie und nirgends sich begeben, das allein hat Ewigkeit.‹ Weshalb bestanden sie so eigensinnig darauf, dass dies alles sich wirklich zugetragen haben soll, an dem und dem Ort, zu der und der Zeit. Für mich war auch der Gottesglaube ein grandioses Märchen, in dem es schauert von Liebe und Rache, von Glanz und Finsternis, von Blitz, Donner und Schöpfungsrausch. Gott als Künstler, der spielerisch aus Bäumen und Schnee einen weißen Dom hinzaubert und morgen wieder wegwischt, der aus Licht und Wasserdunst ein Abendrotgemälde an den Himmel wirft, für Minuten nur, der plumpe Tiere zusammenknetet und Tränen lacht, wenn sie glotzäugig über die Erde tapsen, der von seiner Fingerspitze eine Libelle in die Luft bläst und in die Hände klatscht über sein Werk.

Darüber hatten wir oft gesprochen auf der Brücke zwischen meinem und ihrem Glauben. Das liebte ich am meisten an ihr, dass mir in ihrer Nähe alle Dinge verzaubert wurden. Sogar über mathematischen Gleichungen konnte sie plötzlich vor Begeisterung ausrufen: »Herrlich, ich sehe die Zahlen tanzen und zusammenschießen wie zu leuchtenden Kristallen.«

Ja, Monika, vielleicht tanzt auch unser aller Leben auf den Spitzen kalter Kristalle.

XXI

Zufall mag es gewesen sein, dass ich an diesem Abend Ilse begegnete, genau in dem Zeitpunkt, zu der Stunde, da zwischen mir und Monika der erste schmale Riss entstanden war. Ein Haarriss nur, der sich von selbst geschlossen hätte. In diesen Riss wurde flugs wie mit Absicht - wessen Absicht? - Ilse wie ein Keil hineingetrieben.

Von der Kastanienallee, wo ich etwa zwanzig Minuten verweilt hatte, fuhr ich zum Bahnhof, der damals noch aus einer Ansammlung von Baracken bestand. Soeben war ein Zug auf dem ersten Gleis eingefahren. Da ich noch Zeit hatte, vielmehr glaubte Zeit zu haben, hielt ich an, rein aus Neugier, wer wohl am Heiligen Abend noch nach Mitternacht ausstiege. Die Sperre befand sich im Freien zwischen zwei Baracken. Ich stand mit meinem Wagen so, dass zwischen mir und der Sperre ein rechteckiger Raum von etwa zwanzig Schritten Länge lag. Der Schnee war rußig und zerstampft. Das Fenster an meiner Wagentür hatte ich heruntergeschraubt und lehnte mich hinaus, um besser sehen zu können. Der Beamte schloss auf und wartete im leichten Schneetreiben.

Als erster Fahrgast kam eine Frau mit einem Kind auf dem Arm. Das Kind war in eine rotschwarzgewürfelte Reisedecke eingeschlagen. Die Frau fragte den Beamten etwas. Er wies auf eine Barackentür. Sie ging auf die Tür zu, sah meinen Wagen, hielt ihn wohl für ein Taxi, und da bereits weitere Fahrgäste an die Sperre kamen, lief sie mit trippelnden Schritten rasch auf mich zu. »Ist Ihr Wagen noch frei?« Sie beugte sich nieder und spähte nach dem Rücksitz. »Dies ist kein Taxi«, sagte ich. »Ich erwarte meine Frau.« Sie entschuldigte sich, ging zurück und verschwand in der Tür, die der Beamte ihr gewiesen hatte.

Es bliebe mir ja noch Zeit, überlegte ich. Du hättest die Frau nicht so barsch abzuweisen brauchen. Sie wird jetzt im

Telefonbuch nach einer Fahrmöglichkeit suchen. Vielleicht ist das Kind krank. An der Sperre staute sich ein ganzer Pulk Skifahrer. Schnell stieg ich aus, eilte der Frau nach und bemerkte noch, wie ein Skifahrer mit einem dick bandagierten Fuß vorsichtig von zwei anderen durch die enge Sperre geführt wurde. Ich fand die Frau im Barackenraum neben dem Schalter. Sie blätterte in einem Telefonbuch. Das Kind wimmerte leise.

»Entschuldigen Sie, wohin wollen Sie? Wenn es nicht allzu weit ist, könnte ich Sie hinbringen.« Sie sah mich fragend an. »Ich bin der Fahrer von dem Wagen dort draußen.« Das Kind begann zu schreien. »Gott sei Dank«, sagte sie, nannte eine Straße am anderen Ende der Stadt. »Kommen Sie rasch und steigen Sie ein. Viel Zeit habe ich nicht.« Sie beruhigte das schreiende Kind, sprudelte etwas heraus von Zugverspätungen, Schnee, verpasstem Anschluss.

Mein Wagen war von Skifahrern umlagert. Die Tür stand offen und schon versuchten sie, den Verletzten mit dem bandagierten Fuß darin unterzubringen. »Halt!«, rief ich. »Weg von meinem Wagen! Was fällt Ihnen ein!« Ich bahnte mir einen Weg durch die Herumstehenden, lauter junge Burschen, ließ die Frau mit dem Kinde einsteigen und drückte die Tür zu. Vor mir stand der oder die Verletzte, von zwei der Jungen untergehakt, und streckte mir wie Mitleid heischend den verbundenen Fuß entgegen, während einer aus der Schar sich entschuldigte und mir erklärte, die Dame habe den Fuß beim Skifahren gebrochen und müsse sofort in ärztliche Behandlung.

»Ich habe keine Zeit, rufen Sie das Krankenhaus an.«

Sie war im Skidress mit schwarzen Hosen, grünem Anorak, hatte einen dicken Wollschal um den Hals und eine Wollmütze tief in die Stirn gezogen. »Herr Pelz!«, rief sie erstaunt aus, machte einen Arm frei und streckte mir die Hand hin. Ich nahm sie zögernd. »Kennen Sie mich nicht mehr? Ilse, das Mädchen mit dem Fahrrad.«

»Ach Sie? Und den Fuß haben Sie gebrochen?«

»Nein, nur verknackst, nur ein starker Bluterguss. Aber ich kann nicht stehen. Ich wäre Ihnen so dankbar, wenn Sie mich heimfahren könnten. Sie wissen ja, wo ich wohne. Sonst müssen mich meine Kameraden in die Gärten hinaustragen.«

Ich öffnete den Wagen. »Also, aber schnell, schnell!« Die Frau mit dem Kind rückte zur Seite. Die Burschen halfen beim Einsteigen, legten den bandagierten Fuß auf die Lehne meines Nebensitzes. Es gab noch ein Hin und Her, ob einer mitfahren solle. Ilse lehnte ab. Ich sei Manns genug, sie notfalls durch den Garten ins Häuschen zu tragen. Jeder musste ihr die Hand drücken. Es folgte noch ein langer Diskurs wegen Ilses Brettern und Stiefeln, ob nicht eine gewisse Heidi sie über Weihnachten benützen dürfe. »Räuber!«, rief Ilse. »Da ziehen sie mich schon aus wie eine Schneeleiche. Nehmt, soviel ihr wollt. Da!« Sie streckte das heile Bein zur Tür hinaus. »Zieht den Stiefel aus!« Zu dritt nestelten die Jungen am Boden kniend an der eisverkrusteten Verschnürung des Stiefels herum, während das Mädchen sie lachend beschimpfte. Auch ihre Skimütze warf sie ihnen zu. Noch einmal streckte einer seinen Wollmützenschädel zum Wagen herein. »Einen Trostschluck zum Abschied, Ilse!« - »Au ja, gib her!« Sie nahm das Fläschchen, trank, keuchte, sagte »pfui Teufel!«, gab zurück. »Haut ab zu eurer Weihnachtsbescherung. Meine Bescherung hab ich weg. Ski Heil!« - »Ski Heil!«, riefen die Jungen und klappten endlich die Tür zu.

Das Kind, von dem Tumult um den Wagen aufgeschreckt, fing in schrillen Tönen zu schreien an. Die Frau wiegte es während der Fahrt und suchte zu beschwichtigen. Aber wenn ein Kind schreien will, dann schreit es. Und wenn Schnee fallen will, dann fällt er, und wenn der Wind die Straßenschilder an Häusern und Pfählen mit Schnee verkrusten will, dann tut er's. Und wenn eine zerstörte Stadt wieder aufgebaut werden soll, gibt es Umleitungen an allen Ecken und Enden. Nun suche einer im Schneetreiben in einem ausgedehnten Ruinenviertel bei Nacht eine Wohnung.

Ich verirrte mich hoffnungslos, musste mehrmals aussteigen und die Straßenschilder mit der Taschenlampe ableuchten. Überall Bretterwände, Ausschachtungen, dazwischen Rohbauten, kahle Flächen. Das Kind schrie, die Frau jammerte. Nach einer längeren Fußwanderung fand ich endlich die Hausnummer. Das Haus war abgeköpft und hatte nur ein Notdach. Kein Licht weit und breit, auch keine Klingel, die funktionierte. Wir riefen, polterten an die Tür, ich warf Schneebälle gegen die Fenster. Endlich regte sich etwas im Treppenhaus. Ein Schlüssel wurde gedreht. Ein alter Mann öffnete. Die Frau rief mit weinerlicher Stimme: »Vater! Vater!«

Nichts wie zurück zum Wagen. Ilse hatte jetzt beide Beine auf der Lehne neben mir liegen und sang »Stille Nacht«. – »Hören Sie um Gottes willen auf und helfen Sie mit, dass wir hier herauskommen.« Sie brach ab und lachte belustigt. »Ist mir doch egal, wie Sie herauskommen. Alles egal. Von mir aus können Sie die ganze Nacht mit mir Schlitten fahren.«

»Soll ich Sie nicht doch lieber ins Krankenhaus bringen?« – »Nein, ich bin schon verarztet. Heim, heim! Aber nicht so schnell! Die ganzen Ferien auf der Schnauze liegen und die anderen fahren in die Alpen. Das reicht mir. – Ich beiß ihr den Finger ab«, hörte ich vom Rücksitz her.

»Wem beißen Sie den Finger ab?« – »Der Oma. Oh, ich höre sie schon. Kind, Kind! hab ich nicht gesagt – am Heiligen Abend Ski laufen – am Heiligen Abend – das ist die Strafe. Und dieser erhobene Zeigefinger. Ich beiß ihn glatt ab.«

Endlich kam ich wieder in mir bekannte Straßen und beschleunigte. »Herr Pelz, Sie müssen mich über die Feiertage besuchen. Ich bin ganz allein, alle Kameraden fort.« – »Passen Sie auf die Straße auf. Wo muss ich abzweigen?« – »Erst hinter dem Friedhof. – Ich werde verrückt, ich werde wahnsinnig. – Vier Wochen hat der Arzt gesagt – das halte ich nicht aus. Vier Wochen in dem Starenkasten. Sie müssen mich besuchen und mit mir ausfahren zur Skischanze.«

»Wo ist denn der Friedhof? Sind wir schon darüber hinaus?« – »Mir egal – Friedhof – dort lande ich früh genug.« – »Passen Sie doch auf, Mädchen. Bei diesem Schnee mag sich der Teufel auskennen.«

»Haben Sie ein Baby bekommen, dass Sie so aufgeregt sind? Was tun Sie am Heiligen Abend in der Stadt?« Sie klatschte in die Hände, strampelte mit dem heilen Fuß. »Sie haben ein Baby bekommen, ein Christkindlein. Eia Susanni.« – »Und Sie haben zu viel getrunken.«

»Hab ich. Kaffee, Likör, Schnaps. Es tat doch so weh. Und Tabletten hab ich auch geschluckt.« – »Darum also.« – »Was heißt darum.« Sie gab mir mit dem Fuß einen Stups in den Nacken. »Glauben Sie, ich sei besoffen?«

»Ist das nicht Ihr Garten?« – »Vollkommen wurst, fahren Sie weiter.« – »Das ist Ihr Garten. Soll ich ein Signal geben?« – »Um Gottes willen, nein. Da fallen die vor Schreck glatt ins Jenseits. Sie tragen mich hoch und setzen mich einfach vor der Haustür ab.«

Ich stieg aus, fegte mit den Stiefeln den Schnee vor dem Gartentor weg und riss das Gatter auf. Der Weg zu dem Häuschen hinauf war ausgeschaufelt. »Sie haben es aber eilig, mich loszuwerden«, rief sie aus dem Wagen und rutschte unter die Tür.

»Wie machen wir's jetzt?« – »Tragen«, sagte sie. »Meine Kameraden haben mich heute schon kilometerweit getragen.« – Ich beugte mich nieder, sie legte beide Arme um meinen Hals, ich hob sie auf, unterfasste sie und zwängte mich durchs Törchen. »Idiot!«, schrie sie, »mein Fuß! Sie haben meinen Fuß an den Pfosten geschlagen.« – »Weil Sie strampelten. Und den Idiot nehmen Sie sofort zurück.« – Sie drückte ihr Gesicht an meines und gab mir einen Kuss auf den Mund. Es war ein kurzer, kalter Kuss mit einer Beimischung von Schnapsgeruch.

»Immer zwei Schritte und dann drei Stufen. Wissen Sie das noch? Halten Sie mal an. Anhalten! Wann besuchen Sie mich?« – »Ich weiß nicht.« – »Hat Ihre Frau etwas dagegen?« – »Ganz bestimmt.« – »Ich bin doch krank. Krankenbesuche sind jedem Mann erlaubt. Ein einziges Mal besuchen Sie mich und fahren mit mir zur Schanze.« – »Nein.« – Sie presste meinen Kopf gegen ihren Anorak, dass ich nichts mehr sah. »Eine Ausfahrt?« – »Nein.« – »Eine Ausfahrt!« – »Nein.« – Sie küsste mich wieder. »Eine Ausfahrt zur Schanze?« – »Ja, ja. Wenn Sie nicht aufhören, werf ich Sie in den Schnee.« – »Ich bin ja so unglücklich«, jammerte sie, als ich weiterging, »sooo unglücklich.«

Ihr Mutwille brach. Sie schluchzte an meinem Hals. Im Häuschen wurde eine Tür geöffnet. Die letzten Stufen lagen hinter mir. Unter dem Vordach stellte ich sie vorsichtig auf ihr heiles Bein. Eine Taschenlampe leuchtete uns ab. »Ilse! Ilse! Was ist mir dir, Kind?« Die beiden Alten sah ich nicht, weil mich der Lichtkegel der Taschenlampe blendete. Auf einmal war Ilse weg. Das Licht ging aus. Ich hörte ein Schluchzen, sah Schatten im trüben Schein, der aus der Tür fiel. »Ilse! Ilse! So lang gewartet – Kind! Kind! was ist – dein Fuß?« Die Tür schloss sich.

So verhielt es sich. Ich glaube kaum, dass in der Zwischenzeit meine Fantasie etwas hinzugedichtet hat.

Ich traf Monika vor dem Dom. Allein stand sie, eine dunkle Gestalt auf dem weiten, weißen Platz. Rasch stieg sie ein, sagte: »Ich bin durch und durch gefroren«, und langte aus dem Rücksitz die Wolldecke. »Warum ist das alles so zerwühlt hier hinten?« Sie schnupperte an der Lehne. »Es riecht wie in einem Krankenwagen.« Sie mummte sich in die Decke ein. »Sie ist warm. Hast du geschlafen, dort hinten?«

»Nein, nein. Verzeih bitte die Verspätung, ich erzähl dir alles auf dem Heimweg.« Während der Fahrt berichtete ich von der Frau mit dem Kind, meinem Verirren im Schneetreiben, schilderte ausführlich, vielleicht etwas zu ausführlich, meinen Zickzackkurs im Ruinengelände.

»War das Kind krank?« Es riecht hier nach Mullbinden, nach Verbandstoff.« - »Ich weiß nicht, wahrscheinlich. Vielleicht hat die Frau es aus einem Krankenhaus abgeholt.« - »War es ein Säugling?« - »Dem Geschrei nach mehr als ein Säugling.« - »War sie die Mutter?« - »Ich weiß es nicht.« - »War sie alt oder jung?« - »Ich weiß es nicht. Es ging alles so rasch.« - »Aber immerhin eineinhalb Stunden.« - »Versteh doch bitte. Ich musste die Wohnung suchen. Das Kind schrie wie am Spieß, ich musste zu Fuß die Straßen auf und ab rennen. Ich dachte an dich, dass du wartest.«

»Ich mache dir ja keine Vorwürfe«, sagte sie, zog die Decke fester um den Leib und schwieg. Weshalb hätte ich ihr das Zusammentreffen mit Ilse noch berichten sollen. Ein Missklang wäre entstanden, ein Verdacht bei ihr aufgekommen. Am Ende hätte ihr die Eifersucht eingeredet, Ilse und ich seien seit der Geschichte mit dem Fahrrad miteinander in Verbindung gestanden. Die Erklärung für meine Verspätung genügte ihr.

Im Wald war die Straße gut befahrbar. Im offenen Gelände, das nun zum Dorf führte, hatte der Wind hier und dort schon gefährliche Schneezungen über die Fahrbahn geweht. »Ich hätte eine Schaufel mitnehmen sollen«, sagte ich zu Monika hinüber. Sie murmelte etwas vor sich hin. - »Was hast du gesagt?« -

Sie schlug die Decke vom Gesicht. »Wenn wir stecken bleiben, bin ich schuld. - Ich warte schon den ganzen Abend darauf.« - »Auf was wartest du?« - »Dass etwas passiert. Du hast immer Pech mit mir.«

»Unsinn! Pass auf, halt dich fest!« Ein hohes Schneepolster lag über der Fahrbahn. Ich gab Gas und fuhr durch. »Patsch! Siehst du, es ging.«

»Ich hab so lange gewartet«, sagte sie. »Ich hatte so Angst um dich.«

»So lange kann es nicht gewesen sein, höchstens eine Viertelstunde. Wann war die Christmette aus?« - »Ich war nicht in der Christmette.« - »Was? Warum nicht?« - »Du bist im Zorn gegangen. Ich sah dich gerade noch wegfahren, ganz wild weggefahren.« - »Und dann?« - »Dann ging ich der Spur nach durch die ganze Stadt.« - »Warum bist du nicht im Dom geblieben?« - »Ja«, sagte sie leise, »warum nicht - weil ich zu dir gehöre.«

»Und wie weit bist du mir nachgegangen?«

»Bis in die Allee, wo ich dich stehen sah. Nur noch zwanzig Schritte war ich von dir entfernt, da bist du losgefahren. Hast du mich nicht gesehen?«

»Jetzt hör einmal!« Ich hielt an. »Gesehen! Wenn ich dich gesehen hätte, wäre ich natürlich aufs Gas gestanden und hätte dich im Schneetreiben zurückgelassen.« - Sie lehnte sich zu mir herüber. »Ich dachte wirklich, du seist weggefahren, weil du mich kommen sahst.« - Ich drückte sie an mich, küsste ihr kaltes Gesicht. »Herrgott, das konnte ich beim besten Willen nicht wissen, dass du mir nachläufst. Und weiter?« - »Dann stand ich eine Weile da, sah zu den Bäumen hinauf und stapfte wieder zurück zum Dom. Die Pelzstiefel sind so warm und die Mütze. - Wenn ich die nicht gehabt hätte und die pelzgefütterten Handschuhe. Bin ich nicht ein dummes Weib?«

»Ein ganz dummes Weib bist du, ein blitzdummes, ein kuhdummes.«

Sie lachte wieder, ließ sich abküssen, bekam Wärme in die Wangen und Lippen. »Liebe macht doch blöd, oder nicht?«, sagte sie. »Ich glaube, so blöd wie im vergangenen Jahr war ich noch nie.« - Noch einmal drückte ich sie an mich, rieb ihren Hals, ihren Rücken, ihre Arme und die Brust. Sie kicherte. »Es genügt. Noch einen Kuss.« Als sie die Lippen gelöst hatte, rieb sie die

Nase an mir und schnupperte. »Hast du am Bahnhof ein Schnäpschen getrunken?«

»Nein, wie kommst du darauf?«

Sie nahm mein Gesicht in beide Hände und beroch es von oben bis unten.

»Wir müssen heim«, drängte ich, »es geht schon auf zwei Uhr.«

Sie ließ mich los, wickelte sich wieder in die Decke ein und sagte, während ich den Anlasser betätigte: »So ganz trau ich dir doch nicht. Du hast mir nicht alles erzählt.«

Wiederum frage ich mich, ob ich jetzt, wo sich ein leiser Verdacht in ihr regte, nicht hätte gestehen sollen. Aber was heißt gestehen. Was hatte ich denn Unrechtes getan? Ich war im Gegenteil heilfroh, dass ich Ilse verschwiegen hatte. Monika war mir nachgelaufen bis in die Allee. Zwanzig Schritte vor ihr fuhr ich weg. Der Verdacht, ich sei mit Ilse im Wagen gesessen und deshalb Hals über Kopf weggefahren, hätte sich unweigerlich bei ihr festgesetzt. Über etwas Tieferes muss ich nachdenken: es sind die zwanzig Schritte, die zehn Sekunden, die uns in der Allee voneinander trennten. Wer gab mir den Anstoß weiterzufahren? Bestand in diesem Augenblick zwischen mir und Monika nicht mehr so viel anziehende Kraft, dass ich ihre Nähe gespürt hätte? Oder war hier wieder eine Hand im Spiel, ein Planer im Hintergrund?

Die letzte Weihnachtsbescherung dieses Heiligen Abends war eine meterhohe Schneewehe in einem Hohlweg kurz vor dem Dorf. Ich versuchte, mit Vollgas durchzukommen, blieb aber rettungslos stecken, da ich die Länge der Verwehung unterschätzt hatte. Wir stiegen aus. Ich ließ den Motor auf Standgas laufen, trat für Monika eine Spur durch den weißen Damm, nahm sie am Arm und stapfte mit ihr nach Hause, um eine Schaufel zu holen.

»Siehst du«, sagte ich, »du hast recht gehabt. Wir sind stecken geblieben. Bist du jetzt zufrieden?«

Sie war übermüd. Ich bat sie, ja nicht auf mich zu warten und sofort ins Bett zu schlüpfen.

Eine Stunde verging, bis ich den Wagen herausgeschaufelt, heimgefahren, versorgt, das heißt, das Kühlwasser noch abgelassen hatte. Als ich ins Schlafzimmer kam, lag sie in meinem

Bett. Das war noch nie vorgekommen. Hatte sie in ihrer Übermüdung die Bettstellen verwechselt oder –. Sie schlief schon tief. Ich weckte sie nicht und legte mich in ihr Bett. Nach dem anstrengenden Schneeschaufeln versenkte mich die Zimmerwärme sofort in den tiefsten Schlaf.

»Warum hast du mich nicht aus dem Bett geworfen?«, fragte sie am Morgen. »Ich wollte es dir nur anwärmen und bin darüber eingeschlafen.« Sie kuschelte sich an mich. »Halt mich fest! Du musst mich immer festhalten!«

Alles war gut. Alles schien gut zu sein.

XXII

Auf Monikas Dienststelle wurde in der Woche zwischen den Feiertagen nicht gearbeitet. Bei uns dagegen lag eine Menge neuer Aufträge vor, sodass der Betrieb gleich nach Weihnachten auf vollen Touren weiterlief. Als Praktikant musste ich mich nützlich machen, wo gerade Not am Mann war. Ich war gleichzeitig Bankbote, Postabholer, Lichtpauser, saß als Nachprüfer über Abrechnungen und Voranschlägen der Firmen und endlich war ich verantwortlich für einige Dutzend Leitzordner, in die ich den erledigten Papierwust abzuheften hatte. Wenn es meine Zeit erlaubte, versuchte ich mich bereits an Aufrissen für kleinere Bauvorhaben.

In diesen Tagen, da ich Monika abends an ihrem Büro nicht für die Heimfahrt abzuholen brauchte, legte ich einige Male Überstunden ein. Gewiss, es war nicht nötig. Ich nützte eben die günstige Gelegenheit und saß zuweilen bis gegen Mitternacht über Baukostenaufstellungen, um irgend einem maliziösen Rechenfehler auf die Spur zu kommen. So fiel mir anfangs nichts an Monikas Verhalten auf. Sie lag im Bett und schlief bereits, wenn ich abends heimkam. Nur einmal, als ich mich morgens mit einem Kuss von ihr verabschieden wollte, sagte sie: »Geh schon und mach mir nichts vor. Dich zieht es ja abends nicht mehr zu deiner Frau.« - »Gut, dann komm ich heute wieder zeitig«, sagte ich nicht gerade freundlich und fuhr ab. Ich kam zum Nachtessen. Wir saßen wie üblich am Tisch. Sie redete nichts, aß kaum ein Häppchen und wich meinem Blick aus. Sie war bleich, hatte verweinte Augen und ich bemerkte auch, wie Gabel und Messer in ihren Händen zitterten. »Ist dir nicht wohl, Monika?« - Sie zuckte mit den Schultern. - »Fühlst du dich krank?« - »Wieso?« - »Du siehst so bleich aus. Hast du heute wieder zu viel Mathematik gearbeitet?« - »Frag doch nicht«, herrschte sie mich an.

Sie trug ab und blieb längere Zeit in der Küche. Ich drehte am Radioapparat und suchte eine leichte Musik. Sie kam mit einem Stoß Lehrbücher und Heften herein und breitete sie auf dem Tisch aus. »Stell bitte die Musik ab. Ich muss noch arbeiten. In zwei Monaten ist mein Examen.« Ich schaltete aus und wollte mich neben sie setzen. Sie drückte mich weg. »Heute brauch ich dich nicht.« - »Du überarbeitest dich, Monika. Hab doch keine Angst vor dem Examen. Sie werden dich bestimmt nicht durchfallen lassen.« - Sie schlug ein Buch auf, blätterte und murmelte vor sich hin: »Ich bin schon durchgefallen.« Schnell änderte sie ihre Stimme, sah zu mir auf und strich über meinen Arm. »Schatz, könntest du nicht die Einfahrt vom Schnee freischaufeln?«

Ich merkte, dass sie mich loshaben wollte, und ließ sie allein.

Etwas drückte sie, mit etwas schlug sie sich herum. Ich dachte an eine religiöse Krisis, die durch das Erlebnis am Heiligen Abend ausgelöst worden sei. Tags darauf sah sie noch elender aus und ging umher wie vor den Kopf geschlagen. Mit abwesendem Blick und schlaff herunterhängenden Armen konnte sie minutenlang am Fenster stehen. Ich nahm sie an der Hand und nötigte sie aufs Sofa. »Was ist es, Monika? Komm, sag es mir. Wir haben doch bisher alles offen und ehrlich miteinander besprochen.« Sie hielt mich mit ausgestreckten Armen von sich weg. »Offen und ehrlich? Haben wir das?« - »Ja, offen und ehrlich.« Ich zog sie an mich. Ihr Widerstand ließ nach. Ihr Kopf stieß einige Male hart an meine Stirn. Sie umhalste mich, brach in Tränen aus, riss sich los, lief ins Schlafzimmer und warf sich schluchzend auf ihr Bett. Was konnte ich weiter tun, als ihr über Haare und Rücken zu streichen. Ich wusste, wenn sie nicht sprechen wollte, half alles Bitten, Betteln und Schmeicheln nichts. Am Morgen gab sie mir zum Abschied einen Kuss und sagte: »Lass mir Zeit, nur noch ein wenig Zeit. Ich muss allein zu einem Entschluss kommen.«

Zu einem Entschluss kommen? Was sollte das heißen? Beim Überlegen und Grübeln während der Arbeit fiel mir Kermann ein. Monika hatte während ihres kurzen Urlaubs zusammen mit Adams Frau Stefanie das Haus ausgefegt. Beide Frauen kannten sich seit Langem und wer mochte wissen, ob Stefanie das Geschwätz, das über Kermann umging, nicht ausgeplaudert hatte.

War es nicht ein unverzeihlicher Fehler von mir gewesen, ihr die Nähe ihres früheren Mannes zu verschweigen? Ein ganzes Jahr schon schob ich den schweren Block vor mir her. Aber besaß ich die volle Gewissheit, dass er wirklich Monikas Mann gewesen war? Weshalb sie also beunruhigen.

Am Neujahrstag brachte ich beim Mittagessen das Gespräch auf Kermann. »Ob er wohl mit der Fabrikantin schon verheiratet ist?« - Sie zuckte mit keiner Wimper. »Dann hätte er dich zur Hochzeit eingeladen oder wenigstens eine Anzeige geschickt. Ihr standet euch doch ziemlich nahe.« - »So nahe gerade nicht. Ich werde einfach den Verdacht nicht los, dass mit dem Mann etwas nicht in Ordnung ist.« - »Was sollte nicht in Ordnung sein. Er ist eben anders veranlagt als du.« - »Nein, darum geht es nicht. Er ist, wie soll ich sagen, zwielichtig, eine Doppelnatur. Wer weiß, vielleicht heißt er gar nicht Kermann.« - Sie blieb ruhig und sah nur erstaunt vom Teller auf. »Wie kommst du darauf? Hast du einen bestimmten Verdacht?« - Sie wusste also nichts. Wieder zögerte ich, ihr das Geheimnis zu verraten, und bog das Gespräch ab.

In der folgenden Woche fand in Köln eine Tagung statt, zu der mein Chef ein Referat über die Erfahrungen beim Neuaufbau unserer Stadt beisteuern musste. Er fragte mich, ob ich Lust hätte mitzufahren, ich könnte dabei viel Nützliches für meine Weiterbildung lernen und sei zur Zeit immerhin der entbehrlichste Mann in seinem Betrieb. Es war eine Ehre, der ich mich nicht entziehen konnte. Laut Programm begann die Tagung an einem Donnerstag und dauerte bis Sonntag. Herr Marbel wollte bereits am Freitag wieder zurück sein. Sobald er sich seines Referates entledigt habe, reise er ab. Beim Abschied von Monika, als ich schon im Wagen saß, rief sie, aber mehr im Scherz zu mir herein: »So, jetzt bist du deine Klette für eine Weile los«, und schlug die Tür zu.

Die Tagung verlief nach Plan mit Vorträgen, Fachreferaten, Diskussionen, gemeinsamen Mahlzeiten, Bier- und Weinabenden. Herr Marbel erntete mit seinem Beitrag mehr Lob und Anerkennung, als er erwartet hatte. Und da er unter den Teilnehmern eine Anzahl Kameraden aus seiner Studien- und Kriegszeit antraf, beschloss er, länger zu bleiben als ursprünglich beabsichtigt. Er gab seiner Frau telefonisch Bescheid, er komme erst am Sonntag zurück. Ich hatte zu Hause kein Telefon. Monika erwartete mich am Freitagabend. Aber sie konnte ja, wenn sie in Sorge war, auf meinem Büro oder bei Frau Marbel selbst anrufen. Ich machte mir darüber keine Gedanken. Ich saß unter Baumeistern, sah Lichtbildvorträge über moderne Architektur, hörte scharfe Diskussionen, machte mir eine Unmenge Notizen und nahm alles auf mit der Begeisterung und dem Wissensdrang des Neulings, sodass der Gedanke an Monika in den Hintergrund trat. Nicht, dass ich sie vergessen hätte. Ich sammelte von den aufliegenden Prospekten, vor allem von dem Werbematerial der Firmen für Innenarchitektur, soviel ich erhaschen konnte, und freute mich darauf, was ich ihr zu Hause alles erzählen und berichten würde.

Am Sonntag kam ich gegen zwei Uhr zurück. Das Haus war leer und kalt, kein Ofen geheizt, aber jeder sorgfältig zum Anfeuern mit Holz und Papier hergerichtet. Auf dem Herd stand ein Topf mit Linsen und Rauchfleisch, mein Lieblingsgericht. Auch hier staken Holz und Reisig in der Feuerung. Im oberen Zimmer war der Christbaum samt allem, was noch an Weihnachten hätte erinnern können, fortgeräumt. Auf dem Tisch lag neben der eingegangenen Post ein Kanzleibogen, mit einem Aschenbecher beschwert. In steilen, übergroßen Buchstaben stand darauf: »Sonntag - Lieber Paul! Ich bin in die Stadt gefahren, um etwas Persönliches zu erledigen. Wann und ob ich zurückkomme, weiß ich nicht. Gestern war mein erster Mann, dein Freund Kermann, hier und wollte dich zu einer Wildschweinjagd einladen. Das Essen auf dem Herd brauchst du nur noch aufzuwärmen. Gruß Monika.«

Die erste Wirkung derart verblüffender Bescheide ist Abwehr. Man sträubt sich, einen Fetzen Papier ohne Gewicht, mit hingeworfenen Tintenzeichen, ernst zu nehmen. Kermann - mein früherer Mann - wann und ob ich zurückkomme. - Was soll denn heißen »und ob«?

Ich durchsuchte mechanisch die Post und fand darunter zwei geöffnete Briefe von Ilse. Dem Datum nach musste der eine kurz nach Weihnachten eingetroffen sein, der zweite am Tag vor Neujahr. Ilse bedankte sich im ersten für meinen Samariterdienst am Heiligen Abend und entschuldigte sich, dass sie beschwipst gewesen sei. Mit ihrem Fuß stehe es nicht so schlimm. Der Arzt habe einen starken Bluterguss festgestellt. Sie trage einen Gipsverband. Sie warte auf mich. Ich müsse mein Versprechen unbedingt einlösen und sie in die herrliche Winterlandschaft ausfahren. Der Arzt habe es erlaubt. »Kommen Sie bald, bald, bald«, schrieb sie. Die drei »bald« waren mit Rotstift doppelt unterstrichen. »Herzlichen Gruß! Ihre Ilse.«

Monika musste den Brief tagelang mit sich herumgetragen haben, so zerknittert und abgegriffen sah er aus. Oder hatte sie ihn im Zorn zuerst zerknüllt? Das zweite Schreiben enthielt Glückwünsche zum neuen Jahr mit der ungeschickten Beifügung, gern hätte sie mir die Wünsche »mündlich überreicht«. Es folgten Vorwürfe, weshalb ich nicht gekommen sei. »... alle Kameraden fort in den Alpen ... den ganzen Tag turne ich auf einem Bein in der wahnsinnig engen Wohnung herum ... das Wintersportfest am kommenden Sonntag ... Skispringen, Abfahrtsläufe, Slaloms ... bitte, bitte, fahren Sie mich zur Schanze ... ich werde ganz brav sein.« Unterzeichnet war diesmal: »Es grüßt Sie eine todunglückliche Ilse.«

Das also war der Grund für Monikas Leiden in den Tagen nach Weihnachten. Ilses erster Brief war ein Schlangenbiss. Unschwer konnte ich mich in Monikas Lage versetzen: So also verhielt sich die Sache am heiligen Abend. Mir erzählte er etwas von einer Frau mit einem schreienden Kind, von Verirren im Schneegestöber und Suchen nach einer Wohnung. In Wirklichkeit traf er das Mädchen. Ein verletzter, verbundener Fuß – daher jener sonderbare Geruch nach Verbandzeug – beschwipst war sie – daher jener leichte Schnapsgeruch in seinem Gesicht und auf seinem Mund. Er hat sie geküsst. Er saß mit ihr im Wagen, fuhr mit ihr in jene abgelegene Allee, hielt an. Und ich, Monika, verlasse den Dom, gehe der Spur des Wagens nach aus der einfältigen Angst heraus, er sei mir böse. Ich sehe den Wagen stehen, laufe darauf zu, plötzlich fährt er ab - weil er mich kommen sieht Er ist also ein Lügner, ein leichtsinniger Mädchenheld, der sich sofort für das kleinste Missbehagen in der Ehe zu entschädigen weiß. Eine volle Stunde stehe ich auf dem Domplatz und warte, friere, warte, friere. Und in dieser Stunde hat er sich mit ihr vergnügt. Dreimal machte er nach Weihnachten

Überstunden am Abend, bis tief in die Nacht, erzählte etwas von Abrechnungen. Er war bei ihr - er war bei ihr, bei ihr.

Weshalb forderte sie keine Rechenschaft und zeigte den Brief nicht vor? Es war zu viel. Es war eine Lawine, die über sie hereinbrach, ihr den Mund stopfte, den Atem wegnahm. Sie brauchte Tage, um sich aus dieser Schneelast von Enttäuschungen herauszuarbeiten.

Monika erwartete mich am Freitagabend. Ich kam nicht. Am Samstag wartet sie bis in den späten Nachmittag. Sie steht am Fenster, späht durch die verschneiten Birnbäume. Ein schwarzer Wagen kommt in langsamer Fahrt unter dem Geäst hervor. Endlich! Endlich! Ohne genau hinzusehen, eilt sie aus dem Haus, läuft hin, reißt die Tür auf. Ein fremder Mann steigt aus, stellt sich mit tiefer Verbeugung vor: »Kermann.« Sie starren sich an. Im Augenblick sind zehn Jahre weggewischt.

Herr Gott im Himmel! Wer komponierte dieses teuflische Spiel von Zufällen hinter dem Rücken zweier völlig unschuldiger Menschen. Ich weiß keine Antwort. Aber sie wusste eine. Sie trug ein System von Glaubensvorstellungen in sich. Und wenn sie es auch abgeleugnet hatte, es war noch da und bot sich in ihrer Not von selbst an. Eine volle Nacht kniet sie vor dem Kreuz und betet zum alten, harten Gott ihrer Kirche. Sie hat noch keinen anderen gefunden. Alles, was sie in ihrem Glück von einem neuen Gott zusammengeschwärmt hat, ist weggeblasen. In die Öde ihrer Verlassenheit tropfen seine Worte: Wer kommt da? Wer kniet da vor mir, verweint, zerknirscht, verschmutzt? Immer dasselbe. Im Unglück kommen sie angekrochen. Du bist irre geworden an deinem Mann - du traust ihm nicht mehr, den du angebetet hast - ist er überhaupt dein Mann - wem gehörst du - soeben habe ich dir deinen richtigen Mann gezeigt - mit ihm allein bist du verbunden, bis der Tod euch scheidet - alles was du mit dem anderen tust und tatest, ist Sünde, ist Schande, ist Hurerei - deshalb schloss dich die Kirche von den Sakramenten aus - das wusstest du, das weißt du auch jetzt - meine Priester werden dir nie etwas anderes sagen können - hart sei ich, grausam sei ich - alle meine Gesetze sind hart wie eiserne Gitterstäbe - und vor ihnen schweigt meine Barmherzigkeit - meinen eigenen Sohn habe ich dem Martertod des Kreuzes überliefert, habe meine Ohren verschlossen vor seinem Stöhnen - für dich,

Tochter, für dich - damit du erkennst, dass nur im Leiden Erlösung zu finden ist - du kennst das Leiden - du hast dich darin geübt - du warst mir schon ganz nahe - was du tun sollst - du weißt es - ihn verlassen? - ja, ihn verlassen - und den anderen? - das ist dein freier Wille - führe mich! - ich werde dich führen, Kind.

Es war die zweite, noch viel schwerere Lawine. Sie erfasste diesmal auch mich und riss mir den Boden unter den Füßen fort. Die in exaltiertem und zum Teil ungezogenem Backfischstil hingeworfenen Briefe von Ilse waren kaum Grund genug für Monikas Davonlaufen. Kermanns Besuch musste die Ursache sein.

Nun setz dich hin und konstruiere einen Turm aus Zorn, Angst, Eifersucht, Misstrauen, Verdacht, Vermutung, errichte ihn auf dem Fundament deiner beleidigten Mannesehre, deiner Unschuld, schütte als Bindemittel ein ordentliches Quantum Fantasie in die Speispfanne und füge Stein auf Stein. Die Wohnung kalt, die Frau fort, wann und ob sie wiederkommt, ungewiss. Sie traf kurz zuvor ihren früheren Mann, den sie für verschollen, für tot geglaubt hatte. Was war zwischen den beiden vorgegangen? Weshalb dieser fahrig hingeworfene Brief? Kermann war ihre erste Liebe. Von ihm hatte sie ein Kind. War sie ihm wieder in die Arme geflogen in einem Augenblick, da sie von mir enttäuscht war. Nach dem Gesetz ihrer Kirche blieb sie seine Frau. Sie strebte zu dieser Kirche zurück. Ich war das Hindernis. Als Katholik hatte Kermann zeitlebens einen Anspruch auf sie. Er konnte sie nehmen, ohne sein oder ihr Gewissen vor Gott zu belasten. Zwischen Eheleuten gibt es keine Verführung oder gar Vergewaltigung. Ich kannte ihre aufflammende Leidenschaft. Und ich kannte Kermann. Sie war bei ihm!

Eifersucht hat ihre stumpfsinnige, tierische Logik, jenseits von Verstand und Vernunft. Liebe, Güte, Verständnis, kühle Überlegung überrennt sie rücksichtslos. Kermann muss weg! Ohne etwas zu essen oder zu trinken fuhr ich ab. Vier Jahre Waldarbeit in den Muskeln gaben mir ein starkes Übergewicht. Wenn Metalle den Schmelzpunkt erreicht haben, sacken sie plötzlich mit allen Spitzen und Kanten in sich zusammen und zeigen im Tiegel nur mehr eine gleißend glatte Oberfläche. Keinerlei Aufregung war in mir, als ich den Wagen durch die Kurven der Waldstraße steuerte. Ich pfiff sogar vor mich hin.

In meinen Ohren klang wie ein dauernder Kehrreim der Befehl: Er muss weg, muss weg!

Das Außentor stand offen. Beim inneren war nur ein Flügel zurückgeschlagen. Ich wollte aussteigen, da sah ich Kermann bei den Garagen neben einem schwarzen Wagen im Spiel mit einem Deutschen Schäferhund. Das Tier sprang vor Freude jaulend immerfort seinen Herrn an. Plötzlich stutzte es und kam in langen Sätzen angerast. Auf die Hinterläufe gestellt riss es an meinem Türfenster in wüstem Gebell seinen Rachen auf, sodass ich alle seine Reißzähne hätte abzählen können. Gemächlich schlenderte Kermann daher und klopfte sich im Gehen Schnee vom Anzug. Er ließ den Hund weitertoben, bis er mich durch die Scheibe erkannt hatte. Zögernd kurbelte ich das Fenster herunter. »Dich hätte ich am wenigsten erwartet«, sagte er und schob den zweiten Torflügel zurück. »Los, gib dem Wagen noch eine Spritze.« Ich fuhr ein und blieb sitzen. Er folgte langsam, kam wieder ans Fenster. »Steig ruhig aus, der Hund tut dir nichts«.

Wir standen uns gegenüber. Gealtert sah er aus, tief eingekerbte Quetschfalten um den Mund, olivfarben und abgestanden die Haut, in den Augen ein ungesunder Glanz. Der Anblick ernüchterte mich sofort. Er wich meinem Blick aus und stieß mit der Stiefelspitze gegen den Vorderreifen des Wagens. »Dein Erster? Alte Karosse. Nun ja, so fing ich auch an.« Der Hund beschnupperte mich knurrend. Er nahm ihn am Halsband, sagte über die Schulter: »Komm, drinnen ist's warm«, ging voraus und legte das Tier an die Kette.

Vergeblich spähte ich im Schnee nach Spuren eines Frauenschuhs. Während er mich ins Haus führte, redete er unbeschwert, er sei soeben vom Mittagessen aus der Stadt zurückgekommen, habe den ganzen Morgen hier gearbeitet, um die Jagd vorzubereiten. Ich müsse entschuldigen, wenn bei ihm nicht aufgeräumt sei. »Junggesellenwirtschaft, kennst du ja. Sieh her.« Er stieß eine Tür auf. Tabaksqualm und eine unnatürliche Hitze schlugen mir entgegen. »Lassen wir eine Weile offen stehen, dass der Mief abzieht.« Er riss noch das Fenster auf, räumte Papiere vom Tisch, schüttete einen mit Zigarettenstummeln überfüllten Aschenbecher in die Feuerung des Kachelofens, trug Kaffeegeschirr weg - ich sah nur eine Tasse –, kam mit einem Lappen wieder, wischte die Tischplatte sauber und lief dann die Innentreppe hoch.

Von Monika hatte ich noch nichts entdeckt. Aber was bewies das schon. Sie konnte ja noch schlafen. Am Ende verständigte er sie gerade, dass Gefahr im Anzug sei. Er kam, drückte mir eine Zigarrenkiste in die Hand. »Noch einen Moment. Du trinkst ein Gläschen mit mir. Wenn man sich schon so selten sieht. Weine hab ich eingekauft, Junge, solche Weine!«, er reckte den Arm hoch und schnalzte mit den Fingern. Schon war er weg. Ich hörte seine Schritte tack, tack, tack auf der Kellertreppe. Sein unruhiges Hin- und Herlaufen kam mir verdächtig vor.

Ich schloss das Fenster im Zimmer, ließ die Türe offen stehen und lehnte mich gegen den warmen Kachelofen. Er brachte zwei Gläser. Er brachte eine Flasche und hob sie gegen das Licht. »Kaiserstühler Spätlese.« Er suchte den Korkenzieher. Es dauerte, es dauerte, bis wir uns endlich vor zwei gefüllten Gläsern gegenübersaßen. »Also prosit, Paul!« Wir stießen nicht an. Ich nippte nur. Er leerte beinah das ganze Glas. »Du bist ins Baufach eingestiegen? Firma Marbel? Praktikant? Lässt sich hören. Und sonst, wie geht es sonst?«

»Vor einem Jahr hab ich geheiratet. Verzeih', dass ich dich nicht zur Hochzeit eingeladen habe.« Pause.

Er kippte den Rest seines Glases hinunter, schenkte sich ein, zog die Augenbrauen hoch, dass sich seine Stirn in tiefe Falten legte, blickte mich, über sein Glas gebeugt, von unten an und sagte: »Du hast jetzt einen eigenen Wagen. Das nächste, was du dir zulegen musst, ist ein Telefon. Du sparst eine Menge Sprit und es bewahrt dich vor unliebsamen Überraschungen.« Damit hatte er mir den Ball zugespielt.

»Allerdings, Herr Landeck«, sagte ich.

Der rasche Angriff kam für ihn denn doch unerwartet und nahm ihn leicht vom Stuhl hoch. Während sich unsere Blicke ineinander verhakten, hörte man draußen das Jaulen und Kettenzerren des Hundes. Er stand auf. »Entschuldige einen Augenblick. Das Tor steht offen. Wenn das Vieh sich losreißt, haut es ab.« Er lief hinaus. Durch die Scheibe sah ich, wie er die Torflügel schloss. Es fehlte nur noch, dass er den Hund mit hereinbrachte, dann war ich sein Gefangener. Er brachte ihn herein und ließ ihn neben seinem Stuhl sich ausstrecken. »Ich muss ihn wieder an mich gewöhnen. Die meiste Zeit ist er in Pflege bei einem Wirt im Dorf. Wann bin ich schon hier. Zwei, drei Tage im Monat.« Er schob mir die Zigarrenkiste hin. »Greif zu! Es gibt Probleme, die sich bei einer guten Zigarre restlos in Rauch auflösen.« Der Hund, den Kopf auf den Vorderpfoten, blickte mich unverwandt an. Er schien zu begreifen, was hier vorging. Ich suchte mir eine Zigarre aus, um jetzt, wo ich in die Verteidigung gedrängt war, die Beherrschung nicht zu verlieren. Er reichte sein Taschenmesser herüber, die Spitze abzuschneiden, und bot mir Feuer an. Seine Mundwinkel umspielte ein ironisches Lächeln. »Sie hat also doch geschwatzt. Ich gab ihr den Rat, das Zusammentreffen für sich zu behalten.«

»Weshalb sollte sie es mir verschweigen?«

»Ganz einfach, weil Männer verrückte Hähne sind. Glaubst du, ich sehe nicht, dass du in voller Kriegsbemalung angerückt bist. Bevor wir in den Ring treten, lass dir eines gesagt sein: Für dich und deine Frau bin und bleibe ich Fred Kermann.« Der Hund unterstrich den Bescheid durch ein drohendes Knurren.

»Du warst der Mann meiner Frau. Sie ist eine geschiedene Landeck. Willst du das ableugnen?«

»In keiner Weise. Aber was geht das dich an. Ich hab deiner Frau gesagt, die Einladung zur Jagd sei hinfällig, und sie wiederum bat mich, euch in Ruhe zu lassen. Das setzt aber voraus, dass auch ihr mich in Ruhe lasst und eure Entdeckung nicht an die große Glocke hängt.«

Er vermied den Namen Monika. Er wollte sich von uns absetzen.

Seine Angst kreiste um die Mitwisserschaft seiner wahren Identität. Monika war nicht hier. Was wollte ich noch von ihm? Sollte ich gar gestehen, dass sie mir entlaufen sei, oder ihn gar blöderweise fragen, wie lange er sich bei ihr aufgehalten hatte.

Er blies Rauchringe zur Decke hoch und fuhr fort: »Was dir deine Frau von ihrem ersten Mann erzählt hat, weiß ich nicht, kann es mir aber lebhaft vorstellen. Sie hatte Zeit genug, alles zu ihren Gunsten zurechtzurücken und mir die ganze Schuld in die Schuhe zu schieben, und ihr Herr Vater wird das Nötige dazu beigesteuert haben. In seinen Augen war ich ein Verführer, ein Mädchenschänder, ein nichtsnutziger Aufschneider, für den sogar eine Russenkugel zu schade sei. Das hat er mir mitten ins Gesicht gesagt, der Herr Oberfeldarzt.«

»Du täuscht dich. Monika spricht über dich so viel wie gar nichts. Sie erzählt lediglich, sie sei auf eine schöne Uniform hereingefallen wie tausend andere Mädchen im Krieg. Ein Offizier, hoch zu Ross, sporenklirrend, ein Halbgott, und sie ein junges, unerfahrenes Ding.«

»Aber auch hoch zu Ross, mein Lieber, und wie hoch! Sie hat mir den Tritt versetzt, nicht ich ihr.« Er schloss die Augen, drückte die rechte Hand in die Seite. Eine Zerrung lief über sein Gesicht, als verbeiße er einen Schmerz. »Auf meine Uniform hereingefallen«, murmelte er, »mir dürfte sie das nicht ins Gesicht sagen. Sie ist nicht die Frau, die auf irgendeinen hergelaufenen Windbeutel hereinfällt, und ich nicht der Mann, der jeder Pausbackenpuppe nachläuft.« Der Schmerz über seiner Hüfte schien nachgelassen zu haben. Er nahm die Hand weg, schob Glas und Aschenbecher in die Mitte des Tisches, legte die Arme auf die Platte und den Kopf auf die Arme. Eine Weile starrte er vor sich hin. »Mensch Paul! Bis ich das verdaut habe. Ich fahre in den Hofraum, stelle den Motor ab, ziehe die Handbremse. Eine Frau läuft daher, reißt die Tür auf. Monika.« Er richtete sich langsam auf. »Sagtest du nicht, sie sei im Kloster und der Alte tot? War das alles Schwindel? Ist er nun tot oder nicht?«

»Natürlich ist er tot. Er liegt auf dem Dorffriedhof begraben.«

Er tat einen tiefen, erleichterten Atemzug. »Wenigstens das. Er hat mir nie verziehen, dass ich seine hochkatholische, unschuldige Tochter –«

»Fred, du sprichst von meiner Frau.«

Er schlug mit der flachen Hand auf den Tisch. Der Hund sprang hoch und bellte mich wütend an. Er gab ihm einen Klaps auf die Schnauze. »Platz, Kuno! Jetzt spreche *ich* von *meiner* Frau, verstehst du. Frauen können verführerisch sein und sie war es, ist es heute noch – verzeih, nimm es als Kompliment – für das Verführen selbst werden nur die Männer verantwortlich gemacht. So will es die gute bürgerliche Ordnung. Man facht ein Feuerchen an, lässt das Töchterchen ausreiten – und sie konnte mit ihren sechzehn Jahren schon reiten wie ein Kosake –, und als das Feuerchen viel zu rasch und bald lichterloh brennt, zieht man das Töchterchen zurück hinter eine Barriere von Weiberröcken: Mutter, Großmutter, Tanten, Verwalterin, und versucht mit Weihwasser zu löschen, wo es nichts mehr zu löschen gab. Es stank nach Bigotterie im Haus. Hier ein Kreuz, dort ein Weihwasserkessel, dazu Rosenkränze, Gipsmadonnen mit Schwertern in der Brust, Gebetbücher, Heiligenbilder. Es gibt nur eine himmelschreiende Sünde, die man nicht einmal beim Namen nennen darf.« Er hob abwehrend die Hand. »Bitte, ich sag gar nichts gegen Monika, nicht das Geringste. Was der arme Kerl gelitten hat, davon machst du dir keine Vorstellung. Sie fuhren über sie her: Was hast du getan, Kind, Liebe ist etwas ganz anderes, Kind, etwas Himmlisches, Kind, er hat dich verführt, Kind, du bist ein gefallenes Mädchen, Kind. Schnell wird eine Trauung in aller Stille inszeniert. Der Alte ist nicht dabei, gibt aus der Ferne seinen Fluch dazu. Kaum hat sie das Kind zur Welt gebracht, wird es der Verwalterin übergeben und Monika zur Buße in ein Lazarett gesteckt. Sie hat mir aufgekündigt und konnte unter dem Druck ihres Vaters nicht schnell genug die Scheidung einleiten.«

»Ja, weil du es mit anderen Weibern ganz toll getrieben habest, schon während sie ihr Kind erwartete.«

Er wurde wütend. »Verdammt und zugenäht! Krieg ist Krieg und Krieg ist Sumpf. Sollte ich vielleicht wie ein Schafbock mit einem Lederschutz um den Leib herumlaufen, nachdem mich die ganze Bande verflucht und Monika in einen Glasschrank gesperrt hatte. Der Alte suchte ja nur einen Vorwand, um seinen Schwiegersohn so rasch wie möglich wieder loszuwerden. Ohne ihn wäre sie heute noch meine Frau. Dass er meine Beförderung hintertrieb und ich vier Jahre lang als Leutnant Landeck herumlief, während es meine Kameraden bis zum Oberst brachten, dass er den Unterhalt für seine Tochter und das Kind wie ein Gerichtsvollzieher Monat für Monat eintrieb, obgleich ihm mein Vater eine hohe Abfindungssumme angeboten hatte, dass er seine Verbindungen zu hohen Offizieren nutzte, mich in die russische Hölle am Mittelabschnitt der Ostfront zu schicken, in der Hoffnung, ich würde dort rascher vor die Hunde gehen, dass er mir schwor, er werde sich meiner, falls ich den Krieg überstehen sollte, weiterhin liebevoll annehmen, davon weißt du nichts. Der Krieg war aus, meine Eltern tot, unser Betrieb ein Schrotthaufen, die Heimat polnisch, kannst du dir jetzt vorstellen, weshalb ich meinen Namen wechselte und in eine neue Haut schlüpfte? Und hatte ich nicht recht? Er war mir ja schon auf den Fersen. Mensch, mir tanzten Sterne vor den Augen, als du mir seinerzeit neben deiner Bude von einem Professor, einem Arzt, einer Tochter Monika erzähltest und ich ihre Namen erfuhr. Sogar dich hatte ich im Verdacht, dass du mir nachspioniertest.«

»Seien wir einmal ganz ehrlich, Fred, das kann unmöglich der ganze Grund für deinen Namenswechsel gewesen sein.«

»Allerdings, es gab noch andere Gründe. Als Fabrikbesitzer war ich in den Augen der Russen Kapitalist. Wir beschäftigten am Ende des Krieges eine Menge russischer Gefangener und ich musste damit rechnen, dass die Amerikaner, damals die besten Freunde der Russen, mich auslieferten. Hätte mich der Alte ausfindig gemacht, wer weiß – «

»Glaub doch diesen Unsinn nicht. Du leidest an Verfolgungswahn. Davon hat mir Monika kein Wort gesagt. Dass ihr Vater für seine Tochter den Unterhalt nachverlangt hätte, wäre sein gutes Recht gewesen, da beide völlig verarmt waren. Aber selbst das glaube ich nicht. Der Mann stritt sich mit ganz anderen Dingen herum, und nichts lag ihm ferner als eine kleinliche Rache an dir. Er hatte seine Frau und drei Kinder verloren und war darüber halb wahnsinnig geworden. Du warst ihm nach dem Krieg so gleichgültig wie eine Filzlaus.«

»Mag sein. Hätte ich damals gewusst, dass sich die Amis mit den Iwans bald in den Haaren liegen, hätte ich mir den Schwindel sparen können. Er trägt mir genug Scherereien ein. Aber hast du einmal gefälschte Papiere in der Tasche und bist auf den Ämtern unter falschem Namen registriert, wie willst du das rückgängig machen ohne Prozess und Staatsanwalt.«

Er griff nach der Flasche. »Du bist immer noch beim ersten Glas, los, trink aus.«

»Nein danke, ich muss noch fahren.«

Ohne sich einzuschenken, korkte er die Flasche wieder zu und stellte sie hart auf den Tisch. »Kommen wir endlich zum Kern der Sache«, sagte er kalt und geschäftsmäßig. »Ich bin in deiner Hand. Du weißt mehr als gut ist. Deine Frau ist die einzige gefährliche Zeugin gegen mich. Ich bin ihr eine Menge Unterhalt schuldig. Sie kann auf Nachzahlung klagen. Draußen steht mein Wagen, erst einige tausend Kilometer darauf. Du brauchst einen neuen. Nimm ihn, nimm ihn gleich mit. Oder verlangst du Bargeld?«

»Bist du verrückt? Wer redet hier von Geld, Unterhalt und Nachzahlung?«

Er winkte angeekelt ab. »Geh, geh! Du bist nicht besser und schlechter als andere und wärst nicht der Erste, der mir auf die Brust kniet. Genügt der Wagen, ja oder nein?«

»Mensch, Fred, das ist die größte Beleidigung. Für wen hältst du mich? Glaubst du im Ernst, ich wollte dich erpressen?«

Der Hund ging hoch und warf mir einige Beller ins Gesicht. Kermann riss ihn am Halsband zurück und hieb ihm die Faust auf den Schädel. »Also kein Geld, keinen Wagen?« Er beugte sich vor und zischte halblaut über den Tisch: »Dann sag mir in Kreuzteufelsnamen endlich, weshalb du zu mir gekommen bist. Was suchst du hier?«

Er legte mir die Antwort auf die Zunge. Sie entfuhr mir ohne Überlegung. »Meine Frau suche ich. Monika suche ich und glaubte, sie sei hier.«

Ist einmal die Sperre des Stolzes an einer Stelle eingedrückt, schießen die angestauten Gefühle nach. Man gerät ins Reden, ins Schwatzen, lässt sich ausfragen und hat Mühe, das Zittern der Kinnlade zu verbeißen. Er sitzt da und spielt mit den Ohren des Hundes. Er erfährt alles, wird zum Berater, Tröster, Freund. Verschüttete Gefühle werden bei ihm wieder lebendig: Das ist sie, stolz, starrköpfig, fromm, schön, übereilt im Handeln. Nichts hat sich an ihr geändert. Er zieht Vergleiche mit seiner Fabrikantin, der er nun schon über ein Jahr den Hof macht, die ihn hinhält mit Versprechungen, ihn kalt und berechnend ausnützt. Er ist nur Lakai, Befehlsempfänger, Bulle, Hausbursche. Sie denkt nicht daran, ihn zu heiraten, ihn als Teilhaber in ihrem Betrieb einzusetzen. Auch bei ihm bricht die Sperre. Er trinkt, drückt wieder die Hand in die Hüftgegend und verzerrt sein Gesicht. »Ich sollte notwendig in ärztliche Behandlung gehen. Mit meiner Leber ist etwas nicht in Ordnung. Verdammte Sauferei! Aber sei einmal krank bei den Weibern, schon büxen sie aus und suchen nach Ersatz. Ich meine jetzt nicht deine Monika. Ein anständiger Kerl. Keine Bange, sie kommt wieder. Wo wird sie schon hingelaufen sein, vermutlich zu einem Dompfaffen.

Er wird ihr den Rat geben, wieder brav heimzugehen und mit ihrem Gatten alles zu bereden: nur keine Hast, nur keinen Streit heraufbeschwören, Männer seien gefährliche Bestien. Inzwischen werde er für sie beten und Gott um einen Ausweg bitten ...«

Als er mir beim Abschied am Wagen die Hand drückte, war er wieder der alte, schnoddrige, leichtsinnige Kermann, der auch den ernstesten Dingen ein Gran Humor abgewinnen kann. Er lachte auf einmal hellauf: »Alter Kumpel! War das ein spannendes Palaver. Schade, dass ich mein Tonbandgerät nicht eingeschaltet hatte. Der Streifen wäre unbezahlbar.«

XXIII

In der Zeit zwischen der Abfahrt zu Kermann und meiner Rückkehr war gerade so viel Schnee gefallen, dass ich auf dem kurzen Weg von der Straße zur Wohnung hier und dort zwischen Reifenspuren die frischen Abdrücke eines Frauenschuhs ausmachen konnte. Ich ließ den Wagen auf dem Vorplatz stehen, um sofort nachzusehen. Das Haus war nicht verschlossen. Monikas Mantel hing in der Garderobe. Vorsichtig öffnete ich die Stubentür. Sie saß am Tisch vor Lehrbüchern und zeichnete eine geometrische Figur. Zirkel, Reißzeug, Winkel, Farbstifte lagen auf der Platte verstreut. Bei meinem Eintreten blickte sie kurz her, griff nach dem Lineal und beugte sich wieder über die Aufgabe. Die Klinke noch in der Hand überlegte ich einen Augenblick. Für eine Aussprache war ich zu aufgeregt und fürchtete, beim ersten Wortwechsel die Beherrschung zu verlieren. »Ich muss den Wagen versorgen«, sagte ich und ging, ohne dass wir uns begrüßt hatten.

Als der Wagen in der Scheune stand, schloss ich von innen das Tor, holte einen Eimer und ließ, weil es empfindlich kalt war, zur Vorsicht das Kühlwasser ab. Dann setzte ich mich in den Rücksitz, um erst einmal mein seelisches Gleichgewicht wieder zu finden. Ich zog die Schuhe aus und hüllte mich in eine Wolldecke.

Sie ist da, sie ist zurückgekommen. Ich empfand keine Freude, nur ein Gefühl der Erleichterung und Entspannung, das bald in eine schlaffe Müdigkeit überging. Es wird jetzt ein gegenseitiges Aufrechnen von Schuld und Missverständnissen geben. Ob sie mir glaubte, wenn ich meine Unschuld beteuerte, war mir im Augenblick gleichgültig. Auf keinen Fall sollte sie etwas von meinem Besuch bei Kermann erfahren oder gar davon, dass ich sie im Verdacht gehabt hatte, sie sei mit ihm entflohen.

Als wohltuend empfand ich die Stille in meinem Gehäuse, das allmähliche Einbrechen der Dunkelheit, das Alleinsein. Ich legte mich mit angezogenen Knien auf das Polster und beschloss, hier die Nacht zu verbringen. Kam sie, war es gut, kam sie nicht, auch gut. In jeder Ehe, besonders am Anfang, meldet sich beim Mann zuweilen überstark der Junggeselle, der Einmensch, der ungeteilt, unabhängig, nur sich selbst verpflichtet sein Leben steuern will. Im Grunde ist der Mensch immer allein. Sein innerstes Wesen bleibt selbst von der Liebe unberührt. Dieses Gesetz zieht sich durch die gesamte Natur hindurch bis zu den Atomen. Alle Reaktionen der Elemente in chemischen Verbindungen, sie mögen noch so stürmisch verlaufen, spielen sich an der Oberfläche ab, in den Elektronenschalen. Der Atomkern ist daran nicht beteiligt. Er verändert sich nicht.

Ich war bereits eingeschlafen, als an der Tür geklopft und gerüttelt wurde und ein Lichtschein in den Wagen fiel. »Paul! - Paul!« Ich öffnete. Sie löschte das Scheunenlicht wieder, stieg ein und tastete mich ab. »Komm, mach mir ein wenig Platz«, sagte sie. Ich nahm die Beine vom Sitz herunter. Sie griff die zweite Wolldecke, setzte sich neben mich, zog die Tür zu und mummte sich ein. »Du hast heute bestimmt noch nichts gegessen.« - »O doch, ein ausgiebiges Frühstück in Köln. Ich habe keinen Hunger.« - »Du, Schatz«, sagte sie, als ob nichts zwischen uns läge, »ich stecke in einer Geometrieaufgabe und komme nicht weiter. Du musst mir helfen.« - »Frauen wie du kommen immer weiter«, sagte ich schläfrig. - »Nicht immer. Manchmal brauchen wir einen Mann, der uns den Karren über den Berg zieht.« - »Ja, und der über die Prügel stolpert, die so nebenbei vom Karren fallen.« - Sie kicherte leise in sich hinein. Ich ärgerte mich darüber. »Du warst im Dom?« - »Ja, ich war im Dom.« - »Du warst bei einem Pfarrer.« - »Bei einem Kaplan, wenn du es genau wissen willst.« - »Du hast ihm gebeichtet.« - »Ja.« - »Und er hat dir geraten, vorerst wieder heimzugehen.« - Sie schwieg. - »Er hat gesagt, du sollest mir schonend beibringen, dass wir uns trennen müssen, weil ich nicht dein Mann sei.« - Sie schwieg. - »Du wusstest, dass er das von dir verlangen würde.« - Sie schwieg. - »Er hat dir verboten, mit mir zusammenzuliegen.« - Sie sagte nichts. - »Er hat das gemeine Wort ›Beischlaf‹ gebraucht.«

Sie regte sich, schlug ihre Decke auseinander. Ich glaubte, sie wolle mir entrinnen, und hielt ihren Arm fest. Sie warf sich über mich, zerrte meine Decke weg und presste sich an mich. Ihre Lippen suchten meinen Mund, bedeckten mein Gesicht mit Küssen. Sie kniete sich auf mich, rüttelte, schüttelte mich hin und her. »Alles hast du erraten. Alles, alles. Sogar das Wort Beischlaf. Er hat es benützt, nicht nur einmal. Aber eines hast du nicht erraten: dass ich deine Monika bin, deine Frau.« Sie setzte sich auf meinen Schoß. Wir hüllten uns in die Decken ein. Ihr Atem war heiß. Die Worte und Sätze jagten sich: »Jetzt beichte ich dir. Ich war so verzweifelt. Die Briefe von dieser Ilse. Ich hätte mit dir darüber reden sollen. Du brauchst dich nicht zu verteidigen. Kein Wort, kein Wort. Ich bin an allem schuld. Er hat mir meine Sünden aufgerechnet: Mehr als ein Jahr nicht zur Kirche gegangen, alle versäumten Sonntagsgottesdienste, jedes Zusammengehen mit dir, unsere Liebe, unsere Ehe, unser Glück: alles Sünde. Stein um Stein hat er auf mich geworfen, bis ich ausriss, fortlief, fort, fort. Nie mehr im Leben werde ich in einen Beichtstuhl knien, nie mehr einem fremden Menschen mein Inneres preisgeben. Es war Verrat an dir, an mir.«

»Aber du wusstest im Voraus, dass er nichts anderes sagen würde.«

»Ich wusste es, ich wollte es. Es zog mich zurück zum Dom. Ich kam mir so verloren vor. Ich wartete auf dich. Da stand auf einmal mein erster Mann vor mir. Wer schickte ihn? Was hatte das zu bedeuten? War es ein Fingerzeig Gottes? Ich musste nach langer Zeit wieder einen Gottesdienst besuchen. Ich sah, wie sie nach vorne gingen an die Kommunionbank, um das Allerheiligste zu empfangen. Warum schließen sie mich aus? Weil ich dich liebe. In ihren Augen bin ich eine Ehebrecherin, eine Dirne, eine Diebin, die etwas stiehlt, worauf sie kein Anrecht hat. Nach dem Amt bat ich einen Kaplan um die Beichte. Als er alles wusste, sagte er, er könne mich nicht lossprechen, solange ich mit dir zusammenlebe. Wir müssten uns trennen. Ich fragte, was geschehe, wenn ich ohne Absolution trotzdem an den Tisch des Herrn ginge. Das sei ein Sakrilegium, ein Gottesraub, und die ewige Verdammnis sei mir sicher.«

Sie zitterte in meinen Armen. Ich zog ihr die Schuhe aus und schlug die Decke um ihre kalten Füße. »Reib mir ein wenig die Füße«, sagte sie. »Du hast so warme Hände. Halte sie fest. So, ja.«

»Beruhige dich jetzt, du bist ja wieder bei mir. Und du bleibst bei mir. Es war ein kleiner Rückfall und die Strafe dafür hast du. Du darfst mir nie wieder davonlaufen. Auch nicht in den Dom.«

Sie drängte sich noch enger an mich. »Ach, Liebster, wenn du mich nur verstehen könntest. Es sitzt bei mir zu tief. Ich kann es nicht herausreißen. Ich will auch nicht. Es gibt ein großes Geheimnis über uns oder in uns. Es greift nach mir, wenn ich Musik von Bach, Händel, Bruckner höre, ich sehe es in den Domen, in den Bildern großer Künstler. Ich spürte es früher oft in meiner schwersten Zeit, wenn ich an der Kommunionbank kniete. Es reißt auf, öffnet Türen, gibt Licht und Kraft und Glück, es verbindet mit Gott. Es ist in jeder Religion. Es ist auch in meiner Kirche. Aber die Priester hüten den Schatz wie böse Zwerge und vergraben ihn. Sie verbauen die Zugänge mit Gesetzen. Sie machen das Leben noch viel schwerer, als es ist. Das darf man nicht. Ich verstehe immer mehr meinen Vater, warum er gerade die Priester so furchtbar hasste. Man darf Liebe nicht verdammen. Es ist die größte Gotteslästerung. Liebe ist der Weg, es gibt keinen anderen. Das weiß ich jetzt. Nein, es war kein Rückfall. Bitte, versteh mich, Liebster. Sei mir nicht böse. Es wird unser Glück bestimmt nicht stören. Nie wieder werde ich in einen Beichtstuhl kriechen. Das verspreche ich dir und das hab ich mir geschworen. Alles werde ich vor meinem eigenen Gewissen verantworten. Wie es in mir aussieht, was ich bin, was ich tu, weiß Gott allein. Aber ich will wieder an die Kommunionbank. Ich lasse mir den Weg zum Allerheiligsten nicht verbieten, von keinem Priester, auch vom Papst nicht.«

Was konnte ich sagen. Ich stand wie seinerzeit im Wald beim Tod ihres Vaters vor dem Unbekannten, mir Unbegreiflichen, vor einem Bann, der diese Frau gefangen hielt, dem sie nie würde entrinnen können. Ich hatte keine Ahnung davon, was sie mir zuliebe auf sich nahm, wenn sie gegen klare Gebote und Verbote ihrer Kirche verstieß, dass es für einen Katholiken einen ungeheuren Mut, ja ein ketzerisches Rebellentum erforderte, die Ohrenbeichte einfach beiseitezuschieben und mit Berufung aufs eigene Gewissen einen neuen Weg zu gehen.

Sie umhalste mich, küsste mich auf die Augen, rieb die warmen Lippen an meiner Ohrmuschel. »Sag etwas, Liebster. Bist du mir böse, wenn ich sonntags wieder den Gottesdienst im Dom oder sonst irgendwo besuche?«

»Wie sollte ich dir böse sein. Hab ich dir je verboten, in eine Kirche zu gehen?«

»Nein, aber ich möchte wissen, ob du auch innerlich damit einig bist.«

»Du verlangst zu viel. Hier hört einfach mein Begreifen auf. Es ist deine Welt. Ich werde dich nächsten Sonntag in die Stadt fahren, du gehst in den Gottesdienst. Aber versuche bitte nie, mich mit hineinzunehmen.«

Der Tag kam. Monika richtete das Frühstück her, tischte aber nur für eine Person auf. Sie erklärte mir, wenn man zur Kommunion gehe, dürfe man ab Mitternacht weder Speise noch Trank zu sich nehmen. »Ach so«, sagte ich nur. Während ich aß, räumte sie die Wohnung auf und bereitete in der Küche das Mittagessen vor. Sie sprach sehr wenig und war in einer eigenartig gehobenen Stimmung, so, als gehe sie einem lang erwarteten hohen Besuch entgegen.

Ich wollte nach meinem Wagen sehen, da hielt sie mich unter der Tür fest. Sie hatte sich schön gemacht für ihren Gott. Ihre Augen leuchteten. Ich wollte sie küssen. Sie legte die flachen Hände auf meine Brust und drückte mich weg. »Nicht jetzt. Du verdirbst mir die Frisur.« – »Noch einen Wunsch?«, fragte ich. – »Ja«, sie deutete nach dem Fenster, »es ist herrliches Wetter draußen. Willst du nicht eine Spazierfahrt in den Wald machen?« – »Ich dachte, du wollest zum Gottesdienst in die Stadt fahren.« – »Ja schon. Aber mit dem Omnibus.« – »Wieso denn? Wozu haben wir einen eigenen Wagen.« – Sie blickte an mir vorbei. »Ich will es dir erklären.« Ein gequälter Ausdruck trat in ihr Gesicht. Sie erklärte es mir nicht, stand nur vor mir, griff plötzlich nach meiner rechten Hand und legte ihr Gesicht in die Innenseite. »Lass mich allein in die Stadt fahren.«

Allein! Ich begriff. Sie wollte allein dem großen Erlebnis entgegengehen und auf der Fahrt durch meine Anwesenheit und mein Geschwätz nicht gestört sein. Sie wollte vor allem im Dom nicht gestört sein durch den Gedanken, dass ich draußen vor dem Tor wartete, womöglich in meiner Ungeduld wegfahren und durch einen bösartigen Zufall wieder von ihr getrennt werden könnte. Das alles lag in ihrem Blick, ihrer Bitte und dem Wort »allein«. Ich gab nach, bestand aber darauf, sie wenigstens mit dem Wagen zur Haltestelle bringen zu dürfen, da Glatteis auf der Dorfstraße lag. Damit war sie einverstanden.

Der Omnibus stand bereit. Sie war schon nicht mehr bei mir und stieg sofort ein, obgleich es noch nicht Zeit zur Abfahrt war. Ich blieb eine Weile am Fenster stehen. Sie hob die Hand und lächelte durch die Scheibe. Ich hob die Hand und ging zu meinem Wagen. Langsam ließ ich ihn durchs Dorf zuckeln. Die Morgensonne warf scharfe Häuserschatten über die Schneemauern zu beiden Seiten der Fahrbahn. War es richtig, war es falsch, sie allein zu lassen? Hätte ich sie nicht einfach gegen ihren Willen hinausfahren sollen in den Schneewald? Vergebens kämpfte ich gegen ein starkes Gefühl der Eifersucht an: Er ist stärker als ich. Er hat noch ungebrochene Macht über sie. Er zieht sie von mir fort. Wer? Gott? Für mich kein Schlüsselwort, das Innentore öffnet. Ich genüge ihr nicht. Ich bin nur Mensch, nur Mann, etwas durch und durch Diesseitiges, Begrenztes, mit dem sie auf gleicher Stufe steht, dem sie, was Wille und Können betrifft, in manchem sogar überlegen ist, ein gutes Tier, ein braves Tier, nicht viel höher stehend als ein Pferd, das man wohl lieben kann, dessen Kraft man gerne spürt und genießt. Sie braucht mehr, etwas Höheres, Jenseitiges, Übersinnliches, Heiliges, Allerheiligstes. Was ist das Allerheiligste? Auch ein Begriff aus ihrer religiösen Schatulle, der mir nichts sagt. Ist sie unersättlich? Ein Mann genügt ihr nicht, eine Wohnung genügt nicht, das Diesseits nicht, das sinnlich Greifbare nicht. Sie braucht einen Gott, mit dem sie sich sogar vereinigen will, braucht das Riesengewölbe eines Domes über sich, will ihr Leben im Jenseits in alle Ewigkeit fortgesetzt wissen. Sie glaubt felsenfest an das Übersinnliche. Gibt es so etwas? Eine Steigerung der Liebe bis zur Ekstase, eine Liebe, die sich in einer höheren Dimension vollzieht? Sie ist ja auch nur ein Mensch aus Fleisch und Blut. Ihren Gefühlen waren dieselben Grenzen gesteckt wie den meinen. Sie war sinnlich, wie ich es war, und konnte in Tränen ausbrechen vor Glück und Seligkeit, wenn ich bei ihr lag. Vereinigung mit Gott! Ich musste es sehen, musste sie belauschen und beobachten.

Schon längst war ich aus dem Dorf heraus auf der Straße zur Stadt. Meine Eifersucht, gemischt mit einer kalten Neugier, ließ mich nicht los. Wer war dieser Rivale, der unsichtbar, ungreifbar wie mit Geisterhänden meine Frau zu sich her zerrte, nachdem er sich ein volles Jahr zurückgezogen hatte, der sie von Neuem wie damals im Kloster zu einer hörigen Sklavin zu erniedrigen suchte, zu dem sie trotz des Verbotes seiner Torwächter hinverlangte. Konnte man dieses Verhalten rational erfassen?

Das Café auf dem Domplatz befand sich im ersten Stock. Es gab mit seiner breiten Glasfront eine gute Übersicht auf den Platz und die Turmfassade des gotischen Bauwerkes.

Eine helle Glocke schlug an. Eine zweite mit tieferem Klang folgte, dann eine dritte, vierte und zuletzt eine dumpfe Bassglocke. Die Schallwellen führten einen Rummeltanz von Klanggeräuschen auf, dass die Scheiben vom Anprall zitterten. Das Läuten wirkte in der nüchternen Morgenfrische noch aufdringlicher als in der Weihnachtsnacht. Aus Gassen und Gässchen kamen Kirchgänger, nicht in hellen Scharen, nur vereinzelt, hier ein Männchen, dort ein Weibchen, selten ein Kind. Alle gingen leicht gebückt und kämpften in seitwärts gedrehter Haltung gegen den scharfen Wind an. Auch Monika. Sie hält ihren hochgeschlagenen Mantelkragen fest und überquert mit schnellen Schritten den Platz. Sie steigt die Stufen zum Eingang hinauf und steht einen Augenblick als kleines Figürchen unter dem schweren Spitzbogentor vor der finsteren Höhlung des Eingangs. Auf einmal ist sie weggeschluckt, wie von Schatten verschlungen.

Ich war vorerst der einzige Gast im Café. Die Bedienung, ein schmales Mädchen in Schwarz, stand mir gegenüber und blickte gelangweilt durchs Fenster. »Wie lange dauert der Gottesdienst dort drüben?«, fragte ich. Sie kehrte sich mir zu. »Das kommt ganz darauf an, wer ihn abhält. Mit der Predigt zusammen eine gute Stunde. Manchmal auch länger.« – »Ist die Predigt am Anfang?« – »Ja, immer am Anfang und die dauert schon eine halbe Stunde.« – »Wann kommt die Kommunion?« – »Erst ganz am Schluss des Amtes. Sie sind nicht katholisch?« – »Nein.« – »Sie haben Ihre Frau im Wagen hergebracht und wollen hier auf sie warten?« – »Wie kommen Sie darauf?« – »Das tun doch viele Männer, auch katholische. Sie fahren ihre Frauen zum Dom und frühstücken hier. Aber heute ist nichts los. Es ist viel zu kalt, da kommen viele erst zur Elf-Uhr-Messe«, sagte sie und schlenderte zur Theke.

Ich hatte noch Zeit, viel Zeit und ließ die Baumasse der Turmfassade auf mich wirken. Weshalb nur haben sie in der Gotik die natürliche Wucht und Schwere, die im Stein liegt, aufgelöst in dieses Filigranwerk von Rosetten, Türmchen, Säulchen, Spindeltreppen und fischblasendurchlöcherten Brüstungen, in diese mit Ornamentik überladene Spitzenmusterarchitektur. Sie nimmt dem Stein das satte Behagen, die Sicherheit und Monumentalität. Nichts ruht hier. Alles ist durchlöchert, die Porosität bis zur Brüchigkeit getrieben. Welch ein Gegensatz zur heutigen Bauweise, zur Herrschaft des rechten Winkels, der glatten Flächen und scharfen Kanten. Wir haben alle Ornamente, alle Rundbögen und Rundsäulen, sogar Gesimse und Fensternischen verbannt. Auch ein Extrem. Man könnte es das polare Gegenextrem zur Gotik nennen. Antigotik. Wir sind noch radikaler, wir verzichten auf alles Organische, auf Blattwerk, Rosetten, Skulpturen und Reliefs von Pflanzen, Tieren, Menschen. Alles rankende Beiwerk ist uns verhasst. Wir sind zurückgekehrt zum Wesen des Steines, zum Wesen der toten anorganischen Welt. Die höchste Emanation dieser Welt, ihre Schönheit und schöpferische Ausformung, liegt im Kristall. Betrachte ich eine Anhäufung von Amethyst- oder Bergkristallen, lassen sich ihre Formen, die Winkel, Flächen, geschlossenen Massen ohne weiteres auf unsere modernen Großstädte mit ihren Glasfassadenbauten übertragen. Es sind Anhäufungen riesiger Kristalle. Unser Stilwille ist vorgedrungen bis zum lebensfeindlichen Kältepol des Daseins, zur reinen Mathematik. Darin lag vielleicht der letzte Grund des Nichtbegreifens zwischen mir und Monika: ihre Unruhe, ihre Unzufriedenheit mit der jetzigen Welt, ihr Bestreben, allen Dingen Leben einzuhauchen, das ständige Hin- und Hergerissenwerden zwischen Sinnlichkeit und Übersinnlichkeit. Eine Blume war für sie nicht nur Blume, ein Stein nicht nur Stein, ein Bach nicht nur Bach, es waren Fragen, unerlöste Wesen, sie mussten hereingenommen werden ins Menschliche, sie mussten durchlöchert, transparent werden. In der ganzen Gotik liegt dieser Geist der Unzufriedenheit, das Streben nach höherem Dasein. Der Stein will Pflanze, die Pflanze will Tier, das Tier Mensch werden. Alles ist hochgezogen ins Vertikale, alles strebt nach Formenfülle, nach Vereinzelung bis zum Rippenwerk eines Chorgestühls. *Unser* Streben geht rückwärts, abwärts, aus der Fülle zur Abstraktion. Wir reißen das Laub von den Bäumen, die Äste von den Stämmen, gehen an den Wurzeln entlang bis hinab ins Urgestein und noch weiter zum Atom, zur letzten mathematischen Gleichung und Weltformel. Gott als Punkt, als letzte raumlose, zeitlose Einheit – das absolute Nichts.

Ich hatte bezahlt.

Tauben trippelten auf dem leeren Domplatz und sahen schiefäugig zu mir auf. Ich stehe unter dem Hauptportal, das mir von Kindheit an vertraut ist. In den Hohlkehlen der Überdachung wimmelt es von Kleinplastiken. Ein großer Museumssaal ließe sich damit füllen. Auch das Relief im Giebelfeld könnte nicht überladener sein. Ein dumm glotzendes Seeungeheuer mit spiralig geringeltem Schuppenschwanz reißt den Rachen auf. Kleine Teufel peitschen eine Schar nackter Verdammter in den gähnenden Schlund, durch die Pforte der Hölle. Auf der anderen Hälfte des Reliefs werden die Seligen Kopf an Kopf und Po an Po von Engeln in den Himmel hinaufgezogen. Im flauschigen Gewölk des Himmels wieder Kopf an Kopf Heilige in einen trichterförmigen Hintergrund gestaffelt, wo Gottvater mit ausgebreiteten Armen thront. Ich sehe mich als siebenjährigen Jungen an der Seite meines beleibten Vaters. Mit genüsslichem Behagen und gespieltem Ernst erläutert er mir mit dem Spazierstock Punkt für Punkt den eschatologischen Inhalt der Darstellung. Ich höre seine kehlige Bassstimme: »Nicht lachen, Bub. Es gibt Leute, die das glauben.«

Der eigentliche Gottesdienst, die Messe, das Amt, oder wie man das heißt, hatte schon begonnen. Umwogt von den Klängen der Orgelmusik, schleiche ich mich behutsam in einem Seitenschiff von Säule zu Säule. Die meisten Beter knien vorne unmittelbar vor dem Chor. Auf der Männerseite sind nur einige Bankreihen gefüllt. Ausdünstungen von Wachslichtern, Weihrauch, aufgewaschenen Steinfußböden zusammen mit der feuchten Kälte erinnern mich an den Geruch alter Grabkammern. Die Seitenaltäre strotzen von Bildern, Statuen, arabeskenhaften Goldverzierungen. Nur flüchtig nehmen meine Augen Eindrücke auf von Altartüchern mit reichem Spitzenbesatz, von Fahnen,

Standarten, Heiligenfiguren mit goldenen Ringen um die Köpfe, brennenden Kerzen auf verzierten Leuchtern.

Sie kniet jenseits des Mittelganges am Kopfende einer Bank. Ihre Handflächen sind zusammengelegt. Betende Hände. So kniete sie am Totenbett meiner Mutter. Ihr Blick ist zum Hochaltar gerichtet. Ich brauche keine Angst zu haben, dass sie mich sieht, so sehr ist sie gefangen und eingehüllt in ihre Frömmigkeit. In einer beinah leeren Bank stelle ich mich neben einen alten Mann, der kniend sein Gebetbuch dicht vor die Augen hält. Ein Priester steht mit dem Rücken zum Volk vor einem weißgedeckten Tisch. Auf seinem steifen roten Brokatgewand, das ihm wie ein Brett vom Rücken hängt, zeichnet sich ein großes Kreuz ab. Vier Chorknaben in roten Röcken und weißen Spitzenhemden knien, zwei rechts, zwei links, auf den Altarstufen. Sie bedienen den Priester, geben Klingelzeichen, stehen auf, machen Kniebeugen, wandern hin und her. Der Priester stimmt ein lateinisches Lied an, der Chor fällt ein. Der Gesang verliert sich dünn in der weiten Säulenhalle. Alles wirkt auf mich wie ein einstudiertes Theaterstück, dessen Inhalt mir fremd ist. Gottesdienst. Dienst vor einem Gott. Was ist das für ein Gott, dem man mitten im zwanzigsten Jahrhundert wie einem ägyptischen Pharao, einem Assyrer- oder Perserkönig mit Orgelbrausen, Glockengetön, unzähligen Wachslichtern kniend huldigen muss, der Monika zu einer unbeweglichen Bildsäule erstarren lässt, zu dem sie mit flehenden Bittebittehänden aufschaut?

Schon verspüre auch ich etwas von seiner Macht. Ich stehe unter einem kunstvollen, von Säulenbündeln getragenen Gewölbe. Von allen Seiten dringt das Fremde, Feierliche auf meine Sinne ein. Musik, Farben, Gerüche, Sonnenlicht, durch buntfarbene Fenster gefiltert. Der menschliche Körper, das harte Fundament unseres Daseins, soll durchbrochen, aufgerissen, das Nervennetz bloßgelegt werden für Schauer, für Hochgefühle, für seltene Ekstasen. Er soll erdrückt werden vom Bewusstsein seiner Kleinheit, Minderwertigkeit, Zufälligkeit. Ich bin der Einzige hier im Volk, der steht. Alle knien. Ich kämpfe an gegen ein Angstgefühl, man könnte mich, den Ungläubigen, entdecken, hinausweisen oder gar brutal niederschlagen, wie es in islamischen Gotteshäusern mit Andersgläubigen schon geschehen sein soll. Knie nieder! Nein! Knie nieder! Du fällst auf! Nein! Verlass das Haus, wo du nichts zu suchen hast! Nein!

Der Priester kehrt sich der Menge zu. Er hebt ein goldenes Gefäß hoch. Die Orgelmusik sinkt zu einem leisen Flüstern herab, zu perlenden hohen Tönen, die wie Lockrufe klingen. Der Priester hält mit einer Hand das Gefäß, in der anderen sehe ich zwischen Daumen und Zeigefinger etwas Weißes, Rundes. Er ruft eine lateinische Formel in die Menge. Unter den Betenden entsteht Bewegung. Einige Männer und Frauen treten aus den Kirchenbänken heraus und gehen nach vorne auf eine mit weißem Leinen bespannte Bank zu. Die Erinnerung an meine Konfirmation steigt blass und ganz ferne auf. Abendmahl – Kommunion. Ist es dasselbe?

Ich muss Monika aus der Nähe sehen und schleiche auf Zehenspitzen bis zum Taufbecken vor, hinter dessen Aufbau ich geschützt bin. Sie kniet schon an der Bank und nimmt das weiße Tuch auf. Sie drückt es wie eine Serviette an den Hals. Der Priester murmelt etwas und schiebt ihr die weiße Oblate in den Mund. In der Oblate soll Christus mit Fleisch und Blut gegenwärtig sein. Christus ist Gott. Sie glaubt es, sie ist davon überzeugt. Sie bleibt einen Augenblick knien, dann erhebt sie sich langsam. Ihr Gesicht ist tief über die betenden Hände gesenkt. Die Hände sind rot vor Kälte. In diesem Augenblick ist sie nicht mehr meine Frau, es zieht mich nichts zu ihr hin. Ich betrachte sie wie eine Fremde. Ich bin auch nicht mehr ihr Mann. Sie hätte mich nicht erkannt, und wenn ich neben ihr gestanden wäre.

Sie geht an ihren Platz zurück, kniet, erstarrt, die Hände öffnen sich, bedecken ihr Gesicht. Sie weint. Schnell reißt sie ihre Handtasche auf, zieht ein Taschentuch heraus und drückt es gegen die Augen. Ihr Oberkörper sinkt vornüber. Ich sehe deutlich, wie das Schluchzen sie für Augenblicke schüttelt, bis sie sich wieder in der Gewalt hat. Tränen der Ergriffenheit, des Glückes. Sie hat ihn wiedergefunden, ihren lang vermissten Geliebten, ihren Gott, ihr Allerheiligstes.

Heute las ich im Nachruf für einen verstorbenen Dichter, der sich gerne als Atheisten bezeichnete, ein Zitat aus einem seiner Briefe: »Es kann der Fromme mit dem Weltkind nicht mehr reden. Wem das Geschenk des Glaubens nicht zuteil ward, lebt flächig und linear.« Erst heute, nach Jahren, fange ich an, Monika zu begreifen.

XXIV

Sie erfuhr nichts von meinem Besuch im Dom. Ich fragte auch nicht, ob sie jetzt zufriedener und glücklicher sei. Gespräche über Religion klammerten wir aus unserer Unterhaltung aus. Wir nahmen jede erdenkliche Rücksicht aufeinander. Sie hatte von nun an ihren eigenen Schrank, dessen Inhalt mich nichts anging, ich hatte den meinen. An den folgenden Sonntagen brachte ich sie zum Omnibus und holte sie gegen Mittag von der Haltestelle wieder ab. Auch über Kermann wurde nicht gesprochen. Die Vorbereitung auf ihr Examen bot ein genügend großes Arbeitsfeld, das alle unsere Abende ausfüllte.

Wir hatten uns in der oberen Stube zu einer Lektion Physik zurechtgesetzt, da hörten wir von der Straße her das Getutter eines Motorrades näherkommen, bis es im Hofraum abbrach. Gleich darauf klingelte die Hausglocke. Es wird der Postbote sein, der das Radiogeld einzieht, dachte ich, ging ans Fenster und fragte in die Nacht hinaus, wer unten sei. Eine kräftige Männerstimme fragte zurück, ob ich für einen Augenblick Zeit hätte. Der Mann sagte, er sei der katholische Ortspfarrer und wünsche mich rein privat zu sprechen.

»Der katholische Pfarrer ist unten.«

Monika erschrak und wehrte mit beiden Händen ab. »Ich bin nicht zu sprechen. Ich bleibe hier oben. Ich will nichts mit ihm zu tun haben.«

An der Haustür schaltete ich das Hoflicht ein. Ein breitschultriger Mann stand vor der Schwelle und streckte mir in auffallend schiefer Haltung die Hand entgegen. Zögernd nahm ich sie. »Wollen Sie meine Frau sprechen?«

»Nein, nein. Ich benötige Ihren Rat in einer Bauangelegenheit.«

Ich führte ihn in die untere Stube und bot ihm einen Sessel an. Er blieb noch stehen. Jetzt bemerkte ich, dass seine schiefe

Haltung von einem Körperschaden herrührte. Die rechte Schulter stach steil nach oben und drückte den Kopf seitwärts. Das gab dem Körper etwas Verbogenes, eine Art S-Form wie bei gotischen Skulpturen. Als er sich gesetzt hatte, sah ich, dass auch an seinem Gesicht einiges nicht in Ordnung war. Die linke Ecke der Stirn war eingedellt wie von einem Hammerschlag. An den Lippen und Wangen war geflickt worden, das linke Auge quoll unnatürlich groß vor, während das rechte halb geschlossen war. Er machte mit gespreizten Fingern eine fahrige Bewegung über die Unebenheiten. »Von einem Unfall im Krieg.«

»Offenbar einem sehr schweren Unfall, Herr Pfarrer.«

»Nichts zu bedeuten«, knurrte er. »Ich brauche ja niemandem zu gefallen.«

Mit einer flachen Geste wischte er den Umstand als nicht zur Sache gehörig beiseite und begann sofort: »Gestatten Sie, Herr Pelz, dass ich einiges vorausschicke, ehe ich auf mein Anliegen zu sprechen komme.« In flüssiger Rede legte er mir dar, er sei seit einem halben Jahr als Seelsorger in diese protestantische Gegend versetzt, um die in der Diaspora lebenden Katholiken der umliegenden Dörfer - es handle sich fast ausschließlich um Flüchtlinge - zu einer Pfarrgemeinde zusammenzuschließen. Bisher habe er den Gottesdienst im Zeichensaal der hiesigen Volksschule abgehalten. Aber da gebe es dauernd Reibereien mit der Schulbehörde wegen der Herrichtung und Reinigung des Raumes. Man beschwere sich über Kerzen- und Weihrauchgeruch, laste seinen Pfarrkindern sogar Diebereien am Lehrmaterial an. Auch liege der Saal gegen einen Hang zu, sodass neugieriges Schülervolk durch die Fenster mit Feixen und Lärmen den Gottesdienst störe, kurzum unmögliche Zustände, die dringend nach Abhilfe schrien. Daher sei er fest entschlossen, für seine Gläubigen ein eigenes Gotteshaus zu bauen. Vielleicht hätte ich in der Zeitung gelesen, dass der Gemeinderat dafür ein Weidegrundstück pachtweise zur Verfügung gestellt habe. Aber da Behörden nun einmal Behörden seien, die ihren Daseinszweck durch Papierberge unter Beweis stellen müssten, werde für den Bau ein Plan in achtfacher Ausfertigung verlangt, auch seine Kirchenbehörde wolle hier ein Wort mitreden. Er stöhnte auf: »Herr Pelz, wenn im Mittelalter soviel Papier wie heute an einen Kirchenbau hätte verschwendet werden müssen, wären wir um einige der schönsten Münster ärmer. Dabei handelt es sich in meinem Fall nur um eine Notkirche, den einfachsten Bau der Welt, den jeder Maurer zusammen mit einem Zimmermeister nach einer Skizze aus dem Handgelenk aufführen könnte.« Er zog aus seiner Soutane ein Papier und reichte es mir herüber. »Sehen Sie, so ungefähr habe ich mir die Sache gedacht.«

Es war ein von geschickter Laienhand ausgefertigter Plan mit Grundriss, Seiten- und Frontalansicht sowie ein ungefährer Aufriss des Dachstuhls: ein scheunenartiges Gebäude mit einem kleinen Anbau für die Sakristei. »Sehr einfach«, sagte ich, »keine Unterkellerung, keine detaillierte Raumeinteilung, keine Abwässeranlage, kein Turm. Das Dach ein niederes Sparrengebälk. Nicht einmal eine Decke ist vorgesehen.«

»Es geht mir lediglich darum, meine Gemeinde unter einen eigenen Hut zu bringen.«

»Von wem stammt diese Skizze?«

»Von mir«, sagte er. »Es ist nicht die erste Notkirche, die ich baue.«

Ich legte das Papier auf den Tisch und fasste mein Gegenüber ins Auge. »Und weshalb kommen Sie zu mir, Herr Pfarrer?«

Er zwang seinen zermarterten Zügen ein Lächeln ab und verneigte sich leicht. »Das ist schnell erklärt: Wir haben kein Geld. Ich bin auf die Opferbereitschaft meiner Pfarrkinder angewiesen. Sie werden alle um Gotteslohn arbeiten müssen. Dafür sorge ich schon. Es gibt unter ihnen Maurer, Zimmerleute, Gipser, Dachdecker, Glaser, Installateure, sogar einen Bildschnitzer. Die Bauleitung übernehme ich selbst. Die Löhne kosten mich keinen Heller. Nebenbei lerne ich auf diese Weise meine Leute kennen und diese wiederum werden durch das gemeinsame Werk zu einer lebendigen Gemeinde zusammengeschweißt. Ach ja, weshalb ich zu Ihnen komme. Wenn ich mit diesem Wisch hier auf das Kreisbauamt gehe und um Genehmigung bitte, fährt mich der zuständige Beamte an, ich soll mich gefälligst an einen Architekten wenden und einen ordnungsgemäßen Plan einreichen. Tu ich das, fasst es der Architekt als Auftrag auf und fordert einen Finanzierungsplan. Sage ich, ich habe kein Geld, dankt er und weist mir die Tür. Sie arbeiten auf einem Baubüro. Es geht mir nur darum, dass aus dieser Skizze ein schöner Plan gefertigt wird, der die Unterschrift eines Architekten trägt. Sie können mühelos auf Ihrem Büro die Lichtpausen herstellen. Wenn Sie sich in Ihren Freistunden der Sache annehmen und bei Ihrem Baumeister, der übrigens katholisch ist, ein gutes Wort für uns einlegen wollten, hoffen wir, mit einem Bruchteil der Kosten davonzukommen. Selbstverständlich vergüten wir Ihre Mühe, da Sie als Protestant nicht zu meiner Gemeinde gehören.«

»Gerade deswegen erstaunt es mich, dass Sie sich an mich wenden.«

»Weshalb denn? Sie stehen hier im Dorf im besten Ruf und wollen Architektur studieren. Es wäre ein kleiner Nebenverdienst für Sie. Und wenn Sie es wissen wollen: Ihr früherer Arbeitskamerad, unser Adam, hat Sie empfohlen und lässt Sie durch mich um die Gefälligkeit bitten.«

Adam lässt mich bitten. Da schau her. Da konnte ich wohl nicht nein sagen. Ich nahm das Papier wieder vom Tisch und überflog noch einmal die Zeichnung. Selbst für einen Anfänger wie mich war der Bau keine Hexerei. Ich sagte zu. Die Hand des Pfarrers schnellte über den Tisch. »Ich danke Ihnen, ich danke Ihnen, Herr Pelz.«

Wir sprachen noch über Einzelheiten der Kirche, besonders über einen kreuzförmigen Mauerdurchbruch am Chorgiebel. Er erläuterte ausführlich: das Kreuz müsse mit Buntglas ausgefüllt werden, einer Mischung schwerer Farben aus Purpurrot und Violett, sodass die Gläubigen beim Gottesdienst stets das Blutopfer von Golgatha vor Augen hätten. Als nichts mehr zu besprechen war, nahm er die Stirnhaut zwischen Daumen und Zeigefinger, als müsste er einen vergessenen Umstand aus dem Gedächtnis heraufholen. Sein Gesicht hellte sich auf. »Ach ja, soviel ich gehört habe, war Ihre Frau früher auch katholisch.«

Ich ließ eine Pause eintreten und sagte dann langsam: »Sie war es nicht, sie ist es noch. Aber sie besucht in der Stadt den Gottesdienst.« Ich wollte ihm zu verstehen geben, dass sich Monika nicht zu seiner Gemeinde zähle und er mithin bei ihr kein Seelsorgerecht geltend machen könne. Er verstand es anders. »Ach, sie praktiziert also noch?«

»Was heißt hier praktizieren?«

»Ein hässlicher Ausdruck«, sagte er. »Wir unterscheiden in unserer Kirche zwischen Gläubigen, die ihrer Christenpflicht nachkommen, die also ihren Katholizismus praktizieren durch

Kirchenbesuch, und solchen, die als Kirchensteuerzahler bei uns sozusagen nur noch versichert sind und uns Geistliche lediglich für Taufen, Hochzeiten und Begräbnisse in Anspruch nehmen.« Er ließ das Thema sofort fallen und fragte, was ich etwa als Entgelt für meine Arbeit an dem Plan beanspruchen würde, er müsse in allem sehr scharf kalkulieren. Ich lehnte eine Bezahlung ab. Die Sache mache mir Spaß und sei eine Studie, die meiner Weiterbildung diene. Er dankte und rieb die Hände. »Darf ich Ihre Uneigennützigkeit so verstehen, dass auch Sie im Namen Ihrer Frau ein Opfer für unsere Kirche beisteuern wollen?«

»Nein, nein, das geht ganz von mir aus. Von Opfer kann hier nicht die Rede sein. Über den Willen meiner Frau darf ich nicht verfügen.«

»Verzeihung, Verzeihung!« Er stemmte die Hände auf die Armlehnen des Sessels und sprang auf. Beim Hinausbegleiten versprach ich ihm, den Plan sofort in Angriff zu nehmen.

Monika war gar nicht entzückt von meiner Zusage. Das sei für den Pfarrer ja nur ein Vorwand gewesen, bei uns einzudringen. Zuerst habe er einmal mich kennen lernen wollen, habe in mir einen gutmütigen, ungefährlichen Mann angetroffen. Der Kirchenbau gebe ihm Gelegenheit, uns jederzeit zu besuchen. »Mich will er!«, rief sie empört aus. »Auf mich hat er es abgesehen. Er weiß alles über mich, dass ich im Kloster war, dass mein erster Mann noch lebt. Du hast mir vom Geschwätz des Schlossers erzählt, das geht im Dorf um. Er weiß, dass ich im Dom ohne Erlaubnis zur Kommunion gehe. Er will mir die Hölle heiß machen. Und du gibst ihm die Hand dazu. Du willst mit ihm eine Kirche bauen. Du willst dich mit ihm unterhalten über Sakristei, Altäre, Taufbecken, Kanzel, Weihwasserkessel, du, Schatz, du! Ist das nicht ein Witz.« Sie lachte nervös auf.

»Monika, du gibst mir immer mehr Rätsel auf. Ich dachte, du freutest dich darüber. Dir zuliebe sagte ich zu und dir zuliebe will ich auf jede Bezahlung verzichten. Wie oft hast du schon darüber geklagt, dass hier im Dorf keine Möglichkeit bestehe, einen katholischen Gottesdienst zu besuchen. Jetzt ist es bald soweit und du brauchst nicht jeden Sonntag in die Stadt zu fahren.«

Sie hob die Planskizze hoch. »Das soll eine Kirche sein! Ein Betsaal ist das, ein Schafstall. Nie werde ich so etwas betreten.

Ich will ein Gotteshaus über mir, das auch in seiner äußeren Gestalt den Schöpfer ehrt und mich etwas von seiner Allmacht spüren lässt. Im Dom haben größte Baumeister, Maler, Bildhauer ihr Bestes gegeben. Jedes Fenster, jeder Wasserspeier, jede Säule atmet den Geist Gottes. Was soll mir so ein Stall mit seinem Armeleutegeruch.«

»Monika, das klingt aber sehr von oben herab. Das hätte dein Christus, der in einem Stall geboren sein soll, nicht hören dürfen.«

»Du liebe Güte!«, rief sie höhnisch. »Was verstehst du schon von diesen Dingen. Weshalb haben sie im Mittelalter die Dome, Kathedralen und Münster gebaut? Doch nur aus dem Gefühl heraus, dass für das höchste Wesen das Schönste, Erhabenste und Größte gerade gut genug ist.«

»Das ist Schwärmerei, ist pure Romantik. Armeleutegeruch hast du gesagt. Ich rieche diesen Armeleutegeruch gerade an deinen Domen. Wer hat die Millionen und Abermillionen Ziegelsteine für diese Prachtbauten gebrannt, wer hat die Sandsteine in den Brüchen gebrochen, wer hat sie angeschleppt und an Seilwinden hochgezogen? Waren es nicht die Ärmsten der Armen, Gefangene, Sträflinge, leibeigene Bauern, die froh sein mussten, wenn sie als Taglohn einen Napf Hirsebrei und eine Rinde Gerstenbrot bekamen. Frag nicht, wie viel Schweiß, Tränen, auch Blut, wie viele gotteslästerliche Flüche in die Streben, Türme, Säulen und Fialen hineingemauert wurden. Wie anders wäre es möglich gewesen, dass kleine Städte und Klöster derartige Mammutbauten errichten konnten. Und der Grund war reine Hochstapelei. Weil diese Stadt einen großen Dom baute, wollte die andere einen noch größeren und die dritte wollte die zweite überflügeln, ein Kloster das andere übertrumpfen und ein Bischof oder Erzabt den anderen vor Neid grün und blau werden lassen. Mit Frömmigkeit hat das gar nichts zu tun. Diese hohen Bauherren lebten, ob geistlich oder weltlich, auf ihren Schlössern und Klosterburgen ein Feudalleben bei Suff und Fraß und Konkubinen, während ihre Vögte mit der Peitsche Handwerker und arme Proleten für ihre Renommierbauten an die Arbeit trieben. Davor kniest du. Wenn aber ein kleiner Dorfpfarrer mit einem schweren Körperschaden für seine zerstreute Gemeinde aus dem Nichts ein Kirchlein bauen will, da rümpfst du die Nase.«

»Ich rümpfe die Nase nicht. Ich sagte nur, ich will mit dem Pfarrer und seiner Kirche nichts zu tun haben.« Ihre zornigen Augen funkelten mich an. »Du sollst mir meine Dome nicht lästern. Du bist von der gleichen Krankheit angesteckt wie alle die modernen Prediger des Sozialismus. Das Werk entscheidet, nicht der Mensch. Gott ist der Baumeister der Dome, nicht der Mensch. Aus dem Glauben wurden sie geschaffen, nicht aus Renommiersucht. In der Hand des ewigen Willens sind wir nichts weiter als schmutzige Werkzeuge, Hämmer, Kellen, Schaufeln. Wenn eines zerbricht, wirft er es fort und greift nach dem nächsten. Das wirst du nie begreifen, armer Sozialist. Wie vexiert starrt ihr allesamt auf den Menschen. Ihr wollt ihn heben, wollt ihn säubern durch Hygiene, wollt ihm jedes Steinchen aus dem Weg räumen, jedem sein warmes Nest bauen mit Eigenheim, Garten, Auto, Radio, Fernsehapparat, jedes Wehwehlein auskurieren, durch Versicherungen ihm jede Angst nehmen. Ihr hebt ihn nicht. Im Gegenteil, er wird immer erbärmlicher und bösartiger und er wird auch über Perserteppiche weg wie ein Schwein seine Suhle finden.«

»Das stammt aus dem Buch deines Vaters.«

»Ja, ja. Ich bin ihm schon ganz nah. Aber auch er blickte nur auf den Menschen und verzweifelte an ihm. Ich verzweifle nicht. Gott ist da. Das ist mein Glaube. An dieser Wand kannst du dein Hirn einrennen.« Sie trat auf mich zu, fasste mich an den Aufschlägen meiner Strickjacke und zerrte daran. In ihren dunklen Augen war ein Abgrund geöffnet. »O könnte ich dich, Mann, einmal mit dem Gefühl erfüllen, das mich im Dom überkommt. Keine Schwärmerei. Bitte, sag das nie wieder. Es ist ein Wissen, für das mir alle Worte fehlen, ein so überwältigendes ...« Sie spürte meinen Widerstand, brach ab, schüttelte den Kopf und verließ das Zimmer.

XXV

Die letzten Stunden mit Monika muss ich in einem Zustand eifersüchtiger Angst und Unvernunft verbracht haben. War der Pfarrer schuld, der Dorfarzt, der Föhn, die Stimme bei Nacht? Weshalb nicht einfach ich, ganz allein ich. Warum suche ich dauernd nach äußeren oder gar nach unterschwelligen Mächten, böswilligen Lemuren, die uns zu ihrem Vergnügen wie Marionetten an Fingerdrähten tanzen lassen?

Es war an einem Abend Ende Februar. Monika ging früh mit starken Kopfschmerzen zu Bett. Ich riet ihr, eine Schmerztablette zu nehmen. Sie lehnte ab, sie kenne diese Art Migräne, dagegen gebe es keine Mittel, sie müsse eben durchgestanden werden. Ich blieb bei ihr am Bett sitzen und hatte die Hand auf ihrer Stirn liegen. Nach einiger Zeit bat sie mich, eine Schüssel kaltes Wasser zu holen. Sie legte sich eine Kompresse auf. »Geh nur«, sagte sie, »und mach das Licht aus. Du kannst mir nicht helfen.« Ich ging und ließ die Tür einen Spalt breit offen stehen, falls sie nach mir riefe.

Der Rundfunk meldete den Einbruch südlicher Warmluftmassen, die in der Nacht als Sturm unser Gebiet erreichen würden. Vermutlich hingen Monikas Kopfschmerzen damit zusammen. Auch mir saß der Wetterumschlag wie Blei in den Knochen. Ohne Konzentration las ich bald in der Zeitung, bald in einem Buch und horchte immer zum Schlafzimmer hinüber. Dann hörte ich Wasser plätschern und ging wieder zu ihr. Sie wechselte eben die Kompresse und sagte: »Wenn ich nur schlafen könnte. Bei Migräne kann ich oft sofort einschlafen, aber heut ist es ...« Sie vollendete den Satz nicht und drückte nur krampfhaft meine Hand.

»Du bleibst morgen zu Hause. Ich melde dich krank und sage auf deiner Dienststelle Bescheid.« Sie schüttelte leicht den Kopf. »Ach, das habe ich schon oft gehabt, besonders damals, als ich

Vaters Buch schrieb. Wegen einer Migräne meldet man sich nicht krank. Vielleicht ist morgen alles vorbei.«

Wieder saß ich im Wohnzimmer und vertrieb mir die Zeit mit einem Kreuzworträtsel.

Gegen Mitternacht brach der Föhn plötzlich ein. Schon nach den ersten Sturmstößen wich die Schwere aus meinen Beinen. Irgendwo schlug ein losgerissener Fensterladen gegen die Wand. Ich ging von einem Raum zum anderen, machte überall die Läden fest und die Fenster dicht, sah auch auf dem Dachboden nach.

Unter der Schlafzimmertür stieß ich mit Monika zusammen. Sie war im Morgenrock und blickte mich verängstigt an. »Du bist da? Warst du nicht soeben im Garten draußen? Warum hast du nach mir gerufen?«

»Ich war nicht draußen und hab auch nicht gerufen. Ich habe nur die Fensterläden nachgesehen. Draußen war ich nicht.«

»Die Stimme kam aber von draußen. Dreimal rief es deutlich unterhalb des Schlafzimmers ›Monika‹.«

»Du hast geträumt. Wie geht's deinem Kopf?« Ich nahm sie in die Arme und rüttelte sie leicht. »Wach auf, ich glaub, du träumst jetzt noch. Niemand hat gerufen.«

Sie machte sich los und blickte mich aus klaren Augen an. »Ich bin wach. Ich war immer wach. Es klang so kläglich, als riefe ein Mann um Hilfe. Ich glaubte, es sei dir draußen etwas zugestoßen. Könntest du nicht nachsehen, ob jemand im Garten ist?«

Ich tat ihr den Gefallen, obgleich ich fest überzeugt war, dass sie die Stimme in einem kurzen Schlafzustand gehört hatte. Als ich ins Freie trat, schlug mir eine für diese Jahreszeit ungewöhnliche Wärme entgegen. Auffallend war der überklare Sternenhimmel. Ich stemmte mich gegen den Sturm, leuchtete mit der Taschenlampe den Garten ab, umkreiste das ganze Haus, fand aber keine frische Spur in dem aufgeweichten, nassen Schnee.

Monika stand, als ich zurückkam, am Tisch mit einer Kaffeetasse in der Hand. »Ich habe jetzt doch eine Tablette genommen«, sagte sie. »Aber helfen wird's wohl kaum.« Sie blieb dabei, sie habe vor dem Fenster dreimal ihren Vornamen rufen hören. Ich führte sie am Arm zurück, beruhigte sie und sagte:

»Wer weiß, was in einem zermarterten Kopf alles umgeht.« Dann zog ich mich aus und legte mich schlafen.

Am Morgen hatte der Sturm nachgelassen. Monika weckte mich. Sie war schon angezogen und sah übernächtigt und bleich aus. »Hast du einen Schlaf, Paul. Die ganze Nacht hindurch hat es getobt und geheult, als wenn hundert Teufel ums Haus tanzten.«

Beim Frühstück setzte es einen kleinen Kampf ab. Sie wollte unbedingt zur Arbeit gehen. Am gespannten Ausdruck ihres Gesichts und dem Zucken der Augenlider sah ich genau, dass die Kopfschmerzen noch anhielten, wenn sie es auch nicht zugab. Ich bestand darauf, sie müsse daheim bleiben. Nach einigem Hin und Her gab sie nach. Es fiel mir auf, dass sie sich beim Abschied fest an mich presste, mein Gesicht mit Küssen bedeckte, als läge eine weiß Gott wie lange Trennung vor uns.

Auf der Fahrt war ich in Sorge um sie. Eine Geschichte ging mir durch den Kopf, die mir im Krieg ein Kamerad erzählt hatte. Seine Frau habe morgens über starke Kopfschmerzen geklagt. Er sei zum Dienst gegangen, ohne der Sache Beachtung zu schenken. Als er abends zurückkam, sei sie bereits bewusstlos im Bett gelegen und noch in derselben Nacht an einer akuten Hirnhautentzündung gestorben.

Während ich zwischen den eingesackten, schmutzigen Schneemauern am Straßenrand im Matschkanal der Fahrbahn dahinfuhr und das Schneewasser in flachen Bögen von den Vorderreifen wegspritzte, steigerten sich meine Sorgen. Sie blähten sich zu einem schwarzen Popanz auf, als ich im Wald die Zerstörungen des Sturmes sah, der mannsdicke Fichten samt dem Wurzelwerk kreuz und quer niedergelegt hatte. Dazu kam der geheimnisvolle Hilferuf bei Nacht, den Monika gehört haben wollte, den ich nun in einer abergläubischen Angst auf ihren toten Vater zurückführte. Wer anders konnte sie beim Vornamen rufen? Und schon stand ich im Geiste am Sterbebett meiner Frau und sah ihr schweißnasses Gesicht im letzten Stadium der Agonie in den Kissen liegen.

Sofort nach meiner Ankunft rief ich den Dorfarzt an. Das Gespräch wurde von seiner Sprechstundenhilfe abgenommen. Der Doktor sei in dieser Nacht viermal herausgerufen worden und sei von seinem letzten Besuch irgendwo im Wald dahinten noch nicht zurück. Schon lägen weitere Anrufe vor. Sie notierte sich meine Adresse. Ich sagte noch einmal, es sei sehr dringend.

»Heute ist alles dringend«, sagte das Mädchen an der Gegenstelle schnippisch und legte auf.

Der Betrieb lief wie an jedem sonstigen Tag. Vom Kreisbauamt kam der Bescheid, die Pläne für den Kirchenbau seien unterzeichnet. Ich fuhr hin, hatte mit der dortigen Behörde noch einen Strauß auszufechten, weil unsere Firma sich weigerte, die Bauaufsicht für das Objekt zu übernehmen. Das sei Sache des Pfarrers und wir hätten lediglich die Pläne geliefert.

Für mich war dieser Fall erledigt. Ich würde am Abend dem Pfarrer die Pläne bringen und ihn wissen lassen, dass ich weiterhin mit der Sache nicht mehr behelligt zu werden wünschte. Die Sorge um Monika ließ mich am Nachmittag noch einmal den Dorfarzt anrufen. Zum Glück bekam ich ihn selbst an den Apparat. Mit meiner Frau sei alles in Ordnung. Die Migräne sei abgeflaut. »Eine andere Sache, Herr Pelz«, kam es aus dem Hörer, »Sie kennen gewiss einen Mann namens Kermann. Er behauptet, Ihr Freund zu sein. Gegen Morgen wurde ich in den gottvergessenen Waldwinkel gerufen. Meine Güte, fragen Sie nicht, was ich geflucht, bis ich die verdammte Hütte fand. Umgestürzte Bäume im Fahrweg, knietief in Schneematsch und Stacheldraht. Der Mann liegt mit einer Pneumonitis und hochgradigem Fieber mutterseelenallein in dem Busch und weigert sich, in ein Krankenhaus zu gehen. Ich wüsste auch nicht, wie ich ihn dort herausbrächte. Erst muss die Zufahrt freigesägt werden. Könnten Sie heute Abend einmal bei ihm vorbeischauen und mir nachher Bescheid geben? Der Patient braucht unbedingt Hilfe.«

»Ja«, sagte ich. Das Ja war aber nicht als Zusage gedacht, sondern als zögernde Einleitung für einige Gegenfragen.

»Gut, gut«, kam es zurück und schon war aufgelegt.

Ich suchte nach Kermanns Telefonnummer, fand aber seinen Namen nicht im Verzeichnis. Wahrscheinlich lautete die Nummer auf den Namen der Besitzerin und diesen wusste ich nicht.

Während der Arbeit kämpfte ich gegen die aufdringliche Vorstellung an, es bestehe vielleicht ein Zusammenhang zwischen Kermann und der Stimme, die Monika um Mitternacht gehört haben wollte.

Als ich auf der Heimfahrt von der Straße in den Waldweg einbog, stieß ich nach kaum fünfzig Metern auf einen wüst zerwühlten Platz mit tiefen Schuh- und Reifenspuren. Hier musste der Arzt mit seinem Wagen in ein Schlammloch geraten sein. Ich stieg aus und kletterte über ein halbes Dutzend gestürzter Bäume, die meist mit den Kronenschöpfen über der Fahrbahn lagen.

Ich fand den Kranken, die Decke bis zum Hals hochgezogen, in einem ungeheizten Raum des Dachstockes. Auf dem Nachttisch stand ein Telefonapparat, neben dem Bett ein Stuhl mit einem offenen Schuhkarton darauf. Der Karton war mit Fotografien gefüllt.

Bei meinem Anblick stöhnte Kermann erleichtert auf. Seine Hand fühlte sich heiß an. Sein Gesicht war braunrot und in der Stirn klebten Haarsträhnen. Er deutete auf den Karton, ich solle ihn wegräumen. Zuerst schlug ich eine burschikose Tonart an: »Was ist denn mit dir los, Fred? Willst du mit Tod und Teufel Schafkopf spielen?«

Beim Versuch, laut zu sprechen, überfiel ihn ein Husten. »Wasser«, keuchte er heiser und zeigte auf eine Sprudelflasche neben dem Telefon. Ich gab ihm zu trinken. Seine Stimme wurde klarer. Sofort fing er an zu schimpfen: »So ein Biest. Lässt mich einfach liegen, ist nicht für mich zu sprechen. ›Bestell dir einen Arzt!‹. Aus! Fertig! Ich schlag sie windelweich, ehe sie mir den letzten Tritt versetzt. Wenn mich noch eins am Leben hält, ist's die Wut. Dieses Aas!«

»Hast du schon Fieber gemessen?« – »Ja, vierzig zwei.« – Die Luft in dem kleinen Raum war stickig und verbraucht. Ich zog ihm die Decke über den Kopf und ließ durchs Fenster und die Tür einige Windstöße fegen. Dann setzte ich mich neben ihn und erzählte, was der Arzt gesagt hatte: Es stehe nicht zum Besten mit ihm, er müsse unbedingt hier heraus.

»Liegen noch Bäume überm Weg? Ich habe den Bürgermeister angerufen, er soll sie wegschaffen lassen.«

»Sie liegen noch. Wie soll hier ein Arzt durchkommen. Er besteht darauf, dass du in ein Krankenhaus gehst.«

»Das hat er mir am Telefon auch gesagt. Könntest du nicht den Weg freimachen? Im Schuppen hinter dem Haus findest du Axt und Säge, auch Gummistiefel.« Bevor ich ihn verließ, suchte ich nach einem elektrischen Ofen in den unteren Räumen, fand auch glücklich einen und schloss ihn in seinem Zimmer an.

Ein alter Waldarbeiter weiß mit gestürzten Bäumen umzugehen. Es sah alles schlimmer aus, als es in Wirklichkeit war. Meist genügte die Axt, um die Baumkronen oder die Stämme abzuschroten. Nur bei zwei Bäumen musste ich die Säge verwenden. Der gut beschotterte Weg lag dammartig überhöht. In die Schlaglöcher stampfte ich Äste und Reisig, und wo es nötig war, schaufelte ich den Schnee beiseite. Da der Sturm sich ausgetobt hatte, war nicht mit weiterem Windfall zu rechnen. Die Arbeit hatte kaum eine Stunde in Anspruch genommen.

Als ich zurückkam, war es im Krankenzimmer warm. Kermann hatte sich aufgesetzt. Der Karton mit den Fotografien stand auf der Bettdecke. Er hielt eine Anzahl Bilder wie ein Kartenspiel in der Hand. »Du könntest jetzt gleich den Doktor anrufen, der Weg sei frei, und er solle heute noch einmal vorbeikommen.« Auswendig diktierte er mir die Rufnummer.

»Gut«, kam es von der Gegenstelle. Es seien nur noch drei Patienten im Wartezimmer, dann komme er. Ob der Patient sich entschlossen habe, ins Krankenhaus zu gehen. Kermann hatte mitgehört, schüttelte den Kopf. »Auf keinen Fall!«, rief er in den Apparat.

Ich legte auf. Er schob die Bilder in der Hand zusammen und streckte sie mir hin. »Monika«, sagte er. »Vielleicht hat sie Spaß daran. Hier liegen sie nur herum.«

Beim flüchtigen Durchblättern der Fotos bekam ich ein hohles Gefühl im Magen. Kopfbilder, Brustbilder, Sitzbilder, Aufnahmen, die ein pausbackiges, keck aus seinen Wuschelhaaren blickendes Mädchen zeigten, das nur entfernte Ähnlichkeit mit Monika besaß. Auch Familienbilder von Monikas Eltern und Geschwistern waren darunter.

Der Kranke, der sich wieder hingelegt und die Decke an den Hals gezogen hatte, beobachtete mein Mienenspiel und wiederholte: »Vielleicht hat sie Spaß daran. Was tu ich damit?«

»Danke«, sagte ich, »ja, vielleicht hat sie Freude daran«, und steckte das Päckchen in die Brusttasche.

»Sie war ein patenter Kerl, damals, und reiten konnte sie ...«

Ärgerlich brach ich das Thema ab. »Es geht jetzt um dich, Fred, und nicht um Monika. Du musst aus dem nassen Wald heraus und in eine anständige Pflege kommen. Ich bleibe hier, bis der Arzt eintrifft, dann rufen wir ein Krankenhaus an und ich fahre dich in meinem Wagen hin.«

»Mensch, wer soll denn das bezahlen!«, rief er empört. »Ich bin in keiner Kasse, und ob das Biest bezahlt – sie hat ja schon einen anderen. Hör auf mit dem Krankenhaus. Die wollen zuerst Geld sehen und schnüffeln in allen Papieren herum. Es braucht ja nur jemand hier zu sein, dass ich nicht so verdammt allein liege.« Er drehte sich gegen die Wand. »Abschieben! Abschieben!«, keuchte er. »Hier bleibe ich, hier krepiere ich.« Ein starker, lang anhaltender Hustenanfall folgte.

Es war dunkel geworden. Ich ging zur Tür, schaltete Licht ein, und während der Kranke sich aushustete, stellte ich den Karton mit den Fotos auf den Tisch und tat einen Blick hinein: Monika und Kermann, Kermann, Monika, im Wald, im Moos, an einem Flussstrand, zu Pferd. - Die ganze Nacht hindurch musste er die Vergangenheit beschworen und nach Monika gerufen haben. Und sie hatte ihn gehört. Jetzt, wo alle Welt ihn verließ, griff er nach ihr, seinem letzten Halt.

Er schien zu schlafen. Auf Zehenspitzen ging ich daran, herumliegende Kleidungsstücke zurechtzulegen, stellte den Karton in den Schrank und räumte das Zimmer für den Besuch des Arztes auf, bis Kermann sich wieder unruhig mir zudrehte und um Wasser bat. Als er getrunken und mir das Glas zum Abstellen reichte, fasste er meine Hand. »Schick sie her«, sagte er kaum hörbar. »Bring sie bitte her, dann könnt ihr ja beide hier im Haus wohnen.«

Ich entzog ihm die Hand, ging zum Fenster und schloss den Vorhang. »Du musst in ein Krankenhaus gehen, Fred«, sagte ich bestimmt. »Und wenn du nicht willst, gibt es Frauen genug in der Umgebung, die hier einspringen können. Zudem ist Monika selbst krank.«

Mit einem Ruck bäumte er sich auf, stemmte die Arme in die Matratze und schnaubte mich an: »Lüge! Lüge! Hau ab! Geh zum Teufel mit deiner süffisanten Fresse. Monika gehört mir! mir! mir!« Die fiebergeröteten Augäpfel zitterten, die Sehnenstränge an seinem Hals traten wulstig vor. »Geh, geh! Hau ab!« Hustend fiel er in die Kissen zurück, presste eine Hand auf den Mund

und winkte mit der anderen immerfort, ich solle ihn von meiner Gegenwart erlösen.

Mich mit einem Kranken herumzustreiten, war sinnlos. Da der Doktor ohnehin bald eintreffen musste, verließ ich das Waldhaus. Ich überlegte: Wenn ein Kranker noch zu solchen Wutanfällen fähig ist, kann es nicht allzu schlimm um ihn stehen. Schließlich war es Sache des Arztes, hier für Abhilfe zu sorgen, wenn der Querkopf sich weiterhin weigerte, eine Krankenanstalt aufzusuchen. ›Sie gehört mir! mir! mir!‹ So ein Wahnsinn!

Auf dem Heimweg fuhr ich langsam, um den entgegenkommenden Arzt nicht zu verfehlen. Auch er hatte nach mir Ausschau gehalten und meinen Wagen schon aus der Ferne erkannt. Er gab mit den Scheinwerfern Blinkzeichen und hielt einige Schritte vor mir an. Kaum war ich ausgestiegen, lief er mir entgegen. »Guten Abend, Herr Pelz, wie geht's ihm? Ist er noch klar im Kopf?«

»Sehr klar. Er hat mich eben in einem Wutanfall rausgeschmissen.«

»Und der Weg ist frei? Ihre Frau ist in meinem Wagen drüben. Sie haben bestimmt nichts dagegen, wenn sie mir etwas behilflich ist. Wir müssen den Menschen überreden, in ein Krankenhaus zu gehen. Auch mit seiner Leber ist etwas nicht in Ordnung.«

»Wie kommt meine Frau dazu ...«

»Das besprechen Sie am besten mit ihr selbst.« Schon fühlte ich mich am Arm gefasst. Er zog mich zu seinem Wagen, öffnete, schob mich in den Rücksitz, stieg ein und stellte den Motor ab. Monika saß neben ihm und begrüßte mich etwas verlegen. Sie hatte ihre Pelzmütze auf und den Mantelkragen hochgeschlagen. Ehe sie noch ein Wort gesagt, begann der Doktor in seiner schnellen Art: »Lassen Sie mich erst einiges klären: Dieser Kermann ist schwer krank. Sie riefen mich an wegen Ihrer Frau. Ich sah nach ihr. Da Kermann behauptet, Ihr Freund zu sein, erzählte ich von seinem Zustand. Der Kranke braucht Pflege. Wenn es mir nicht gelingt, ihn ins Krankenhaus einzuliefern, muss ich jemand finden, der wenigstens so lang bei ihm bleibt, bis die Krisis überstanden ist. Ihre Frau hat sich freiwillig dazu bereit erklärt, ohne dass ich sie darum bat. So war es doch, Frau Pelz?«

»Ja«, sagte Monika deutlich. Ich legte meine Hand auf ihre Schulter. »Du steigst sofort aus und fährst mit mir heim. So krank ist der Mensch gar nicht. Er hat mich sogar angebrüllt. Es kommt gar nicht in Frage, dass ausgerechnet du ihn pflegst, wenn seine Mätresse ihn im Stich lässt.«

»Will er nun in ein Krankenhaus, oder will er nicht?«, fragte der Doktor.

»Er will nicht. Er sei in keiner Kasse, behauptet er.«

»Also! Steigen Sie aus und morgen früh bringe ich Ihre Frau zurück und suche nach einer anderen Hilfe. Was ist schon dabei, wenn Sie einmal allein schlafen müssen.«

Mich packte die Wut. »Darum geht es nicht, von mir aus könnte sie jeden Halunken oder Handwerksburschen pflegen, aber diesen Menschen nicht.«

Der Arzt stutzte. »Wieso denn nicht, wenn er Ihr Freund ist?«

»Zum Teufel mit dem Freund!«

Monika drehte sich nach mir um. »Bitte, benimm dich doch. Es geht um Leben und Tod und da werde ich wohl helfen dürfen. Du findest zu Hause einen langen Brief, in dem ich dir alles erklärt habe.«

Der Arzt schaltete den Motor wieder ein. »Los! los! macht voran! Wollen Sie nun mitgehen, Frau Pelz, oder mit Ihrem Mann zurückfahren?«

»Du steigst sofort mit mir aus!«, schrie ich dazwischen.

»Nein!«, sagte sie bestimmt. »Ich werde ihn so lange pflegen, bis er eine bessere Hilfe findet. Du kannst mich ja täglich besuchen.«

»Ist das dein letztes Wort?«

»Lies doch meinen Brief zu Hause und quäle mich nicht länger.«

»Raus!«, schrie der Arzt. »Meine Zeit ist im Augenblick kostbarer als die Ihrige.« Als ich störrisch sitzen blieb, stieg er aus und riss neben mir die Tür auf. »Jetzt nehmen Sie endlich Vernunft an. Ich werde dafür sorgen, dass Sie so rasch wie möglich wieder zu Ihrer Frau kommen.«

Monika saß steif und blickte geradeaus. Ich verließ den Wagen, sah ihm nach, sah zwei Rotlichter klein und kleiner werden in der Nacht. Ich kann Monika keinen Vorwurf machen, dass sie einem schwerkranken Menschen zu Hilfe kommen wollte. Ob Kermann oder nicht, in jedem Fall wäre sie dem Ruf gefolgt. Dass sie meinetwegen große Bedenken gehabt und sich alles reiflich überlegt hatte, bewies die Länge des hinterlassenen Briefes. Ich hätte ihn wenigstens flüchtig überfliegen können. Gewiss enthielt er eine liebevolle Erklärung, die mich wieder zur Vernunft gebracht hätte. Aber die Angst, sie zu verlieren, der Zorn über ihr eigenmächtiges Handeln und über die Abfuhr im Wagen des Arztes sowie das Bewusstsein, dass hier ein Geschehen, gegen das ich machtlos war, bereits feste Formen angenommen hatte, raubten mir jede Besinnung. Ich zerknüllte den Brief ungelesen und warf ihn ins Ofenfeuer samt den Fotos von Kermann.

Die Mappe mit den Plänen für das Kirchlein hatte ich zuvor in der Wohnung des Pfarrers an dessen Mutter abgeliefert.

Da saß ich nun vor einer Flasche Weißwein wie ein finsterer Erdgeist und ließ mir mit Jazzmusik die Ohren vollgellen. Schuld an allem war meine übertriebene Rücksicht und Besorgtheit.

Hätte ich sie am Morgen nicht abgehalten, in den Dienst zu gehen, hätte ich weniger Sorge um sie gehabt und den Arzt nicht angerufen, der Tag wäre wie jeder andere verlaufen. Dem Arzt wäre es sicher nicht schwer gefallen, im Dorf eine Hilfe für den Kranken zu finden.

Ich zweifelte keinen Augenblick daran, dass Monika aus reinem menschlichem Pflichtgefühl ins Waldhaus gefahren war. Aber angenommen es gelang ihr, Kermann über die Krisis wegzuhelfen, war sie dann stark genug, sich ihm wieder zu entziehen. Nie wird er sie freiwillig herausgeben. ›Monika gehört mir! mir! mir!‹ Er wird die alte Liebe beschwören, Erinnerungen in ihr wachrufen, den ganzen Karton Fotos vor ihr ausschütten: Weißt du noch – weißt du noch – er wird behaupten, dass er all die Jahre auf sie gewartet habe, wird ihr goldene Berge versprechen und wird mit derselben Energie auf sein Ziel lossteuern, mit der er sich sonst durchs Leben boxte. Gesetzt den anderen Fall, er starb, dann war der Knoten gelöst, sogar auf eine dramatische Art: er starb in den Armen seiner Frau, seiner früheren Geliebten, und das hinterlassene Paar konnte sich von nun an ohne Angst und Eifersucht, ohne Zerwürfnis mit der Kirche angehören. Zu schön, um wahr zu werden. Monikas Gegenwart wird ihn ins Leben zurückrufen, davon war ich fest überzeugt.

Bei der Radaumusik überhörte ich die Hausglocke, auch das Anklopfen. Ich sah, wie die Tür vorsichtig geöffnet wurde, wie der Kopf des Dorfpfarrers sich hereinschob. Ich schaltete das Radio aus. »Sie kommen wegen der Pläne, Herr Pfarrer? Ist etwas daran nicht in Ordnung?« Ich zog einen Sessel an den Tisch.

»Die Pläne sind schön, nichts daran auszusetzen. Sobald das Tauwetter vorüber ist, will ich mit dem Bau beginnen.« Er fragte zur Vorsicht noch einmal nach seiner Schuldigkeit.

»Nichts, gar nichts, wie verabredet. Nehmen Sie bitte Platz. Ich bin gerade allein und leide an Langeweile.«

Er versenkte seine verkrüppelte Gestalt im Sessel, setzte eine Mappe auf die Knie und zog ein Buch in Quartformat heraus. »Eine kleine Anerkennung für Ihre Arbeit«, sagte er und reichte es mir über den Tisch. Es war ein Werk über gotische Baukunst.

Im Grunde war ich froh über den knorrigen Besuch, der mich von meiner Misere ablenkte. Er hatte nichts dagegen, mit mir ein Glas Wein zu trinken. Zigaretten lehnte er ab. Aber wenn es erlaubt sei - damit zog er eine Shagpfeife aus der Soutane. Er rauche selten, meist nur zur Beruhigung, wenn er Ärger gehabt habe.

Sein Tabak verbreitete einen höchst sonderbaren Geruch, um nicht zu sagen Gestank. »Marke Eigenbau aus Flüchtlingsgärten«, erklärte er, »Geschenk von meinen Pfarrkindern.« Er paffte, sog, dass sich seine geflickten Wangen tief einwärts dellten, ließ grünfarbene Dämpfe hochsteigen, die an der Decke schirmförmig auseinanderfächerten.

»Ein höchst zweifelhaftes Geschenk, Herr Pfarrer.«

»Ach, sagen Sie das nicht. Es erfüllt einen doppelten Zweck. Einmal übe ich dabei Askese und werde nicht süchtig, zum anderen erinnert es mich an die Liebe, mit der diese ›herba sacra‹ gezogen und gespendet wurde.«

»Den Wolken nach zu schließen, müssen Sie heute schon tüchtig Ärger gehabt haben.«

Er legte die Pfeife auf den Tisch, faltete die Hände auf der Brust und stöhnte: »Oh, dieses Dorf. Es ist höchste Zeit, dass ich ein eigenes Kirchendach über meine Gemeinde bekomme. Man hätte bei der Verteilung der Flüchtlinge in erster Linie auf die Konfession der Leute sehen sollen. Hier stopfen sie fast ausschließlich Katholiken in ein protestantisches Dorf und dort umgekehrt. Es sieht aus, als sei es mit Absicht geschehen. Meine Burschen sind ganz versessen auf einheimische Mädchen. Von drei Ehen sind zwei Mischehen.«

»Fremdes Blut zieht fremdes Blut an«, sagte ich.

Er winkte ab. »Gehen Sie mir weg mit fremdem Blut. Die Mädchen hier sind einfach leichter veranlagt. Sie haben viel weniger Hemmungen, sich einem Burschen hinzugeben, sobald sie sein Jawort besitzen, in den meisten Fällen schon vorher. Weder Eltern noch Pfarrer blasen ihnen den Marsch. Viel stärker wirkt noch ein anderes Motiv: Die meisten Flüchtlinge stammen vom Land, sind Bauern und vermissen die Feldarbeit. Die einheimischen Mädchen bringen etwas Boden in die Ehe mit, ein oder zwei Äcker, eine Wiese oder einen Garten. Das zieht. Kommt mir heute Abend ein Bursche daher, der älteste von Adams Söhnen, ein tüchtiger Maurer, den ich für meinen Kirchenbau notwendig brauche. Er will ein protestantisches Mädchen heiraten und ist noch nicht zwanzig und sie kaum achtzehn und erwartet schon ein Kind von ihm. Er bringt gleich seinen Vater mit. Und Adam zuckt die Schultern: ›Was kann man machen, Herr Pfarrer. Hat eben Blitz eingeschlagen.‹ Ich donnerte sie zusammen und warf sie hinaus. Was nützt das schon. Ich muss meinen Segen dazu geben, wenn ich mir nicht die ganze Sippe vergrämen will.«

Das Thema kam mir gelegen. Ich war in Kampfstimmung und mein Gegenüber auch. »Herr Pfarrer, ist denn der Unterschied zwischen Katholiken und Protestanten so himmelweit? Keinem Menschen hier im Dorf können Sie die Konfession vom Gesicht ablesen. Wenn Ihre Kirche nicht so bocksteif und unnachgiebig wäre, gäbe es bestimmt viel weniger Streit und Ärger.«

»Der Unterschied«, sagte er ruhig, »ist tatsächlich himmelweit. Die andere Seite kennt kein Messopfer, keine Ohrenbeichte, keinen Zölibat, kein gemeinsames Oberhaupt, das über die Lehre wacht, kein Sakrament der Ehe, keine Priesterweihe, keine letzte Ölung. Von den dogmatischen Gegensätzen ganz zu schweigen.«

»Ich weiß das alles von meiner Frau. Wir haben uns darüber schon genug die Köpfe heiß geredet. Nach Ihrem Kirchengesetz ist unsere Ehe ein Konkubinat, weil meine Frau von ihrem ersten Mann, der noch lebt, geschieden ist. Nach protestantischer Auffassung besteht sie zu Recht.«

»Ihre Ehe geht mich nichts an«, sagte er ausweichend. »Sie haben sich protestantisch trauen lassen und gehören somit nicht zu meiner Gemeinde.«

»Aber meine Frau besucht jeden Sonntag den katholischen Gottesdienst und kommuniziert dort. Darf sie das nach Ihrer Ansicht?«

»Nein. Ihre Ehe ist nach kanonischem Recht, also von unserem Standpunkt aus, ungültig. Als Katholikin muss Ihre Frau wissen, dass sie sich vom Empfang der Sakramente ausgeschlossen hat.«

»Das weiß sie und trotzdem tut sie es.«

Er schüttelte den Kopf. »Nein, so geht das nicht. Kein katholischer Priester darf ihr die Beichte abnehmen, wenn er die Umstände kennt. Und diese Umstände muss sie ja beichten.«

»Sie ging zur Beichte und der Pfarrer verweigerte ihr die Absolution.«

»Ja und dann?«

»Jetzt setzt sie sich einfach über Ihre Kirchengebote hinweg. Sie sagt, sie lasse sich den Weg zu ihrem Gott von keinem Menschen versperren. Auch vom Papst nicht.«

Der Pfarrer griff nervös nach dem Glas, schüttelte wild den Kopf, trank hastig, stellte das Glas vor sich hin. »Unmöglich, ausgeschlossen. Da sind Sie nicht richtig im Bild, Sie müssen es falsch verstanden haben. Das wäre ja Gotteslästerung, Gottesraub, das schlimmste Sacrilegium. Es kann nicht sein, Herr Pelz. Sie kennen sich nicht aus in unserer Kirche und ihren Gesetzen. Wahrscheinlich geht sie zum protestantischen Abendmahl.«

»Ich war ja dabei. Ich sah zu, wie sie im Dom kommunizierte. In den Gesetzen Ihrer Kirche kenne ich mich nicht aus, das gebe ich zu. Aber ich kenne mich aus im Leben meiner Frau. Sie wäre beinah zugrunde gegangen an diesen Gesetzen. Jetzt rebelliert sie und handelt nur noch nach ihrem eigenen Gewissen. Und sie hat recht. Ich bewundere sie darum.«

Er rückte im Sessel hin und her. Sein offenes, vorquellendes Auge war bös auf mich gerichtet. Mit beherrschter, dumpfer Stimme sagte er: »Als Protestant sind Sie für Ihre Bewunderung entschuldigt. Ob Ihre Frau recht hat oder nicht, das entscheidet allein unsere Kirche. Immer noch! Immer noch!«

»Und das Gewissen des Menschen gilt vor dem Forum Ihrer Kirche überhaupt nichts?«

»Gewissen, Gewissen«, fuhr er mich an. »Wohin kämen wir, wenn jeder sich auf sein eigenes Gewissen beriefe. Nach Thomas von Aquin ist Gewissen nichts anderes als die Anwendung des Wissens auf eine spezielle Handlung. Wissen aber kann nur der, der sich mit einer Materie gründlich befasst hat. Ein Wissenschaftler lässt sich auch nicht von jedem Laien am Zeug flicken. Wir haben unsere Kirchenväter, wir haben die Beschlüsse der Konzilien, wir haben eine Armee von intelligenten Theologen und Kirchenfürsten. Seit zwei Jahrtausenden wird an unserer Lehre gearbeitet. Und immer mit dem Ziel, wie wir den Menschen am besten führen. Und der Mensch muss geführt werden, heute strenger denn je, härter denn je. Wenn wir's nicht tun, tun es die anderen.«

Ich weiß nicht, wohin das Gespräch, das bereits hitzige Formen angenommen hatte, uns noch geführt hätte, wäre nicht plötzlich der Dorfarzt hereingestürmt. Ärzte rennen alle Türen ein. Ärzte haben es immer eilig. Rasch streckte er dem Pfarrer die Hand hin. »Gut dass ich Sie antreffe.« Er lief um den Tisch, begrüßte mich. »Sitzen bleiben, sitzen bleiben!« Rasch zog er einen Stuhl her. »Ist es gestattet?« Schon griff er nach einer Zigarette, tastete seine Joppe ab. Ich gab Feuer. Zwei Züge, zwei Rauchwolken. Er stieß die Zigarette in den Aschenbecher. »Folgende Situation. Dem Kranken im Wald geht es schlecht. Ob er die Nacht überlebt, weiß ich nicht. Hochgradiges Fieber mit zeitweiligen Absencen.« Kurz erklärte er dem Pfarrer den Fall. »Sie sollen ihm die Sakramente spenden. Er ist Katholik.«

Der Pfarrer schnellte vom Sessel auf. »Verlangt der Kranke selbst nach mir?«

»Nein. Frau Pelz lässt Sie rufen. Sie hat mir die Bitte sehr dringend ans Herz gelegt.«

Der Pfarrer redete etwas vom Allerheiligsten und von einem Öl, das er in seiner Hauskapelle holen müsse. Er bat den Arzt, ihn zum Kranken zu fahren, da er den Weg nicht kenne.

»Ich fahre Sie jetzt gleich ins Dorf«, sagte der Doktor. »Aber in den Wald« – er schlug mir auf den Arm – »das machen *Sie*.

Seit heut Morgen drei Uhr bin ich auf den Beinen, habe etliche hundert Grippepatienten. Sie holen den Pfarrer an seiner Wohnung ab. Ihre Frau will Sie noch sehen.« Mit einem Wink nach dem Weinglas: »Haben Sie viel getrunken? Noch nicht zu viel? Also, auf geht's. Wiedersehen, Herr Pelz. Grüßen Sie Ihre Frau.« Schon waren beide durch die Tür.

Heute stehe ich vor einem Rätsel. Es ging um Leben und Tod eines Menschen. Was brachte mich nur derart auf, dass mir die Wut ins Gesicht schoss. War es die rasche Art des Arztes, der mich dirigierte wie einen nebensächlichen Komparsen, war es Monikas Ruf nach dem Pfarrer, ihre Sorge um das Seelenheil des Kranken oder das Bewusstsein, dass ich hier unter dem Zwang meines unsichtbaren Rivalen stand, der mich seine Übermacht fühlen ließ.

Bevor ich abfuhr, schüttete ich noch den Rest der Flasche in mich hinein. Fluchend bugsierte ich den Wagen aus der Scheune, ließ alles offen stehen und lenkte ins Dorf.

Der Pfarrer wartete bereits an der Straße. Er hielt mit der rechten Hand etwas im Brustausschnitt der Soutane verborgen und trieb mich zur Eile an. – Das sollst du haben! Der Schneematsch spritzte von den Rädern. Die Scheinwerfer geisterten durchs Astgewirr der Straßenbäume, die wie schwarze Gespenster auf uns zuflogen. Noch nie war ich ein solch mörderisches Tempo gefahren. Hinein in den Wald! Kurve links, Kurve rechts. Zuweilen schlitterte der Wagen über Glatteispflaster. Der Pfarrer saß mit geschlossenen Augen im Rücksitz und sprach kein Wort.

Vor dem Waldhaus brannte das Hoflicht, eine übergrelle Lampe, die Schnee und Gesträuch mit kaltem Glanz übergoss. Monika stand unter der Tür. Der Pfarrer eilte auf sie zu. Sie wechselten einige Worte, dann nahm er die Hand aus dem schwarzen Rock und hielt etwas hoch. Monika sank in die Knie und bekreuzigte sich. Schnell stand sie auf und zog die Tür hinter sich und dem Pfarrer zu.

Ich schaltete die Scheinwerfer aus und blieb im Wagen. Nach einiger Zeit erschien Monika wieder und winkte zu mir herüber, ich soll kommen. Als ich sitzen blieb, eilte sie über die Reifenspuren weg zu mit her und klopfte an die Scheibe. Ich drehte herunter.

»Warum kommst du nicht zu mir herein?«

»Wie lange dauert der Zauber?«

Sie legte die Hände bittend zusammen. »Paul, sei ein wenig nett zu mir und komm mit in die Küche.« Ich stieg aus. Sie umarmte mich und legte ihr Gesicht an meinen Hals. »Ich bin doch deine Frau, gib mir einen Kuss.« Ich berührte flüchtig ihren Mund. – »Du hast getrunken.« – »Ja, leider zu wenig, sonst hinge ich mit dem Pfarrer jetzt an einem Straßenbaum.« Vor dem rauen Ton wich sie zurück, ließ mich los und sagte nur: »Komm, sonst erkälte ich mich hier draußen. Ich muss mit dir einige wichtige Dinge besprechen.«

Ich folgte ihr in die Küche und spürte im Gehen, dass ich nicht mehr sicher auf den Beinen war. Sie schob mir einen Schemel hin. Kann man mit dir noch reden oder bist du betrunken? Herrschaft! Reiß dich ein wenig zusammen!«

Und ich riss mich zusammen, blieb stehen und beförderte mit dem Fuß den Schemel unter den Tisch. »Ich bin vollständig klar im Kopf. Das kann der Pfarrer bestätigen.«

Sie zog einige Schubladen auf. »Sieh her, hier, hier, hier, alles leer. Kein Mehl, keine Eier, kein Fett, nicht der kleinste Vorrat.« Sie zeigte mir eine Liste mit flüchtig hingeworfenen Zeilen. »Besorg mir bitte diese Lebensmittel und bring sie morgen her. Es stehen auch Kleider und Wäschesachen, die ich nötig brauche, auf dem Zettel.«

Von oben kam die Stimme des Pfarrers. Sofort eilte sie die Treppe hinauf. Ich studierte die Liste. Etwa zwei Dutzend Posten waren darauf verzeichnet. Als sie zurückkam, sagte ich: »*Du* hast den Pfarrer bestellt, nicht er. Wie kommst du dazu?«

»Weil der Kranke in seinem Zustand nicht weiß, was dringend nötig ist. Er hat ihn willig angenommen.«

»Wahrscheinlich deiner schönen Augen wegen.«

Sie wurde puterrot. »Paul! Der Tod ist eine ernste Sache. Das wirst du erst erfahren, wenn du ihm selbst gegenüberstehst.«

«Komm, fang keine Predigt an. Weiß der Pfarrer, dass du seine Frau warst?«

»Ja, ich musste es ihm sagen, wegen der Beichte.« Schnell ging sie darüber hinweg. »Hast du die Liste durchgesehen?«

»Ja, ja.« Sie wollte mir noch einiges daran erklären. Ich nahm ihr das Papier aus der Hand, faltete es zusammen und steckte es ein. Noch einmal machte sie den Versuch, mich versöhnlich zu stimmen. Das sei ja alles sehr einfach. Ich solle morgen meine Sachen mitbringen: Schlafanzug, Wäsche, Hausschuhe und so weiter und mich hier im Waldhaus einquartieren. Es habe genug Zimmer, auch Doppelzimmer, dann könne sie mich zusammen mit dem Kranken versorgen. Auch habe sie Angst, mit ihm allein zu sein.

»Ja, wie lange gedenkst du denn hier zu bleiben? Der Doktor sprach von einer Nacht. Steht es schlimm um ihn?«

»So schlimm gerade nicht. Die Ärzte übertreiben gern. Er ist jetzt ganz klar im Kopf. Aber wer weiß, vielleicht kommt die Krisis erst.«

»Gut, dann besorge ich eine andere Pflegerin, und wenn ich das ganze Gäu absuchen muss.«

»Er hat mich gerufen«, sagte sie. »Wenn jemand ihn retten kann, bin ich es und ich werde bleiben, bis er außer Gefahr ist.«

»Welches Interesse kannst du daran haben, ihn zu retten. Warum weigert er sich so konstant, in ein Krankenhaus zu gehen? Weil er dich haben will. Tag und Nacht wühlt er in seinem Karton mit den Fotos von euch beiden und hat mir sogar einen ganzen Stoß davon für dich mitgegeben.«

Ein letztes Mal würgte sie Zorn und Empörung hinunter. »Fotos, ja, er hat mir davon erzählt. Es sollen auch Aufnahmen von meinen Eltern und Geschwistern dabei sein. Hast du sie bei dir?«

»Die liegen längst im Ofen samt deinem schönen Brief.«

Sie kniff Augen und Lippen zusammen und zog die Küchentür zu. Die Knöchel an ihren erhobenen Fäusten waren weiß. »Ein Todkranker liegt im Haus, der mit Gott Frieden schließen will, und du wagst es, hier mit Hass und Eifersucht Unfrieden zu stiften.« Ihr Gesicht war schneebleich. »Wenn nicht«, – sie sog den Atem tief ein – »wenn das Allerheiligste – wenn Gott selbst nicht unter uns weilte, würde ich dir etwas ins Gesicht schreien – etwas«, – sie schluckte – sagte noch einmal: »Wenn das Allerheiligste ...«

Das war es. Das löste aus. Ich hatte Weißwein in mir. Ich hatte Eifersucht in mir, nicht nur auf Kermann, mehr, viel mehr auf ihn, auf ihn, in dessen Augen ich ein Dreck war. Ich musste schlagen, schneiden, stechen, bis aufs Blut verletzen. Ich spürte den wilden Zerstörungsdrang, der auch vor dem Liebsten nicht

Halt macht. Ich hasste sie plötzlich bis zur Weißglut, ich hasste diesen religiösen Willen, der da in einer Märtyrerpose vor mir stand, den ich nicht brechen konnte, ohne die Form selbst zu zerbrechen. Etwas abgründig Böses stieg in mir hoch wie ein spitzer Eisberg.

»Ich pfeif auf dein Allerheiligstes!«, schrie ich, »auf deinen Hokuspokus, deinen Fetischgott. Knie vor ihm, krieche vor ihm, winsle vor ihm.« Ich weiß nicht mehr, wie viel Gift und Galle ich ausspie.

Sie riss die Tür auf, keuchte mir ihren heißen Atem ins Gesicht: »Jetzt kenn ich dich. Jetzt hast du endlich dein innerstes Wesen gezeigt. Du bist ein Teufel, du bist Satan. Wie kannst du es wagen, auch nur einen Augenblick mit Gott unter einem Dach zu sein.« Mit geschlossenen Lidern wies sie gegen die Türöffnung: »Geh - verlass mich und komm nie wieder - hörst du - nie wieder!«

Fluchend stapfte ich durch den Flur. Unter dem Hoflicht liefen Reifenspuren kreuz und quer über den schneebedeckten Vorplatz, muldige Kanäle mit durchsichtigen Eisböden, aus denen spitzer, schwarzer Schotter stach.

Der Wagen war kalt. Angenehm kalt.

Ich habe die einzelnen Szenen dieses Tages Hunderte Male im Geist durchgespielt. Immer liefen sie in derselben Folge ab, mit denselben Gesprächen, ließen sich nicht ändern und beschönigen. Mechanisch rollen die Bilder weg wie im Film, auch die letzten, wie der Pfarrer unter der nackten Birne der Hoflampe im Gespräch mit Monika stand, ein schwarzer, windschiefer Baumstrunk, wie er sich vorbeugte und wie Monika im Dunkeln verschwand.

Er nahm wieder im Rücksitz Platz. »Jetzt können Sie langsamer fahren, Herr Pelz. Es eilt nicht mehr«, sagte er und faltete die Hände zufrieden über der Brust.

Als wir auf die Landstraße eingebogen waren, bat er mich anzuhalten. »Ich soll Ihnen Gruß und Dank vom Kranken bestellen.« - Pause. »Haben Sie gehört?« - »Ja, ja, und weiter nichts?« - Darauf sagte er, aber mehr für sich: »Es wäre das Beste, wenn der Herr ihn noch heute Nacht zu sich nähme.«

»Auch mein Wunsch«, sagte ich mit zusammengebissenen Zähnen.

»Sie verstehen mich falsch, Herr Pelz. Es ist nicht mein Wunsch. Es ist eine seelsorgerische Überlegung. Der Kranke hat bei vollem Bewusstsein die Sterbesakramente empfangen und steht nun rein vor seinem Gott. Wenn er jetzt hinüberginge, wäre er gerettet und seiner Frau bliebe viel seelische Not erspart.«

»*Seiner* Frau, sagen Sie?«

»Ja, *seiner* Frau.«

Ich gab Gas.

XXVI

Als junger Mensch hofft man, die Nebeldecke der Gefühle und Leidenschaften werde sich mit der Zeit lichten, das Unvermögen, eine klare Sicht in die eigene Innenwelt zu erhalten, werde weichen, man bekomme in reiferen Jahren Ergebnisse in die Hand oder wenigstens Schlüssel zu Ergebnissen, und sei man erst einmal in einen Beruf eingespannt, lösten sich die meisten Lebensrätsel von selbst. Nichts löst sich. Alles wird komplizierter. Die einfachen Leitlinien der Jugend verwischen sich. Die Unordnung im Innern nimmt zu. Der Mut zu Entscheidungen wird schwächer. Die Zeit trägt nur ab und lässt die Schuttmassen am Fuße der Berge anwachsen.

Ich habe versucht, Ordnung in meine Vergangenheit zu bringen. Ich habe mein Bündel an Schuld, das mich seit der Trennung von Monika belastet, aufgeschnürt und den Inhalt Stück für Stück bloßgelegt in der Absicht, mich von dieser Frau endlich zu befreien. Aber im Untergrund arbeitete ein anderer Wille in die Gegenrichtung und sucht mir einzureden, ich müsse den Kampf von Neuem beginnen. Hat sich etwas geändert an meiner Haltung? Ich stehe ihrer Welt fremder gegenüber denn je. Hat sie sich vielleicht geändert? Sie geht nach wie vor in den Dom zu ihrem Gott, der uns auseinander riss.

Es ist Winter geworden. Ich habe die Schreibmaschine auf den Fenstersims gestellt und schaue dem Schneefall zu. Es sind winzige Flocken, vom Wind wie ein Schleiergewebe über den Häusern hin und her getrieben. Pulverschnee, Staubschnee, der sich nicht binden will und immer wieder von den Dächern hochgewirbelt wird. Ilse hätte mich längst von der Schreibmaschine weggeholt und wäre mit mir und ihren Brettern losgefahren. Ilse! Ihr Bild steht neben mir wie ein schweigender Vorwurf.

Weshalb schreibst du nicht von mir? Nur einige Male hast du mich kurz erwähnt und sofort wie einen Husch wieder weggewischt.

Versteh doch, Ilse. Ich musste über deinen Tod hinwegkommen.

Täglich halte ich jetzt mit ihr Zwiesprache und versuche mich zu verteidigen. Sie ist Monikas Gegenpol. Nichts Verträumtes ist in ihren klaren, fast männlichen Zügen. Sie hat nicht Monikas Lippen, Monikas weiche Wangen, nicht ihren großäugigen Eulenblick, der mich immer nur zur Hälfte traf wie in einem verwunderten Staunen, als vermisse sie bei mir einen Hintergrund, die Großlandschaft der Seele, wie sie einmal sagte. Ilses Blick ist kurz, diesseitig, scharf, nur auf Nahziele gerichtet, der Blick einer Skiläuferin, die zwischen den Abgrenzstangen einer Schneepiste hindurchsteuert. Wozu sollte ich über sie schreiben. Ihr Leben liegt vor mir. Von Monika besitze ich nicht ein einziges Foto, von Ilse Tausende, und wenn ich die Einzelbilder der Filme dazurechne, Hunderttausende. Auf Tonbändern ist sogar ihre Stimme konserviert, ihr Lachen, Schwatzen, Singen, Jubeln und Jodeln. Auch das gehört zu meiner inneren Unordnung, dass ich jetzt daran gehe, eine Tote aufzurufen gegen eine Lebende.

Der Arzt hat mir bisher strikte untersagt, mit meinem neuen Wagen, der seit Wochen in der Garage auf mich wartet, auszufahren. Ich gehe immer noch am Stock. Die Blätter über Monika habe ich weggepackt und im Schreibtisch versenkt. Die meiste Zeit verbringe ich jetzt vor der Filmleinwand, halte die Fernbedienung in der Hand und lasse Farbfotos von Ausflügen, Sommerreisen, Wintersportfesten vorbeiziehen. Die Kästen mit den Dias sind zeitlich genau geordnet, mit Jahreszahl und Datum versehen, angefangen beim Wiederzusammentreffen mit Ilse auf der Hochschule bis zum letzten Urlaub. Die ersten Aufnahmen zeigen ein schmales, fast hohlwangiges Mädchen mit einem misstrauischen Blick. Sie war von einem Freund schwer enttäuscht worden und schwor nun aller Liebe ab. Das führte uns zusammen. Wir rappelten uns aus der Schlucht hoch und wurden Kameraden. Das Misstrauen gegen eine zu enge Bindung blieb auch später bestehen. Sie liebte ihren Sport, ich meinen Beruf.

Sie hatte immer einen Schwarm von Kameraden um sich. Ich wurde nie eifersüchtig, wenn sie nach einem Sieg im Freudenrausch von einem Arm in den anderen flog und sich abküssen ließ. Ein Schmetterling, ein Tagfalter, ganz der Außenwelt hingegeben, immer auf Jagd nach Fotomotiven. Die Frage nach der günstigsten Belichtung war für sie weit wichtiger als Fragen nach Gott und Jenseits. Sie verstand es, mit Zusatzlinsen die kleinen Polster der Alpenflora einzufangen. Sie öffnete mir den Blick für die verschiedensten Arten des Raureifs, der Moose und Flechten. Ich werde aus den Aufnahmen einen dicken Band zusammenstellen. Bist du dann mit mir zufrieden, Ilse?

Der Schnee ist abgeschmolzen. Gestern war Regentag. Stundenlang ließ ich den Filmprojektor laufen. Die starren Bilder der Dias ertrug ich noch ohne allzu große innere Erregung. Anders wird es, wenn Ilse auf der Leinwand lebt, wenn sie von der Schanze springt oder im Abfahrtslauf auf mich zuschießt, wenn sie unter ihren Kameraden steht, sich lachend beglückwünschen lässt oder in den Schnee greift, einen Ball knetet und einem ihrer Verehrer in den Nacken wirft. Oder wenn ich gar das Tonbandgerät einschalte und ihre helle Stimme durchs Zimmer dringt. Da kann sich zuweilen die Illusion so überstark mit Wirklichkeit sättigen, dass ich vom Stuhl hochspringe und mit ausgebreiteten Armen auf die Flimmerwand zulaufe.

Technik. Sie kann bald alles. Wie, wenn es ihr in Zukunft gar gelänge, Körper zu übertragen, Materie mit Lichtgeschwindigkeit von einem Ort zum anderen zu senden oder gar zu vervielfältigen und zu konservieren, sodass wir uns oder unseren verstorbenen Angehörigen nach Jahren leibhaftig wieder begegnen könnten? Ist es nicht schon unheimlich, wenn wir eine Tote lachen sehen, lachen hören, wenn eine leichte Drehung am Tonverstärker genügt, um Ilses Stimme durch alle Räume schallen zu lassen. Ich sehe ihren Kopf überlebensgroß auf der Leinwand. In den blonden, von der Sonne durchleuchteten Haaren spielt der Wind. Der ganze Zauber ihres Mienenspiels lacht mir entgegen. Sie spitzt den Mund, winkt mich heran. »Komm, alter Brummer, gib mir ein Bussi.«

Spät in der Nacht stapfe ich bei grellem Zimmerlicht durch das technische Sammelsurium von Kästen, Projektoren, Kabeln,

Tonbändern, Filmrollen wie durch einen Schrotthaufen, elend, müde, ausgehöhlt, und lese meine in tausend Stücke aus Zellophan, Glas, Papier, Blech, Gummi zerbrochene Frau zusammen und verstaue sie im Schrank bis zur nächsten Beschwörung. Meine Welt! Unsere Welt! Blitzblankpoliert und perfektioniert, ohne jeden Hauch von Geheimnis, Seele, Überwirklichkeit, ohne magischen Hintergrund. Soll das nun fortan der Inhalt meiner Feierabende, meiner Sonntage, meines Privatlebens sein, dass ich mit dem Gespenst einer Frau auf drei Meter Distanz zusammenlebe, einem körperlosen Flächengespenst aus Licht und Farbe auf leichenblasser Leinwand.

Meine ambulante Behandlung ist abgeschlossen. Ich bin gesund geschrieben. Mein Chef hat mir noch vier Wochen Erholungsurlaub bewilligt. Heute Morgen setzte ich mich zum ersten Mal ans Steuer meines neuen Wagens. Ich wählte wenig befahrene Straßen. Obgleich ich die Geschwindigkeit kaum einmal über sechzig steigerte, hatte ich den Eindruck, als schösse der Wagen mit mir davon. Mein Gehirn, noch ganz ans Fußgängertempo gewöhnt, schaltet viel zu langsam. Es fehlte die automatische körperliche Reaktion beim Bremsen, Kurvenfahren, Ausweichen. Jede Bewegung musste ich überlegt wie ein Fahrsäugling ausführen. Schon nach einer Viertelstunde trat mir der Schweiß auf die Stirn und mein verheiltes Bein begann zu zittern. Nach etlichen Pausen kam ich glücklich wieder zu Hause an und musste mich sofort hinlegen. Wie lange wird es wohl noch dauern, bis ich wieder Flügel bekomme?

Heute habe ich die Zeit der Ausfahrt auf drei Stunden gesteigert. Nur ganz allmählich stellt sich mein Fahrvermögen wieder ein. Meine Knochen scheinen Angst vor dem Auto zu haben, als wüssten sie, dass die Ursache ihrer Brüche mit diesem Vehikel zusammenhängt. Ich werde das Zittern in den Armen und Beinen nicht los. In den letzten Tagen ist wieder viel Schnee gefallen. Mag sein, dass meine Unsicherheit mit der Schneeglätte der Straßen zusammenhängt. Ich fuhr daher in Etappen. Eine halbe Stunde mäßiges Tempo, stopp, aussteigen, zehn Minuten Fußmarsch, so lässt es sich schon besser an.

Es lichtet sich. Ich beherrsche den Wagen schon vollkommen. Ich genieße wieder den Rausch der Geschwindigkeit, das Dahinfliegen durch die Schneelandschaft. Autotherapie hat der Chefarzt spöttisch mein schreibendes Versenken in die Vergangenheit genannt. Jetzt heile ich mich buchstäblich durch eine *Auto*-Therapie. Seit acht Tagen fahre ich täglich von morgens bis abends mit kurzen Unterbrechungen und steige Stufe für Stufe aus trüber Vergangenheit herauf ins Sonnenlicht der Gegenwart. Übermut, Leichtsinn, die Lust am Gefahrvollen kehren zurück.

Ich habe einen herrlichen Wagen. Es ist, als sei mir ein neuer Körper geschenkt worden. Er wiegt sich auf der Straße dahin, reagiert beim leisesten Druck auf die Bremse und aufs Gaspedal. Ich schalte Musik ein, summe mit, pfeife, singe oder unterhalte mich mit einem Beisitzer im leeren Polster neben mir. Bald ist es Ilse, bald Monika. Schau hinüber zum steilen Nordhang dort zwischen den Fichten, Ilse. Wie geschaffen zu einer Schussfahrt. – Schön wäre eine Wanderung mit dir im Pulverschnee. Du voraus, ich hinter dir. Du wolltest immer die Spur treten. Mein breiter Rücken verderbe dir die Sicht.

Es ist viel befreiender, mich so mit Ilse zu unterhalten, als vor der Filmleinwand.

Hör einmal zu, Monika. Deine Welt ist nicht die meine. Ich habe gründlich darüber nachgedacht, hatte eine Masse Zeit dazu. Du lebst nach innen, immer tiefer in dein Ich hinein. Wir modernen Menschen leben nach außen. Wir ersaufen bald im Meer der Stoffe, mit denen uns Technik, Wissenschaft und Wirtschaft täglich überschütten. Wir brauchen etwas von deiner Welt, etwas Tieferes, Gehaltvolleres, es muss nicht gleich Gott sein, mit dem wir uns herumstreiten, aber ein wenig Besinnung und Geborgenheit. Ich wollte mit dir ganz gern einmal wieder über den Tod reden, so wie damals im Wald. Auch du darfst dich nicht verschließen und abkapseln im Dom. Einmal hast du meinen Zweifel und mein Misstrauen angenommen. Es tat dir gut. Wir waren glücklich dabei. Daran leiden wir, Monika, dass wir Türen haben, jedes zur Welt des anderen, und doch nicht zusammenkommen. Was hindert uns, sie aufzustoßen: Angst, Trotz, Stolz, Engstirnigkeit, Lieblosigkeit. Du musst es spüren:

bei jeder Ausfahrt kommen wir uns näher. Die Hindernisse, die uns trennen, sind vielleicht nur Schneehindernisse: Verwehungen, Verkrustungen, verharschte Ansichten, eingefrorene alte Dogmen, die ein kräftiger Tauwind über Nacht wegschmelzen könnte.

Gestern besuchte ich nach langer Zeit das Dorf wieder. Seit der Trennung von Monika hat mich mein Weg nie mehr dorthin geführt. Nicht dass ich die Ortschaft absichtlich gemieden hätte. Sie liegt eben zu abseits, an keiner Durchgangsstraße. Vieles hat sich geändert. Der Wald ist gewachsen. Kurven wurden begradigt. Links und rechts der Fahrbahn sind der besseren Sicht wegen breite Streifen ausgeholzt worden. Auch das Dorf war aus der Ferne kaum wiederzuerkennen. Eine Menge neue Häuser haben das alte Bild verändert. Aus der Mitte erhebt sich fast höher als der Kirchturm ein hässliches Getreidesilo.

Ich treffe auf einen einsamen Fußgänger, der dicht an der Schneemauer entlanggeht und seinen Spazierstock in der Hand kreisen lässt. Er hat einen hüpfenden Kurzschritt, als müsste er bei jedem Auftreten seiner kleinen Statur einige Zentimeter zumessen. Beim Überholen erkenne ich ihn und stoppe. Gemächlich schlendert er heran. »Darf ich dich nach Hause bringen, Vater Philipp?« Er muss sich für Augenblicke die Stirn reiben, ehe er begreift. »Ach du bist es, Paul.«

»Komm, steig ein. Wir haben uns lange nicht mehr gesehen.«

»Mit meinen Schneestiefeln in deinen schönen Wagen?«

»Was macht das schon. Los, setz dich her.« Er schlüpft herein, nimmt den Stock zwischen die Knie und kann sich nicht genug über das Zusammentreffen verwundern.

»Hab ich dich in der Ausarbeitung deiner Predigt gestört?«

»Nein. Wie kann man bei diesem Verkehr überhaupt noch zu tieferen Gedanken kommen. Ich muss mich im Winter eben bei meinen Spaziergängen an die Straße halten. Alle anderen Wege sind verschneit.«

»Du solltest dir einen Wagen anschaffen, Vater Philipp. Sonst kommst du heutztage unter die Räder.« Er lächelt bitter. »Ich mit meinen Zweiundsechzig. Unmöglich. Ich sterbe lieber als Fußgänger. Oder glaubst du, ich könnte mit einem Wagen mein Leben verlängern?«

Ein Pfarrhaus auf dem Land ist wie ein Schwamm, der alle Geschehnisse des Dorfes und seiner Umgebung in sich aufsaugt. Man braucht nur die Hand darauf zu legen, schon fängt er an zu triefen. Mutter Anne und Vater Philipp griffen nach mir wie nach einem leeren Topf und ließen diesen bis zum Überschwappen volllaufen. Zuerst prasselte ein Hagelschauer von Vorwürfen über mich herein: Dreizehn Jahre und kein Sterbenswörtchen von Paul, kein Brief, kein Kartengruß, kein Anruf.

Mutter Anne saß gichtkrank und sehr gealtert im Rollstuhl. Sie wussten alles über mich: wann ich mein Studium abgeschlossen, wo ich arbeitete, weshalb ich mich von Monika hatte scheiden lassen, wann ich mich mit Ilse verheiratet hatte. Sie wussten von meinem Unfall und legten sogar Zeitungsausschnitte mit Berichten auf den Tisch. Jeden Tag hatten sie im Krankenhaus angerufen. Noch nicht aufgewacht, immer noch nicht aufgewacht. Elf Tage bewusstlos.

»Von euren Anrufen weiß ich nichts«, sagte ich. »Warum habe ich später nichts von euch gehört, als ich wieder bei Besinnung war, und warum habt ihr mich nicht besucht?«

»Wir durften nicht«, flüsterte Mutter Anne. Schon traf sie ein drohender Blick ihres Mannes. Vater Philipp lenkte schnell ab und schlug eine andere Brücke zur Vergangenheit. »Dreizehn Jahre, Paul. Was hat sich nicht alles in dieser Zeit hier verändert. Es ist, als sei ein Jahrtausend über das Dorf weggestürmt. Du siehst keine Pferde, keine Ochsengespanne mehr auf der Straße oder vor dem Pflug. Alles ist motorisiert. Traktoren, Mähdrescher, Exhauster, mechanische Heuauflader. Die Schafherden sind verschwunden, die herrlichen Wacholderheiden umgepflügt, die Obstgärten mit den alten ehrwürdigen Birnbäumen weggefegt, ausgeholzt. An ihrer Stelle Obstfabriken, große Plantagen mit niederen Bäumchen in Reih und Glied. Zweihundert neue Häuser wurden in der Zwischenzeit gebaut. Schau dir das Monstrum an dort drüben, den Siloturm zum Trocknen und Lagern der Brotfrucht. Von Herbst bis Weihnachten ein dauerndes Gebrumm und Gesumm. Und dieser Auspuffruß! Kein Fenster kann man mehr öffnen. Hast du es schon gesehen dort im Winkel unter dem Bild Laotses, das Fernsehgerät, ein Geschenk meiner Pfarrkinder zum sechzigsten Geburtstag? Ich musste mich von der Kanzel herunter noch dafür bedanken. Jetzt sitzt Anne davor und sieht sich Fußballspiele und Kriminalfilme an. Mit unseren Abendandachten ist's vorbei.«

»O du Jeremias!«, rief die Missionarin, »nicht einmal dieses Vergnügen gönnt er seiner geplagten Frau. Sag auch das andere, dass du noch in diesem Frühjahr nach Jerusalem fliegen willst. Das nennt sich dann Wallfahrt ins Heilige Land und ich kann hier in meiner Angst für dich beten, dass du nicht vom Himmel fällst. Warum gehst du nicht zu Fuß wie in alten frommen Zeiten?«

Man kam auf China zu sprechen, von China auf das Konzil und den neuen Papst, nach einigen Kreuz- und Quersprüngen auf den katholischen Ortspfarrer und sein Kirchlein. Der Name Monika fiel nicht. Als das Gespräch wieder bei meinem Unfall landete, fragte ich scheinbar nur so nebenbei, ob sie das auch wüssten, dass Frau Landeck im gleichen Krankenhaus arbeite, in dem ich operiert worden war. Beide nickten und sahen sich an. In den Augen des Missionars lag wieder der drohende Ausdruck.

»Woher habt ihr denn alles erfahren?«, drängte ich weiter.

Mutter Annes Lippen bebten. Ihre Kiefer versagten den Dienst. Die Zunge durchbrach die Sperre der Zähne. »Von ihr wissen wir es. Von ihr selbst, von Monika.«

Vater Philipp lief um den Tisch und hielt ihr den Mund zu. »Anne, Anne, du darfst nicht. Wir haben es ihr hoch und heilig versprochen. Du darfst nicht über sie reden.«

Sie drehte den Kopf zur Seite, nahm seine Hand weg und stieß mit den Schuhen hart gegen den Boden. »Geh an deinen Platz. Ich rede jetzt einfach und lasse mir keine Schlösser an den Mund hängen. Er soll endlich alles wissen.«

Der Missionar hob hilflos die Ellbogen. »Dann red' in Gottes Namen«, sagte er und ging zu seinem Stuhl zurück.

Mutter Anne ließ sich ganz nah an den Tisch schieben, legte die Unterarme darauf und flüsterte zuerst kaum hörbar: »Ja, sie hat uns strengstens verboten, dich anzurufen oder dir zu schreiben, solange du noch nicht ganz gesund seist. Fühlst du dich gesund?«, fragte sie zur Vorsicht.

»Ich fühle mich vollkommen auf der Höhe. Du kannst mir alles erzählen.«

»Ich will dir ja keine Vorwürfe machen, Paul. Aber sag, warum hast du damals deine Wohnung so schnell, von heut auf morgen, im Stich gelassen, unser schönes Häuschen? War es nicht auch dein Häuschen? Warum hast du nicht gewartet? Monika kam ja gleich darauf wieder zurück. Sie hat diesen Mann da in ein Krankenhaus gebracht. Von einem Zusammenleben war keine Rede. Er war krank und blieb krank bis zu seinem Tod. Du ahnst nicht, was die Frau gelitten hat. Ich werde es nie vergessen, wie sie zu uns ins Pfarrhaus kam und fragte, ob sie bleiben dürfe, und wie sie uns alles erzählte. Sie ließ uns deinen letzten Brief lesen, nur damit wir wissen, dass du ihr die Wohnung überlassen hast. Du hast so kalt und geschäftsmäßig geschrieben, an Frau Landeck, und sie war ja noch deine Frau. Du hast geschrieben, sie könne mit den Möbeln und der ganzen Aussteuer machen, was sie wolle, und hast sogar eine Erklärung beigelegt, dass du auf jeden Anspruch verzichtest für alle Zeiten, auch auf sie selbst, auf deine Frau. Du musst vollständig von Sinnen gewesen sein.«

Der Missionar hob die Hand. »Ich bitte dich, Anne. Jetzt machst du Paul doch Vorwürfe und vergisst ganz, dass Frau Landeck mit der Trennung einverstanden war. Sie hat hier erklärt, sie könne mit einem Mann nicht mehr zusammenleben, für den ihr Glaube nichts weiter als Hokuspokus sei. Das hat sie hier gesagt und hat auch gestanden, dass sie auf alle seine Briefe keine Antwort gegeben habe.«

»Lass mich doch weiterreden«, herrschte ihn die Missionarin an. »Ich wollte das ja eben sagen. Sie ist katholisch und ich verstehe heute noch nicht, warum sie sich für diesen Menschen so eingesetzt hat. Er war durch eigene Schuld vollständig verarmt. Sie musste für ihn arbeiten. Und als er nach einem halben Jahr starb, kamen Rechnungen über Rechnungen. Sie verkaufte ihre ganze Aussteuer an Adam und seine Familie, die heute noch in dem Haus wohnen. Dann zog sie weg mit nichts weiter als einem Handkoffer.

Jedes Jahr kam sie einmal zu Besuch, um das Grab ihres Vaters herzurichten. Die Geräte dazu, Hacke und Gießkanne, holte sie bei uns. Auch Blumen und Pflänzlinge gaben wir ihr und luden sie jedes Mal zum Kaffee ein. Selten blieb sie länger als eine Stunde. Wir erfuhren, dass sie Architektur studierte. Sie machte ein gutes Examen. Später kam sie mit einem eigenen Wagen, so einem niederen, kleinen, bei dem man das Dach zurückschlagen kann.« Mutter Anne wandte sich an ihren Mann. »Wie heißt man sie nur, diese Autos, du kennst dich da besser aus.«

»Er muss ihn ja gesehen haben, den Wagen, als er vorbeifuhr«, sagte Vater Philipp.

»Ja aber«, stotterte die Missionarin, »ob er ihn wirklich gesehen hat, oder nur sie.« Beide verstummten und blickten mich fragend an.

»Wovon sprecht ihr denn? Was soll ich gesehen haben? Wann? Wo?«

Sie wurden verdattert und redeten wirr durcheinander, bis der Missionar mich leise fragte: »Du weißt wirklich nicht, wie es bei deinem Unfall zuging? Du hast Monika nicht gesehen, als sie dir mit ihrem Wagen entgegenkam, knapp auf der Höhe dort vor der Stadt?«

»Nichts weiß ich. An gar nichts kann ich mich erinnern. Monika soll in mich hineingefahren sein?«

»Nein. Sie fuhr an dir vorbei und hat dich nicht gesehen. Aber sie glaubt und lässt es sich nicht nehmen, du habest sie erkannt und seiest darüber so erschrocken, dass du die Herrschaft über deinen Wagen verlorst. Sie hat zuerst auch gar nichts von deinem Unfall bemerkt. Erst als sie im Tal unten in die Kurve eingebogen war, sah sie seitwärts in der Ferne etwas brennen und hielt an. So erzählte sie es hier. Sie habe unterhalb der Höhe etwa drei- bis vierhundert Schritte entfernt ein Auto brennen sehen. Männer seien am Abhang hinuntergelaufen. Auf der Straße oben habe es eine Stauung gegeben. Sie stieg aus, stapfte durch Wiesen und Kartoffeläcker. Als sie hinkam, brannte der Wagen immer noch. Etwa fünfzig Schritte davon entfernt lag eine Frau im Gras. Monika kniete sich hin und untersuchte sie. Die Frau war tot. Weiter oben am Hang standen Männer um einen Schwerverletzten.« Der Missionar starrte mich an, fast verwundert, dass mir das alles neu sein sollte, und schalt auf einmal seine Frau, weil sie das Schweigen gebrochen und ihm jetzt die Aufgabe überlassen hatte, die entsetzlichen Vorgänge zu schildern.

»Weiter, weiter!«, drängte ich. »Sag mir zuerst, ist Ilse wirklich nicht im Auto verbrannt? Ich hatte die Polizei im Verdacht, dass sie mir hier etwas verschwieg.«

»Nein, bestimmt nicht. Monika hat sie ja selbst untersucht. Ihr Genick war gebrochen. Der Tod müsse sofort eingetreten sein.«

»Hat Monika meine Frau erkannt?«

»Nein. Auch dich hat sie nicht erkannt. Dein Gesicht sei von mehreren Wunden entstellt gewesen. Als sie hinzukam, nahm gerade einer von den Männern, die Erste Hilfe leisteten, die Briefmappe aus deiner Rocktasche und forschte nach den Personalien. Sie hörte deinen Namen. Paul Pelz, Bauingenieur. Dann allerdings erkannte sie dich. Sofort lief sie weg nur in dem einen Gedanken: ich muss meinen Verbandkasten holen. In den nassen Äckern verlor sie beide Schuhe, verlor ihre ganze Kraft, fiel zu Boden und blieb einige Zeit bewusstlos liegen. Wie sie zu ihrem Wagen kommt, sieht sie, dass der Verletzte bereits am Hang hochgetragen wird. Sie hört noch eine Polizeisirene. Dann fährt sie. Sie weiß nicht genau wohin. Sie fährt einfach blindlings weiter.«

Mutter Anne nahm ihm das Wort weg: »Acht Tage lag sie hier, vollständig erschöpft, krank und wie gelähmt. Keinen Bissen hat sie zu sich genommen. Täglich mussten wir im Krankenhaus anrufen. Immerzu fragte sie: ›Lebt er noch? Ist er aufgewacht? Lügt ihr? Ist er tot? Er ist tot und ich bin schuld.‹ – Sie ist in den wenigen Tagen schrecklich abgemagert. Dann fuhr sie weg zu dir. – In der Zwischenzeit rief sie uns oft an.«

»Nicht so oft«, sagte Vater Philipp, »und immer nur kurz. Sie erkundigt sich nach unserem Ergehen und spricht kaum über dich. Ursprünglich hatte sie gar nicht die Absicht, ihren Beruf aufzugeben, und wollte nur in deiner Nähe bleiben, bis du außer Lebensgefahr seiest. Das dauerte dann zu lange und am Ende hielt sie der Chefarzt fest. Aber letzthin sagte sie am Telefon, sie gehe mit dem Gedanken um, wieder zur Architektur zurückzukehren« – »und einen neuen Wagen wolle sie anschaffen«, fiel ihm Mutter Anne ins Wort und blickte mich fast empört an. »Wozu eigentlich so viel Geld ausgeben für einen neuen Wagen? In deinem Wagen ist doch Platz genug für zwei.«

Vater Philipp kniff die Augen zu und schüttelte den ganzen Körper, nicht nur den Kopf. »Unverbesserlich«, stöhnte er, »un – ver – besser – lich. Weib, ich wünsche dir von Herzen, dass du einmal in die ewige Seligkeit eingehst. Deiner Zunge aber wünsche ich es nicht.«

Es war Zeit zum Aufbruch. Der Missionar begleitete mich. Oberhalb der Treppe hielt er an und knetete eine Weile verlegen seine Hände. »Ich hätte noch eine Bitte. Könntest du nicht auf irgendeine Weise dieser Frau, ich meine Monika, den Gedanken ausreden, dass sie an deinem Unfall schuld sei. Sie leidet schwer darunter. Ein Brief würde genügen.«

Ich hatte das Geländer schon in der Hand, gab keine Antwort und stieg voraus die Treppe hinunter.

Noch einmal hielt er mich im Halbdunkel des unteren Flurs an der Haustür auf. »Ob ihr je wieder zusammenfindet? Sie hat den gleichen Beruf wie du. Das wäre eine Brücke.«

»Ja«, sagte ich. »Das ist eine Brücke.«